나무와 해

나무와 해

정목일 선생 傘壽 기념 헌정수필집

정목일 외 78인

나무향

정목일 선생님, 수필의 길 50년

정목일 선생님께서 올해 산수(傘壽)를 맞으십니다. 우리나라 공식 수필 등단 1호로서 수필의 길에 들어선 지 50년이 됩니다.

수필은 인격에서 우러나온다며 먼저 인품이 되어야 좋은 수필을 쓸 수 있다고 늘 강조하시던 말씀처럼 고매하고 청정하신 삶을 살아오신 선생님, 우리 모두는 존경합니다. 우리 제자들은 물론 수필계의 훌륭한 스승이십니다.

선생님께서는 창원과 서울을 오가며 제자들에게 진정한 수필을 가르쳐 주셨습니다. 선생님의 맑은 정신을 이어받아 모두 좋은 수필을 쓰려고 노력합니다. 제자 78명이 그 뜻을 담아 수필집을 헌정합니다. 오래도록 건강하시어 제자들의 문학 활동에 귀감이 되어 주시길 바랍니다.

2024년 8월

정목일 선생님의 傘壽를 기념하며 제자 일동

차 례

제1부 침묵의 말씀

제2부 마지막 수업

제3부 나무처럼 해처럼

제4부 이리 아름답고 무용한

경력

- 1945년 : 진주 출생
- 1975년 : 「月刊文學」 수필 당선. 작품 「房」(동지 최초 당선)
- 1976년 : 「現代文學」 수필 천료. 작품 「호박꽃」.
  　　　　「어둠을 바라보며」(동지 최초 추천)
- 1976년 : 경남수필문학회 창립 주도, 사무국장
- 1977년 : 한국문인협회원
- 1978년 : 한국수필가협회 이사
- 1982년 : 수필문우회원
- 1983년 : 대표에세이(월간문학 출신 수필가 모임) 창립 회장
- 1987년 : 국제펜클럽 한국본부 회원
- 1989년 : 한국문인협회 이사 역임
- 1991년 : 경남아동문학회장
- 1992년 : 마산문인협회장
- 1992년 : 현대문학수필작가회 창립 회장
- 1992년 : 경남문인협회 부회장
- 1995년 : 창원대 평생교육원 수필 강의
- 1998년 : 한국문인협회 이사
- 1999년 : 창신대학 문예창작과 겸임교수,
- 2000년 : 경남문인협회장, 경남문학관 이사장,
  　　　　경남문인협회 주최 「통일문학의 탐구」라는 주제의 문학심포지움을
  　　　　풍악호 선상에서 개최하고 금강산 답사를 함
- 2001년 : 한국문인협회 수필분과 회장 당선
- 2002년 : 경남신문사 퇴사
- 2004년 : 경남문학관장 취임

- 2005년 : 서울 롯데백화점 청량리점 문화강좌 수필 지도 교수,
　　　　　　10월 13일~22일 미국 LA 수필캠프 초청 강의
- 2006년 : 한국여성문예원이 서울 중구문화원에서 2월~4월 매주 목요일
　　　　　　오후 2시~4시 개최하는 문예강좌의 지도 교수를 맡음
- 2007년 : 1월 한국문인협회 수필분과회장 선거 당선(2회째)
- 2008년 : 경남문학관장 연임, 4년 임기 마침
- 2009년 : 1970년대 독일로 간 간호사들을 위한 수필쓰기 강의 요청에 따라
　　　　　　7주일간 독일을 방문, 수필을 강의함
- 2010년 : 한국수필가협회 해외세미나 및 문학기행을 뉴욕, 워싱톤에서 개최하고
　　　　　　미국 동부 수필가들과의 친목을 도모함
- 2011년 : 한국문협 부이사장 당선, 경희대 사회교육원 수필 지도교수,
　　　　　　한국수필가협회 사무실(홍익대 입구)을 모금운동으로 재원마련하여 구입함
- 2012년 : 1월 23일 한국수필가협회 총회에서 이사장 유임
- 2013년 : 연세대 미래교육원 수필창작 지도교수,
　　　　　　한국문인협회 평생교육원 수필창작 지도교수
- 2014년 : 5월 안동수필문학회 특강
- 2015년 : 한국문인협회 부이사장으로 당선(2선),
　　　　　　한국수필가협회 이사장 임기 만료(2회 연임)
- 2016년 : 4월 한국문인협회 주최하고 서울특별시, 대산문화재단, 교보문고 후원으로
　　　　　　수요 낭독공감 행사에 초청되어 '정목일 수필낭독회'를 가짐
- 2018년 : 수필 문학비 제막(정목일 '아름다운 배경'- 경기도 산귀래 별서)
- 2019년 : 국제펜 한국본부 경주세미나 참석
- 2003년 ~현재 : 선수필 발행인

수필집

- 1980년 : 『남강 부근의 겨울나무』(백미사)
- 1980년 : 『한국의 영혼』(부름사)
- 1983년 : 『별이되어 풀꽃이 되어』(문학세계)
- 1986년 : 『만나면서 떠나면서』(현대문학사)
- 1987년 : 『달빛 고요』(범조사)
- 1988년 : 『별보며 쓰는 편지』(고려원)
- 1990년 : 『깨어 있는 者만이 숲을 볼 수 있다』(문학세계)
     -문예진흥원 우수문학작품집 선정-
- 1992년 : 경기대학 '교양국어'에 수필 「미인과 피리」 수록
     『인민광장의 왈츠』(교음사)
- 1994년 : 『대금산조』(동학사)-청소년 권장도서 선정
- 1994년 : 『나의 해외 문화 기행』(문학관)
- 1995년 : 고등학교 독서교과서(지학사)에 「백두산 기행」 수록
- 1996년 : 『심금』(문학관)
- 1999년 : 『가을금관』(수필선집, 선우미디어)
- 2000년 : 수필창작론 『알기쉬운 수필쓰기』(양서원) 공저 발간,
     『木香』(수필선집, 교음사) 출간
- 2002년 : 수필집 『마음꽃 피우기』(청조사)출간, 한국현대수필의 탐색』(신아출판사) 발간
- 2004년 : 『달이 있는 바다』(그림 이목일. 미리내) 출간,
     수필평론집 『한국현대수필의 탐색』(신아출판사) 출간
- 2005년 : 회갑기념 수필선집 『침향』(선우미디어) 발간,
     수필선집 『행복이 넘치나이다』(북랜드) 출간
- 2007년 : 수필집 『마음고요』(청어), 기행문집 『실크로드』(문학관) 출간,
     한국문인협회 시행 제44회 '한국문학상' 수상(수상작품집 『마음 고요』)

- 2009년 : 수필집 『햇살 한줌 향기 한줌』 (문학수첩)
- 2014년 : 수필집 『나의 한국미산책』(청조사) 발간,
          수필집 『맛 멋 흥 한국에 취하다』(청조사) 출간
- 2015년 : 수필집 『나무』(수필과비평사) 출간 (나무 수필 51편)
- 2016년 : 수필집 『아름다운 배경』(범우문고 291번) (범우사) 출간
- 2018년 : 정목일 잠언수필 『잎의 말』(나무향) 출간
- 2020년 : 정목일의 수필 이야기 『수필과 산책』(나무향) 출간

수 상

- 1984년 마산시 문화상
- 1986년 동포문학상
- 1989년 에세이 작품상, 경남도 문화상
- 1993년 수필문학대상
- 1994년 경남문학상
- 1995년 현대수필문학상
- 2001년 신곡문학상
- 2008년 제1회 경남수필문학상
- 2009년 제2회 조경희수필문학상
- 2010년 제6회 원종린 수필문학상
- 2012년 제4회 흑구문학상
- 2014년 인산문학상 수상
- 2018년 윤재천 문학상 수상
- 2019년 '시선' 수필문학상 수상

교과서 수록작품

- 제 7차 교육과정 고교 '독서' 교과서 (주)금성사에 「논개의 가락지」 수록 (2003)
- 고교 문학교과서 (한국교육미디어)에 「내가 갖고 싶은 것들」 수록 (2003)
- 중학교 3-1학기 국어교과서 수필 「사투리」 수록 (2003)
- 고등학교 1학년 전국고교 연합학력평가에 「벼」 출제 (2008)
- 중학교 3-2학기 국어교과서 수필 「폐교에 뜨는 별」 수록 (2012)

동화집

- 1978년 『해님의 노래』(가야출판사)
- 1982년 『초록별 사리폰』(교음사)
- 1983년 『경남의 전래동화집』(해조출판사)
- 1990년 『민족전래동화4』(아동문예사) 재출간
- 1985년 『무지개 만드는 나라』(문학세계)
- 1988년 『가위바위보 골목대장』(대교출판), 『파랑새학교』(대교출판)
- 1992년 『말라깽이 선생님』(윤성출판)
- 1993년 『꼬꼬할아버지』(윤진출판)
- 2000년 한국의 위인 『이색』(파랑새)

어둠을 바라보며

정 목 일

산골의 밤은 잘 익은 머루 냄새가 난다. 덕유산 깊숙이 들어앉은 영각사의 저녁 예불이 끝날 즈음이면, 문득 하산하는 주지 스님의 장삼 자락 빛 산그리메…. 산그리메에 묻어오는 머루 빛 적막. 그 산그리메가 이끌고 오는, 측량할 길 없는 어둠의 밀물. 산골짜기와 사방에 와 잠겨 버리는 어둠은, 화선지의 먹물처럼 번지어 빛과 소리를 정적의 깊은 수렁에 내몰고, 자물쇠를 잠그고, 고즈넉이 돌아온다. 나는 간혹 그 어둠과 만나기를 좋아한다. 어둠과 만나는 산과 나무의 묵시의 얼굴. 고요히 눈을 감고 생각의 깊은 심연에 빠져들어, 이제는 아무것도 보이지 않는다.

나는 무언가 본질적인 근원을 생각하게 하는, 이런 어둠을 좋아한다. 주위는 무한히 펼쳐지는 어둠과 정적이 교직하는, 돌을 던지면 풍덩 소리가 날 듯한 고적감. 거울을 깨뜨린다면 쟁그랑 소리가 온 골짜기에 울릴 듯싶다. 그렇다고 어둠이 삼라만상을 죄 잠재우는 게 아니라 그럴수록 눈뜨는 또 다른 세계. 나뭇잎에 와 서걱거리는 바람. 바로 뒷산 가까이서, 정적의 바다에 소리의 파문을 던지는 부엉이. 밤이 지나면 풀잎에 수천의 이슬로 맺혀 있을 풀벌레

소리…. 호젓이 신비의 나라로 이끄는 반딧불.

　밤에는 낮보다 더 밝게 눈뜨는 숲의 부엉이 눈동자 같은 세계가 몰래 나타난다. 숲속에 어슬렁거리는 짐승의 푸른 눈빛. 알게 모르게 숲의 어둠에 부서져 내리는, 이미 수천 년 전에 떠났던 별빛. 밤은 가뭇없이 보이지 않는 어떤 형체가, 잠자던 형체가 나타나는 세계인가. 육체보다 정령들이, 초원을 달려가는 바람의 형체가 또렷이 드러나고 있다. 산을, 들을, 사뿐사뿐 단숨에 거니는 바람의 발자국이 일으키는 여운. 보이지 않는 나무의 귀에 와 속삭이는 목소리. 밤에는, 잠자는 건 잠드는 것이지만 넋들은 깨어 눈뜨고 있다. 보이지 않지만 무덤들은 더 또렷한 무덤들이 되고, 어쩌면 넋들은 깨어 자기의 묘비명을 한 번 읽어보는지 알 수 없는 일이다. 낮에는 너무 미미하여 들리지 않았으나 밤에는 온 세상을 가득 채우고도 남을 풀벌레 소리. 우람하던 덕유산도 밤에는 흔적 없이 사라져버리지만, 얼마나 빛나는가. 작은 반딧불….

　낮에는 고작 이 세상의 일분이 생각되지 않으나, 밤에는 더 높은 차원의 우주를 느끼게 한다. 어두울수록 더 빛나는 밤하늘. 통치자도 없건만 수많은 별이 서로 제 갈 길로 부딪지 않고 운행하고 있는 평화의 아름다운 나라…. 문득 망망한 어둠 속으로 나들이 가는 바람의 품속으로 내리는 별빛. 시공을 넘어 보이지 않는 두루마기 차림으로, 이 밤을 행행(行幸)하는 넋들에게 부서져 내리는 별빛. 수풀의 보이지 않는 여백과 같은 그 무언의 언어를 찾아보길 좋아한다. 아청빛 나무, 색깔과 향기 다 풀어 어둠에 파묻는가. 어둠의 손길은 풋열매의 얼굴을 쓰다듬어, 풋열매의 가슴에 씨앗을 아로새겨 넣는가.

수만 길 땅 깊이 파묻혀 꿈꾸는 광석, 땅속 광맥까지 스며들어 광석의 꿈이 되어 주는 어둠을 본다. 나는 곧잘 무한의 가능성을 잉태하는 어둠 속에, 나를 파묻기를 좋아한다. 산이 품고 있는 광맥처럼 파묻히어 안온히 잠기면, 가끔 영각사의 주지승과 정갈히 만난다. 내가 간혹 늙은 주지승과 말 한마디 없이 눈빛으로만 서로 만나는 것이지만 가슴에 따스한 미소로 만나고 있는 것과 같이….

물속에 잠겨 몇천 년 산속의 물소리 바람 소리 다 듣고 지낸, 누구도 발견치 못한 산수경석의 천연스러운 낮잠. 그 낮잠에 신비로운 향기 보태는 어둠. 바람은 애잔한 풀벌레 소리, 정겨운 개구리 소리. 수런거리는 별빛을 낱낱이 끌어모으고, 또한 낱낱이 분해하여 어둠에 풀어 넣는가. 수만 가지 형태와 빛깔, 향기와 소리, 죄 모아 이루는 들여다볼 수 없는 가없는 어둠을 본다.

나는 방에서 호롱불을 꺼내 본다. 하나, 둘… 몰려드는 나방, 여치, 이화명충, 이름을 알 수 없는 벌레들. 밤은 빛을 흡수시켜 버리건만, 이 작은 빛줄기가 자력처럼 어둠의 빛을 연연해하는 것인가. 빛을 생각하지 않는 어둠이란 곧 죽음. 인간은 이 어둠을 무서

정목일

워하고 두려워했다. 그러나 어둠은 영원히 우리를 잠재울 뿐인 것을, 어둠이 포근한 잠을 가져다주는 것인 것을…. 인간은 결국 모두 한 줌의 흙이 되어, 무덤 속의 어둠이 되어 하루의 제 일을 남겨 놓을 뿐이다.

어둠에 안겨 평화로이 눈 감고 있는 무덤. 어둠이 있으므로 생명이 있는 것은 모두 죽음에 이를 수 있는 게 아닐까. 어둠이 있으므로 인간은 포근히 잠들 수 있으며 죽음도 맞아들일 수 있는 게 아닐까. 그러나 어둠 속에 그대로 뒤섞일 수 없어 괴로워하고 몸부림치는 풀벌레들의 신음. 산과 산이 만든 골짜기를 타고 쉼 없이 흘러내리는 개울물의 행진. 어둠 속에서 파도치는 역사의 맥박. 무덤 속에 드러누운 해골의 유언. 썩어 흙이 되어 또 생명을 키우는, 사라질 수 없어 어딘가에서 일어서는 넋의 얼굴.

어둠은 죽음이 아니다. 어둠은 오히려 생명의 나이테를 짜는 산실(産室). 어둠에서, 죽음에서, 무덤에서 나는 더욱 생선 비린내같이 진한 생명의 냄새를 맡는다. 나는 알고 있다. 어둠을 이해하여 어둠에 파묻혀 빛을 탄생시킨 사람들의 자의식의 신음을. 어둠에서 일어서는 소리.

라이너 마리아 릴케의 어둠

내가 거기서 태어난 어둠이여
불꽃보다 너를 사랑한다.
불꽃은 세계를 한정하고
그 속에 선명히 타오를 뿐
둘레 밖에서는
아무도 그를 모른다.
그러나 어둠은 지니고 있다.
형태와 불꽃, 짐승과 나를
닿이는 대로
인간과 권력까지도
나는 밤을 믿는다.

    그가 「기도 시집」에서 읊었던 고요한 어둠을 본다. 어둠은 모든 것을 포용하고 간직하고 있다. 어둠은 절망을 넘어 불가능을 가능하게 잉태시킨다. 캄캄한 폐쇄적 유학의 시대에 살다 간 정다산(丁茶山)의 어둠. 전남 강진에 유배된 다산의 고독과 절망. 관리 생활과 출세를 단념한 캄캄한 어둠에 파묻히는 다산이 아니라 오직 자의식의 등잔불로 모든 분야에 걸친 이상적인 개혁안을 작성하였던 다산의 어둠…. 어둠 속에서 농민들과 함께 들었던 횃불. 징 소리에 청명하게 트여 오는 역사의 여명. 어둠은 하나의 빛을 위하여, 완

정목일

성을 위하여 예비하는 신음인가. 귀가 먼 베토벤의 절망적인 어둠. 바람 소리조차 들을 수 없는, 외계로부터 완전히 차단된 소리의 어둠. 그 속에 오롯이 피어난 마음속의 악상(樂想)….

어둠이란 무엇인가? 나무에게, 꽃에게, 또한 풀벌레에게? 분간할 수 없는 이 어둠은 무엇인가? 파아란 하늘을 가리고, 분수처럼 뿜어내던 햇빛을 가로막고 날개를 붙잡아 맨 이 어둠. 산과 바위의 침묵을 더 휩싸는 어둠이 아니면, 산과 바위가 묵상하는 제 모습을 지닐 수 없듯이 어둠 때문에 나무는 더욱 빛으로 발돋움하여 푸르고, 꽃이 훈향을 뿌리면 벌레들은 자유로이 날개를 젓는 것을…. 오, 빛을 예비하여 맞기 위해 이 어둠은 차라리 거룩하기까지 하다.

어느덧 별이 기울고 있다. 어둠이 투명해지고 있다. 어둠은 산안개로 되었다가, 스님은 오직 혼자뿐이신 영각사 주지승의 새벽 독경 소리로 물러가고 있다. 시시각각으로 어둠과 빛이 교차하는 찰나를 본다. 모든 물체가 제 모습으로 분명히 드러나는 모습과 표현을 본다. 어둠을 바라본다. 그 속에 키 크고 여윈 사나이가 서 있다. 어둠을 바라본다. 망망한 어둠은 키 큰 사나이를 휩싸고, 산과 나무와 풀벌레들과 함께 파묻혀 사라진다. 어둠을 바라본다. 어둠의 저편에서 잠자리 날개 빛의 여명이 소리 없이 밝아 옴을 본다.（木）

차와 난초

정 목 일

달빛 속에 난초꽃을 바라보며 차 한 잔을 마시고 싶다.

달은 귀한 벗이다. 소리 없이 먼 길을 와서 은근한 얼굴로 다가온다. 달이 찾아오기까지 쉴 새 없이 궤도를 돌아왔건만, 마음속에 달빛을 맞을 맑은 공간이 없어 영접하지 못하는 건 아쉬운 노릇이다. 마음에 달빛이 내릴 수 있는 사색의 마당이 없어 달과 대화할 수가 없다. 달은 말하지 않고 영감으로 닿아온다. 커다란 눈동자로 마음을 들여다보면서 얘기한다. 은은한 눈 맞춤으로 공감 속에 손을 맞잡게 한다.

우리는 어느새 휘황한 전등불 속에서 밤하늘을 잊어버렸다. 어둠이 지닌 신비로운 세상을 망각해 버렸다. 어둠 속에서 문득 한 별과 눈 맞춤하는 순간이 몇만 광년을 거쳐서 이뤄진 만남이란 걸 알지 못한다. 그 별빛은 내가 태어나기도 전, 몇만 광년 전에 출발하여 우주 공간을 거쳐 이 순간 내 동공으로 들어온 것이다. 기적 같은 순간이지만 모르고 있을 뿐이다.

난초꽃을 보는 것도 일 년에 한 번 만나는 귀한 순간이다.

'바깥에 대나무가 있으면 방 안에 난초가 없을 수 없다'는 소리

정목일

는 남도 선비의 집을 일컫는 말이다. 겨울 동안 방 안에 산수화(山水畵)나 화조도(花鳥圖) 병풍을 펼쳐놓고 자연이 없는 무료를 달랜다고 해도 그림에 불과하다. 이보다 추위에도 본색을 잃지 않는 난초가 고마운 벗이 돼준다.

차 한 잔을 놓고서 난초를 바라본다.

꽃 필 무렵의 향기도 그윽하지만, 청초하고 단아한 몇 가닥 잎만으로도 부족함이 없다. 공중으로 치켜 올라간 몇 가닥 난초 잎들, 허공 속으로 뻗어나간 유려한 곡선미(曲線美)는 기막혀서 말을 잃게 한다.

우리 산 능선의 아름다움을 몇 가닥 난초 잎의 선율 속에 응축시켜 놓은 게 아닐까. 아무리 보아도 싫증이 나지 않게 한없이 부드럽고 온유한 선(線)을 보여주는 산 능선-. 첩첩한 산들이 기러기 날갯짓으로 날아오는 난초 잎들, 우리 산 능선의 부드러움과 은근한 곡선을 그대로 빼닮은 모습이다. 난초 한 잎씩이 산의 만년 침묵과 마음 선율을 간직한 채 영원으로 한없이 뻗어나간 자태를 본다.

난초 잎들은 간결하다. 난초 한 잎으로 거대하고 깊은 산의 영혼과 아름다움을 뭉뚱그려 허공 속에 척척 그려놓았는가. 볼수록 기가 막힌다. 산의 명상과 영원을 어떻게 한 줄의 살아 있는 곡선으로 그어놓았는가.

눈이 삼삼하게 그리움으로 다가오는 임의 눈매 같고, 휘늘어진 허리 곡선 같다. 옛 선비들이 난초를 사랑한 까닭은 일 년 내내 푸른빛을 잃지 않는 절조 때문이기도 하지만, 그 모습 자체가 청초, 우아, 고결하기 때문이 아닌가.

난초 잎은 곡선의 미(美)만 있는 게 아니다. 첫눈으로 보면 일직선으로 늘어진 모습이다. 가늘게 공중으로 뻗어나간 잎줄기가 준수하다고 할까, 미려한 직선의 약동을 보여준다. 한참 동안 바라보는 가운데서 휘어지며 구부러지면서 뻗은 곡선미기 보여서 더 묘미를 느끼게 한다.

직선 속에 넘실대는 곡선, 곡선 속에 보이는 시원한 직선이 있다. 사철 변하지 않는 절조 가운데, 부드러움과 온유함을 품고 있다. 간결미 속에 풍만함이 있고, 가냘픔 속에 칼보다 무서운 지조가 엿보인다.

난초를 보면서 강물 소릴 듣는다.

난초 잎은 천년만년 흘러가는 강물의 허리 같다. 겨울 동안 난초만을 바라보아도 심심치 않은 것은 간소한 모습 속에 깃든 함축과 여운 때문이 아닐까. 산의 만년 명상으로 빚은 선율, 강이 만년을 흐르며 얻은 유선(流線)의 미를 간직하고 있다. 방 안에서 난초를 보면서 산과 강의 오묘한 선율과 아름다움을 느끼게 하기 때문이 아닐까.

너무 단출하여서 더 그리움과 상상력을 불러일으키는 비법을 난

정목일

초 잎이 품고 있다. 난초 잎에 흐르는 빛깔이 산의 숨결이며, 강물의 물살이다. 그 빛깔을 영원의 빛깔이라 해도 좋으리라. 선비들은 한결같은 난초의 빛깔과 태도에 감탄하며 삶과 일생을 배우고 따르고자 했다.

난초를 보면 대금 소리가 들려온다.

난초의 선형(線型)은 대금산조의 선율이 아닐까 한다. 대금의 끝자락을 어깨 위에 올려놓고 달빛에 흔들리는 듯이 부는 대금산조 가락은 난초의 유현한 곡선이 아닐까. 어디에도 막힘없이 영원의 세계로 흘러가는 길목과 그리움을 전해주는 대금산조의 음률과 난초의 곡선은 닮은 데가 있다.

난초를 보면 혼자서라도 차를 마시고 싶어진다.

보는 것만으로도 눈이 맑아지고 많은 대화를 간직하고 있기 때문이다. 마음이 향기로워지는 것은 욕심으로부터 벗어난 듯 초탈한 난초의 자태 때문이리라. 무욕의 경지에서 한 가닥씩 뽑아 올린 불과 대여섯 가닥으로도 한 세계를 이뤄놓는다. 일체의 수사와 설명과 묘사를 버리고 간명, 함축, 절제로 고요와 고결과 명상의 세계를 구축해 놓았다. 욕심을 다 채우려는 것들과는 그 격이 다르다.

난초꽃이 피면 차 한 잔을 마시고 싶다.

어릴 적에 우리 집 방 바깥에 '난향십리(蘭香十里)'라는 화제(畵題)의 난초도(蘭草圖)가 붙어 있었다. 과장법도 심하다고 여겼더니,

그 향기는 지금까지 내 가슴에 남아 있다. 난초꽃은 화려하지 않지만, 몸을 숨긴 채 암향(暗香)을 풍긴다. 난초꽃이 피면 차 한 잔을 마시고 싶은 것은 난향을 마시며 난초 같은 대화를 나누고 싶어서이다.

찬 한 잔을 앞에 두고, 난초를 바라본다.

만년 산과 만년 강물이 나를 쳐다본다. 난초의 자태 속엔 대금산조의 음률이 있고, 산 너머 영원으로 흘러가는 노을을 배경으로 울리는 종소리가 있다. 장구를 메고 휘모리장단에 빠진 여인의 허리 곡선이 있고, 판소리 한 대목이 있다.

난초와 더불어 차 한 잔을 나누는 것은 영원과 마주 앉는 무욕의 시간이고, 정갈한 마음의 공간이자, 삶의 깨달음이 아닌가 한다.

난초꽃이 피면 혼자라도 차 한 잔을 마시고 싶다.(木)

정목일

빗소리

정 목 일

처마 끝에서 빗방울이 떨어지는 소리를 듣는다. 섬돌 앞의 땅이 젖는다. 나무들이 젖고 산이 젖는다. 아파트에서 생활해 온 지가 20년쯤이나 돼 비의 음향을 잊어버린 지 오래되었다. 양철 지붕에 토닥토닥 부딪히는 소리 속엔 잊어버렸던 말들이 웅얼웅얼 소곤거리며 다가오고 있다. 빗속에선 세상도 젖지만, 말들도 젖어서 촉촉이 마음속으로 배어든다.

어릴 때 나는 양철집에 살았다. 여름에 좀 무덥긴 했으나, 비가 오면 빗소릴 듣는 것이 좋았다. 콩을 볶듯 지붕에서 경쾌하게 빗방울이 떨어지는 소리가 좋았다. 빗소리는 점차 안으로 젖어 들어 아득해지고 먼 태고의 공간 속으로 빠져드는 듯했다. 나뭇잎에 떨어지는 빗소리, 물이 흘러가는 소리…. 세상의 모든 것들이 함께 젖어, 공감의 물기를 느끼게 했다. 빗소리는 편지글 읽는 소리처럼, 어떤 때는 친구의 얘기처럼 들리기도 했다. 모든 것이 닿아 있었다. 산, 나뭇잎새, 곤충들의 더듬이, 엉겅퀴꽃의 가시, 어머니의 한숨, 언제 어린 자식들을 두고 세상을 떠나버릴지 모를 아버지의 얼굴도 닿아 있었다. 이 세상에 누구와도 먼 거리에 있는 듯한 소외감을 느꼈던 나는 비가 오면 모두가 낯선 것처럼 돌아서 있는 것이 아니라, 친근하게 있는 듯한 느낌이 좋았다.

빗소리는 위로의 말들을 속삭여주며 나를 다독거려 주었다. 외톨박이가 아니라, 세상 모든 것과 닿아 함께 숨 쉬고 마음을 통하는 존재임을 느끼게 해 주었다. 빗물이 불어 오래간만에 물이 넘친 늠름한 모습이 좋아 강물을 보러 갔다. 빗소리와 물과 세상이 서로 닿아 있음을 보았다. 나도 강물처럼 흘러 미지의 세계로 떠내려가길 바라고 있었다.

어느새 나는 까마득히 빗소릴 잊어버렸다. 생활 속에서 비의 음향과 비의 촉감이 사라져 갔다. 비를 맞으며 걸어본 일이 없어졌다. 비를 피하고자 나무 밑에 서서 나무와 함께 비를 맞아본 기억도 어슴푸레하다. 봄비가 나무들에 귀엣말로 하는 소릴 엿들어본 지도 오래되었다. 빗소리에 묻어오는 신록의 향기와 강물의 음성도 잊어버렸다.

빗소리를 상실했다는 생각이 들자, 갑자기 내 삶과 인생에 생명의 물기가 말라버린 것이 아닐까 여겨졌다. 가슴에 토닥토닥 부딪히며 간지럽고 싱그러운 말을 해주던 물방울이 증발해 버린 것이다.

비가 내려도 빗소릴 듣지 못하는 것은 서글픈 일이다. 시멘트 공간에 살면서부터 빗소리를 들을 수 없게 된 것이지만, 이로 말미암

정목일

아 마음의 문이 닫혀서 자연과 교감하지 못하고 외톨박이가 된 것이 아닐까. 자신이 자연으로부터 단절되어 외톨박이가 된 것도 모르고 사는 것이 우둔하기만 하다.

농촌의 잔칫집에 와서 오랜만에 빗소리를 듣는다. 돌아가신 아버지 생전의 이야기를 듣는 듯 다정스럽다. 풀꽃 향기가 나고, 그리운 이의 음성이 들려온다. 산천이 사람을 낳고 기른다는 말이 있지만, 산천은 비가 키운 것이 아닐까 싶다. 산천을 먹이고 목욕시키고 기른 것은 아무래도 비일 듯싶다. 빗소리는 그냥 어떤 소리인 게 아니고, 생명음인 게 분명하다.

처마 끝에 빗방울이 떨어진다. 섬돌 앞의 땅이 젖는다. 나도 하나의 빗방울이다. 내 빗방울 소리를 누가 듣고 있을까. 빗방울은 어느 물체이건 다가가 마음의 문을 두드린다. 닫혔던 침묵의 문에 내려서 대화의 빗장을 살그머니 풀어놓는다. 빗방울이 떨어지는 소리를 들으며 마음을 열어 비를 맞아들이고 있다. 메마른 마음에 고랑을 파서 물을 흐르게 하고 싶다. 나도 어느 풀숲에 가서 풀꽃을 피우는 생명의 수액이 돼야 할 텐데…. 빗소리가 내 가슴에 피아노 음향을 내며 튀어 오르고 있다.

나는 물기가 없어 씨앗 하나 자랄 수 없는 딱딱하고 황폐한 땅이 아니었던가. 사막을 안고 숲을 상상해 온 어리석은 사람이 아니었던가.

빗소릴 들을 수 있는 집에서 살면 좋겠다. 파초 잎에 떨어지는 빗소리를 들으면 좋겠다. 댓잎을 적시는 빗소릴 들으면 좋겠다. 나는 빗소리를 들으며 마음속의 오솔길로 비를 맞으며 걷고 있었다. 빗소리가, 황폐한 내 마음속에다 생명의 숨결을 듣는 씨눈을 틔워주고 있었다.

추녀 끝에서 떨어지는 빗방울 소리…. 모든 게 갑자기 숨을 멈추고 마음의 소릴 귀담아듣고 있었다.㊍

정목일

대금산조

정 목 일

1.

한밤중 은하가 흘러간다. 이 땅에 흘러내리는 실개천아. 하얀 모래밭과 푸른 물기 도는 대밭을 곁에 두고 유유히 흐르는 강물아. 흘러가라. 끝도 한도 없이 흘러가라. 흐를수록 맑고 바닥도 모를 깊이로 시공(時空)을 적셔가거라.

그냥 대나무로 만든 악기가 아니다. 영혼의 뼈마다 한 부분을 뚝 떼어 내 만든 그리움의 악기…. 가슴속에 숨겨 둔 그리움 덩이가 한(恨)이 되어 엉켜 있다가 눈 녹듯 녹아서 실개천처럼 흐르고 있다.

눈물로 한을 씻어 내는 소리. 이제 어디든 막힘없이 다가가 한마음이 되는 해후의 소리…. 한 번만이라도 마음껏 불러 보고 싶은 사람아. 마음에 맺혀 지워지지 않는 그리움아.

고요로 흘러가거라. 그곳이 영원의 길목이다. 이 세상에서 가장 깊고 아득한 소리. 영혼의 뼈마디가 악기가 되어 그 속에서 울려 나오는 소리…. 영겁의 달빛이 물드는 노래이다.

솔밭을 건너오는 바람아. 눈보라와 비구름을 몰고 오다가 어느덧 꽃눈을 뜨게 하는 바람. 서러워 몸부림치며 실컷 울고 난 가슴같이 툭 트인 푸른 하늘에 솜털 구름을 태워 가는 바람아. 풀벌레야, 이 밤은 온통 내 차지다. 눈물로도 맑은 보석들을 만들 줄 아는 풀벌레야. 네 소리 천지 가득 울려 은하수로 흘러가거라. 사무쳐 흐느끼는 네 음성은 점점 맑아져서 눈물 같구나. 그리움의 비단 폭 같구나. 마음의 상처를 어루만져 주는 임의 손길 같구나.

한순간의 소리가 아니다. 평생을 두고 골몰해 온 어떤 물음에 대한 깨달음. 득음(得音)의 꽃잎이다. 시공을 초월하여 영원으로 흘러가는 소리…. 이 땅의 고요와 부드러움을 한데 모아, 가슴에 사무침 한데 모아 달빛 속에 흘려보내는 노래이다.

한때의 시름과 설움은 뜬구름과 같지만, 마음에 쌓이면 한숨 소리도 무거워지는 법. 아무렴 어떻거나 달빛 속으로 삶의 가락 풀어 보고 싶구나. 그 가락 지천으로 풀어서 달이나 별이나 강물에나 가 닿고 싶어라.

가장 깊은 곳으로 가장 맑은 곳으로 가거라. 한 번 가면 오지 못할 세상, 우리들의 기막힌 인연, 속절없이 흐르는 물결로 바람으로 가거라. 가는 것은 그냥 간다지만 한 점의 사랑. 가슴에 맺힌 한만은 어떻게 할까.

달빛이 흔들리고 있다. 강물이 흔들리고 있다. 별들이 반짝이고 있다. 가장 적막하고 깊은 밤이 숨을 죽이고, 한줄기 산다는 의미의 그리움이 흐르고 있다.

정목일

2.

대금의 달인(達人) L 씨의 대금산조를 듣는다. 달빛 속으로 난 추억의 오솔길이 펼쳐진다. 한 점 바람이 되어 산책을 나서고 있다. 혼자 걷고 있지만 고요의 오솔길을 따라 추억의 한복판으로 나가고 있다. 나무들은 저마다 명상에 빠져 움직이지 않지만 잠든 것은 아니다.

대금산조는 마음의 산책이다. 그냥 자신의 마음을 대금에 실어 보내는 게 아니다. 산의 명상을 부르고 있다. 산의 몇만 년이 다가와 선율로 흐르고 있다. 몇만 년 흘러가는 강물을 불러 본다. 강물이 대금 소리를 타고 흘러온다.

대금 산조는 마음의 독백이요 대화이다. 산과 하늘과 땅의 마음과 교감하는 신비체험…. 인생의 한 순간이 강물이 되어 흘러가는 소리이며 인생의 한 순간이 산이 되어 영원 속에 숨을 쉬는 소리이다.

대금 산조는 비단 손수건이다. 삶의 생채기와 시름을 어루만져 주는 손길이다. 대금 산조를 따라 마음의 산책을 나서면, 고요의 끝으로 나가 어느덧 영원의 길목에 나선다. 아득하기도 한 그 길이 고요 속에 평온하게 펼쳐져 있다.

달인이 부는 대금 산조엔 천 년 달빛이 흐르고 있다. ㉖

투명한 그리움

정 목 일

마음속에 맑은 거울을 하나 갖고 싶다.

맑아서 눈물이 돌고 그리워서 사무치는 가을 하늘처럼 깊어졌으면 좋겠다. 얼마나 쉼 없이 갈고 닦아야 가을 하늘처럼 될까. 들여다보기만 하면, 미소가 퍼져 흐르고, 음악이 울려 나올 수 있을까. 삶의 속기와 얼룩이 더덕더덕 묻은 거울을 깨끗이 닦아내고 싶다.

마음속에 종을 하나 달아두고 싶다. 한 번 울리기만 하면 고통과 슬픔도 사라지고 마음속으로부터 깊은 향기가 퍼져 나왔으면 좋겠다. 듣기만 해도 낭랑하고 은근하여서 마음의 문이 열리고, 신비 음을 들을 수 있는 맑은 귀가 있었으면….

어떻게 하면 양심의 종을 달아놓을 수 있을까. 일만 관의 허욕을 버리고 일만 관의 적선(積善)으로 종 하나를 만들 수 있다면, 한 관의 적선도 못 가진 나로선 이룰 수 없는 일이다. 마음속에 종을 울려서, 또 울릴까 귀대고 들어보는 은근한 그리움으로 누구에게라도 다가가 다정히 손잡고 싶다.

마음속에 정갈한 그릇을 하나 갖고 싶다. 늘 비워 놓되, 가을이면 석류나 모과 몇 알쯤 담아두어도 좋으리라. 인생이란 그릇 하나

정목일

에 무엇을 담아놓을 것인가. 무소유(無所有)도 결국 하나의 소유 형태며 방법이 아닌가. 누구와도 나눌 수 있는 마음의 여유를 담아두는 그릇이었으면 한다.

마음속에 옹달샘이 하나 있었으면 좋겠다. 메마르지 않게 청신한 물을 마시고 싶다. 욕망과 이기의 갈증을 말끔히 없애주고 마음에 묻은 얼룩과 때를 씻어주는 샘물이었으면 좋겠다. 어떻게 하면 정신이 향기롭고 쇄락해지는 샘물을 뿜어낼 수 있을까. 고통의 신음을, 번뇌의 신열을, 후회의 눈물을 씻어주는 청량의 샘물이 될 수 있을까.

마음속에 꽃을 하나 기르고 싶다. 평생을 두고 한 송이 꽃을 피우고 열매를 거두기를 원한다. 한 송이의 꽃과 한 알의 열매를 맺기 위해선 진실하고 겸허해야 한다. 성실의 땀과 인고의 세월을 견뎌내야 한다. 자연에 순응하면서 자신의 생명력을 다 기울여, 집중력을 투입해야 한다. 진실한 삶의 발견과 깨달음으로 얻은 빛깔과 모양으로 일생의 의미와 향기를 담고 싶다.

눈에 잘 띄지 않으나 내 인생의 성실과 명상과 눈물로 피워놓는 풀꽃이고 싶다.

나는 가을 하늘 같은 일생을 갖고 싶다. 가을 하늘과 같은 거울을, 샘을, 그릇을, 꽃을, 그 하늘 속으로 들려오는 종소리를…⑧

산 하나 강 하나
- 벗에게

정 목 일

나는 산을 하나 갖고 싶네.

옛날 사람의 아호를 보면 태백산인(太白山人), 지리산인(智異山人)이라 하고, 편지글 끝머리에 산 이름을 적고 그 아래에 자신의 이름을 쓴다. 사찰의 이름도 반드시 산 이름을 내세운다. 산이 많은 나라에 사는 한국인의 삶은 하나의 산 영역에 속해 있는 것임을 느낀다.

나도 산을 하나 갖고 싶네. 오랜 세월에도 푸른빛과 기상을 잃지 않고 하늘 아래 우뚝 솟은 산을 갖고 싶네. 산을 품고 살면 침묵을 알고 순리를 깨닫게 되리라. 산과 호흡을 맞추고 영원을 품고 싶다.

모든 것을 다 가졌다고 할지라도 고향 산을 품지 못한 사람은 황량한 구석이 있을 것이다. 마음속에 산을 안고 있어야 하리라. 무슨 산인(山人)이 되려면 쉬운 일이 아니다. 산처럼 청청하고 고고해야 한다. 그래야 산이 마음을 열어 받아주리라. 산의 제자가 되고 백성이 되기 위해선 산의 마음과 모습을 본받아야 할 것이다. 마음속에 산이 있어야 든든하고 흔들리지 않으리라 싶네.

정목일

나는 하나의 강을 갖고 싶네.

들판과 대지를 적시며 생명의 젖줄이 되고 어머니가 되는 하나의 강을 품고 싶네. 만년을 흘러도 마르지 않는 강물을 맞아들였으면 싶네. 강물이 흐르면서 남겨 놓은 흰 모래밭을 가졌으면 하네. 바람에 흔들리며 사운대는 대밭을 가졌으면 좋겠네.

하나의 강을 가지게 되면 마음이 깊어지면서 맑아지리라. 강물은 시들어가는 생각과 삶에 생기를 불어넣고 영원을 만나게 하리라. 이기에 묻은 먼지, 탐욕에 찌든 때, 아집에 생긴 얼룩을 씻어낼 것이다.

유유히 흐르는 강물을 바라보고 있으면 분노와 슬픔도 가라앉는 것을 느낀다. 강물은 마음을 정화하고 편안하게 해준다. 물은 생명의 원질이고 어머니가 아닌가. 생명체의 순환과 순리를 보여준다. 가장 낮은 데로 흐르면서 뭇 생명체의 젖줄이 되고, 땅에서 하늘로 오른다. 자유자재의 모습을 보여주며 그 자체가 생명이며 영원의 모습이다.

강이 흐르지 않는 땅은 죽음의 땅이다. 강을 가슴에 품고 살면 메마르지 않는 삶이 되리라. 순간에 얽매이지 않고 영원에 흐르는 삶이 되고 싶네.

나는 들판을 하나 갖고 싶네.

농부가 아닐지라도 가슴에 들판을 하나 품고 싶네. 나는 오곡이

자라는 들판 길을 걷길 좋아하네. 살고 싶은 집은 들판이 보이는 숲 속의 작은 집이면 족하네. 들판의 모든 나무와 풀들, 벌레들, 새들과 눈 맞추며 마음을 나누며 살길 원한다.

들판에 사는 모든 생물들의 삶과 친숙하길 바라며 온전히 햇살과 바람과 이슬과 별빛을 맞으며 지내고 싶네. 가슴 속에 들판을 품으면 삶도 풍요해지리라. 들판의 노래와 들판의 말을 들으며 살고 싶네.

왜 물질에만 집착하며 살아왔는가. 돈으로 산 것은 진실한 소유가 아니다. 자신의 소유물은 사라지게 된다. 빈손으로 왔다가 빈손으로 간다는 걸 알면서도 왜 연연하는지 모를 일이다. 영원하고 가질 수 없는 것은 돈으론 살 수 없다. 가슴속에 품어야 한다. 산의 풀꽃이 되고 강의 조약돌이 되고 들판의 흙 한 줌이 되고 싶네.

나는 움직이지 않고 변화무쌍한 산을, 마르지 않고 홀로 깊어가는 강을, 생명의 숨결과 빛깔로 가득한 들판을 갖고 싶네.㊍

정목일

존 재

정 목 일

비 오는 여름, 있어도 없어도 그만일 듯한 개망초꽃이 되어 들판에 나가 보았어. 비안개 속으로….

누가 부는 것일까. 한 가닥 실바람 끝에서 플루트 소리가 들려왔어. 무논에 펼쳐 놓은 초록빛 융단 위에 문득 드러눕고 싶었어. 그냥 논바닥 위에 누워 버릴까. 한 포기 벼가 되는 거야. 한 알의 비안개 미립자가 되는 거야. 무논의 물과 부드러운 흙에 닿아 있는 벼들의 수염뿌리가 되는 거야.

희뿌옇게 비안개 속에 펼쳐진 외로움의 광막한 공간…. 숲속이나 안개 속에선 머리 위로 커다란 장막이 둘러쳐져 그 안에 있는 모든 것들이 한세상에 있음을 느꼈어.

나를 낳게 한 것은 이 대지가 아니었을까. 들판에 드러눕고 싶은 건 한 알의 씨앗이 되어 마침내 땅에 묻히게 되는 까닭 때문일 거야.

농부는 어깻죽지가 빨리 썩어야 흙으로 편안히 돌아가고, 썩고 썩어야 향기로운 새 생명이 탄생하는 법이지. 나는 어디로 가는 걸까. 영원히 풀리지 않는 물음 속에 갇혀서 안개처럼 어디로 흘러갈까.

비 오는 여름 들판에선 초록빛 생명의 피비린내가 풍겼어. 대지에 묻힌 자의 썩은 흔적 위에 생명의 떡잎들이 피어나서 진초록의 피 냄새가 자욱했어. 누구나 어머니의 젖무덤같이 부드러운 땅의 속살에 한 톨의 씨앗이 되어 묻히게 될걸. 썩은 진흙 속에서 연꽃이 피어나듯이. 노인은 볍씨처럼 땅에 묻혀 다시 태어나고 초목의 초록은 짙어가 황금빛으로 변해가는 거야.

나는 개망초일 수도 한 포기 벼일 수도 있어. 비안개 한 알의 미립자인걸. 한 알의 흙일 따름이야. 물은 구름이 되고 또 강물이 되어 흐르지. 모든 게 흐르고 있어. 죽음은 생명을 낳고 생명은 죽음을 맞게 되지. 나는 비안개 한 알의 미립자가 되어 떠돌고 있지만, 언제나 너에게 닿고 있어. 너의 손, 이마, 눈동자, 입술에 닿고 싶어. 닿으며 손잡고 흐르고 싶을 뿐….

작년 가을, 산길을 걷다가 소나무 밑 바위에 쉬고 있었어. 무심코 바지에 풀씨들이 붙어 있는 것을 보곤 하나씩 떼어 내고 있었어. 허공중에 흩날릴 풀씨 한 알을 들여다보면서 일생은 이렇게 끝나는구나 생각했어. 꽃은 잠시 피어 시들고 사라지는구나. 그 생각의 끄트머리가 설레설레 고개를 흔들었어. 끝이 아니야. 버려진 듯 하찮아 보여도 귀중한 결실이었어. 꽃으로 피어 이루고 싶은 소망이었어.

인간의 무덤 위에 풀들은 자라고, 사라지지 않아. 풀씨 한 톨에서 느껴지는 생명의 맥박….

정목일

꽃향기가 풍겨왔어. 생명의 궁전이었어. 끝이 아니라 언제나 시작인 영원을 잇는 고리였어. 비안개 덮인 여름 들판에 나가보면 모두 한세상 속에 은밀히 닿아 있음을 느껴. 삶과 죽음을 뛰어넘어 존재의 의미도 말할 필요도 없이…. 나는 한 개의 미립자일 뿐이야. 한 알의 모래알….

가끔 깨닫곤 하지. 나는 없어도 좋을 듯한 존재가 아니라는 것을. 한 알의 씨앗이 되려면 사랑과 삶의 의미로 뭉쳐진 결실이 있어야 한다는 걸. 그래야 싹이 나고 떡잎이 나지 않을까.

싹을 틔우는 씨앗 하나 되는 것도 예사롭지가 않아. 나는 그냥 무의미한 존재가 아니야. 삶에 무게를 담아 한 톨의 씨앗이 돼야 해. 언젠가 눈을 감고 대지에 드러누울 수 있게. 들판에서 싹을 틔울 수 있게.

내 일생도 씨앗이 될 수 있을까. 다시 돋아날 수 있을까. 어떻게 하면 아름답게 썩을 수 있을까. 개망초는 있으나 마나 한 존재가 아니었어. 흙도 죽은 자의 넋과 흔적이 이룬 한 알씩의 결정이었어. 실낱같은 바람 한 가닥도 생명을 키우는 힘살이었어.

작년 가을에 보았던 그 풀씨들은 어느 곳의 초록이 되었나. 나는 대지가 포근히 맞아줄 씨앗 한 톨이고 싶어. 초록이 되고 들판이 되고 싶어. 너와 함께 무지개로 떠오르고 싶어. ㊍

아름다운 배경

정목일

달 밝은 밤에 들길을 걸어본 적이 있는가. 달빛이 너무나 눈부시어 혼자 서성거리고만 있어 본 적은 없는가.

이런 달밤엔 무엇을 하면 좋을까. 가슴 설레며 님과 만날 때도 달밤이 좋겠고, 님과 이별할 일이 벌어져도, 이런 달밤이었으면 좋겠다. 어찌 별리이겠는가. 달빛의 고요를 밟고서 님을 만나고, 별리의 슬픔을 나누더라도 달밤이면 잘 잊히지 않고 다시 맑은 그리움으로 떠오르지 않겠는가.

비가 오는 날엔 잊었던 얼굴이 떠오르고, 다정한 말이 귓가에 스며온다. 어느새 눈동자를 살포시 가린 속눈썹이 얼굴에 닿아오는 듯하다. 이런 날엔 문득 수첩을 뒤져보고, 전화를 하고 싶어진다. 빗소리는 잔잔히 속삭이는 음성으로 멀리 떨어져 있는 사람들을 이어주기 때문일까.

눈이 내리는 날엔 그냥 집으로 가고 싶지 않다. 친구와 만나 술이라도 한잔 나누고 싶어진다. 눈이 내리는 광경을 그냥 보고 지나치기는 아깝지 않은가. 어릴 적 추억이 등불을 켜고, 손을 호호 불며 눈싸움을 하던 친구들의 모습이 눈가에 아른거린다.

정목일

저물녘 노을을 보면, 피리를 꺼내 불고 싶다. 노을은 누구의 삶을 마지막으로 채색해놓은 것처럼 느껴진다. 점점 사라져 이내 어둠에 묻히는 노을을 바라보면서, 아름다워서 눈물이 나고 허전해진다.

그래서였을 것이다. 그 일이 벌어진 것은, 순전히 노을 때문이었다. 새천년 여름, 나는 금강산 기행을 떠났다. 평생에 한 번 금강산에 가볼 수 있을까 여겼던 여행을 실제로 하게 된 것이었다. 여행 도중 장전항에 내려 금강산 만물상을 보고 배로 돌아오기 위해 세관을 통과한 직후였다. 바깥으로 장전항이 보이고 금강산 줄기의 굽이치는 능선 위에 까치놀이 붉게 물들고 있었다. 나는 자신도 모르게 카메라를 들고 금강산의 까치놀을 촬영했다. 황홀한 순간이었다.

카메라 셔터 소리가 나자, 주변에 있는 관광객들이 놀라며 나를 쳐다보는 순간, 돌이킬 수 없는 실수를 저지르고 말았다는 걸 깨달았다. 쇠망치로 얻어맞은 듯 현기증이 일었다. 감시 중이던 북한 군인이 달려왔다. 카메라와 신분증을 압수했다. 장전항에선 촬영이 금지돼 있다는 주의 사항을 듣고도 순간적으로 망각 상태가 되었다.

규정을 위반하여 적발당하고 보니 내내 마음이 무거웠다. 다음 날 구룡폭포 코스를 답사하였지만 촬영을 할 수 없어서 그저 마음속에 절경의 모습을 담아두지 않으면 안 되었다. 출항하는 날 저녁, 군 감시소의 호출을 받았다. 군인 집무실에 혼자 들어간다는 것이 두렵고 찜찜했다. 군인 십여 명이 일제히 주시하고 있었다.

장전항에선 촬영이 금지돼 있다는 걸 사전에 교육받지 않았느냐고 물었다. 교육을 받았다고 순순히 답했다. "알고 있으면서도 왜 촬영했는가?"라는 추궁에 나는 대답했다.

"노을이 너무나 아름다워서….'

금강산 노을에 빠져, 배경의 아름다움에 취해 군사시설, 이데올로기, 금지와 같은 말을 망각해버렸던 것이다.

금강산 답사 코스의 마지막 정상인 '나무꾼과 선녀'의 전설이 전해오는 가파른 '상팔담'에서 칠순 할아버지 한 분을 만났다. 이 노인은 하얀 모시 두루마기 차림에다 흰 중절모를 쓰고 있었다. 등산 차림엔 어울리지 않았지만, 참으로 우아한 모습이었다. 넌지시 옷차림에 대해 여쭤보았다.

노인은 죽기 전에 금강산 구경이 소원이었다고 했다. 그러면서 민족의 영산이며 세계 제일의 절경인 금강산을 오르는데 옷차림을 허술하게 할 수 있겠느냐며 되물었다. 금강산의 기막힌 절경을 배경으로 서 있는 노인의 모습이 신선이나 학처럼 비쳐졌다.

가끔씩 자신이 걸어왔던 삶의 배경을 생각해 볼 일이다. 자신의 등 뒤에 부모·형제와 벗들이 어떤 모습의 배경이 되고 있는지 돌아볼 일이다. 아름다운 배경이란 무심결에 자신에게 찾아오는 게 아니다. 자신의 선업(善業)이 쌓여서 은은한 빛깔과 향기가 되고, 삶의 배경이 되는 것이리라. 깨달음과 자비의 빛인 부처의 광배(光背)처럼.

정목일

내 삶의 배경이 아름다워지길 원한다면 먼저 이웃들의 삶에 아름다운 배경이 돼야 할 것이다. 나는 어느 누구를 위해서 아름다운 배경이 돼보았는가. 아끼는 사람을 위해서는 기꺼이 비가 되고, 눈이 되고, 노을이 되는 것이다. 그저 잠깐 동안 배경이 되어 사라진다 해도 좋지 않은가.

건강한 사람은 병든 자를 위하여, 지혜로운 사람은 우둔한 사람을 위하여, 지식자는 무식자를 위하여, 부자는 빈자를 위하여, 권력자는 무력자를 위하여 말없는 배경이 돼줘야 함에도, 오히려 짓밟으며 희열을 느끼기도 한다.

떠나는 뒷모습이 아름다운 사람, 불우한 이웃을 돕고도 얼굴을 드러내지 않는 사람, 어려운 일을 앞장서서 해내고도 뒤에서 미소만 짓는 사람을 보고 싶다.

아름다운 배경을 만들려면, 자신이 아름다워지지 않으면 안 된다. 배경은 결국 자신의 삶이 내는 광채이며 향기가 아닐까. 나의 배경색은 어떤 빛깔이며, 배경음악은 어떤 것일까. 사랑, 헌신, 착함이 깊어질수록 삶의 배경색과 배경음악도 아름다워지리라.

우리는 아름다운 배경으로 살다가 숨을 거두고 싶어 한다. 나는 너에게, 너는 나에게 아름다운 배경이 될 순 없을까. 고요한 달빛처럼, 촉촉한 비처럼, 순결한 눈처럼, 짜릿한 노을처럼….★

정목일의 수필사상
- 코기토(Cogito)와 선(禪)의 하모니

그의 글에서는 모든 것이 새롭게 태어난다. 세상이 거듭 창조되고 잠들었던 사람의 영혼이 제대로 눈을 뜬다. 맑은 만월이 떠 있는 심야에 아다지오 선율 같은 빗줄기가 흐르고 우전 차향이 피어오르는 다기에선 산사 풍경 소리가 울린다. 그의 수필은 제철이 아닌 세상 만물을 한곳에 모은다. 무엇보다 세월에 시들어가는 언어가 태초의 첫 꽃처럼 다시 피어난다.

이런 것들은 문학적 상상에서 이루어진다. 그러나 이 모든 요소를 아우르는 오감의 세계는 특별한 재능을 가진 작가에게만 주어진다. 그 미학의 세계를 구축한 작가가 정목일 수필가다. 정목일은 감각이 무딘 인간들을 대신하여 상상의 심연 속에서 언어의 성을 쌓는다. 그 앞에서는 한 알의 흙조차 고귀한 의미를 얻고 대금 선율

정목일의 수필 사상

은 달빛 언어와 대화를 나눈다. 정목일이 비단실처럼 뽑아낸 언어들이 자연의 비밀과 인간의 운명을 함께 노래한다. 덕분에 독자는 "있어도 없어도 그만인 개망초꽃"을 우주의 비밀과 적멸의 근원을 푸는 열쇠로 받아들인다. 물질적 허영으로 혼탁해진 세상을 더없이 맑은 필(feel)의 필(筆)로 정화하고 있는 셈이다.

정목일은 한국수필계가 인정하는 최고의 수필가이다. 그리고 정목일과 한국수필을 동일시하는 한국문단의 평가는 그냥 이루어지지 않았다. 진주중학교 1학년 때 문학을 하기로 결심한 후 1975년 『월간문학』, 1976년 『현대문학』에서 수필가로 천료 받고 스무 권이 넘는 수필집을 상재한 오늘에 이르기까지 그의 삶은 화려한 연보로 가득 차 있다. 차라리 장엄한 역정(歷程)이랄까. 그 당위성이 한국수필을 발전시켜 나가는 동력이라고 할 정도로 수필에 대한 그의 헌신은 경이롭기만 하다.

정목일의 연보 중에는 그의 수필관을 이해하는 데 도움이 되는 특이한 이력이 적지 않다. 우선 중학 시절부터 이루어진 사색이 작가가 지녀야 할 사유와 명상으로 발전한 점이다. 두 번째는 경남신문사 문화부 기자로 근무하는 동안 닦은 단아한 문장과 우아한 문체라 하겠다. 세 번째는 꾸준히 동화집을 발간하면서 이루어진 순진무구한 자연론과 인생론일 것이다. 이러한 이력이야말로 "수필은 인간이다"라는 정목일의 작가적 신념을 낳았음은 부인할 수 없다.

수필가로서 정목일은 누구인가. 문예지 첫 등단자, 서정수필의 대표자, 한국수필의 수호자, 딜레탕트 문필가, 수필시학의 실천자, 피천득의 후계자 등 그를 지칭하는 명칭은 너무나 많다. 피천득 선생도 2005년 발간된 정목일 회갑 기념 수필 선집 『침향』의 발문에서 "순수 수필의 탐구, 한국서정의 미학 추구와 수필문학의 질적 향상을 위한 그의 노력"을 평가하였다. 본인도 〈후기…수필 30년〉에서 "만약 수필이 없었더라면 내 삶은 얼마나 황량했을까."라고 회고할 정도로 한국수필의 주역으로서 책무를 스스로 짐져왔다.

정목일의 수필적 정체성은 무엇보다 문파를 초월한 한국수필사상을 정립한 데 있다 하겠다. 사상이라면 흔히 정치적 이념이 떠오르지만 인문학에서는 독보적이고 고유한 정신적 가치를 옹호하는 말로 사용된다. 어떤 유혹과 압력에 굴하지 않는 독보적인 이상을 정립한 사람은 세속적인 이름보다는 이념의 아이콘으로 더 알려지기 마련이다. 그 점에서 정목일은 자신의 삶을 사상화한 드문 작가라고 말할 수 있다.

한국수필계에서 흔히 정목일을 서정수필의 본가라고 부른다. 하지만 그가 구현해 오는 장르는 기행수필, 테마수필, 칼럼, 실험수필로 뻗쳐 있으며 강연, 문단 운영, 잡지 발행 등의 분야에서도 남다른 활동을 하고 있다. 그에게는 수필이 "생명의 나이테를 짜는 산실"이라고 부른들 틀린 말이 아니다. 이러한 생명주의가 바로 그가

정목일의 수필 사상

추구하는 수필시학과 수필사상이라고 하겠다.

정목일은 수필에 대하여 어떤 자세를 보여주는가.

수필은 고해성사와 같다. 촛불 앞에서 자신이 지닌 모습을 그대로 진실의 거울 앞에 비쳐 보이는 일이다. 자신의 참모습을 드러내기 위해선 맑게 닦여진 마음의 거울이 있어야 한다.

-「수필의 모습」일부

수필이 마음의 거울이라는 정목일의 주장은 얼핏 평이하게 보인다. 하지만 그의 언술은 고해성사에 모아진다. 고해란 생명의 부활을 얻으려는 신과의 대화라고 말할 수 있다. 그는 이 존귀한 언어를 빌려와서 생활, 자연, 종교 간의 삼위일체를 추구함으로써 수필의 고백을 종교적 고해로 승화시키고 있다. 그중에서 자연과의 혼연일체가 두드러진다. 수필가가 "평온하고 정한(靜閑)한 경지"를 지켜내면 자연이 우주의 본성을 보여준다는 그의 논리는 개체가 우주의 전부이자 일부라는 에머슨의 초월주의와 동양의 선(禪) 사상에 닿아 있다. 실제 그의 수필이 격조 높은 자연애로 이루어져 있음은 「존재」가 거듭 확신시켜 준다.

나는 개망초일 수도 한 포기 벼일 수도 있어. 비안개 한 알의 미립자인걸. 한 알의 흙일 따름이야. 물은 구름이 되고 강물이 되어 흐르지. 모든 게 흐르고 있어. 죽음은 생명을 낳고 생명은 죽음을 위해 있어. 나는 비안개 한 알의 미립자가 되어 떠돌고 있지만 언제나 닿고 있어. 너의 손, 이마, 눈동자, 입술에 닿고 싶어. 닿으며 손잡고 흐르고 싶을 뿐….

- 「존재」 일부

사물을 수용하는 과정이 화학적 융합을 연상시킨다. 관조가 물리적 대면이라면 생사를 초탈하는 미립자로의 그의 변신은 화학적 변화에 가깝다. 심미적 교감이 만물이 공유하는 생명의식을 불러일으킴으로써 독자가 전례 없는 경이감과 충만감을 느끼도록 해준다. 정목일의 수필이 서정에 그치지 않고 영적 감동을 자아내는 명상수필에 다다른 이유도 아리스토텔레스가 말한 제3의 창조주로서 만물을 의미화하기 때문이다.

존재에 대한 무한성을 추구한 작품 중에 「백자(白磁)의 태깔」을 들 수 있다. 도자기를 지켜보는 정목일은 심혼으로 무채색 백자를 휘감으며 달빛과 피리와 난초와 국화의 이미지를 백자에 결속시킨다.

백자의 태깔은 명상의 끝, 고요의 끝에 닿아 있다. 마음의 선(善)에 있고, 텅 빈 허공에 있다. 마음을 비워야 한계가 없어지리라. 한계가 없어져야 마음에 새가 노래하고 달빛이 내릴 수 있다.

- 「백자(白磁)의 태깔」 일부

정목일의 수필 사상

작가는 백자에 대한 이미지를 정관(靜觀)의 경지로 밀고 나간다. 그가 원하는 경지는 무(無), 허(虛), 공(空)으로서 자타(自他)의 구별이 존재하지 않는 세계이다. 주술 같은 언어로 빛과 소리와 향기를 불러내는 정목일은 언어의 주술사에 가까워진다. 그는 백자에 순리, 결백, 순수라는 언어적 문양을 새긴다. "순백색의 끝없는 구도행위"로서 이러한 미적 승화는 신라 금관, 피리, 거문고, 침향, 목리에서 되풀이하면서 인식론적 철학성에 접근하고 있다.

불변성과 영원성의 탐구라는 정목일의 수필사상은 "나는 알고 싶다"는 서구적 지성주의와 "차 한 잔 속에서 오묘함"이라는 동양적 사유로 구성되어 있다. 데카르트가 말한 "나는 생각한다. 고로 존재한다"는 합리주의를 "나는 묵상한다. 고로 존재한다"는 선(禪)의식으로 발전시키는 정목일은 자신이 추구하는 극점이 "떠나는 것들이 최종적으로 다다르는 행방"에 있음을 굳이 부인하지 않는다. 따라서 그가 묘사하는 모든 사물은 적멸의 열쇠를 지닌다. 신라 금관에는 황금빛 은행나무가 숨어 있고, 작설차에는 침향(枕香)을 그리워하는 작가의 마음이 잠겨 있다. 이런 상관성은 모든 것이 우주의 일부라는 믿음에 바탕을 둔다. 바슐라르는 상상을 설명하면서 작가는 모름지기 대상에 외향적 질문을 던져 모든 존재를 우주에 집결시켜야 한다고 주장하였다. 「모래시계」에서 "한 번이라도 햇빛에 반짝이는 금모래"가 되고 싶다고 고백하는 것도 존재의 행방에 대한 해답이라고 말할 수 있다.

「떠나는 것들의 행방」이 존재에 철학적 질문을 던지는 메타수 필이라면 「대금산조」는 흐름의 미학이라는 모티프를 형상화한 작 품이다. 대금은 모든 것이 흐른다는 진리를 구현한다. 은하수와 강 물과 시간과 인간의 운명이 피리 소리에 녹아 함께 흐른다고 정목 일은 느낀다. 정목일의 청력이 소리의 원형에 문을 열면 그의 후각 과 시각도 동일한 반응을 보여주기 시작한다. 그래서 대금을 듣는 그의 희열은 명상 수필을 쓰는 황홀감에 일치한다.

그 음미의 대상은 차와 달빛이다. 그에게 차와 달빛은 기호품이 아니라 우주와 대화를 나누기 위해 바치는 제물과 같다. 실제 정목 일의 작품에서 가장 많이 발견되는 메신저도 차와 달빛이다.

> 찻그릇은 산의 침묵, 하늘과 땅의 말들이 숨을 쉬는 마음을 담은 그 릇이므로 텅 비어 있는 것이 좋다. 마음속까지 비워져야만 깊어질 대로 깊어져 산의 마음이 자리 잡을 수 있다. 잔을 잡았을 때, 온화 하고 그윽하여 저절로 마음에 가닿아야 한다.
>
> -「차 한 잔」 일부

정목일은 찻그릇을 태산처럼 마주한다. 그는 차 한 잔을 마시는 짧은 시간을 만년의 세월로 여길 때 다례의식은 장중한 이미지로 각인된다. 이것은 정목일이 사물을 육안이 아니라 심미적 시각으로 의미화한다는 뜻이다. 「차 한 잔」에서 잔과 합일한다면 달빛 속에 있는 작가는 모든 것에 닿아 있다. 달빛은 명상과 사유를 짜는 자모(字母)이므로 달빛 공간은 사유와 명상의 공간으로 자리할 수밖에 없다.

> 가장 높은 데로, 가장 먼 곳으로 떠오르마.
>
> 가장 낮은 데로부터 말없이 하늘로 떠오르마. 너의 생각, 한숨을 하늘까지 가지고 가마. 가장 간절하면 오히려 무관심해지는 법을 알게 하리라.
>
> —「달빛의 말」 일부

정목일에게 달은 대화의 주체로 자리한다. 그는 오직 달빛의 말을 전달받는 투명하고 순수한 유기체이므로 있는 그대로 문장과 단락을 펼쳐 한 편의 글을 완성해 나간다. 달이 "하늘로 오르라"는 부름을 줄지라도 작가는 지상에 남겨진 무지한 인간들을 생각하면 떠날 수 없다. "마음의 어둠을 지우는 순금의 언어"로 수필이라는 그물을 짜면서 고요하고 초연한 달빛의 세계를 바라볼 따름이다. 언어의 구도자가 갖는 애민(愛民)주의랄까. 「침향」에서 침향을 만지고 달빛 젖은 대금산조 소리가 들리면 "박꽃이 달빛을 뿜어내는"「한옥지붕의 표정」을 읽어내고 「대금산조」를 "영겁의 달빛이 물드는 노래"로 간주하면 은행나무, 우전차, 눈밭 그리고 바늘귀를 더듬는 어머니의 모습이 부활한다. 이렇듯 작가는 달빛을 받으면 고독한 영성의 수혜자로 남겨진다.

이러한 정목일은 온몸을 투명한 안구(眼球)로 바꾸어 세상을 받아들였던 미국의 사상가 에머슨을 연상시켜 준다. 어머니의 존재를 다룬 「쌀 두 되」「어머니의 김치맛」「어머니의 경배」를 제외하면 작가는 일상적 삶은 거의 그려내지 않으며 전통적인 소재를 다룬다는 점에서 딜레탕트적이라는 평가를 받을 수 있다. 하지만 사물의 근원을 꾸준히 탐색하고 있는 점에서 그의 수필은 서정적 실존주의에 더 가깝다. 뿐만 아니라 사물의 내면을 탄주하는 그의 수필은 "깨어 있는 자만이 숲을 볼 수 있다"는 자연적 영성도 추구한다. 실존적이고 명상적인 수필가에게 인간의 삶과 만물의 존재는 서정적 의미화에 있을 수밖에 없다. 그러기 때문에 정목일의 수필을 설명하는 키워드들이 지성, 명상, 영원, 순백, 정화, 선(禪)이라고 언급하는 이유가 여기에 있다.

정목일의 수필은 사유의 세계로 구축되어 있다. 그의 코기토를 요약하면 인생에서 자연을, 물질에서 정신을, 순간에서 영원을, 유한에서 무한을 포착해낸다. 「존재」라는 수필에서 "삶과 죽음을 뛰

정목일의 수필 사상

어넘어 존재의 의미"를 포착하는 것이 꿈이라고 밝히듯이 정목일
은 심미적 영생을 추구하는 작가이다. 그 점에서 한국수필계에서
는 드물게 사물의 실존을 포착한 명상수필을 정립하고 있다고 하
겠다.

제1부

침묵의 말씀

챙기기와 버리기

김 녕 순

살아가노라면 짐을 싸게 되는 경우를 여러 차례 겪는데 그럴 때마다 무엇을 챙기고 무엇을 버려야할지 가늠하기가 어렵다.

나는 열여덟 살 때 6·25 전쟁을 겪었다. 마침 어머니와 오빠는 고향에 다니러 간 터라 혼자 피난 짐을 싸야 했다. 앨범에서 떼어낸 사진과, 가정시간에 배운 양재재단법 노트, 그리고 영어사전을 챙겼다. 어려서의 모습과 여학교시절의 사진이 지금까지 남아 있는 것은 그때 피난 짐을 잘 챙긴 덕이라 생각한다. 피난지의 어려운 살림에서 양재 노트는 마을사람들의 와이셔츠, 남방셔츠 등을 만드는데 도움이 컸다. 영어사전을 펼치고 등잔불아래 단어와 예문을 암기하면 학업이 중단된 초조함을 달랠 수 있었다.

집을 비우고 떠나는 피난길에 어머니를 위한 물건으로 무엇을 챙겨야 할지 짐작하기 어려웠다. 문득 마루 밑의 장작 뒤에 숨겨놓으신 트렁크가 생각났다. 차곡차곡 쌓인 장작을 모두 꺼내고 찾아낸 트렁크에서 윤기 나는 옷감은 비쌀 뿐만 아니라 어머니가 아끼시는 것 같아 모두 챙겼다. 제법 무거웠지만 등짐으로 메고 최전선

　　　　　　　　　　　제1부 침묵의 말씀

을 넘나들며 12일간을 걸어 대전에 도착했다. 뜻밖에도 어머니는 "이까짓 것들을 뭐 하러 가져왔느냐?"고 몹시 화를 내셨다. 야속하고 무안했다. 무엇을 원하셨던 것일까. 그때에는 짐작할 수 없었으나 후에 나도 자식을 키운 뒤에야 그 이유를 알았다. 하찮은 옷감을 소중한 줄 알고 무겁게 지고 온 것이 안타깝고 화가 난 것이었다. 내가 피난 짐을 메고 떠난 뒤에 당숙(堂叔)이 혼자 있을 나를 데려 가려고 우리 집에 들르셨다고 했다. 당숙은 내가 이미 떠나고 없으니 어머니가 애지중지하시던 재봉틀을 자전거에 싣고 열흘 넘게 걸어서 대전까지 오셨다. 쇳덩어리이니 얼마나 무거웠으랴. 당시에는 재봉틀이 귀중품이었지만 험하고 먼 길에 끌고 올만한 가치가 있는 것이었을까. 재봉틀을 받아 든 우리 어머니는 이번에는 화는 내지 않고 고마움만 나타냈다.

어쩌면 우리는 무엇이 소중한지도 모른 채 살아가는 것 같다. 하찮은 것을 소중히 지니고 있으면서도 그것을 모른 채 끌어안고 살아가는지도 모른다. 그때마다 버릴 줄 아는 지혜가 있으면 얼마나 좋을까.

금년 초여름에 갑자기 이사를 하였는데, 십여 년 만에 하는 이사라 버릴 것을 정리하기가 무척 힘들었다. 물건들을 정리하다 보니 이사하고 한 번도 쓰지 않은 것들이 있었다. 소용도 없는 물건들을 이제까지 소중하게 간직해 왔던 것이다.

김녕순

여행할 때도 마찬가지이다. 짐을 잘 챙기고 출발한 것 같지만 긴요한 것이 빠져 있을 수도 있고 쓸 데 없는 것을 들고 다닌 경우를 여러 번 겪었다. 가벼운 여행 짐이 세련된 짐이다. 인생도 여행길과 같다. 삶의 짐이 가벼워지도록 나쁜 기억이나 미움의 응어리는 일찌감치 버려야 한다. 이런 것들만 덜어내도 인생이 맑아지고 가벼워 질 것이다.

어제는 카메라 충전기와 연결코드를 넣은 통을 빈 것인 줄 알고 재활용 쓰레기에 내다버렸다. 재활용수집 요일을 어기며 굳이 고철 수집함에 갖다 넣었다. 그 안에는 중요한 것을 저장한 메모리카드도 여러 개 들어 있었다. 뚜껑을 열어보는 아주 작은 동작이 귀찮았다. 몸을 덜 움직이려다 소중한 것을 맥없이 버리고 말았다. 물건만 버린 것이 아니고 나이 탓에 엉뚱한 짓을 한 것 같아 덧없다는 생각이 자꾸 솟는다.

오늘 하루의 생활에서 무엇을 버리고 무엇을 챙길 것인가. 쓸 데 없는 것을 안고 집착하지는 않는가. 소중한 것을 알아보지 못하고 흘려보내지는 않는가. 깨달음은 챙기고 집착은 버리는 지혜가 나에게도 깃들기를 바라는 마음 간절하다. ㊍

간월암(看月庵)

김 상 분

　바닷물이 들어와서 바위섬이 된 그곳에 작은 암자가 오롯이 서 있을 줄 알았다. 그리고 만월이 바다에 또 하나 들어 있기를 기대했다. 무학대사가 그곳에서 깨달음을 얻었다는 간월암의 겉모습만이라도 보며 그만이 볼 수 있었던 길을 훔쳐보려던 작은 욕심이 부끄럽다. 출렁이는 바닷물 대신 낮에 갈라지기 시작한 물길은 이제 끝 간 데 없이 펼쳐진 모래사장으로 변해서 물은 다 빠져나간 듯했다. 그 거센 물살을 밀어낸 달님은 굽어진 해송 사이로 숨바꼭질하듯 우리를 내려다보며 웃는다. 너희들이 나를 보려느냐? 저 천수만 건너편의 불야성이 너희들 세상이거늘 이 밤에 웬 나그네인가 비웃는 듯 민망하다.

　오랜만에 남편과 함께 겨울 바다를 보고 왔다. 점심때가 다 되었는데 불쑥 서해안 낙조나 보러 가자며 서두르는데 버틸 재간이 없었다. 말없이 커피와 생강차를 보온병에 담았다. 가는 길에 휴게소에서 호두과자라도 사면 안성맞춤이리라고 가볍게 떠난 여정이었다.

화성, 서해대교, 당진을 지나 안면도를 다해가는 길목에서 도로 표지판, '간월암'을 보고 잠시 들려가려는 가벼운 생각이 들었다. 그러나 작은 바위섬 위의 암자는 달의 인력처럼 우리의 가던 길 오던 길을 모두 다 멈춰 서게 한 밀물이며 썰물이었다.

간월암은 충남 서산시 부석면 간월도리에 위치한 작은 암자이다. 조선 태조 이성계의 왕사였던 무학대사가 창건하였고, 그곳에서 달을 보고 깨달음을 얻었다고 해서 그 이름이 유래했다고 한다. 바닷물이 들어오면 작은 섬이 되고, 물이 빠지면 길이 열려 뭍으로 이어지게 된다. 조석간만의 주기적인 변형작용이 밀물과 썰물을 일으켜서 낮에는 뭍으로 가는 길이 열렸다가 밤이 되면 물이 차서 섬이 되는 신비로움에 길이 막히고 그 가득히 차오른 바닷물에 달이 뜬다니…. 지구표면에 작용하는 달의 중력이란 도대체 얼마나 큰 힘일까. 다른 천체의 중력에 의해 발생하는 또 다른 천체의 주기적인 변형작용이라는 엄청난 지구과학 이론에 갑자기 두 손 모으며 그 어떤 절대자의 힘에 의지하고 싶어진다. 번뇌와 고통을 떨치고자 수행 정진하던 그 암자에서 무학대사는 보았을 것이다. 달이 부풀어 찰 때와 그믐을 넘어 초하루일 때 가장 큰 조차(潮差)를 이루는 조석이 나타난다는 사실과 만조와 간조의 때가 날마다 달라지는 것을. 초하루와 보름, 보름과 그믐 사이의 상현과 하현에 조차가 가장 작은 조금이 일어난다는 사실도 지켜보았을 것이다. 과학의 이론을 건너선 선의 세계에서 그가 구한 진리는 밀물과 썰물의 끝없는 반복 속에서 깨달은 마음 비움이 아니었을까? 달도 차면 기울고, 섬을 삼킬 듯 가득하던 바닷물도 어느새 넓은 뻘만 남긴 채 밀려 나갔다. 생로병사의 고통도 백팔번뇌의 괴로움도 모래사장 위의 발자국 같은 것을…. 밀물처럼 덮쳐오는 욕심의 파도를 이겨내지 못하다가, 만조의 가득한 바닷물 위에 떠있는 또 하나의 달을 바라보며 그는 고뇌하고 또 고뇌하였을 것이다. 드디어 어느 날 그만의 달을 본 날, 간월(看月)의 날이 밝았으리.

안면도에서 일몰의 붉은 빛에 취해 있다가 밤늦게 다시 들린 그곳에서 망설인다. 밀물이 다시 들어올 때까지 기다려 볼까. 저 길을 건너가서 간월암에서 밤을 지새우면 우리도 바다 위에 있는 또 하나의 보름달을 볼 수 있을까. 그래서 얻은 우리 중생의 깨달음은 한 줌 모래알처럼 손가락 사이로 빠져나가리라. 솔잎 사이로 달님이 다시 웃는다. 달그림자를 보며 더욱 작아진 키를 재어보는 어리석은 모습을 애처로워하면서…. 그리고 속삭이는 듯하다. "어서 너희들 처소로 돌아가거라. 내가 너희들을 집까지 배웅해주리라"고.
　　우리가 달을 본 것이 아니라 달이 우리를 보았다. Ⓐ

성현이의 눈동자

권 종 숙

수업시간마다 성현이의 멍한 눈동자가 창밖 하늘 위를 서성인다.

"왜, 무슨 일일까?"

몹시 걱정스러웠지만 당분간은 모르는 척 그냥 지켜보자고 생각했다.

서울D초등학교 4학년 담임을 맡고나서 오월 초순쯤에 있었던 일이다. 자신이 성현이 아버지라며 상담을 요청하는 학부모가 교실로 찾아오셨다. 까무잡잡하고 새침하게 생긴 어떤 여자와 함께였다. 학기 초에 예의범절 바르고 후덕한 성품의 성현이 어머님을 뵌 적이 있었기에 몹시 의아한 생각이 들었다. 수일간 고심 끝에, 우리 애가 선생님을 잘 따르는 것 같아서 의논을 드리러 왔다며 조금 망설이다가 상담할 보따리를 풀어놓았다.

선생님껜 몹시 부끄럽고 죄송스런 얘기지만 이왕 용기를 내어 왔으니 솔직히 말씀드리겠다고 했다. 그는 전부터 이발소를 운영

제1부 침묵의 말씀

하고 있었는데 어쩌다보니 함께 일하던 면도사와 정이 깊게 들었단다. 하는 수 없이 이제 아내와 이혼을 하려는데 성현이가 몹시 걱정이 된다. 그간 제 엄마와 함께 살던 아이를 달포 전에 조부모님 댁에 데려와서 함께 살고 있는데 큰 문제가 생겼다. 늘 씩씩하고 밝던 아이가 점점 침울해지더니, 요즘은 식구들과 말도 안 섞고 자신과는 눈도 마주치기 싫어하며 종일 제 방에만 틀어박혀 지낸다. 부도덕한 사생활을 숨김없이 밝히는 그들이 몹시 불쾌했지만 꾹 참고 듣고 있자니 저절로 한숨이 나왔다. 그도 한숨을 섞어가며 전후 사정을 다 말한 후에 자세를 고쳐 앉으며 상담요지를 짧게 말했다.

"선생님, 우리 부부가 이혼한 후에 누가 성현이를 키우는 게 가장 좋겠습니까? 저희 가족들은 어린 성현이를 위해서 선생님 말씀에 따르기로 했습니다."

'이게 무슨 말인가?' 너무나 당황스럽고 난처한 질문에 나는 어찌할 바를 몰랐다. 교육대학에서 배운 이론으론 도저히 대처할 수 없는 학교현장의 실황이었다. 그때 내 나이 만 28세, 돌도 안 지난 첫 애기를 키우고 있는 여교사가 답을 하기엔 몹시도 난해한 그들의 가정사요 인생사였다. 하지만 그 순간 '너는 성현이의 담임교사다.'란 내면의 소리가 들려왔다. 내가 맡은 제자에게 가장 유리한 답변을 구사해내야 된다는 사명감과 모성애 같은 걸 느꼈다. 의연한 척 그들을 바라보며 성장기의 친정집 사랑방 정경을 떠올렸다. 크고 작은 걱정거리를 싸들고 찾아온 사람들의 하소연을 묵묵히 들으신 후에, 몇 마디 문장으로 그 난제의 지혜로운 해결책을 넌지시 일러주시던 할아버지. 그 시절엔 이혼을 금기로 여겼고, 혹여 그럴 경우 유교적 관습상 자식은 아버지 편에서 맡아 기르는 것이 당연시 되던 사회였다. 지난 시대의 체험을 되새김질하며 그들 문제의 해답을 찾아내고자 애를 쓰며 나는 잠시 침묵에 잠겼다.

근심스런 표정으로 나의 대답을 기다리는 그들 불륜남녀에게 욕이라도 한바탕 퍼부어주고 싶은 내심內心을 감추고 천천히 입을 열었다. 안 그래도 제가 먼저 성현이 부모님께 연락드릴까 생각 중이었다. 학기 초에 그렇게도 씩씩하고 성실하던 성현이 태도가 근래 들어 판이하게 달라지고 있었기 때문이다. 지금 듣고 보니 그간의 집안사정으로 여린 성현이 마음이 얼마나 불안하고 괴로웠을지 짐작이 된다. 담임교사로서 제자의 아픔을 헤아리지 못하고 지켜보기만 해서 몹시 후회스럽다. 자책하는 교사의 말을 듣고서야 고개를 저으며 모든 게 자신의 탓이라고 풀 죽은 목소리로 숙연한 태도를 보였다.

'이제 됐구나.' 싶어서 상담코자 하는 사안에 대한 내 생각을 분명하게 밝혔다.

"성현이 담임교사로서 소신껏 말씀드리겠습니다. 지금으로서는 성현이를 어머님이 키우시는 게 최선일 거 같습니다. 학기 초에 어머님과 함께 살 때가 너무 좋아 보였거든요. 귀한 아드님의 장래를 위해서, 어머니와 헤어지게 해선 절대로 안 됩니다."

젊은 여교사가 쐐기를 박듯이 내어준 처방전을 들고, 시원섭섭한 표정으로 엉거주춤 교실 문을 나서는 그들의 어깻죽지도 지친 듯 축 처져보였다.

며칠이 지나고부터 성현이의 태도에 서서히 변화가 일어났다. 훤하게 잘 생긴 얼굴엔 웃음기가 스며들고 목소리엔 활기가 돌았다. 수업 중에 창밖을 서성이던 멍한 눈동자도 빛을 내며 교실 안을 빙그르르 돌았다. 수업시간에도 "저요, 저요!"를 외치며 손을 번쩍 들고 학습의욕이 되살아난 성현이. 가뭄에 시들던 교재원의 꽃봉오리가 이슬비를 흠뻑 맞고 무지개 빛깔 꽃송이를 활짝 피우는 듯한 사랑스런 제자. 이런 순간 맛보는 무지갯빛 행복감이 교직생활의 보람인가 싶었다. 박봉에 열악한 근무여건, 콩나물시루 교실에 부족한 교육예산, 과도한 업무에 시달릴지라도….

그날 이후 마음에 안정을 찾은 성현이도 다른 친구들처럼 밝고 씩씩하게 학교생활을 하게 되어서 참 다행스러웠다. 여름방학을 며칠 앞둔 어느 날, 하교하던 성현이가 다시 교실로 들어서며 "선생님, 우리 엄마 오셨어요."라며 싱글벙글거린다. 아들 뒤에서 환하게 웃으시는 어머니, 나도 반가움에 겨워 벌떡 일어나 그녀의 손을 덥석 잡았다.

"선생님, 너무너무 감사합니다!"

눈물을 글썽이며 그녀가 풀어놓은 그간의 사연은 이러했다.

원래 그들 부부는 이발사, 면도사로 만나 결혼 후에 이발소를 자영하며 사이좋게 지냈다. 영업이 잘 되어 돈도 제법 많이 벌리고 일손이 모자라기에 면도사 한 사람을 들였더니, 이런 불상사가 생기고 말았다. 자신의 뜻은 무시되고 성현이를 시댁에서 데려간 이후로는 살 의욕이 안 나서 죽고만 싶었다. 방황 끝에 언젠가는 아들을 다시 찾아와야지, 하는 결심으로 다른 이발소에 취직부터 했다. 이를 악물고 종일토록 서서 일하며 돈을 벌고 있던 차에 성현이를 데려가도 좋다는 연락을 받았다. 밤낮없이 눈에 밟히던 아들과 일찌감치 함께 살게 되어 뛸 듯이 기뻤단다. 이런 기쁨이 다 선생님의 덕분이란 걸 알고 나서 진작 찾아뵙고 싶었는데 인사가 늦었다며 미안해하신다. 젖먹이 아들을 키우고 있던 내 마음에도 그 기쁨이 전해오는 듯 콧등이 찡해졌다.

직원종례를 알리는 벨소리를 듣고서야 되찾은 아들을 앞세우고 교실 문을 나서는 그녀의 모습이 개선장군처럼 장해 보였다. 다시 한 번 나를 향해 공손히 절하며 지극한 모성애가 담긴 정겨운 목소리로 긴 여운을 남기고 가신다.

"저 혼자서도 성현이를 남부럽지 않게 훌륭하게 키울 거예요. 선생님…!"

서로 손을 꼭 잡고 힘차게 운동장을 걸어 나가는 그들 모자母子의 뒷모습을 기분좋게 바라보며 나는 다짐했다. 교직생활이 끝나는 날까지… 할아버지께서 주신 교훈을 가슴 깊이 새기며, 언행문言行文 일치로 솔선수범하는 좋은 교사가 되리라고.

대학 졸업 후에 발령장을 받고 집을 떠나오던 날, 할아버지께서 내게 교직생활의 교훈으로 삼으라며 이런 당부를 하셨다.

"이전에는 문중의 딸네들이 직장생활을 하는 걸 탐탁히 여기지 않았으나 작금엔 모든 가치관이 변해가는 세상이라 더 이상 어쩔 도리가 없구나. 이제부터 너는 나라의 녹을 먹는 공무원이요, 어린 학생들을 가르치는 국민(초등)학교 교사 노릇을 하게 되었으니, 사명감을 갖고 매사에 청렴하고 지혜롭게 처신하며 제자들을 차별 없이 공평하게 대해주거라."

'70년대 초반 도시 학부모들의 치맛바람 운운하던 풍문을 들으시고, 가정환경이 힘든 제자들을 더 잘 돌봐주라는 뜻을 내게 미리 일러주신 듯하다.

요즘도 나는 분주한 일상을 살아가며 자주 학교 옆을 지나다닌다. 근래 매스컴에서 학교현장의 불협화음과 교사들의 탄식, 일부 학부모들의 불만의 목소리가 높다 하더니만, 학교 담장 안이 훈기보다 냉기가 서려 있는 느낌이 든다. 학생과 학부모, 교사와 집안 어르신들 모두가 혼연일체가 되어 어린 학생들을 보호하고 바르게 이끌어가던 옛날 학교의 담장 안은 얼마나 훈훈하고 정겨웠던가.

오늘도 볕 좋은 창가에 멍하니 홀로 앉아, 교단에 선 젊은 날의 나를 찾아 나선다.
'아빠하고 나하고 심은 꽃밭에~~ '
풍금 반주에 맞춰 너울대는 맑고 고운 노랫소리가 흘러나오는 그 옛날 학교로. ⑯

봄날의 합창

박 남 순

봄날이 꽃불을 켜고 달려왔다.

참을성도 눈치도 볼 것 없이 한 번에 달려와 환호성이다. 정기검진을 위해 계절에 한 번씩 찾는 병원 옆 캠퍼스엔 계절의 봄도, 청춘들의 봄도 한창이다. 더구나 3년을 묶여 있다 풀렸으니 오죽하겠는가. 저기 저 청춘들의 몸짓이 꽃처럼 어여쁘다.

달려오는 계절이나 왁자지껄 청춘들의 소리도 어찌 이리 반가울 수 있을까? 엄중한 세월을 지내온 고단함과 안도의 한숨이 절로 나오는 시간이다. 앞으로도 우리들의 일상이 쭈욱 이처럼 밝은 봄날이면 좋겠다. 중앙 광장 분수대에 삼삼오오 모여서 그들의 봄날을 즐기는 몸짓을 바라보다, 그럼 내 인생의 봄날은 어떠했는가를 생각해 본다.

안타깝게도 내 청춘의 봄날은 너무 쉽게 얼떨결에 지나갔다. 젊음이 예쁜 건지 좋은지도 모르고 정신없이 가 버리고 말았다. 중학생이 되며 산골 소녀가 중학교 진학을 위해 서울로 왔다. 입대를 앞둔 작은오빠와 단둘이 서울살이를 하는 것은 무리였지 않았나 싶다. 고향 산과 들을 뛰놀며 부모님께 어리광을 부리던 아이는 두렵고 암담했다. 농촌에서 넉넉지 않은 형편임에도 부모님과 큰오빠는 무슨 생각에 유학을 보냈는지 모르지만, 남들처럼 고향에서 중학교에 가고 싶었다. 6학년 때 서울로 수학여행을 와 본 것이 전부인데 갑자기 서울살이라니 답답했다. 전화가 없던 시절이니 급하면 엄마를 오시라고 편지를 써 보내고, 어스름 해 질 녘이면 무섭고 외로워서 눈물이 났다. 그럼에도 학업은 열중하여 좋은 성적으로 졸업을 하고, 고등학교를 가려 하니 자라나는 조카들의 교육비에 밀려 막내인 나는 큰오빠의 눈치를 보게 되었다. 부모님은 학비와 생활비를 어렵게 마련하여 보내시지만 언제나 부족했다. 여고 시절 분홍빛 청춘이어야 할 날들이, 가끔씩 우중충한 회색빛으로 나를 감싸기도 하였다. 그래도 주저앉지 않고 주인집 아이들 숙제를 봐주거나 간단한 아르바이트를 하여 생활비에 보탰다. 어렵게 학업을 마치니 운 좋게도 좋은 직장에 들어가게 되었다. 그러나 그 봄날도 3년 남짓하고 이른 결혼을 하면서 막을 내렸다.

만며느리도 아니면서 가풍을 익히라는 시부모님의 말씀에, 일 년에 제사가 열두 번 있는 종가에서 1년간의 시댁살이, 이른 나이에 준비 없이 맞이한 출산, 모성의 본성만 가지고 허둥지둥 애를 쓴 육아, 생활비에 반 이상 쓰는 자녀 교육 뒷바라지로 남들이 그러하듯 정신없이 30여 년을 보낸 것 같다. 아들이 늦게까지 박사학

위 취득을 위해 미국 유학 중이었으니 긴 뒷바라지는 계속되었다.

그중에도 고마운 일은 아이들을 대학에 보내고 시작한 늦깎이 대학 공부가, 봄바람처럼 따뜻하고 봄꽃처럼 화사하여, 뒤늦은 청춘의 봄날을 맘껏 맛보았다. 살아가며 간간이 불어오는 하늬바람과 높새바람도 있었고, 가끔은 댑바람도 태풍 같은 거센 바람도 있었지만, 남편과 끈끈한 동지가 되어 감사하며 맞았다.

지난가을, 남편은 결혼 46주년 여행을 하며 몰래 준비한 편지와 선물을 건넸다. 정신없이 달려온 세월에 본인이나 옆지기의 주름진 얼굴이 걸렸나 보다. 함께 손잡고 여기까지 오느라 고생했다며 감사하다고 했다.

나는 미처 준비하지 못하여 미안했지만 다음을 기약하며, 남편에게 그동안 상선약수(上善若水)처럼 늘 순리대로 가정을 잘 이끌어 주어 고맙다는 말을 전했다.

우리는 늘 그랬다. 신앙 안에서 본분을 지키며 물 흐르듯이 긍정적으로 살아가자 했다. 그러다 보니 이제 머리에 성성한 서릿발과 약간의 신체적 어려움을 겪으며 살지만 우리는 지금이 봄날이다.

매여 있지 않고 자유로운 시간을 쓸 수 있어서 우리는 지금이 봄날이다. 취침과 기상 시간이 자유로워서 좋다. 굳이 하고 싶지 않은 일은 꼭 하지 않아도 되니 그 또한 좋다. 우리는 한때 별 보기 운동을 하는 사람처럼 종종걸음으로 살았다. 아이들이 어릴 때 친정

어머니께서 어쩌다 딸네 오시면 사위 뒷모습을 애잔하게 바라보시며 "과천 나무 장사 아이들이 지 아범 얼굴을 모른다더니" 하시며 안쓰러워하셨다. 참 성실하고 근면한 남편이었다.

그러나 지금은 우리가 계획하고 우리를 위하여 시간을 마음껏 쓸 수 있어서 좋다. 함께 운동하고, 여행하고, 각자의 취미생활도 서로 박수치며 산다.

우리에게 뒤늦게 만개한 인생의 봄꽃이 아름답다. 그 빛에 심취하여 우리는 오늘도 운동으로 건강을 다지며, 작은 신앙을 지켜가며 인생의 봄날을 합창하며 산다. Ⓜ

아침의 나방

박 영 신

산방에 앉아 문을 열어놓고 시나브로 안개처럼 스미는 어둠을 바라본다. 산기슭에서 울던 새들도 저녁 울음을 그쳤나 보다. 고양이가 텃밭을 지나가는 소리가 들린다. 깊숙한 어둠이 들어찬 방으로 들어가 등불을 켜놓고 창문 너머로 다시 어둠을 바라본다. 내가 살던 먼 도시와 산방의 거리를 무연한 시선으로 바라보는데 어느새 찾아든 날벌레들이 방 안에 가득하다.

전등을 훑는 나방들은 필사적이다. 날개와 배와 발가락들이 한데 뭉쳐서 파닥거리며 몸부림친다. 몸이 부서지도록 포기하지 못하는 나방들의 집념이 밤새도록 뜨겁다. 불빛의 가장 안쪽으로 다가가서 나방은 과연 무엇을 찾으려는 것일까. 나는 밤이 이슥하도록 잠들지 못하고 뒤척인다. 날벌레들이 등불을 치는 소리, 창문을 훑는 소리가 점점 더 크게 들린다.

설핏 잠이 들었는데 높고 굳건한 문에 매달려 그 문을 열지 못한 채 나는 몸부림친다. 힘껏 당겨도 문은 열리지 않고 양쪽 어깨가 뻐근하게 아프다. 문 앞에 매달려 돌아설 수 없는 마음의 짐이 무거워 또다시 몸부림친다. 실패로 얼룩진 과거의 일들로 꿈은 어지럽다. 가까스로 잠든 새벽잠에서 깨어나기도 전에 식은땀이 흐른다.

관계 속에서 욕망의 밧줄은 엉키고 그 매듭을 풀지 못하는 안타까움에 끊임없이 요동치는 불안을 느꼈다. 내면의 전쟁터는 공허감으로 밀려와 혼란스러웠다. 산마을에 인접한 고찰이 품은 산방에서 짐을 풀고 나서 오로지 새로운 삶의 방향을 갖고 싶었다. 스님은 내내 출타 중이시고 홀로 산방을 지키고 있자니 칠흑 같은 어둠만이 앞을 가로막는다.

여명이 환하게 물든 창호지 문을 열었다. 간밤에 떨어져 죽은 나방의 사체가 신발 위에 수북하다. 날개 위에 찬란하게 무늬진 금빛, 은빛의 동그라미들이 처참하게 부서졌다. 찢어진 날개들은 가루가 되어 흩어졌다. 열정으로 치달았던 순간의 회오리, 나방의 모든 것은 끝났다. 화려한 날개가 참혹하게 짓이겨진 것은 어리석게도 스스로가 자처한 것이다. 불빛을 향해 돌진하여 유리문, 유리등에 몸이 상하면서도 나방은 멈출 수 없는 갈망을 제어하지 못하고 죽음으로 뛰어든 꼴이다. 나방들의 잔해를 숲에 버리고 돌아서며 간밤의 내 꿈자리도 그만큼 뒤숭숭했음을 느꼈다. 나방도 나도 미혹하여 삶의 방향을 착각하며 바라본 것일까. 희미한 질문만이 새벽안개처럼 떠다녔다.

살아서 파닥이는 나방을 이슬 젖은 풀숲으로 쫓아 보냈다. '몸으

제1부 침묵의 말씀

로부터 들끓는 끊임없는 욕망을 지니고 멀리 떠나라. 밤의 허기를 견디며 생존의 나날에 날개가 꺾이지 않도록 현명하게 살아라.' 나직이 읊조리며 진정한 삶의 혜안에 눈뜨지 못하고 부나방처럼 분주했던 지난날들을 돌아보았다. 서툰 세상살이의 곡진한 계단을 오르내리며 무수히 반복된 실수와 과오가 조금씩 보이기 시작했다. 아침마다 죽은 나방들을 쓸어버릴 때 나는 하잘 것 없는 지난날의 내 허물도 버려지길 바랐다.

아침은 생동감 넘치는 새소리와 이슬 젖은 풀냄새로 향기롭다. 은빛의 동살 너머 마법의 세계처럼 하늘은 다채롭게 빛나기 시작한다. 마을 사람들이 꽃 울타리로 꾸며놓은 샘터로 나간다. 샘에서 우러난 첫 물을 마시고 세수를 한다. 나방도 나도 자연의 일부라면 몸이 빚어내는 욕구도 자연스러운 일이리라. 그러나 나는 나방이 부여잡은 어리석은 욕망의 덫과 그 파멸을 분명하게 보았기에 새로 펼쳐진 아침의 길을 걸어가고 싶다. 나는 진정한 나를 바라보는 것에 미숙했다. 내가 가진 유형, 무형의 소유물에 함몰되어 그 모든 것을 걷어내도 남는 것은 나 자신임을 몰랐다. 완전한 무소유의 상태가 돌아와도 당당하게 마주 설 나를 바라볼 용기가 없었다. 욕심껏 세상으로부터 구한 것과 나를 동일시했으며 끊임없이 채워지지 않는 허기만을 바라보았다. 삶을 사랑하며 영혼에 깊이 물든 기쁨을 느꼈던 적이 언제였던가.

박영신

샘물이 담긴 주전자를 들고 아침의 고샅길을 걸어 산방으로 돌아오면서 떠오르는 동살에 온몸을 맡겼다. 산 숲의 나무들이 태초의 신선함을 두르고 싱싱한 공기를 전해준다. 참새 떼들이 덤불 속에서 놀라 후두둑, 날아간다.

내가 두고 온 도시를 다시 바라본다. 나름대로의 성공을 향해 치열해진 사람들은 숨이 가쁘다. 디지털단지의 빌딩에 직장이 있는 나는 근래에 누군가 빌딩 밖으로 투신했다는 뉴스와 함께 하얗게 금을 그어놓은 바닥의 흔적을 보았다. 무수한 사람들이 그 흔적을 밟으며 출근과 퇴근을 반복했다. 그는 사업에 실패한 것에 심하게 좌절했다는 것을 소문으로 들었다. 애도할 틈도 없이 빌딩들은 하루가 다르게 높이 올라가고 생존하기 위한 날개는 더 높이 올려야만 했다.

오늘도 출근하는 사람들은 긴장된 신발 굽에 힘을 주며 빌딩의 계단을 오를 것이다. 물질의 만족과 경쟁의 승리와 실패를 이길 성공이 불의 향기처럼 우리를 유혹할 것이다. 역동적으로 치닫는 삶의 욕망 가운데서 진정한 자신을 잃지 않고 바라보아야 한다면 어떤 마음의 자세가 필요할지를 끊임없이 자문하지 않을 수 없다. 산방에서의 나날 동안 내 안에서도 부나방처럼 수천의 날개가 파닥거렸다. 풀리지 않았던 삶의 매듭들, 단단한 절망 앞에서 허덕이던 헛된 날개가 사라져 버렸다. 풀숲으로 사라진 아침의 나방처럼 또 다른 가능의 세계로 날개를 편다. 나방은 자기 안에서 빛을 찾아내야 하리라. 스스로 분명하게 떠오르는 그 빛을 향해 가야 하리라. 나도 그렇다.⊛

봄과 한 발 차이

박 정 옥

이월의 마지막 날, 불광천을 따라 한강 변으로 산책을 나섰다.

개천에는 잿빛 옷을 걸치고 꼿꼿한 목으로 그림처럼 서 있는 두루미와 자맥질하는 청둥오리 가족도 볼 수 있었다. 아직 새순을 틔우지 못한 갯버들과 싹을 밀어 올리지 못한 마른 풀들도 봄을 기다리고 있다.

코끝을 스치는 알싸한 바람은 한겨울의 칼바람이 아니었다. 산책길 옆 바싹 마른 풀잎 사이로 청보라색이 엿보였다. 쪼그리고 앉아 살펴보니 앙증맞은 봄까치꽃이다. 푸른빛 꽃잎 넉 장이 가슴을 콩닥콩닥 두들겼다. 이 꽃은 제일 먼저 봄소식을 알리는 꽃이라서 손님이 오는 것을 알리는 까치처럼 반가운 마음에 '봄까치꽃'이라고 한다. 봄을 기다리는 마음이 오죽이나 간절했으면 이런 이름을 지었을까. 꽃이 지고 난 뒤 씨방 모양이 닮았다고 해서 '개불알풀'이라고도 부른다. 옛 어른들의 기발하고 해학적인 이름짓기에 슬며시 웃음이 나왔다. 시대를 생각해보면 어려움 속에서도 얼마나 따듯하고 여유로운 삶을 즐겼는지, 작은 꽃 이름에서도 나타나는 그 마음자리가 늘 재고 동동거리는 나로서는 마냥 부럽다.

봄까치꽃은 무리 지어 피는 것이 특징이지만 주위를 둘러보아도 더는 보이지 않았다. 춥고 매서운 한파에 웅크리고 있다가 한결 부드러워진 바람결에 성급한 한 송이가 먼저 얼굴을 내민 듯했다. 아직 소소리바람이 남아 있다는 걸 아는지 모르는지. 급한 성질이 나와 비슷한 듯해서 괜한 걱정을 해본다.

봄까치꽃을 만난 이후 하루에도 서너 번은 작은 정원인 베란다에 나갔다. 화분 속의 산작약이 행여 꽃대라도 밀어 올렸을까? 할미꽃과 매발톱꽃도 꽃봉오리를 물었는지 살펴본다. 때로는 창문을 활짝 열고 지나가는 바람과 햇볕, 아파트 뜰의 식물에게도 봄이 어디쯤 왔냐고 말을 걸었다. 나이 많은 은행나무는 아직이라며 눈을 꼭 감고 있고 잔디는 감추어 두었던 연둣빛을 살짝 보이면서 바스스 일어나서 이제 곧 봄이 온다고, 한 발짝 정도 남았다고 한다.

내 인생에서도 수없이 많은 날을 봄을 기다리며 살아왔다. 어릴 때 꿈꾸었던 봄은 동화책 속에 나오는 백마 탄 왕자님을 만나는 것이었지만, 청소년기에는 도서벽지 선생님이 되는 것이었다. 그러나 봄을 기다리기만 할 뿐 열심히 찾아 나서지 못했다. 꽃대 하나 올리지 못하고 아른한 아지랑이만 바라보다가 끝이 났다. 그땐 나의 봄을 완성해 줄 햇볕이 부족했고 촉촉한 봄비도 때맞추어 내리

박정옥

지 않았다.

　어른이 되어서 나의 봄은, 같은 곳을 보고 같은 꿈을 꾸는 남자를 만나서 잘 사는 것이라 믿었다. 그러나 그 봄도 꽃피고 나비 날다가도 진눈깨비 휘날리고 찬비가 내리기도 하였다. 결혼생활 내내 가족을 위해 삶의 전부를 내놓았다. 남편이 승진하거나 아이들이 좋은 대학에 다닐 때 그때가 눈부신 나의 봄인 줄 알고 살았다. 예순을 훌쩍 넘기고 모두 내 곁에서 떨어져 나가고 나서야 생각해 보았다. 그 세월이 내 인생의 봄날이었는지. 아니었다. 그때도 나는 봄을 찾느라 겨울의 끝자락에서 늘 아등바등하였음을….

　잠시 젖었던 상념에서 깨어난 나는 임을 만나러 가는 마음으로 봄을 사러 가까운 재래시장에 갔다. 물결처럼 넘쳐나는 사람들의 어깨너머로, 옷자락 사이로 왁자지껄 봄의 소리가 들린다. 냉이도 쑥도 달래도 난전에 앉아서 서로서로 봄이라고 떠들고 있다. 한 발짝을 기다리지 못하고 비닐하우스 속에서 뛰어나왔을 딸기와 토마토도 서로 봄맛이라고 우기고 있다. 시장을 두리번거리다가 내가 찾던 것을 발견했다. 은은한 향기와 온갖 색으로 배시시 웃으며 발걸음을 붙잡는다.

　꽃잎이 벨벳처럼 우아한 진보라색의 바이올렛과 분홍색의 앵초. 잉크 한 방울 톡 떨어뜨렸을 것 같은 신비로운 푸른색의 물망초와 화분에 납작 엎드린 듯한 앙증맞은 야생화까지 골랐다. 웬만한 꽃보다 예쁜 색과 잎을 가진 다육多肉 식물도 담고 보니 양손이 봄으로 가득했다. 무거워진 손과는 달리 가벼운 발걸음으로 콧노래를 흥얼거렸다.

시장을 벗어나려는데 눈앞에 아장아장 시장 구경 나온 아기가 보인다. 한 손은 엄마 손을 꼭 잡고 다른 손은 구름처럼 몽실한 분홍색 솜사탕을 잡고 있다. 연신 아기에게 눈 맞춤하며 소곤거리는 아기엄마, 기다리는 봄은 참 좋다. 아련히 어린 내 모습이 스쳐 지나가면서 솜사탕 한입 베어 물고 싶다는 생각이 들었다. 내게 봄은 지워지지 않고 남아 있는 미련이고 꾸지 않고는 배기지 못할 꿈이었다.

집으로 오는 길에 휭하니 찬 바람 한 줄기 지나간다. 아직은 쌀쌀하다. 그러나 마른 가지에서 봄을 기다리는 여린 생명 들은 잘 견뎌내며 제 몫을 다할 것이다. 봄이 한 발 앞에 와있기에….Ⓧ

침묵의 시간과 격언 수첩

서 금 복

누군가는 아침에 일어나자마자 성경의 아무 데나 편 후 그 페이지에 적혀 있는 말씀대로 하루를 산다고 했다. 나는 성경 대신 365개의 명구가 새겨져 있는 책상 달력처럼 생긴 수첩을 펼친다. 어느출판사에서 사은품으로 준 건데, 세상에 좋은 말이란 말은 다 새겨져 있다. 머리와 가슴으로는 충분히 받아들이지만, 실천하기 어려운 격언들이다. 하루만이라도 흉내 내보자고 오늘의 내가 제법 다짐하지만, 거실에서 주방으로 오는 그 짧은 사이에 오늘은 어제와 손잡고 만다. 어제 하던 고민을 계속하게 만들고 어제 미워했던 사람과는 화해하지 않는다.

그런데 오늘 읽은 격언은 종일 내 곁을 떠나지 않는다.

〈내 편에서 보면 분명히 옳은 것도 상대방의 입장에서는 교만과 집착이 되어 그 사람의 마음을 아프게 할 수 있습니다.〉

며칠째 가슴앓이를 하고 있다. 언제나 그렇듯 말 때문이다. 나는 타인의 말에 귀 기울이기보다 내 맘을 털어놓는 편이다. 물어보지도 않고 궁금해하지도 않는 나의 사생활을 마구 털어놓고 흑백을 가려야 할 자리라면 남의 눈치 안 보고 손을 번쩍 든다. 내숭 떨지 않고 자기의 의견을 명확하게 밝히는 게 '정직과 정의'라고 생각하다 보니 이 지경이 되었다. 그러나 세상은 어떤가. 같은 걸 보면서도 자기의 눈높이로만 생각한다는 걸 나는 왜 자꾸 잊는 것일까.

얼마 전에도 나는 누군가의 가슴을 아프게 했다. 물론 내가 의도적으로 그의 가슴을 후벼 판 건 아니다. 내 딴엔 '문우의 의리'랍시고 말했는데, 그는 생각보다 내 말에 가슴을 찔려 피를 흘리는 듯했다.

남들이야 어찌 되든 말든, 글을 잘 쓰든 말든 내가 참견할 문제는 아닌데, '내 방식대로 글을 써야 한다고 집착하는 교만한 인간'이 되고 말았다. 그놈의 입, 나는 왜 '침묵의 시간'을 내 편으로 만들지 못하는 걸까.

문득 20여 년 전 만났던 J 선생님을 떠올린다. 성함은 진작 알고 있었지만, 그분을 처음 뵌 곳은 어느 심사장에서였다. 반가운 마음으로 인사드렸으나 그분은 심사가 끝날 때까지 말씀을 거의 안 하셨다. 다른 장르는 심사 도중에 사적인 말도 하고 웃음도 주고받았으나 우리 쪽은 침묵만 흘렀다.

심사 후 모두 모여 차를 마셨는데, 선생님은 그때도 아무 말씀 안 하셨다. 보다 못한 누군가 선생님께 뭔가를 물어보면 단답형으로 대답하거나 빙긋 웃는 걸로 대신했다. 그 모습이 나는 좋았다. 내게 부족한 모습을 지닌 선생님이 존경스러웠다.

그래서였을 거다. 그 만남 이후 10년쯤 흐른 후엔 내 발로 J 선생님을 찾아갔다. 등단 20년을 바라보며 운 좋게 수필 강의를 맡았는데, '내가 과연 누군가를 가르쳐도 되는 건가.' 하는 걱정을 떨쳐버릴 수 없었다. 그래서 J 선생님이 강의하는 곳에 나가게 되었다. 그곳에서 내가 배운 건 선생님의 인내심이었다.

'어떻게 같은 작품을 보고도 저렇게 딴 판으로 생각할 수 있을까.' 수강생들이 돌아가면서 한마디씩 할 때, 내가 볼 땐 그게 아닌데도 선생님은 그들의 말을 자르지 않았다. 20년 전이나 10년 전이나 선생님은 '침묵과 인내의 시간'을 당신 편으로 갖고 계셨다.

깨달아도 실천하지 않으면 그게 그거다. 그런데 오늘은 20년 전, 10년 전 J 선생님 모습이 자꾸만 떠오른다. 내가 '정직과 정의'라고 생각했던 게 타인의 눈에는 '교만과 집착'으로 보일 수도 있다는 걸 깨닫는다. 이제 실천만이 남았다.

책장에 잘 모셔놓은 비욘 나티코 린데블라드가 쓴 책 한 권을 꺼낸다. 줄 쳐놓은 걸로도 모자라 형광펜으로 칠해놓고 잊어서는 안 된다고 삼각형으로 접어놓기까지 한 페이지를 잊고 살았다.

「갈등의 싹이 트려고 할 때, 누군가와 맞서게 될 때, 이 주문을 마음속으로 세 번만 반복하세요.」
「내가 틀릴 수 있습니다. 내가 틀릴 수 있습니다. 내가 틀릴 수 있습니다.」

'나도 틀릴 수 있다'가 아닌, '내가 틀릴 수도 있다'도 아닌, '내가 틀릴 수 있다'라는 문장을 소리 내어 세 번 읊조린다.
내 방식이 옳고, 내 말이 참말이니까 정의롭게 밀어붙이고 정직하게 목소리를 높여도 된다는 생각에서 멀어져야겠다. 글쎄! 얼마나 갈지 모르겠으나 이번에는 '침묵의 시간'에서 머물며 당분간 365일 격언 수첩을 다음 날로 넘길 것 같지 않다. ⓧ

『실크로드』를 읽고

서 미 애

　이 책은 정목일 수필가가 실크로드 여행을 다녀와서 쓴 기록문이다. 단순한 기록문에서 벗어나 수필가다운 사색과 명상을 담고 있다. 저자는 수천 년 전에 실크로드를 떠났던 사람을 생각하면서, 언젠가는 그 길을 가보리라는 막연한 기대를 품고 살다가 드디어 실크로드를 찾아 떠났다고 한다. 인간은 태어나면서부터 길을 떠나는 존재인가. 작가는 일생이란 한 장의 여행 티켓이며 누구나 일생이란 길 위에서 임종을 맞게 되며 '삶' 그 자체는 '여행 중'이라고 말한다. 나도 그를 따라 함께 여행하는 기분으로 책을 펼쳤다.

　여행은 중국 고대사의 중심이자 실크로드의 시발점인 서안에서부터 시작되었다. 도시 자체가 거대한 박물관이라고 해도 과언이 아니라는 서안에는, 우리나라 종각에 있는 보신각종 같은 종루가 있고, 현장법사가 인도에서 가져온 불경과 불상을 모시기 위해 건립한 7층 석탑인 대안탑이 있다고 한다. 1,500년 전 구도자의 길을 개척하기 위해 끝없는 사막과 험준한 산맥을 넘어 죽음과도 같은 고행길을 걸어갔다는 현장법사를 생각하니 아득한 현기증마저 느껴졌다.

양귀비와 현종이 사랑을 나누었던 곳으로 유명하다는 화청지에는 양귀비가 목욕하던 욕조와 목욕 후 요염한 자태를 뽐내는 석고상, 머리를 말리는 누각도 세워져 있다니 그녀는 천년이 지난 세월 속에서도 미의 상징으로 사람들의 마음속에 살아 있는 듯했다.

저자는 황하를 보면서 중국 문명을 낳은 자궁이라 했다. 물 무게의 1/3이 진흙이고 바닥에 가라앉은 진흙이 강바닥을 높이고 있어 늘 홍수가 뒤따르지만, 중국 문명은 황하에서 시작된다는 것이었다. 황하 유역이 대륙성 기후로 건조한 데다가 비옥한 황토가 퇴적하여 황토지대를 형성하고 있어 사람이 살기 좋은 토지를 제공하고, 농경에 적합한 조건을 구비하고 있기 때문이란다.

1만 6천 평의 지하 공간에 6천여 명의 주력부대를 숨겨 둔 병마용은 저자를 경악하게 만들었다. 아무리 무생명이라고는 하지만 2천 년 동안 출정 명령을 기다리며 흙 속에 묻혀 있는 병마용을 힘없는 백성들의 삶이 짓밟힌 흔적으로 본 것이다. 저자는 70만 명의 사람들을 동원해 30년 동안이나 이 지하 군단을 만들었다는 사실에 놀라며, 진시황은 이 세월에 대한 보상을 어떻게 할 것인가를 묻고 있었다. 또한, 그 병마용들을 위해 추모의 시와 음악을 들려주어 영혼을 위로해 주어야 하지 않을까 사색한다. 생명이 없는 흙 사람에게도 깊은 고찰(考察)을 하는 저자의 마음에 숙연해진다.

서미애

저자와 함께 고비사막을 넘는다. 저자는 누구나 한 번쯤은 사막을 건너가지 않을까 하며 그 길은 혼자 가는 길이지만 희망의 등불을 켜야 하고, 마음속에 희망이란 오아시스를 만들어야 한다며 나의 인생이 곧 사막을 걷는 거와 똑같다고 말해준다. 메마른 사막에 타는 목마름으로 걸어가는 고독한 인생길일지라도 오아시스와 같은 희망의 등불은 늘 밝히고 살라는 메시지이다.

모래 산인 명사산에서는 '노래를 부르는 산, 얘기를 들려주는 모래 산, 희고 부드러운 곡선을 지녀 여인의 나신보다 더 아름답게 빛나는 산.'이라고 사색한다. 과연 수필가다운 명상이 아닌가. 사물의 내면까지 들여다보며 조용한 노래를 부르는 듯했다. 이렇듯 수필가인 저자와의 여행은 조용한 사색이고 명상이었다.

나는 그런 저자와의 여행을 계속 차분히 따라가고 있었다. 명사산에는 산꼭대기로 오르는 사닥다리가 있다. 저자는 그 사닥다리를 타고 명사산 꼭대기까지 올라가 보기로 한다. 나도 마음속으로 따라 올랐다. 문득 저 산꼭대기에 오르면 하늘에 닿을 수 있을까 하는 어릴 적 꿈이 떠오르며 땅이 내 발아래로 한 걸음씩 내려서는 듯했다.

그러나 상상은 내가 편리한 만큼만 한다. 나무 썰매를 타고 멋있게 내려오려던 저자의 꿈이 부서지려는 순간 나는 얼른 썰매에서 뛰어내리고 말았다. 가속도가 붙은 썰매는 중심을 잡지 못하고 모래밭에 나뒹굴고 말았다. 사고는 순식간에 일어났고 다친 데가 없다니 다행이다. 순간 나만 살려고 뛰어내린 자신이 슬며시 미안하고 웃음이 났다. 책으로 떠나는 여행은 이렇듯 내 마음대로 상상을 펴거나 접을 수 있어 좋다.

놀란 가슴을 월아천의 물로 가라앉히고 막고굴로 가서 부처의 세상을 본다. 모래산이 굳어서 된 벽을 흙으로 쌓아 올려 이룬 언덕 같은 막고굴, 천 년 동안 작가들은 각자의 예술 세계를 그 안에 꽃 피웠다. 어두컴컴한 굴속에서 외롭고 고독한 작품 세계를 펼쳤을 작가들, 그 정신이 위대해 보인다.

타클라마칸 사막 한가운데는 가장 낮고 뜨거운 도시 투루판이 있다. 현장법사가 한 달 동안 설법을 하였다는 흙의 도시 고창 고성을 보고, 손오공도 뜨거워서 넘지 못해 파초선을 구했다는 화염산 앞에서 훅훅 끼쳐오는 열기를 느낀다. 천산산맥의 녹아내리는 만년설을 끌어오기 위해 총 5,000km의 수로 공사를 하여 만든 카레스 운하에 손을 담그고 '아름다운 초원'이라는 뜻이 담긴 우루무치로 떠난다. 우루무치에는 말, 양, 염소를 방목하는 유목민족이 있고, 중국인이 3년을 먹을 수 있는 양을 보유한 소금호수도 있다. 신강 박물관에서 2천5백 년 전, 그 지역에서 최고의 미인이었다는 '누란미녀' 상을 만나며 실크로드의 긴 여정이 끝난다.

직접 찍은 사진과 함께 명소마다의 특징을 잘 나타낸 책은 나를

서미애

중국문화에 빠지게 했다. 마치 함께 걷는 것처럼 사진 위에 나를 올려놓으니 무한한 상상의 세계가 펼쳐졌다. 해외여행이 보편화되고 많은 사람이 중국 여행을 다녀오고 또 계획하고 있지만. 나는 앞으로도 그곳을 직접 여행할 일은 없을 것 같다. 그 방대한 여행지를 남들과 보폭을 맞추어 다니지 못할 것이고 발이 푹푹 빠지는 사막 위를 힘없는 다리로는 걷지도 못할 것이다. 그래서일까. 나는 이 책을 모든 상상을 동원해 함께 여행하는 것처럼 읽었다. 저자의 고요한 사색과 명상이 함께 하니 깊은 울림도 있었다. 지도를 펴놓고 눈으로 마음으로 따라간 실크로드는 나만의 방법으로 느낄 수 있는 즐거운 여행길이었다.⊛

*2007년 봄학기에 목우수필반에 등록하고 수필을 처음 배우던 해에 정목일 교수님이 펴낸 실크로드를 읽고 쓴 글입니다.

색이 짙은 박수

수지 J

　회색빛 겨울의 끝 무렵에는 어김없이 비가 내린다. 겨우내 기다리던 봄비다. 봄비는 싸늘한 냉기를 녹이며 내린다. 지루한 회색빛은 봄비를 타고 서서히 걷히고 흐른다. 비가 그치고 난 하늘은 이내 청량함이 느껴진다. 바람결에 묻어오는 봄 내음은 오늘 하루가 어떻게 새로울까 마음을 설레게 한다.

　봄비는 할머니를 떠오르게 한다.

　부모님은 맞벌이로 바쁘셨고 나는 집을 떠나 대학에 다니며 자취하고 있었기에 할머니는 늘 혼자 집을 보고 계셨다. 할머니는 바쁘신 부모님 대신 우리 남매를 챙기시고 보살피셨다. 나의 입학식과 졸업식에 언제나 함께하셨고 대학생이 되어 집을 떠나기 전까지 나의 룸메이트였다. 봄이 막 겨울을 깨우던 어느 날, 할머니의 부고를 듣고 나는 대학 교정 한가운데 주저앉아 한참을 울었다.

　내성적이었던 어린 시절엔 동네 슈퍼도 혼자 가지 못해 할머니의 긴 치마폭에 숨어 과자를 사러 가곤 했다. 나에게 할머니는 부족함 없는 보호자이셨다. 바쁜 엄마의 빈자리를 채워주셨다. 유치원에 데려다주시고, 밥을 차려주고, 밤이면 재워주셨다.

우리 남매를 돌보느라 바쁘신 와중에도 일요일이면 어김없이 불공을 드리러 절에 다니시던 할머니는 다른 불자佛子들에게 보살님으로 불릴 만큼 신실한 불자이셨다. 언제나 부지런하셨고 생각해 보면 체력도 아주 좋으셔서 산 중턱의 절을 쉽사리 오르내리시곤 하셨다. 내가 학교 갔다 돌아올 때면 할머니는 TV를 보고 계시거나 알지 못하는 글자들로 가득한 불경을 읊고 계셨다. 무슨 뜻인지 모를 불경들을 어떻게 다 외우고 계시는 건지 신기하기만 했다.

할머니는 항상 날씬하신 몸매를 유지하셨고 머릿기름으로 쪽진 머리에 단정하고도 소박한 모양의 은색 비녀를 꽂고 다니셨다. 할머니가 참빗으로 머리카락을 빗으실 때면 얼른 할머니 곁으로 다가가 굽은 허리까지 길게 흘러내린 희끗한 머리카락을 만져보며 감탄하곤 했다. 한 번쯤은 할머니처럼 머리카락을 아주 길게 길러보는 것이 소원이었는데 인내심이 부족하여 언제나 다다르지 못하곤 했다.

12년의 바쁜 학창 시절도 어찌 지나갔는지, 끝나고 나서 보니 할머니는 어느새 많이 연로해지셨다. 기력도 약해지셔서 더 이상 절에도 다니지 못하시고 집에만 계셨다. 할머니 방에선 TV 소리나 염불을 외우시는 소리가 들려오지 않았다. 그저 방에 가만히 앉아

제1부 침묵의 말씀

계시는 때가 늘어갔다.

어느 조용한 대낮, 할머니의 방 안에서 박수 소리가 들려왔다.

'짝! 짝!' 이렇게 한 번, 그리곤 두 번 정도….

대수롭지 않게 생각하다 문득 할머니께 여쭤본 적이 있었다.

"할머니, 가끔 손뼉은 왜 치시는 거예요?"

그제야 할머니는 옅은 미소를 띠시며 말씀하셨다.

"너무 조용해서…."

아무 것도 할 일 없이, 해야 하는 일 없이, 할 수 있는 기력 없이 보내고 있는 늙은 할머니의 시간은 어떠할까. 하루하루 어떤 의미를 새기며 보내야 할까. 그때는 생각해 보지 못했다.

세월이 한참 지나 내게도 아이들이 생기고 나이가 들어가는 만큼 부모님 나이의 무게가 느껴지는 어느 날, 문득 할머니의 박수 소리가 생각났다. 적막을 깨는 소리. 그때는 대수롭지 않게 생각했던 할머니의 박수 소리가 요동치듯 마음 깊이 사무친다. 세상에 이렇게 외로운 박수 소리가 있을까. 그 소리는 힘차진 않았지만 그렇다고 너무 약하지도 않게 할머니의 방 안 적막한 공기를 깨우고 있었다. 너무 조용해서, 무료하고 공허한 마음에 작은 소리라도 보태고 싶은 마음이었을까. 살아 있음을 소리로 깨치고 싶은 마음이었을까.

할머니의 박수 소리가 봄이 오는 이 길목, 내게 봄비로 내린다.

이제 작은 변화가 일어나기를 바라는 설렘을 가지고 내게 온다. 얼어붙은 마음을 녹인다. 지루한 마음의 굴레와 굳어 있던 신경을 깨우며 살랑이고 내린다.

할머니는 86세 되는 어느 봄날, 잠자듯 조용히 세상을 떠나셨다. 목욕재계(沐浴齋戒)하시고 주무시다 돌아가셔서 모두 호상(好喪)이라고 했다. 별다른 병마 없이 편안하게 잠드신 것은 분명 아름다운 마지막일 것이다. 돌아가신 지 얼마 되지 않아 내 꿈속에 나타난 할머니는 잔치가 벌어진 긴 행렬 속에서 덩실덩실 춤을 추고 계셨다. 좋은 곳으로 가셨음이 분명했다.

고요한 방에 혼자 앉아 '짝!' 하고 박수 소리를 내어본다. 보이진 않지만 나를 둘러싼 공기는 회오리치듯 달라졌을 것이다. 맞붙은 두 손을 그대로 잠시 할머니를 생각하며 기도를 올린다. '손녀딸의 결혼식까지는 살아야지.' 하셨던 나의 할머니…. 벌써 중년의 나이가 되어버린 손녀에게 다시 한번 하루의 의미를 생각하라고 희미하게 박수 소리를 내어주신다.

할머니의 쓸쓸했던 박수 소리가 오늘 내게 봄비가 되어 마음을 녹인다. 나를 깨워 온전한 내 하루의 시간을 갖게 하고 색이 짙은 감사가 되어 들려온다. Ⓚ

신부님과 나눈 선문답

이 경 담

    2008년 11월 28일 인도 방갈로르, 간밤에 오락가락하던 비가 아침녘부터 장마철이라도 된 듯 쉬지 않고 내렸다. 숙소에서 『인도 100배 즐기기』 책장을 넘기며 다음 여행지에 골똘하였다. 오후에는 비가 개어 동네를 거닐다 인근에 있다는 '가톨릭문화센터'를 찾아갔다.

    'C.C.B.I. Centre'라는 푯말을 보고 따라간 골목에 제법 산뜻한 노란 센터건물이 보였다. 'WELCOME'이라고 쓰여 있는, 닫힌 문 앞에서 기웃거리고 있노라니 개가 요란스럽게 짖었다. 한 여성이 계단을 내려와 문을 열어줬다. 내 소개를 간단히 하고 인도에 관해 알고 싶어 책을 보러 왔다고 했더니, 신부님이 안 계시니 3시에 오라고 했다. 시계를 보니 2시였다. 그곳에서 기다려도 된다고 했으나 사양하고 나왔다.

    길 안쪽으로 더 들어가 '교리 및 전례 센터(All India Biblical Catechetical Liturgical Centre)'로 갔다. 선뜻 들어가지 못하는데 마침 밖으로 나오다 마주친 젊은 신부가 악수를 청하며 들어가라고 흔쾌히 권했다. 아담한 건물이 흩어져 있는 경내는 정숙하고 청결한 가톨릭 특유의 분위기였다. 익숙한 환경에 와 있는 편안함에 긴장이 풀리고 여유로워졌다.

정원을 지나 끝에 불교식 연꽃봉오리 머리장식 오층탑이 지붕에 올려진 자그마한 집이 눈에 띄었다. 잎이 무성한 나무 가지가 드리운 그곳은 마치 '어서 오세요!'라는 듯 문을 열어 두었다. 기도실 앞에 신발을 가지런히 놓고 들어가 무릎을 꿇고 잠시 눈을 감았다. 인도 선율에 이끌려 들어간 강당에서는 '까미즈와 살와즈'를 입은 여학생들이 전례무용을 연습하고 있어 양해를 구하고 한참 구경했다. 건물이며 전례에 전통문화를 끌어들인 인도 천주교의 한 모습이 인상 깊게 다가왔다.

시간에 맞춰 가톨릭문화센터로 다시 갔다. 문화센터는 문이 열렸고 경비원도 자리를 지키고 있어 사무실로 안내받았다. 수녀님한테 찾아간 목적을 설명했더니 도서관으로 데려가는 것이 아니라 신부님을 만나라고 했다. 책을 보러 왔지 신부님을 만나려고 한 것이 아니라고 했는데도 기어이 신부님을 모시고 나왔다.

연세가 지긋한 신부님,

"어떻게 왔느냐?"

"어디에서 왔느냐?"

같은 질문을 자꾸 되풀이한다.

걸어서 왔다, 이 근처에 머물고 있다, 한국에서 왔다, 인도에 관한 책을 보러 왔다 등등 생각나는 대로, 영어가 되는 대로 답변했다.

"누가 가라고 해서 왔느냐?"라는 질문에 "조카가 가보라고 해서 왔다."라고 했더니 조카를 데리고 오란다.

어찌할 줄 모르고 서 있었다. 신부님은 바깥을 가리키며 "여기 오지 말고 성당에 가라."는 한 마디를 던지고 사라졌다. 얼핏 능소화 닮은 붉은 꽃이 핀 키 큰 튤립나무 너머로 성당건물이 보였다. 며칠 전에 들렀다가 미사 시간만 알아보고 왔는데, 바로 그 성당이 문화원 건물과 정원을 사이에 두고 연결되어 있는 것이다. 이 동네에 살고 있으면서 성당에 나오지 않는 신자를 혼낸 것일까. 아무리 생각해도 신부님의 불친절과 어긋난 질문이 이해가 안 되고 불쾌했다. 내 뒤를 따라 계단을 내려오는 수녀님한테 화를 냈다. 수녀님도 당황하고 안타까운 듯 금방 울기라도 할 표정이었다. 그래도 아랑곳하지 않고 공원에서 만났던 인도 거지여인처럼 거만한 표정을 지으며 차갑게 그곳을 나왔다.

기분도 상했고 마음도 상처를 입어서 눈물이 날 지경이었다. 성당으로 가서 가만히 앉아 있기라도 하면 나아질 텐데 하는 생각을 하면서도 발길은 집으로 향했다.

이 일이 한동안 머리에서 떠나지 않았다. 까칠한 신부와의 만남이 생각만 해도 기분이 언짢았으나, 한편으로 '왜 그랬을까?'라는 질문을 거둘 수가 없었다.

인도에 다녀오고 한 달이 가고 두 달이 가면서 많은 일들이 희미해져 가는 어느 날, 뜻밖에 이야기를 듣고 화들짝 놀랐다.

경봉 선사를 찾아뵈었더니 하시는 말씀이,

"길이 없는데 어떻게 왔는가?"였다고 한다.

"마음속에 길이 있지 않습니까?"라고 답하고서 겸손하지 못했던 자신이 두고두고 후회가 된다고 지인은 회상했다.

역시 경봉 스님을 찾아갔던 프랑스 철학자 레비스트로스(Levi-Strauss), 그는 "길이 없는데 어떻게 왔는가?"라는 스님의 질문에 "주님의 인도로 나 여기 왔노라."고 답했다고 한다.

이 이야기를 듣는 순간 정신이 번쩍 들고 눈앞이 환해졌다.

'그래, 인도 신부님이 바로 이것을 물으셨구나' 하는 생각이 미치자 신부님에 대한 섭섭함도, 상처 입은 마음도 씻은 듯 가시었다. 인도 가톨릭 사제는 불교식 선문답을 하셨던 것인데…. 마음으로 구하지 않는 것은 손에 쥐여주어도 모른다.

이제 신부님이 묻는다면 뭐라고 답할까?

"어떻게 왔느냐?"

"어디에서 왔느냐?"

"누가 가라고 하더냐?"

선뜻 대답을 할 수 있는 용기와 확신은, 글쎄 아직 모르겠다. 내가 어디에서 와서 어디로 가는지, 자신이 걷고 있는 이 길을 왜 걷고 있는지, 또 이 길이 어디로 닿아 있는지 확신 속에 아는 사람이라면 더 이상 길 잃은 나그네가 되어 이리저리 헤매지 않겠지. 나는 누구일까? 나는 어디에 있는가? 고승처럼 죽비를 내리쳐 정신 똑바로 차리도록 하신 인도 신부님과의 선문답을 새기고 새긴다.(木)

오목눈이를 노래하다

임 순 자

　붉은머리오목눈이와 인연을 맺은 지 십오 년이 넘는다. 첫해는 부화한 새끼가 하나였고 손자 녀석이 주무른 탓에 새끼가 죽었다. 경험이 없었는데 후에 안 일이지만 아마도 뻐꾸기의 탁란이 아니었나 싶다. 오목눈이는 보통 대여섯 알을 낳는데 그때는 새끼가 하나였기 때문이다. 삼 년 동안 새는 오지 않았고 봄만 되면 나는 그 작은 새를 기다렸다. 삼 년 후에 다시 왔을 때는 뛸 듯이 기뻤다.

　그때 나의 사정은 암담하고 우울한 시기였다. 때맞춰 조그맣고 보드랍고 따스한 생명체가 해마다 나를 찾아오는 것이 소중했고 위로가 되었다. 오목눈이가 왔다고 지인에게 말하면 "축하해요, 금년에 귀댁에 좋은 일이 있으려나 봐요." 했다. 그 반가움과 사랑스러움을 글로 썼더니 수필 등단이 됐다. 해마다 새는 왔고 그때마다 새의 소식을 글로 썼었다.

　그러다 이변이 생겼다. 2층에 세든 이들과 우리 집도 차가 있으니 주차공간이 어려웠다. 궁리 끝에 대문과 담을 헐고 꽃밭과 작은 텃밭에 관목들을 베고 마당 전체에 시멘트를 깔았다. 인부들께

오목눈이 얘기를 하며 베란다 가까이 서 있는 산죽과 모란은 뽑지 말자고 했다. 봄날 공사 소리가 시끄러운데 오목눈이 부부가 날아 왔다. 한시도 가만있지 못하는 새에게 나는 손으로 산죽과 모란을 가리키며 너희 집을 지을 대나무가 그대로 있으니 와서 집을 지으라고 말을 했다. 내 방식으로 수화하며 고개를 이쪽저쪽으로 눕히기도 하면서 '응 알았지?' 하며 달래는 심령으로 진심이 통하길 바랐는데, 알았는지, 몰랐는지 울며 돌아갔다. 이튿날도 왔다가 그냥 갔다.

그렇게 사 년이 또 흘렀다. 사월이면 가끔 귀에 익은 새의 소리가 들릴 때가 있었지만 주변에 나무도 없고 흙도 없고 아스팔트와 시멘트로 된 메마른 곳에 한 아름 산죽이 서 있은들 와서 집을 짓지 않았다. 봄이 와도 나는 힘이 없었다.

코로나가 한창인 2020년에 J 문인협회에서 가곡과 성곡 짓기를 했다. 사회적 거리 두기로 모임과 행사가 중단된 상태에서, 무료하게 시간을 보내기가 답답할 때, 이메일과 카톡으로 모든 일이 이뤄졌다. 나는 내 마음을 차지하고 들앉아 있는 붉은머리오목눈이를 생각하며 '뱁새(붉은머리오목눈이) 이야기'라는 제목으로 가사를 써냈다. 시(詩)가 서툴고 자신 없기도 하거니와 가사 짓기는 더 쉽지 않았다. 앙증맞고 사랑스러운 모습과 매일 다르게 크는 새끼들의 모습을 어떻게 표현할까, 그 많은 형상과 어여쁨을 어떻게 그릴까 하면서 모양과 느낌을 압축하여 나름 정성껏 가사를 만들었다. 카톡으로 자녀들에게 보냈더니, 어색하다, 이어지지 않는다, 순서가 안 맞다 등 지적을 한다. 잘 모르지만 1절과 2절 혹은 3절이 운율과 음보가 맞아야 하고 노랫말이 잘 알아들을 수 있어야 하지 않을까라고 생각했다. 56곡의 성곡과 가곡의 가사가 제출되고 수없이 퇴고하고 수정하기를 반복하니 총괄하시는 이사장님의 애타는 수고는 말로 표현할 수 없었을 것이다. 드디어 작곡가에게 맡겨지고 몇 달 후에 메일로 악보가 왔다. 압축된 악보를 풀다가 잘못 될까 봐 컴퓨터를 잘하는 작은딸에게로 그대로 보냈다. 자녀들이 좋아했다. 음악 전공인 며느리도 더할 나위 없이 곡이 아름답다고 좋아했다. 교회찬양 지휘자인 작은사위는 퇴근하고 집에 들어서자마자 편집하고 노래를 연습했단다. 딸이 이쁜 오목눈이 사진을 넣고 악보에서 노랫말이 가는 대로 나비가 폴폴 날며 음절을 가리키는 동영상을 만들어서 보내왔다. 클릭하니 사위 음성으로 노래가 나온다.

뱁새 이야기

1. 봄이 오면 찾아오는 작은 뱁새가
   창문 밖의 작은 숲에 둥지를 트네

콩을 닮은 파란 알을 깨고 나오면
매일 크는 새끼 모습 기쁨이었네

2. 붉은 머리 동그란 몸 까만 눈동자
포롱 포롱 포르르르 날갯짓 늘면
새 가족이 떠나가고 둥지만 있네
딸네 가족 살다 떠난 빈방 같구나

겨우 한 달 지내고자 일 년을 참아
예쁜 새끼 어미 되어 돌아오겠지

놀라웠다. 이렇게 노래가 되는구나. 소프라노 성악가의 음성으로 음원도 나왔고 유튜브에도 올려졌다. 댓글도 달리고 아는 이들이 응원도 보내온다. 유튜브에 나온 오목눈이 사진은 사실 내가 예뻐하는 오목눈이 사진이 아니라서 아쉽다. 영상을 올리는 분이 저작권 문제가 생길까 봐 시중에 이쁜 오목눈이 사진이 많은데도 사용하지 못하고 다른 작은 새의 사진을 올렸다고 했다.

오랜만에 미국에 다녀왔다. 오는 날 작은딸은 우리 두 노인만 오는 길이 불안했던지 보호자로 같이 나왔다.

마침 코로나 때문에 미루던 창작곡 음악회를 하는 날이다. 빈방의 주인공 막내딸과 남편이 같이 앉아 관람을 한다. 성악가가 목소리에 힘을 주어 '새 가족이 떠나가고 둥지만 있네. 딸네 가족 살다 떠난 빈방 같구나' 할 때 남편 눈에서 눈물이 흘렀다. 옆에 있던 딸이 휴지로 닦아 드린다.

지금 4월 말인데 다시 둥지에 약콩만 한 파란 알 다섯을 품고 앉아 있다. 수년 만에 또 가슴이 뛴다. 아마도 올해 또 나에게 무슨 좋은 일이 있으려나. 오목눈이와 나의 관계는 앞으로도 계속될 것이고, 나는 사랑스러운 새를 계속 노래할 것이다. ⊛

주상절리(柱狀節理)

임 영 도

　선과 면이 만들어 놓은 천연예술품을 본다. 거대한 바위산처럼 길게 펼쳐진 기암절벽에 있는 선명한 절리 공간이 위압감 속에서 신비감으로 눈길을 끈다. 갈매기 떼가 바위 위에서 재롱을 떨며 재잘거리다 파도의 회초리에 투덜거리며 바다 위를 날아오른다.

　주상절리는 틈이 만든 자연의 걸작이다. 틈은 존재의 여유이며 경계의 사이 공간. 깊은 해안에 땅이 만든 틈이고 바다가 그은 금이며 하늘이 도운 공간이다. 틈 사이로 바람이 불어 풍화가 이뤄지고 파도가 스며든 침식이 수십 만 년의 흔적을 바위에 새겨 놓았다.

　제주 중문, 대포 해안 주상절리는 수십 만 년 전 바다 밑 땅속의 변고가 땅 밖으로 분출되어 해안의 경관을 절벽에 새겨 놓았다. 촘촘히 서 있는 다각형의 거대한 돌기둥들은 용궁의 성벽인 듯 굳게 닫혀져 태고의 신비를 침묵으로 지켜내고 있다. 땅속의 뜨거움이 땅 위의 차가움에 열을 빼앗겨 오그라들면서 끊어지거나 어긋남이 없이 금만 생겼다. 떨어져 나누어지지 않고 한 몸으로 끈질기게 우애를 다지고 있는 바위의 조화(調和)이다.

주상절리는 바닷물이 씻어 형태가 드러났고 하늘의 빛으로 밝게 빛났으며 지혜로운 사람의 손길로 자연의 작품으로 탄생 되었다. 희미했던 선(線)과 선(線)이 이어져 다각형의 면을 이뤘고 근접하기 힘든 바닷가에 하나하나의 형체가 묶여 웅장한 바위집이 만들어졌다. 인위의 흔적은 찾을 수 없고 불과 물의 비밀을 자연의 색깔로만 연출한 신비의 공간을 사람은 눈과 손으로 찾아냈다.

깎아지른 듯한 절벽 위의 해안 길을 걷다 보면 바다와 땅이 하나임을 느낄 수 있다. 지구는 땅과 물의 세계다. 두 개의 세상은 각각 다른 생명이 지배하는 영역이다. 사람은 땅의 주인임을 자처하고 물고기는 물의 임자처럼 활개 친다. 주상절리는 땅과 물이 한 몸임을 일러준다. 바위에 새겨진 태고의 비밀을 들여다보면 바다의 저 밑바닥에도 땅이 있었고 땅속에는 물이 흘렀다. 바다가 땅으로 솟아오르고 땅은 물로 가득 채워져 세월의 침식을 묵묵히 견뎌냈다.

땅 위에는 사람뿐 아니라 동물과 미생물까지 함께 섞여 살아간다. 누구나 공평하게 자신의 공간 영역을 침해당하지 말아야 평화롭다. 인간은 땅뿐만 아니라 바다도 심지어 하늘까지 넘보며 영역의 욕심을 부려왔다. 바다의 세계를 양보하고 하늘의 세상도 존중하는 땅의 아량이 지구를 지키는 인간의 양심일 테다. 최근 코로나바이러스의 창궐도 사람들이 땅의 과잉 점령과 이기적 탐욕으로 독재적인 주인행세를 했던 것에 대한 다른 종의 반발이 아닐까 싶

　　　　　　　　　　　　제1부 침묵의 말씀

다. 영역 싸움이라기보다는 공생과 상호인정의 요구일 듯도 하다.

섬이 아닌 육지의 끝단에서도 주상절리를 보았다. 경주 양남 주상절리는 바닷가에 가지런히 누워있는 돌기둥들이 부챗살 모양의 거대한 돌꽃을 피워 놓은 바다 위의 꽃밭이다. 사람의 손을 거치지 않고 오로지 자연이 만들어낸 천혜의 조각품이다. 흩어져 있는 돌꽃 사이를 파도는 밤낮없이 드나들며 깊은 물 속에 간직된 오랜 바다 이야기를 들려주는 듯 철썩거린다. 하얀 물 위에 검게 피어난 돌꽃은 먼 옛날 바위 속의 비밀을 숨기려는 듯 물속에 꽃대를 감추고 수줍게 꽃잎을 내밀곤 한다.

주상절리를 품은 '파도 소리 길'을 걷는 두 발의 걸음 속에 심장과 머리도 힘들어한다. 거친 파도의 하얀 물꽃이 주상절리의 검은 돌꽃 위를 덮었다 풀었다 하며 한낮의 햇살을 받아 반짝거린다. 길섶에 핀 야생화는 바람결에 향기를 실어 화답을 하는 듯 아늘거린다.

선은 점이 이동한 자취이다. 점은 위치가 있고 크기는 무의미하다. 점이 시작과 끝의 정지된 무한의 순간이라면 선은 시작과 끝을 잇는 유한의 움직임이라 할 수 있다. 움직임 속에서 형체가 드러나고 진화의 싹이 튼다. 선의 울타리로 만들어진 면은 바다의 물속처럼 깊이를 가늠할 수 없는 넓이의 터에 그 싹을 키워나간다.

사람의 삶은 시간의 선(線)과 사유(思惟)의 면(面)이 만들어 놓은 공간 속에 일상을 담고 비우는 그릇 만들기와 같다. 인생은 중간중간에 연륜의 시간 절리가 있어 여유를 가지고 속도를 조절하며 무난하게 경계를 넘어간다. 유소년의 철부지 모험심, 청년의 혈기왕성, 중장년의 중후함, 노년의 느림과 여유는 삶의 곡면들이다. 끊어짐 없는 시간의 선위를 달리며 성숙의 공간을 거치면서 생의 출구를 향해 걸어간다.

수많은 금을 그으며 살아왔다. 건축대학에서 선(線)의 미학을 배웠고 건설회사에서 집을 설계했다. 집은 삶의 공간을 배려하는 선의 이음으로 만들어진다. 공간 속에 생활의 동선을 이어주고 끊어줌으로써 편리한 방이 완성된다. 선 긋기는 분절된 기둥과 가로막힌 문으로 선의 흐름을 끊고 공간의 단층을 만들기도 한다. 선과 면, 공간의 미학이 삶의 방향을 이끌어 주었던 셈이다.

눈에 보이는 외형의 선이 아닌 보이지 않는 마음속에도 금이 존재했다. 주상절리처럼 바위 속 용암의 들끓음이 표면에 그은 금과 같이 외부의 언짢음으로 생긴 감정선이 앙금으로 남아 잠재된 단층을 만들기도 했다. 빌려 간 돈을 갚지 않은 친구가 불신의 진한 감정선을 긋고 연락조차 끊어버렸다. 선이 마음속에 꽉 막힌 면의 담장을 쌓아 우정의 공간이 허물어졌다. 지워버려야 할 마음의 틈이 되었다.

자연은 계절마다 환절기란 틈이 있어 생명체가 일상을 조율하며 살아가게 해준다. 시간의 절리는 자연의 섭리, 하늘의 포용, 사람의 지혜를 조화시켜 지구에 상생의 자리를 잡아준다. 주상절리는 태고의 자연이 실눈을 뜨고 오늘의 세상을 바라보는 바위집의 문틈이 아닐까. 그 집의 주인은 바다와 육지이다. 하얀 갈매기 한 마리가 기둥 속의 비밀이 궁금한 듯 머리를 갸웃대며 열심히 문틈을 들여다본다. ⓐ

바람 소리

조 문 자

그 자리에 햇빛이 괸다. 숙명을 너그러이 보듬어 저리 고요한가.

해바라기로 꾸며졌다는 반 고흐 묘는 고즈넉하겠지만, 찾아오는 이가 끊이지 않아 잘 가꾸어진 묘는 그저 묘지일 뿐이다. 오래되어 버려지고 잊힌 묘는 내 마음을 끄는 무언가를 지니고 있다. 끝까지 가본 자만이 가질 수 있는 폐허라고 할까.

뒷산에 오른다. 산나비가 팔랑거리며 날아가는 행로를 따라가다 보면 좀 으스스한 기슭에 반쯤 버려진 묘 하나가 말을 걸어온다. 길도 없이 외진 곳이라 주위는 적막에 휩싸인다. 찾아오는 이라곤 바람과 시원찮은 볕이 들었다 났다 할 뿐이다. 비록 묘지만 구석에 남몰래 처박히듯 묻혀 있다는 건 아무리 생각해도 슬픈 일이다. 자연석 묘비는 비바람에 마모되어 이끼가 끼고 삐뚤삐뚤 음각된 글씨는 알아볼 수 없다.

밥 먹고 할 일 없는 사람이 되어 꽃잎을 따다 묘 위에 뿌린다. '미래의 내 묘에도 누군가 이렇게 찾아오려나' 매번 속으로 중얼거리는 말이다. 이름도 얼굴도 모르는 사람 묘 앞에서 놀다 보니 어

제1부 침묵의 말씀

느 날 문득 궁금해진다. 음산하기 짝이 없는 이곳에 묻힌 이 사람은 누구일까. 무엇을 하던 사람일까. 누워 있는 자리는 따뜻한가. 살아생전 행복했었나. 못다 한 사랑은 없었나. 대답을 들을 수 없는 물음은 무한한데 망자와의 대화는 답이 없다. 그것이 묘가 지닌 힘이다. 이 사람을 이곳에 묻어놓고 살아 있는 그 사람은 잘 살고 있기나 하는 걸까.

뒷산을 오르려면 내 집 담벼락 밑을 지나가야 한다. 추석이 되자 한 중년 남자가 나타났다. 손에 검은 비닐봉지를 들고 장화를 신은 것으로 봐 첫눈에 묘지 주인임을 알아차렸다. 남자가 산에서 내려올 때까지 기다렸다가 용기를 내어 말을 걸어본다.

"묘 주인이신가요?"

깍듯이 예의 차려 말했다. 남자는 잠시 머뭇거리더니 긴장을 풀고 모자를 벗어 잠바에 묻은 검불을 툭툭 털어내며 고개를 끄덕인다.

"차 한잔하고 가시겠어요?"

"그렇지 않아도 찾아뵙고 갈까 했습니다"

남자가 점잖게 마당으로 들어섰다.

술을 마셨는지 얼굴에 홍조가 띤다. 묻기도 전에 남자는 먼 데서 속삭이는 귓속말처럼 입을 열어 가슴속 돌덩이를 꺼내놓는다. 묘 속 사람은 신 앞에, 인간 앞에 돌려놔야 할 남자의 숨겨놓은 여자였다. 젊으나 젊은 여자는 남자에게만 매달리다 시름시름 병을 앓았다. 살아서 그랬듯이 자신이 떠난 뒤에도 사람이 드나들지 않는 곳에, 메아리도 들려오지 않는 곳에 묻어달라는 유언을 남기고 생(生)의 마침표를 찍었다. 공평하다는 죽음도 생전의 누림으로부터 벗어날 순 없었던 모양이다. 남자는 물 잘 빠지는 맹지를 찾아 돌아다니다 이곳을 택했다. 굴착기가 들어오지 못해 삽으로 땅을 파 자신의 손으로 여자를 묻었다. 이태 동안은 주말이면 왔었는데 지방으로 발령 나고부터 오지 못하는 실정이다.

묘비명은 여자의 애칭이다. 시신을 돌비석 위에 올려놓고 이승에서 마지막 시간을 가졌다. 말을 마친 남자의 눈물방울이 뚝, 찻잔으로 떨어지고 있음을 나는 모른 척했다. 그의 옆얼굴을 무연히 바라봤다. 잘생기지도 남자답지도 않다. 단단히 닫힌 입술은 웬만해서 미소 한 번 짓지 않을 성싶다. 두 눈은 우수한 갑판 감시원처럼 차갑다. 저 차가움이 여자를 페르소나로 만들었나? 저녁 해가 수묵화처럼 산을 물들일 무렵 묘를 가끔 돌아봐 주라는 말을 남기고 마을을 내려가는 남자의 뒷모습이 딴 세상에 혼자 버려진 사람 같았다.

안개 속에서 윤곽이 드러나는 유리창처럼, 이내 시야에서 지워지는 창틀의 성애처럼 나타났던 남자는 그 길로 끝이다. 왜 발길을 끊었는지 알 길도 없으나 알고 싶지도 않았다. 올 것이 왔다가 갈 것이 갔을 뿐이다. 꽃은 피었으므로, 진다. 지지 않는 꽃은 없다. 묘는 갈수록 모양새가 흐트러졌다. 비바람이 묘 잔등이를 후려치고 달빛이 쓸어내리고 멧돼지가 후벼 파더니만 잡초가 사람 키만큼 자라 우거졌다가 우거진 채 말랐다가 흙이 되었다가 산이 되었다.

동그란 봉분은 하늘의 별이라도 따다 바치겠노라고 고백했던 남자의 옛 마음 표상이리라. 남자의 기억에서 여자에 대한 기억이 줄어들 때쯤 봉분도 낮아졌으리라. 여자가 완전히 잊힐 무렵 봉분은 원래 평지로 돌아갔을 테다. 시체도 썩을 만큼 썩으면 마른다. 묘 속 여자도 눈멀고 귀먹던 기나긴 꿈에서 깨어난다. 남자가 찾아오지 않는 슬픔이 처음에는 베르나르 뷔페(프랑스 판화가)의 칼끝으로 뭉긴 선보다 아프게 긋고 지나가다 나중에는 눈꼬리만 살짝 올라가다 한 줌 흙으로 남겨질 즘 밍밍해지고 말았으리라.

나는 모르는 사람인 여자를 위해 울었다. 묘가 사라진 후 뒷산에 오르지 않는다. 불면의 밤에는 숲을 지나 산속 외딴집 불 켜진 창문 밑으로 이상한 바람 소리가 가끔 들려오곤 한다. 엔니오 모리코네의 〈바람 소리〉와도 같은. 木

아침 산책길의 1분 데이트

조 순 영

　새벽 댓바람 아침 산책길에서 출근하는 아들과 1분 데이트를
한다.

　남편과 둘이서 출근하는 아들이 지나가는 길목을 지키며 서성이
다가 잠시 스치듯 인사를 하는 짧은 시간이다. 말이 1분이지 스치
듯 말 한마디를 주고받는 찰나의 시간이 무슨 의미가 있을까 싶기도
하고, 그 짧은 순간을 위해 세 사람이 신경 쓰는 일이 가치 있는 일
일까 하는 생각이 들다가도 아들이 좋다고 하니 우리 부부도 좋다.

　아들 방에 불이 꺼지고 조금 있으면 아들이 양손을 들고 우리에
게 뛰어올 것이다. 그 모습이 잠시 대여섯 살 적 어린애로 보인다.
달려가는 뒷모습은 네 명의 손자가 그의 어깨에 달린 오십 대 초반
의 가장이지만 대견하다.

　아들에게 큰손자에 이어 삼둥이가 태어나자 자신의 꿈을 가족의
행복으로 돌렸다는 말에 내 가슴이 짠했다. 그러나 충실한 가장의
모습이 믿음직하다. 아들이 결혼한 지 이십 년이 넘도록 아들 부부
가 부모 앞에서 얼굴 붉히는 걸 본 적이 없다. 언제나 사이좋은 오

누이처럼 오순도순 살아가는 모습 보기가 좋다.

그런 후 우리 부부는 편안한 마음으로 산꼭대기에 형제처럼 나란히 붙어 있는 초등학교와 중학교가 있는 뒷산으로 천천히 올라간다. 어느 날 우연히 산책길에서 출근하는 아들과 마주친 다음 그 순간이 반가워서 시작된 1분 데이트다. 자주 만나니 더욱 반갑고 만날수록 더 자주 보고 싶은 것이 사람의 마음인가 보다.

코로나가 세상을 바꾸어 놓고 일상생활과 의식까지도 바꾸어 놓은 때에 찾은 우리 부부의 행복이다. 아들네 따라 타지에 둥지를 틀고 부부가 집을 나서도 마땅히 갈 곳이 없어서 시작한 아침 산책이다.

초·중학교 옆에 있는 테니스 코트장과 농구대 등 몇 가지 운동 기구가 있는 운동장에서 운동을 하고 새로 생긴 산으로 둘러싸인 한적한 광교 호수 공원길을 따라 걷고 집에 오면 한 시간 반이 걸린다.

네 아이의 아비인 처지로는 우리 부부에게 마음을 쓸 여력이 없을 테지만, 아들과 우리는 아침마다 서로의 안위를 살피면서 위안을 받는다. 코로나가 기승을 부리니 부모와 자식 간에도 언제 이별이 올지 알 수 없고, 우리도 점점 쇠약해지니 부모와 자식 간이 더 애틋해지는 것 같다.

전에 우리가 서울에 살 때 집 근처에 살던 아들네가 직장을 따라 수지로 이사를 하고 1년쯤 지났을 무렵, 갑작스럽게 병원응급실에서 걸려온 전화로 제 아버지 심혈관 질환에 놀란 아들이 자신의 집 근처로 이사 오길 원해서 아들 따라 이곳으로 이사 온 지 어느새 8년 차로 접어든다.

그때 아마도 아들의 놀라움이 매우 컸었나 보다. 제 가족 돌보기도 쉽지 않을 터인데 부모까지 걱정해 주니 고맙다. 아들네 집 근처로 이사 와서 가까이 살아보니, '이웃사촌이 먼 친척보다 낫다.'라는 옛말이 그르지 않다는 말을 실감하겠다.

출근하기에도 바쁜 아들에게 1분 데이트가 부담되는 건 아닌가 싶어서 1분 데이트를 멈추는 것이 어떻겠느냐고 물어 보았더니 아들이 펄쩍 뛰면서 부모님의 건강을 살필 수 있어서 좋다고 한다. 짧은 시간이라도 아침마다 부모의 근황을 알 수 있어서 안심이 되나 보다.

역시 맏이는 뭐가 달라도 다른가 보다. 나도 여동생이 어머니를 요양원에 보내기 2년 전까지 모시고 살았다. 그러면서도 내 손으로 어머니를 요양원에 보낼 생각은 미처 생각하지도 못했다. 치매 걸린 부모를 모시기가 얼마나 어려움이 많은지는 모셔보지 않은 사람은 짐작이나 할 수 있을까. 그럼에도 나는 어머니를 내 손으로 요양원에 보내지 않았기에 그 부분에 대한 부담감은 없는지도 모른다.

최선을 다하는 사람에게 나도 최선을 다해야 한다고 생각한다.

효도도 불효도 대물림하는 것이 아닌가. 자식의 거울이 부모라는 말이 있듯이 자식은 부모가 하는 일을 본대로 따라 하기에 자식의 눈이 얼마나 무서운 것인가 싶기도 하다. 혹자는 자신의 편안한 노후를 위해서라도 자식에게 바른 모습을 보여주면서 제대로 가르쳐야 한다고 말한다.

아들이 어렸을 적에 내가 회사에 가려고 나서면 가지 말라고 바짓가랑이를 붙잡고 울던 생각이 불현듯 난다. 퇴근길 모퉁이에 엄마의 모습이 보이면 놀다가도 뛰어와 품에 안기던 아들. 이제는 내가 아들에게 해 줄 것이 없고, 오히려 내 쪽에서 자식이 그립고 아쉽기만 하다. 아들 부부의 도움이 없이는 급변하는 세상에 발을 붙이고 살기가 쉽지 않다.

내일도 오늘처럼 우리 부부는 아들과의 1분 데이트를 위하여 아들의 출근길에서 서성일 것이다, 우리 부부가 세상을 떠나고 난 후 아들이 지금의 모습을 돌아다 보았을 때 부모와 함께 했던 아침 산책길의 1분 데이트를 회상할지도 모른다. 추억은 자신이 세상을 떠날 때까지 가슴속에 따스한 온기로 남아 있을 테니까.

사람들은 말한다. 급변하는 세상에 아들네 곁에 살면서 아침마다 산책길에 아들과 1분 데이트를 하기는 쉬운 일이 아니라고. 아마도 그 간단할 것 같은 일이 사람들이 추구하면서도 실행하기도 쉽지 않은 행복한 인생의 한 모습이 아닐까. 木

다리미

조 항 숙

　오래된 다리미가 있다. 삼십여 년 전 결혼식을 앞두고 혼수 준비로 바쁜 내게 남편은 배려하듯 다리미가 하나 있으니 신부의 혼수 품목에서 빼라고 했다. 독일산(産) 다리미로 투박하다. 세련되지도 못했다. 단조롭고 무겁기까지 하다. 그동안 냉장고, 세탁기, 텔레비전 등 덩치가 큰 가전제품들은 몇 번이나 바꿨다. 그러나 보잘것없이 손잡이에 열판만 있는 다리미는 지금까지 나와 함께하고 있으니 단순히 물건과 사람의 관계가 아닌 남편과 함께 특별한 연이 이어진 것 같다. 한 번의 고장도 없었고 옷을 태운 적도 없다. 다리미의 파란색 온도 조절판은 푸석하고 희끄무레해진 내 머리카락처럼 본래의 색과 글씨가 다 뭉개졌다. 감(感)으로 움직일 뿐이다. 사람의 나이로 친다면 아흔은 되어가지 싶다.

　근래 선물로 받은 다리미가 있다. 색깔은 빨갛고 디자인도 날렵하고 예쁜데다 성능까지 좋은 스마트한 다리미다. 더운 열판이 옷위를 지나가려고 하면 근위병이 왕을 호위하듯 앞에서 '치익칙!' 하며 하얀 수증기를 뿜어대고 수증기가 다시 다리미를 보듬어 안는다. 그 모습만으로도 다림질이 재미있다. 하지만 며칠 사용하다 보니 다 다려놓은 곳에 물을 또 뿌리기도 하고 다리미가 가벼워서 손에 힘을 주고 다려야 하는 등 불편해지기 시작했다. 보석 달린 예쁜 구두가 걸을 때마다 발이 불편하듯 다리미도 모양새는 예쁜데 다림질이 편치 않고 정이 가지 않았다. 며칠 사용하고는 종이상자에 담은 채 안방 장롱 위로 올려보냈다.

침대에 누워 잠시 빛을 보다 밀려난 장롱 위의 다리미를 바라본다. 오래전 기억이 아스라하다.

그해 여름, 내가 살던 시골에 어여쁜 여인이 이사를 왔다. 산과 하늘, 냇물만 보이는 두메산골에 젊은 여인이 서울에서 이사를 온 것이다. 구릿빛 피부의 동네 사람들은 땡볕이 내리쬐는 밭에서 호미로 잡풀들과 씨름할 때, 백옥같이 하얀 피부를 가진 이 여인은 챙이 넓은 모자를 쓰고 냇가에서 다슬기 잡는 일에 열중이었다. 자못 궁금했다. 소문도 무성했다. 그러나 등잔 밑이 어둡다 했던가. 파다했던 소문은 먼 동네부터 시작하여 스펀지에 물 스미듯 어머니의 귀에까지 스며들었다.

그 여인은 아버지가 사업상 서울을 오가며 만난 여인이었고 차마 집에 들일 수 없었는지 담뱃가게집의 방 한 칸을 빌어 머물게 한 것이다. 어머니는 침착했다. 그 여인을 집에 들이고 안방을 내준 채 어머니는 건넌방으로 거처를 옮겼다. 날이 밝으면 머리에 수건을 질끈 동여매고 밭으로 나간 어머니는 동네 사람들의 눈과 입을 피해 어둑해서 사물을 분별하기 어려울 즈음 집으로 돌아오는 일을 반복했다.

감탄고토(甘呑苦吐)라 하던가. 내가 빨간 다리미를 잠시 사용하다 올려놓은 것처럼 그 여인은 오래지 않아 우리 집을 떠났다. 어머니의 마지막 자존심인지 사십 년이 훨씬 지난 지금까지 그 여인에 대해서는 함구하신다.

포승줄에 묶여 끌려가는 죄수처럼 파란 줄에 몸을 칭칭 감고 책장 옆으로 밀려났던 오래된 다리미를 다시 꺼내왔다. 마치 어머니가 안방을 내줄 때의 마음이 아닐까 싶어 안쓰럽기조차 하다. 잠시 동안이지만 예쁘고 새로운 것에 빠져, 우직하게 강산이 몇 번 변하도록 최선을 다하던 다리미를 괄시했던 것이 미안했다. 아버지도 돌아가시기 전까지 어머니에게 늘 이런 마음이었겠지 싶다.

숯불 다리미로 아들의 교복을 다릴 때 재가 날릴까 봐 입김을 후후 불며 기쁨으로 자랑스럽게 다리던 어머니의 모습이 있었다. 그런가 하면 일 년의 절반 이상을 집을 떠나 있는 남편, 언제 올지 기약 없는 남편의 옷을 곱게 다리던 모습도 있다. 숯불 다리미와 함께 수십 년이 지난 지금 환영(幻影)처럼, 어머니가 쓸쓸한 모습으로 횃대에 아버지의 옷을 걸고 정성 들여 보자기로 씌우는 모습이 보인다.

다림질은 어렵고 힘들다. 셔츠 하나 다리려면 허리를 두어 번씩

펴야 한다. 좋은 세상에 살면서 고생하지 말고 세탁소에 맡길까 하는 유혹도 받지만 내가 언제까지 다림질을 할 수 있을까 하는 생각에 다시 다리미의 스위치를 올린다. 남편이 일을 놓는다면 자주 하지 않아도 될 것이고, 아이가 가정을 꾸려 분가한다면 이 또한 나의 몫이 아니다.

어머니가 기약 없는 기다림의 시간을 다림질로 보내셨다면 나에게 다림질은 옛일을 추억하며 소망을 가지고 기도하는 시간이다.

오래된 다리미처럼 나의 아들도 앞으로 삼십 년 동안 직장에서 꼭 필요한 사람으로 인정받기를 소망해 본다. 더 욕심을 낸다면 가볍고 날렵해서 금방 싫증 나는 다리미가 아닌, 묵직해서 따뜻한 온기를 오래 품는 뭉근한 다리미의 열판처럼 아름다운 가정을 꾸리고 사랑하며 서로 도울 수 있는 성품 좋은 배필의 연(緣)이 이어지길 기도한다.

다리미의 손잡이 주변은 손때로 얼룩이 졌다. 파랗던 줄에도 세월의 때가 묻었다. 누가 볼세라 작은방 한쪽 구석에 밀어 놓았다. 밀려난 다리미는 다시 어머니의 모습이다. 다리미는 단순히 겉만 잘 손질하면 되지만 어머니의 상처는 수십 년 동안 가슴속에 응어리로 남아 화석처럼 굳었을 것이다. 다리미로 옷의 주름을 펴듯 나는 어머니의 가슴속에 얽히고설킨 응어리와 구김을 펴겠다고 노력하다 또 다른 주름 하나를 만들고야 만다. 木

춘천에 가면 곰보다리가 있다

최 선 자

바람의 음계를 타고 물결이 춤을 춘다. 강 건너편 산에는 진달래가 웃음 한허벅을 엎질러놨다. 진달래를 만나려면 건너야 할 다리, 얼핏 보기에는 평범해 보이는 소양1교다. 강둑을 천천히 내려간다.

육중한 교각들이 맞아준다. 자세히 보니 여느 교각과 다르다. 온몸에 난 총알 자국이 천연두를 앓은 사람 얼굴을 닮았다. 곰보다리, 별명에 걸맞게 열 개가 넘는 교각마다 마찬가지다. 심한 교각은 마치 큼직한 반창고를 붙여 놓은 듯하다. 드러난 철근이 녹슬까봐 내린 처방 같다. 치열한 전투의 흔적이 남아 있는 아픈 역사의 현장임을 실감한다.

곰보다리는 1930년대에 일제가 건설한 춘천의 남북을 잇는 교량이다. 식민지 지배를 위한 사업의 하나로 건설했지만, 아이러니하게도 한국전쟁 당시 남한을 지킬 수 있게 해준 다리다.

곰보다리 아래 안내판에 적힌 내용을 보니, 1950년 6월 25일 북한군 선두부대는 이 다리를 건너 춘천으로 남하를 시도했다고 한

　　　　　　　　　　　제1부 침묵의 말씀

다. 소양강을 잇는 유일한 교량이었기 때문이다. 육군 제6사단이 치열한 전투 끝에 27일까지 저지하며 지연시켰다. 결국 탱크를 앞세운 북한군의 진격을 막아내지 못했지만, 사흘 동안 소양1교를 교두보로 전개한 춘천전투는 유엔군이 도착할 시간을 벌어준 중요한 전과로 기록되었다.

강변을 따라 이어진 산책로에 놓인 의자에 앉는다. 첫 번째 교각 바로 앞이다. 총알 자국에 시선을 고정하고 집중한다. 북한군이 다리로 밀려온다. 탕탕탕… 사방에서 들려오는 총소리와 비명. 순식간에 아수라장이 된다. 총에 맞는 북한 병사가 거꾸로 곤두박질친다. 물속에서 허우적거린다. 서서히 잠긴다. 어디서 나타났는지 중년 여자가 강으로 뛰어내린다. 여자를 삼킨 강물은 트림하듯 거품을 뱉어낸다. 나는 발만 동동 구른다. 새 한 마리가 날아와 옆 의자에 앉는다. 환각에서 빠져나온다.

자식을 위해 목숨을 내놓고 기도해 본 엄마는 알 것이다. 세상의 모든 총구는 어머니 가슴을 향한다는데, 그 속뜻을 말이다. 얼마나 많은 이 땅의 어머니가 전쟁에 나간 자식의 무사 귀환을 빌었을까? 하루가 일 년 같았을 기다림으로 얼룩진 나날들. 자식의 안부를 모른다는 건 심장이 찢겨나가는 고통이었으리라. 새벽마다 장독대 정화수 앞에서 비손하는 낭자머리 어머니가 떠오른다.

어머니는 아기가 언제 배밀이를 하는지, 옹알이하는지 안다. 종일 걸어온 해의 발뒤꿈치가 얼마나 핏빛인지, 밤새 울 것 같은 풀벌레가 언제쯤 울음을 그치는지, 이슬에 세수한 밤이 새벽을 맞는 모습을 다 안다. 가난한 어머니일수록 더 뼈저리게 알 게다.

차들이 멀리서 다리 위를 달려오는 소리가 바람 소리 같다. 머리 위를 지나갈 때는 우레인가 하면 탱크 소리를 연상시키고, 탱크 소리인가 하면 다리 상판이 울부짖는 듯하다. 그렇다! 모두가 울부짖는다. 어머니가 한국전쟁 중에 헤어진 자식을 만나지 못하고 서천 길목에서 쏟아놓은 한 맺힌 통곡이다. 망배단에서 생사도 모르는 부모님께 절을 올리며 소자 돌아갈 때까지 떠나지 마시라고 외치는 자식의 절규다. 나도 눈물을 줄줄 흘리며 보았던 이산가족 찾기 TV 프로그램이 떠오른다. 할아버지가 된 의용군이나 피난길에 잃은 자식을 부둥켜안은 구순이 넘은 어머니들 피맺힌 통곡을 들었다. 얼굴의 주름마다 고인 눈물은 죽기 전에 자식을 안아 본 기쁨이고, 녹아내린 한이고, 반백 년을 채운 그리움이다.

다리는 2차선 도로 폭이다. 차선규제봉이 중앙에 줄지어 서서 차도와 인도의 경계를 알린다. 일방통행인 차도에는 차들이 제법 많다. 인도는 새로 단장한 듯 적갈색 바닥에 흰색으로 그린 도형과 물결무늬가 산뜻하다. 다리 난간을 붙잡고 서서 소양2교를 바라보는데, 강바람이 모자를 빼앗아 갈 기세다. 남한 침략을 노렸던 북한 김일성도 처음에는 기세가 등등하였다. 전쟁은 인간의 욕망이 빚어낸 최악의 산물이다.

곰보다리는 아직도 아픈 다리다. "늦게 피는 꽃은 있어도 피지 않는 꽃은 없습니다." "끝내 자신을 포기하지 않는 용기, 당신이 아름다운 이유입니다." 난간에 여러 문구가 적혀 있다. 다리에는 감시 카메라 두 곳, 중간쯤에는 생명의 전화가 설치되어 있다. 익수 사고 발생 시 누구나 활용할 수 있는 간이 인명구조 기구함도 갖추어졌다. 이런 다리에 통행량이 많은 게 다행이다.

삶은 겪는 자의 몫이다. 예순 중반을 넘어서니 감사할 일 천지다. 하지만, 지나온 삶을 뒤돌아보면 눈시울이 붉어지며 섧기만 하다. 인생길 절벽 앞에 설 때마다 얼마나 삶을 놓아버리고 싶었던가. 신은 누구나 지고 갈 수 있을 만큼 십자가를 지워준다고 믿는다. 경험에 의하면 어두운 길이 더 환하다. 절망을 안고 다리에서 서성거릴 누군가에게 감히 견디라고, 견뎌보라고 말해주고 싶다.

언제쯤 웃으면서 곰보다리를 건널 수 있을까? 그날이 오면 춘천 시민들은 휘파람 불며 백두산 천지로 달려가고, 다리도 상처를 잊고 춤을 추리라. 휘모리장단에 빠뜨린 곰보 별명을 덥석 문 터줏대감 쏘가리, 이가 부러진 줄도 모르고 꼬리 살랑살랑 흔들며 춤추지 않을까. 그날이 빨리 오기를 기원한다. ⊛

글방의 김 여사

최 성 록

올겨울에 김 여사를 만났다. 도심 어느 빌딩 안에서 글방의 문인들이 모여 한 해를 마무리하는 자리였다. 스무 평쯤 될까, 식장 안은 가지런히 놓인 의자에 앉은 사오십 명 문인의 글향기로 가득찼다. 내 건너편에는 하얀 박꽃처럼 환한 얼굴의 김 여사가 자리하고 있다. 팔십 고개를 넘어서도 여전히 이 세상에는 신기한 게 참 많다는 그런 맑은 눈동자를 가진 분이다.

글방의 선생님은 무릇 인생에서 향기가 나야 비로소 좋은 수필이 빚어진다고 한다. 그간 김 여사는 어떤 수필을 써왔을까. 당신의 품격 있는 처신에 반해서였을 것이다. 젊은 시절 교직에 몸담았을 때 맺은 사제의 연을 잊지 못하고 당시 여고생 제자들이 이제 반백의 모습으로 해마다 스승의 날이면 김 여사를 찾아오기도 한다. 나 역시 글방의 세월이 쌓여갈수록 김 여사의 담백한 인품에 서서히 매료된 것 같다.

어느덧 십여 년이 흐른 글방 풍경이 떠오른다. 열 평 남짓한 그곳에는 문인들이 서로 얼굴을 마주볼 수 있도록 교실 가운데를 비

제1부 침묵의 말씀

위두고 책상이 네모로 빙 둘러 붙어 있다. 여기에선 매주 목요일에 열댓 분이 모이는데 대개는 삶의 눈부심을 지나 황혼의 여유를 맞이한 연륜 깊은 분들이다. 저마다 삶의 진실을 담아내는 문학을 꿈꾸고 자신이 가고자 하는 수필의 길을 찾아가며 그곳이 어디인가를 치열하게 공부한다. 나는 사람들의 눈길이 잘 닿지 않는 가난하고 상처받은 존재를 응시하고 그들의 눈물을 닦아주며 가련한 그들에게 연민을 품는 그런 길을 걸어가고 싶어 한다.

물끄러미 김 여사를 바라보면 마치 담백한 수필 한 편을 읽은 느낌이 든다. 당신의 향기로운 삶이 나에게 전해져 마음이 고요해지는 것이다. 그동안 김 여사가 쓴 수십 편의 수필에도 삶의 진실이 곳곳에 담겨 있다. 그러나 내 가슴속에 묻어둔 일화 두 개는 당신의 영롱한 문학작품 못지않게 깊은 감동을 자아내며 빛나고 있다.

오래전 일이다. 어느 명망 있는 분께서 내 못난 글을 손봐준 적이 있다. 허술하다 싶은 몇 군데를 고친 것이다. 그런데 안타깝게도 미리 언질이 없어 글이 잡지에 실린 뒤에야 그것을 알게 되었다. 고슴도치도 제 새끼가 귀엽다고 한다. 비록 서툰 글일지라도 글쓴이에게는 자기 글이 좋게 여겨지기 쉬울 것이다. 지금 돌아보면 얼굴이 확 붉어질 만큼 낯간지러운 마음이 드나 당시에는 도무지 진정이 되지 않았다.

잡지를 받아본 그날 밤, 내가 사는 집 근처 어느 조용한 찻집에

최성록

서 김 여사는 벽을 등진 채 나와 마주앉았다. 아담한 탁자 너머 하얀 벽에는 한 폭의 수채화가 걸려 있었다. 내가 화가 난 사정을 끝까지 들은 뒤에 김 여사는 잠시 동안 말이 없더니 가만가만 이야기를 들려주었다.

"저 수채화 그림이 거기서 보면 앞에 있지요."

"예."

"내가 볼 때는 뒤에 있어요. 맞지요?"

"예."

"우리 둘 다 맞는 얘기잖아요. 마찬가지로 우리가 어떤 시비를 가릴 때도 이와 같지 않을까요. 누구나 자기 처지에서 보면 다 자기가 옳아요. 곰곰이 생각해보면 우리가 화가 나는 것은 결국 내가 옳다, 라는 생각에서 비롯되는 것 같아요. 그런 생각을 내려놓아야 비로소 우리의 마음이 호수처럼 고요해지지 않을까 싶네요."

내 마음이 한쪽으로 확 기울어진 게 서서히 바로잡히고 종내 평평하게 되는 귀한 가르침이었다. 그 뒤로 나는 세상사에서 마음이 한쪽으로 급격히 쏠리는 게 줄어든 것 같다. 아마도 그 소중한 말씀대로 내 심지를 바르게 하려고 애를 쓴 탓이리라.

몇 해 전 겨울이다. 내가 몸담은 일터 한국철도공사를 민영화한다기에 대략 구천 명의 동료가 파업을 한 적이 있다. 우리는 일손을 놓고 무려 스물사흘이나 일터가 아닌 거리에서 하루하루를 보낸 것이다. 당시에는 마치 안개 속을 걷는 것처럼 앞이 보이지 않아 답답한 마음이 쌓여갔다. 노동자인 나는 일을 하지 않으면 단 하루도 돈을 벌 수가 없다. 돈을 벌지 못하고 집에 쌓아둔 돈도 없기에 나날이 살림살이가 휘청거리던 파업 막바지 때였다. 몹시 견디기 힘들어 끝내 집으로 들어가지 못하고 방황하던 나는 쌩쌩 겨울바람 부는 거리에서 김 여사에게 전화를 넣었다.

깊은 밤, 한걸음에 달려온 당신의 코트에선 거리의 찬 기운이 훅 맡아졌다. 내 손을 꼬옥 잡아주고 등을 몇 차례 토닥거리더니 어느 정갈한 식당으로 나를 데리고 들어갔다. 모락모락 김이 나는 더운 밥을 앞에 둔 나에게 천천히 많이 먹으라고, 배가 든든해야 힘이 나는 거라고 얘길 하고 또 얘길 했다. 아내와 자식을 생각해서 앞장서지 말고 그저 내 한 몸 잘 건사하라고 조용히 당부하던 당신. 그 자애로운 목소리가 지금도 귓가에 들리는 듯하다.

누군가 말하길 남자로 이 세상을 살아가면서 차마 아내에게도 얘기하지 못할 가장의 무거운 짐을 늙은 어머니에게는 고스란히 내보일 수 있다고 한다. 자식은 어머니에게 모든 것을 보여줘도 흉이 되지 않는다기에 그런 것 같다. 그날 나는 예전에 밤하늘의 별이 되신 마치 생전의 늙은 어머니를 만나뵙고 집으로 돌아가는 길인 양 가슴이 뭉클해졌다.

인생에서 향기가 나야 깊은 울림이 있는 수필이 탄생한다고 글방의 선생님은 간곡히 이야기한다. 아름다운 꽃송이에서 아름다운 꽃향기가 나듯 아무래도 수필은 그 사람의 인품을 담아내기에 그런 것이리라. 오랜 세월 곁에서 맡아본 김 여사의 향기는 무엇이던가. 어쩌면 세상 모든 것을 받아주는 깊은 바다 같은 어머니의 품 안이지 싶다.

이 겨울이 지나 새봄에는 앙상한 나뭇가지에 연둣빛 새순이 올라오고 화사한 꽃잔치가 벌어질 것이다. 요즘 들어 몸이 편찮은 내 또다른 어머니도 나무에 물이 오르듯 푸른 기력을 되찾아 좋은 수필을 한 편 한 편 써나가길 조용히 빌어본다.⊛

* 이 글에서 글방의 선생님은 정목일 교수님이고 김 여사는 김녕순 수필가임을 밝힙니다.

머리에서 가슴까지 그 먼 길

허 열 웅

　나에게 형님이 한 분 계신다. 육 남매 중 맏이로 팔순을 넘기셨으나 아주 건강하시어 젊은이처럼 밥 한 사발도 뚝 딱 해치우시고 기분이 좋으시면 소주 두 병쯤은 거뜬히 드신다. 그 나이에 애인까지 있으니 지금까지는 이보다 더 축복받은 인생이 있을까? 이런 형님이지만 나는 못마땅한 게 몇 가지가 있다. 우선 형님이 가끔 가시는 고향은 물론 동창회, 향우회, 종친회 등에서 형님에 대한 평판은 아래와 같다.

　법이 없어도 살 사람, 뼈 없이 좋은 사람, '허인'이 나쁜 사람이라고 욕하는 사람은 그놈이 나쁜 놈이여! 이렇듯 칭찬과 호의가 대단하다. 우리 집안 가문들의 족보 등재라든가 선조들의 비석을 세우는 일 등에서는 앞장서서 돈을 제일 많이 내고 적극적이시다. 그러면서 친척의 애경사에는 서울, 부산이 멀다 하지 않고 빠짐없이 참석하신다. 친구들과의 술좌석에서도 제일 먼저 돈을 내시고 춥고 배고픈 사람에게는 입은 옷도 벗어주신다. 이렇게 살아오시다 보니 실속도 없고 조금 있던 재산마저 다 날려버리고 항상 가난하게 사시느라 내 집 한 번 장만해 본 적이 없다.

전세로 살다가 월세로도 살고 어떤 때는 친구가 도와주어서 연립주택에 산 적이 있다. 친구가 사놓은 30여 평의 연립주택에 원룸 전셋값 정도를 받으면서 늦게 군에 간 아들이 제대하면 비워달라는 조건이었다. 그러다가 친구의 아들 제대를 앞두고 집을 비워달라는 통보에 형님을 만나 앞으로의 대책을 물었다.

"형님, 친구가 집을 비워달라고 한다면서요, 지금의 전셋돈으로는 원룸 하나도 얻기 어려울 텐데 무슨 대책이 있어요?"

"뭐가 걱정이냐, 여기서 좀 떨어진 농촌에 가면 빈집도 많은데, 적당히 수리하고 살면 되지."

"아이들 학교는 어떻게 하고요?"

"그거야 저희가 알아서 다니겠지, 기차 통근을 하든 버스로 다니든."

이렇듯 걱정도 없고 무사태평하신 분이다. 지금 살고 계시는 아파트도 내가 주택부금을 3년 넘게 부은 다음 장만해 드린 곳에서 노후를 보내고 계시다. 원래 형님은 시골에서 아버님을 도와 농사를 짓다 맨몸으로 서울에 가 고학으로 야간학교에 다녔다. 일 년도 안 되어 6·25사변으로 인해 고향에 내려와 목수 일을 배우셨다. 그러다가 내가 6학년 때 담임 선생님이 집으로 찾아오셔서 나를 시골에 있는 중학교로 진학시키기에는 좀 아쉽다며 대전에 있는 중학교로 진학시킬 것을 건의하셨다.

그때 우리 집 가세로는 엄두도 못 낼 형편이었다. 그러나 담임 선생이 졸업한 사범학교의 부속 중학교였고 가르치는 선생님들도 똑같아 사범학교에 진학하기 유리하였다. 필요한 돈까지 빌려주시면서 적극 권하시는 바람에 형님이 날 데리고 충청도 청양 첩첩 산골에서 콩밭 매는 칠갑산을 넘어 대전으로 갔다.

형님이 목수 일에 어느 정도 숙달되자 집을 직접 맡아 수리도 하고 지으시기도 했다. 문제는 그때부터 시작되고 궁핍한 생활로 접어들어 가난이 오래 계속되었다. 형님은 집주인과 일정 금액에 계약을 하고 난 다음 수리를 하거나 집을 지을 때 상대측에서 설계를 변경하거나 수리 항목이 추가되면 그에 따른 비용을 더 요구해야 한다. 헌데 형님은 상대방의 요구대로 일은 해주면서 추가 비용은 받아내지 못해 항상 손해를 보는 것이었다.

그러다 보니 집으로 빚쟁이들이 자재 대금 달라, 밀린 노임 달라 찾아오고 빚에 몹시 시달렸다. 그래서 나는 할 수 없이 고등학교 2학년 때부터 밥과 잠자리만 제공받는 가정교사를 하며 또 학비를 벌어가면서 매우 힘들게 학교 공부를 계속했다.

이런 형님을 반면교사로 삼은 나는 절대 형님처럼 살지 않겠다는 마음으로 항상 계산하고 따지면서 손해 보는 일은 하지 않으려고 노력하며 살아왔다. 그러다 보니 내 이름이 나오는 장소에서는

'정확하게 사는 사람' ' 손해 보려고 하지 않는 사람'의 호칭으로 살아왔다. 정년퇴직을 하고 하던 사업마저 정리한 후 칠순을 넘긴 오늘의 시점에서 뒤돌아보니 형님보다 내가 인생을 더 잘못 살아오지 않았나 하는 느낌이 든다.

남이 술 한 잔 사면 한 번만 사고, 남한테 신세를 지면 신세를 진만큼만 갚으며 살아왔으니 얼마나 건조하고 삭막한 삶이었는가, 남보다 약게 산다고 머리를 이리저리 굴리며 계산한 것을 생각하면 부끄럽고 후회스러울 뿐이다. 90년대 중반 베스트셀러 에세이집 『혼자만 잘 살믄 무슨 재민겨』에서 전우익은 이렇게 말하고 있다.

〈인생은 장사가 아닌데 왜들 계산하고 따져가며 살려고들 해요. 남는 장사 누구는 못해요. 무식하고 우직하게 살아요. 유식하면 피곤해요. 혼자만 살믄 별 재미 없더. 뭐든 여럿이 노나 갖고 모자란 곳을 두루 살피면서 채워주는 것, 그게 재미난 삶 아니껴.〉

인생을 의미 있게 사는 것은 '오래 사는 것보다 깊게 사는 것'이라는 생각을 하니 살아갈수록 어려워지는 것이 삶인 것 같다. "이 세상에서 가장 어렵고 긴 여행은 머리에서 가슴으로 가는 여행"이라고 김수환 추기경이 말씀하셨다. 나는 그동안 베풀기보다는 남

제1부 침묵의 말씀

에게 신세 지지도 않고 손해 보지도 않겠다는 마음으로만 살아온 것 같다. 지금까지 머리로 계산하며 살아온 삶을 이제부터는 가슴으로 여행을 떠나 모든 그물과 올가미를 던져버린 어부와 사냥꾼이 되어야겠다. 앞으로는 남들에게 무엇 하나라도 도움이 되는 봉사활동이라도 하며 나머지 생을 살아야겠다.

형님처럼 법이 없어도 살 사람, 뼈 없이 좋은 사람보다는, 아! 그 사람 괜찮은 사람이고 무난한 사람이야, 소리라도 들으며 살 수 있도록 노력해야겠다. 지금까지 사회의 폭 넓은 혜택 속에 주변 사람들로부터 많은 신세를 지고 살아왔으니 항상 고맙게 생각하고 돈이든 일이든 내게 주어진 몫을 다하고 싶다.

그리고 늙어가는 특권조차 누리지 못하고 어리고 젊은 나이에 이슬처럼 사라져간 수많은 사람들을 생각하며, 늙는 것에 대해서도 한탄보다는 감사하는 마음으로 아름다운 노년을 만들고 싶다. 조금 모자란 듯 살아도 손해 볼 것 없는 것이 우리 인생이니.⊛

단비

홍 승 만

비는 기다리는 이에게 내리는 축복이자 은혜이다.

선배 한 분은 비 오는 날이면 꽃을 산다고 한다. 나는 우산을 쓰고 오솔길을 걷곤 한다. 우산 위에 부딪혀 부서지는 빗소리를 들으며 오래전 멀리 떠난 옛 친구를 생각한다. 사랑 가득한 어머니의 자장가도 떠올린다. 빗소리는 잔잔한 속삭임으로 잊힌 추억들을 데려온다. 때로는 농부에게 웃음을 주기도 한다. 꽃을 사려는 이, 빗길을 걸으려는 이, 가뭄으로 시름에 젖은 농부가 비를 기다린다.

지난 4월, 도시 생활을 정리하고 고향으로 이사를 했다. 집 옆에는 논과 밭, 작은 과수원이 있어 어릴 적 냇가 둑방에서 송아지에게 풀을 먹이던 추억이 떠오른다. 며칠 전 아내와 함께 그 들녘을 걷다가 가뭄으로 농작물이 시들어 가는 아픔을 보았다. 거북등처럼 갈라진 논바닥 사이에서 막 뿌리를 내린 벼 포기가 시들어가고 있었다. 모종 해놓은 콩이며 들깨는 전쟁터의 부상병처럼 축 늘어져 있고 과수원의 살구는 시들어 떨어지기 직전이었다. '비야, 비야, 주룩주룩 내려주려무나,' 마음속으로 기도만 할 뿐이었다.

제1부 침묵의 말씀

지성이면 감천이라고, 비를 기다리는 사람들의 기도가 하늘에 닿았는지 그날 밤 천둥번개를 동반한 장대비가 내렸다. 먼동이 트자마자 흠뻑 적셔진 잎들을 보기 위해 들녘으로 달려 나갔다. 논두렁 수로에는 흙탕물이 넘쳐흐르고 거북 등처럼 갈라졌던 논고랑에는 물이 가득 차 있다. 시들었던 벼 잎은 제법 푸른빛을 띠고 있고 모종들은 열병식의 기수처럼 서서 잎을 하늘거린다. 살구는 빗물에 세수한 얼굴로 사람의 손길을 기다리고 있다.

한참 걸어가는데 뜸부기 한 마리가 요리저리 고갯짓을 하며 다가온다. 메말랐던 들녘에 촉촉이 내린 비가 저도 반가워 말을 걸고 싶은가 보다. 정겹다. 간밤에 내린 비는 생명체에게 삶의 활력을 주고, 말라 타들어가던 농부의 가슴에 희망을 안겨주었으리라. '단비'다.

비는 내리는 모양에 따라 이름이 다르고. 느낌도 가지가지이다. 불볕더위를 식혀주는 소나기, 청춘남녀의 첫 만남을 기억하게 하는 가랑비, 헤어진 이들의 재회를 축복하는 보슬비, 찌들은 마음을 씻어주는 장대비…. 이런 느낌이 있어 비를 좋아한다. 비는 때로는 축복으로, 때로는 재앙으로 우리 곁에 온다. 기쁨도, 슬픔도 주는 비. 하지만 오랜 기다림 끝에 내리는 단비는 죽어가는 생명체를 살리는 생명수이자, 기다림에 대한 축복이다. "사막을 걸어 보지 않고 물의 고마움을 말하지 말라."는 어느 학자의 말이 생각난다.

잠시 그쳤던 비가 다시 오기 시작한다. 나는 우산을 쓰고 점점 더 푸르러가는 들녘을 바라보며 하염없이 걷는다.⊛

제1부 침묵의 말씀

제2부

마지막 수업

바람의 섬

강 연 희

태풍 '송다'가 지나갔다.

어떤 힘으로도 제어할 수 없는 광풍과 폭우가 섬 전체를 집어삼
켰다. 그칠 줄 모르는 호우에 섬이 떠내려갈 것 같은 불안감이 엄습
했다. 태풍이 올 때면 섬에 살고 있다는 것을 실감한다. 바람을 끌
어안고 바람이 부는 대로 살아가야 하는 섬이다.

바람이 없는 제주를 생각할 수 없다. 절기마다 세기와 방향과 온
기가 다른 바람이 분다. 바람은 늘 섬을 휘감는다. 섬을 떠나서 육
지에서의 정체되고 건조한 삶을 마주할 때면 비로소 제주의 바람
이 그리워진다. 기나긴 세월을 함께한 바람이다. 뼛속까지 제주인
인가 보다.

저 바람은 어디에서 시작되어 제주까지 달려온 것일까. 제주까
지 달려온 바람이 육지를 거쳐 북쪽으로 내달음치는 것 같다. 영등
할망이라 불리는 영등신으로부터 바람이 시작된 것인가. 영등신은
음력 이월 초하루부터 보름까지 제주에 머문다. 섬 전체를 둘러보
며 혹독한 겨울을 쫓아 보내고 생동하는 봄의 기운을 불러들인다.

제2부 마지막 수업

겨울의 꼬리를 잘라내고 봄의 문을 활짝 열어준다. 땅과 바다에 새로운 생명의 씨앗을 뿌려주는 바다의 여신이다. 바람을 내어주어 풍요를 기원하는 바람의 여신이다. 영등신은 죽은 것을 살려내고 살아 있는 것을 번성하게 하는 의로운 여신이다. 모성 본능이 있는 여신이라 넉넉한 품을 내보이는 터이다.

제주에서는 영등할망이 머무는 동안에 여러 가지 금기가 행해진다. 영등신은 삶 가까이에서 친숙하게 모셔져 왔다. 영등할망을 반갑게 맞이하는 환영제와 정중히 보내드리는 의미를 담은 송별제인 영등굿을 지내는 풍습이 섬 곳곳에 남아 있다. 해상 활동이나 농사 같은 생업에서 손을 놓는다. 혼례식도 하지 않았고 제사가 있는 집에서는 영등할망 몫으로 밥 한 그릇을 따로 올렸다고 한다. 영등신이 머무는 기간의 날씨에 따라 한 해의 풍작과 흉작의 예보로 받아들여 그에 대한 대비를 하기도 했다.

어릴 적 기억이 아슴푸레 떠오른다. 어머니는 햇볕이 좋은 때 장독대의 항아리 뚜껑을 열고 해거름 전에 닫았다. 영등할망이 머무는 영등달(음력 이월)에는 잿빛 하늘에 비바람이 잦아서 항아리 뚜껑을 열지 않았다. 일 년 동안 정성으로 보듬는 장독대에는 된장, 간장, 고추장 항아리와 멜젓, 자리젓, 마늘장아찌 항아리가 놓여 있다. 김장 김치와 통째로 염장한 고등어와 마른미역, 다시마, 소금을 보관하는 항아리도 있었다. 일 년 동안 끼니를 마련할 때 쓰이는 보물 같은 원재료이다. 장독대에는 원재료가 곰삭는 시간과 항아리 뚜껑을 여닫는 횟수보다 녹진한 어머니의 정성이 무르익었다. 장독마다 가족을 향한 끈끈한 모성이 그대로 녹아내렸다.

그 시절에는 홑청을 끼운 요와 이불을 사용했다. 눈이 시리도록 하얀 이불 홑청을 위해 어머니의 다듬잇방망이의 분주한 소리가 담장을 넘었다. 규칙적이고 셈여림이 깃든 다듬이소리에는 어머니의 한숨과 눈물이 젖어 있어 처량하게 들렸다. 가슴속에 사무친 여인의 한을 다듬이소리로 허공을 갈랐다. 영등달에는 구름 뒤로 해가 숨은 날이 많고 비바람이 거센 날씨 때문에 홑청 빨래를 하지 않아서 다듬이소리가 들리지 않았다.

제주는 일 년에 몇 차례 외로운 섬이 된다. 태풍이 빈번한 여름철과 폭설이 내리는 겨울철에 절해고도가 되는 게 숙명이다. 강풍과 돌풍의 영향으로 하늘길과 바닷길이 막혀 침묵하는 섬이 된다. 뭍을 향한 그리움만 가슴에 사무친다. 바다 너머로 내달리고 싶은 간절한 소망을 품곤 했다. 뭍이 아니어서 어찌할 수 없는 섬의 한계를 느끼곤 한다. 그렇지만 사람들은 외로움과 그리움을 가슴속에 꼭꼭 담아 두었다.

태풍은 태초로부터 시작해서 현재는 물론 아득한 미래에도 끊임없이 다가올 것이다. 지구 온난화가 낳은 기후 변화로 자연재해가 극심하다. 인간이 막을 수 있는 한계를 벗어나 위력이 기록적이고 기세등등하다. 자연재해는 자연훼손을 일삼는 인간에게 자연이 내리는 준엄한 경고가 아닐까. 제주 사람들은 태풍을 이겨내는 삶을 살아가기 위해 안간힘을 쓰고 있다.

비바람을 동반한 태풍은 냇가의 담장에도 흔적을 남겼다. 냇가의 담장은 현무암의 크고 작은 구멍마다 빗물을 축축이 머금어 더욱 까맣다. 검은 현무암은 제주 사람들의 아픈 가슴을 보여주는 듯하다. 흑색의 돌담과 습기를 품은 나무들의 짙푸른 초록이 선명하게 대비된다. 초록의 나무에서 비릿한 향기를 들이마신다. 말차(末茶)를 마실 때의 향 같다. 온몸에 숲의 향기가 스민다. 나무는 태풍에 견뎌내기 위한 자연 치유로 발산하는 항균 물질을 욕심껏 내뿜은 모양이다. 사람을 위해 이로운 성분을 말이다. 흠뻑 젖은 흙 내음이 신산하다. 자연이 내어주는 선물이다.

태풍이 지나간 냇가 바닥에는 생명력이 강한 잡초들이 시새우며 자랐다. 잡초들은 물길에 휩쓸려 길게 누웠다. 냇가의 물은 무엇이 그리 급한지 머무름 없이 바다를 향해 내달린다. 붙잡을 수 없는 세월처럼 무심하다. 냇가는 폭우가 내렸다는 게 믿기지 않을 만큼 바닥을 드러낸다.

건천은 현무암으로 형성된 제주 하천의 독특한 모습이다. 민낯의 바닥을 드러내 보이는 냇가를 볼 때마다 꾸밈없이 살아가는 제주 사람을 떠올린다. 투박하지만 치열하게 삶을 살아가는 사람들이다. 제주 사람들은 바람이 부는 대로 몸을 맡기고 물이 흐르는 대로 세월을 싣고 살아간다. 거역할 수 없는 자연에 순응하며 살아간다.

바람은 머무르지 않고 끝없이 이동하며 변화를 이끌어낸다. 변화는 사람들의 생각의 방향을 바꾸고 사유의 깊이를 만드는 힘이 된다. 오늘보다는 나은 내일을 꿈꾸게 한다. 인생은 제주의 거친 맞바람을 마주하고 걸어가는 일이다. 예측할 수 없는 시련과 고통은 혹독한 바람으로 다가온다. 삶은 끊임없이 휘몰아치는 바람 앞에서 고난을 딛고 일어설 수 있는 지혜를 찾아가는 일인지도 모른다. 살아가면서 감내하기 힘든 바람을 이겨낼 때마다 조금씩 너른 품을 지니게 된다.

오늘도 제주에서는 신명 나게 한 줄기 바람이 불어온다. 그 속에는 슬픔과 기쁨, 빛과 어둠이 함께 담겨 있다. 바람과 함께 바다도 하늘도 땅도 춤을 춘다. 이제 바람이 오면 오는 대로 가면 가는 대로 내버려 두어야겠다. 내 마음도 바람과 함께 흔들리다가 제자리를 찾아올 수 있도록.

어디에선가 바람이 섬을 휘감고 지나간다. ⊛

쉼

김 미

　늦봄의 실비가 살포시 내리는 탓에 머플러를 둘러도 오슬오슬 한기가 느껴졌다. 여행 첫날부터 빗줄기가 오락가락하던 하늘은 이튿날 새벽부터 온종일 보슬비를 뿌렸다. 향이 진한 뜨거운 차 한 잔이 간절해졌다. '요로즈 (yorozu, よろず)'*라는 이름의 전통찻 집을 찾았다. 오전 열 한시부터 손님을 맞는 줄 알았는데, 오후 세 시부터 오픈한단다. 오래된 좁고 길쭉한 일본식 목조 2층 건물에 내려져 있는 커튼 사이로 불빛이 새어 나왔다. 포기해야 할지 머뭇 대며 두리번거리고 있는데 긴 머리를 하나로 질끈 묶고 하얀 가운 을 걸친 여주인이 문을 열었다. 한국에서 왔으며 향긋한 차를 마시 고 싶다는 손짓과 눈빛이 섞인 영어를 알아듣고는 흔쾌히 들어오 란다. 사진 촬영은 금지라며 자리를 안내했다.

　짙은 차향이 가득한 실내 ㄷ자형 나무 테이블은 소곤대도 다 들 릴 정도로 마주 보고 앉게 되어 있었다. 한가운데 찻물을 끓이는 독특해 보이는 큰 화로와 찻물 온도 조절용 다기가 여주인의 단정 한 손놀림을 따라 순서대로 조용하게 움직였다. 주인장은 '호지차

(houjicha, ほうじ茶)'**를 추천해 준 후, 먹기에 아까울 정도로 예쁜 다과 세트를 열어 보이며 각각의 맛을 설명해 주었다. 팥양 갱을 설명하면서 '팥'을 우리나라 말로 정확하게 발음하며 웃었다. 나는 팥양갱, 아들은 모나카샌드를 시킨 후 여주인의 차 내리는 모습을 말없이 지켜보았다. 마른 찻잎의 진한 향이 채 가시기도 전에 우려내 온 차를 따르는데, 두 찻잔에 한 방울의 치우침 없이 깔끔하게 따라 주었다. 첫 잔은 분위기에 취한 탓인지 입안을 부드럽게 감싸는 달착지근한 맛이었다. 두 번째 잔의 향을 맡으며 비로소 녹차만의 구수하면서도 쌉싸름한 맛이 느껴졌다. 그녀가 우려낸 세 번째 찻물 따르는 소리에 평온한 마음이 가득 차오르고, 대추 정과를 맛보는 나와 아들 입가에 미소가 번졌다. 차가운 봄비에 젖었던 몸과 마음에 따뜻한 온기를 채우고 일어섰다. 여주인과 머리매무새가 똑같은 남자 주인이 직접 문을 열어주고, 우산을 챙겨주면서 연신 감사하다며 배웅해 주었다. 우리도 정성스러운 차 대접에 진심으로 웃으며 인사했다.

'아리가또 고자이마스(ありがとうございます)'***

촉촉이 내리던 보슬비가 갑자기 후드득후드득 쏟아지기 시작할 때 기차는 유후(yufu)역에 도착했다. 작은 마을 '유후인(yuhuin, 湯布院)'은 안개비 속에 푹 잠겨 있는 듯한 부드러운 회색빛 분위기로 우리를 맞았다. '유후다케(yuhudake, 由布岳)'****산이 저 멀리

제2부 마지막 수업

서 병풍처럼 마을을 둘러싸고 있는 그림 같은 곳이었다. 유후인의 맛과 멋을 구경할 수 있는 기념품점이 늘어선 거리를 눈요기하면서도 마음은 호수를 향하고 있었다. 보물섬 찾아가듯이 숲에 들어서니 신비스러운 호수가 숨죽이며 몰래 숨어 있었다. 들고 있던 우산을 옆으로 밀쳐 버리고 '와우 와우' 감탄만 하고 있었다.

'킨린코 호수(kinrinko 湖水, 金鱗湖)'*****

여러 얼굴색을 가진 초록의 나무들에 둘러싸인 산허리를 비구름이 감싸 안으며 서서히 돌아 나가고 있었다. 물안개가 자욱하게 깔린 호수 위에, 크기와 모양이 다른 동심원을 그려내며 빗방울이 살포시 내려앉는 광경을 넋을 잃고 바라보았다. 석양이 호수 위에 물들면 금색으로 반짝인다는 비늘을 가진 잉어들은 어디론가 숨어들었나 보다. 하루 종일 촉촉하게 내리는 비로 인해 운치를 더한 호수의 신비로운 분위기에 매료되어 오래도록 자리를 뜨지 못했다. 고즈넉하고 몽환적인 한 폭의 수채화였다. 아마도 오래도록 기억에 남을 킨린코 호수를 다른 계절에 다시 한번 찾아오리라.

뜨거운 온천탕에 몸을 느긋이 담그고 목부터 내놓은 얼굴을 이른 아침 싸한 찬 공기가 어루만졌다. 오락가락하던 보슬비가 정원 나무 위에 방울방울 맺히고, 군데군데 바위틈에서 수증기가 엷게 피어났다. 비구름이 새소리를 싣고서 어디론가 유유히 흘러가고 있었다. 눈을 감았다. 온몸의 신경이 느슨해지며 오랜 시간 어깨에

김미

실려 있던 묵직한 긴장이 풀리며 가뿐해졌다. 이마에 송골송골 맺혔던 땀방울은, 수시로 괴롭히던 두통을 씻어내듯 흘러내리며 머릿속을 개운하게 비워냈다. 참으로 오랜만에 날아오를 듯한 상쾌한 기분을 맛보았다.

　큰아들이 계획했던 내 환갑여행이 코로나 유행으로, 또 이런저런 바쁜 일로 미뤄지다가 겹벚꽃이 한창인 봄날에 다녀온 여행이었다. 뚜렷한 계획 없이 온전하게 쉬기로 하고 떠난 3박 4일의 여정은, 일본 후쿠오카를 거쳐 기차로 유후인을 향했었다. 달리는 기차 차창 밖으로 팔을 뻗으면 손에 닿을 만큼 낮고 좁아 보이는 무채색 목조 가옥들이 눈앞 가까이서 스쳐 지나던 모습이 기억에 생생하다. 툭 툭 차창을 때리며 거세지던 빗소리, 어느새 소리 없이 차분하게 내리는 비안개 속을 뚫고 내달리는 기차여행은 날씨가 우리에게 덤으로 준 그럴싸한 여행 보너스였다. 곰살맞거나 살갑지는 않지만, 엄마의 마음을 헤아릴 줄 아는 말수 적은 듬직한 아들과 함께한 여행. 이번 여행 테마는 '쉼'이라는 내 말에 양손으로 엄지를 추켜세우며 아들은 씩 웃었다. ㊍

* 요로즈(yorozu, よろず):후쿠오카에 있는 전통찻집.
** 호지차(houjicha,ほうじ茶):가장 늦게 수확하는 찻잎을 쪄서 말린 후에 볶아서 제조한 일본식 차.
*** 아리가또 고자이마스(ありがとうございます):'고맙습니다'의 정중한 표현.
**** 유후다케(yuhudake, 由布岳):1,583m의 활화산.
***** 킨린코호수(kinrinko湖水,金鱗湖):호수 안의 물고기 비닐이 석양에 반짝이는 것을 보고 금(金)비늘(鱗)호수(湖)라는 뜻을 담아 킨린코라 불렀다.

길고양이

김 지 연

　코끝을 알싸하게 스치는 찬바람이, 뒹구는 낙엽들을 쏴아 소리
내며 몰고 가는 겨울 밤 동네 골목, 스산한 추위에 몸을 한껏 웅크
리고 외투 깃을 부여잡은 채 발걸음을 재촉한다. 그때 내 옆을 스
쳐 지나가는 길고양이 한 마리. 서두르진 않지만 매끄러운 발놀림
으로 나 같은 존재는 관심 밖이라는 듯, 눈길 하나 주지 않고 시야
에서 멀어져간다. 그 발걸음은 왕족의 자태처럼 우아하며 거만하
다. 까만 털에 가슴께로 흰 반점 두어 개가 있는, 바로 그놈이다!

　아침, 창문 커튼을 열어젖힌다. 오늘도 마당 한가운데에 고양이
똥무덤이 만들어져 있다. 파헤쳐 보면 그 형언할 수 없는 고약한 냄
새로 뇌의 모세혈관들이 모두 수축해버리는 듯 머리에 쥐가 난다.
거기다 무른 똥이라도 나오는 날에는 저주의 주문이 내 입에서 방
언처럼 쏟아져 나온다. 어쩌다 하루 이틀도 아니고, 정체 모를 고양
이 놈의 똥을 치우는 것이 매일의 일과가 되어버린 것이다.

항간에 떠도는 길고양이 퇴치법을 따라, 식초를 여기저기 뿌리기도 하고, 나프탈렌 알맹이를 담벼락 위에 던져 놓았다. 심지어는 가게 개업 선전용 바람에 펄럭이는 허수아비까지 사다가 마당에 설치해 보기도 했다. 하지만 이 괴도 뤼팽 같은 놈은 이 모든 시도를 비웃듯, 어김없이 마당 한가운데에 자기의 똥무덤을 흐트러짐 없는 모양새로 소담스레 만들어 놓는 것이다. 이 넓은 동네에 왜 하필이면 우리 집이란 말인가. 내 이놈을 만나면 다시는 우리 마당에 얼씬 못하도록 혼쭐을 내고 말리라. 불구대천의 원수인 듯 이를 갈았다.

어느 오후, 담벼락을 유유히 넘어 마당에 들어오는 검은 고양이 녀석. 경계하는 내색도 없이 제집에 들어온 듯 느긋하다. 가끔 찾아오는 새들을 위해 항상 물을 받아두곤 했던 돌확으로 사뿐사뿐 다가오더니 물 한 모금 얻으려 깊숙이 몸을 수그린다. 방 안에서 창문으로 이를 지켜보던 나는, 이 녀석의 똥 때문에 매일 치렀던 고역의 값보다도 훨씬 큰 고함으로 유리창을 두들기며 소리쳤다.

"이 놈아, 가! 가라고! 여기는 내 영역이야!"

봄날 새로 나온 나뭇잎처럼 작고 여린 분홍색 혀가 이른 추위로 꽁꽁 얼어붙은 물구덩이를 하릴없이 핥고 있었다. 벼락같은 내 호통에 녀석이 고개를 들어 나를 잠시 쳐다본다. 순간, 이글이글 불같은 나의 시선은 고양이의 표정 앞에서 그만 한순간 꺼져버린 불

길처럼 아무 소용없는 야단법석이 되어버렸다. 그 눈빛은 잔잔하게 고여 있는 물과 같이 차갑고 고요하며 아무 색깔이 없었다. 적개심도 두려움도 없었다. 간절한 물 한 모금 앞에서 대면한 부조리에 원망이나 아쉬움도 없었다. 녀석은 이내 몸을 돌려 마치 마지막 자존심은 버릴 수 없다는 듯 서두르지 않고 당당히 마당을 가로질러 담 밖으로 사라졌다.

순간, 이 작은 생명체의 경이로운 고고함에 마음을 사로잡히지 않을 수 없었다. 먹이를 찾아 쓰레기를 뒤지고 추위와 더위를 피하려 음습한 구석을 마다하지 않을지언정 동정을 구걸하지도, 애정을 갈구하지도, 가혹한 세상을 원망하지도 않는다. 아무리 높이 쌓은 담벼락도 이 목숨이 아홉 개나 있는 존재*의 자유를 구속하지 못한다. 돌봐줄 주인도 필요 없다. 신(神)도 필요 없다. 이 네 발의 구도자는 주어진 삶을 혼자, 오롯이, 하루하루 살아나갈 뿐이다.

존경의 의미로 물 한 그릇을 정원 구석 후미진 곳에 떠 놓았다. 먹을 것도 좀 갖다 놓고 싶었지만, 생각 끝에 그러지 않았다. 그 무엇으로도 녀석의 고고함과 자유를 뺏고 싶지 않았다. 높은 담 안 자그마한 이 마당이 내 영역이라고 발을 구르며 고함치던 스스로가 부끄러웠다. 기꺼이 이 녀석의 화장실로 내어주리라 마음먹었다. 하지만 녀석의 흔적은 며칠 동안 없었고, 때마침 옆집 개가 길고양이 한 마리를 물어 죽였다는 소식이 들려왔을 땐, 가슴이 철렁 내려앉았다.

길고양이의 혹독한 삶은 이 녀석을 수명대로 살 수 있게 허락하지 않을 것이다. 그런데 바로 이 녀석이 오늘 밤 골목길에서 놀리듯 내 옆을 스쳐 지나간 것이다. 내 마음을 사로잡았던 그 당당하고 무심한 자태로.

고양이 선생, 아직은 아니에요. 난 당신에게 배울 것이 많아요…. 총총히 멀어지는 고양이의 뒤에서 그의 삶에 조용한 응원을 읊조린다.ⓧ

---

*"A cat has nine lives. "고양이의 강한 생명력을 빗대어 목숨이 아홉 개가 있다고 말함.

아를의 별이 빛나는 밤

도 월 화

하늘에 은하수 흐르고 론강(江)은 지중해로 흘러간다. 별빛은 강에서 반사해 하늘과 다시 만난다. 천공에도 강에도 은가루 금가루를 흩뿌렸다고나 할까. 어둠 속 구름이 별들을 휘장에 감추었다가 드러낸다. 북두칠성이 반짝인다. 가스등 불빛은 강물 속에 흔들린다. 강변에 배 두 척이 정박해 있고, 남녀 두 사람이 거닌다. 화폭 속 아를의 밤이 신비한 교향시를 연주한다.

나는 지금 고흐의 「론강의 별이 빛나는 밤」을 쳐다보며 발걸음을 떼지 못한다. 바로 빈센트 반 고흐(Vincent van Gogh, 1853.3.30.~1890.7.29. 네덜란드)가 백여 년 전에 그린 그림에서 화가의 숨결이 묻어난다. 그는 오늘날도 고흐 애호가들의 가슴 속에 생생하게 살아 있다. 강가의 산책로 저편에서 뚜벅뚜벅 걸어 나온다. 모자 위에 촛불을 올려놓고, 론강가에서 그림을 그리는 고흐의 모습이 떠오른다.

고흐는 별이 빛나는 밤의 그림으로 두 점의 유화를 남겼다. 생레미 요양원에서 병이 호전됐을 때, 회오리치듯 그린 것이 현재 뉴욕 현대 미술관에 있는 「별이 빛나는 밤」이다. 그 이전, 아를 시기에 그린 것이 오늘 내가 보고 있는 예술의 전당 [오르세미술관 전]에서, 이번에 국내 최초로 전시되는 「아를의 별이 빛나는 밤」이다. 「론강의 별이 빛나는 밤」이라고도 한다.

아를은 프랑스 남부 쪽이라 파리보다 태양이 밝았다. 밤은 검푸르고 심연처럼 깊었다. 파리에 가서 작업하던 고흐가 더 좋은 햇살을 찾아 아를로 이주하지 않았다면 이런 작품을 만나볼 수 없었을지 모른다. 아를에서 친구 베르나르에게 보낸 편지에도 별이 반짝이는 밤하늘을 꼭 한번 그려보고 싶다고 썼다. 동생 테오도르에게는 '왜 우리는 지도에 찍힌 점에 가는 것처럼 별들에게 더 가까이 갈 수 없는지'라며, '늙어서 곱게 죽는 것은 별까지 걸어서 가는 것'이라고 적어 보냈다.

아를 시기부터 그의 예술이 활짝 꽃핀 것과 동시에, 발병이 되풀이된 불행이 겹쳐진 것은 어찌 해석해야 할까. 생각하면 마음이 아파올 뿐이다. 그 이유는 신(神)만이 아실 것이다. 고흐는 아를에서 머지않은 생레미의 정신병원에 입원했을 때, 그림을 가지러 간 호사와 함께 아를에 다녀오기도 했다. 그가 죽기 1년 전, 생레미의 겨울에 쓴 편지에는 그전 해 아를에서 그린 여러 습작품에 다시 손대야겠다고 쓴 적이 있다. 그 후 생레미를 떠나, 오베르로 간지 두 달 만에 권총 자살을 했다. 오베르로 떠나가지 않고, 생레미에

제2부 마지막 수업

서 더 오래 요양했다면 어떠했을까. 혹시나 완쾌하여 그렇게 요절하지 않고, 차츰 그림이 거래되어 동생 테오의 도움 없이 살 수 있었다면 하는 생각에 안타까움이 밀려든다. 생전에 단 한 점밖에 팔리지 않은 그의 작품이 현재 세계적으로 어마어마하게 가격이 높아져 있지 않은가.

서머셋 모옴의 책에서 독자적인 새로운 세계를 여는 예술작품은 당대에 이해받기 어렵다는 내용을 읽은 적이 있다. 세월이 흐르면서 후세 사람들은 그 생경한 어떤 '부호'들을 알게 모르게 습득한다는 것이다. 그만큼 이해의 폭이 넓어져 보다 쉽게 받아들일 수 있게 된다고 했다. 고흐가 앓은 질병 원인도 현대 의학에 의해 그때보다는 풀렸겠지만, 후기 인상파가 현대 미술에 끼친 영향도 널리 알려져 있다.

또한 선입견과 달리 그는 대단한 독서가이자 사색가였다. 예술과 사람과 자연을 사랑하는 따뜻한 마음을 가졌다. 에밀 베르나르는 고흐를 회상하는 글에서 '고흐는 보기 드물게 기품 있는 성격의 소유자'라고 썼다. 미술 작품뿐 아니라, 고흐의 편지는 문학성까지 인정받고 있다. 고흐의 편지글을 읽으면, 병으로 인한 기행만 세상 소문에 오르내리는 것이 그에게 너무 가혹하다고 느껴진다. 고흐가 남긴 서간문에는 그가 안정됐을 때, 재발하기 전에 일을 다 못할까 봐 걱정하는 순수한 마음과 그림에 대한 열정이 고스란히 담겼다.

나는 왜 고흐의 그림 앞에서 한동안 발걸음을 떼지 못하는가. 불우했던 천재 화가에의 연민에서만은 아닐 것이다. 그의 화폭에서 행복을 느끼기 때문이다. 흔히 비평가들은 불안정한 자신을 표현했다고 하지만, 나는 고흐 역시 그릴 때만은 행복했을 거라고 믿고 싶다. 왜냐하면 오늘 전시장에 온 많은 이들이 눈가가 젖어드는 감명을 받기 때문이다. 감상자마다 소감이 다르겠으나 나는 별이 쏟아지는 고향의 여름밤이 떠오른다.

우주의 기운과 인간의 기(氣)가 일치할 때 평화가 깃든다고 한다. 고흐의 이 그림에는 자연과 화가와 관람객이 시공간을 초월해 일체로 어우러지는 벅찬 교감이 있다. 종래에는 서서히 무지개를 볼 때처럼 감동이 벅차오른다고나 할까. 천체의 흐름, 물결치는 강물이 보인다. 공간예술인 미술에 시간과 공간을 다 담아 놓았다. 뉴욕현대미술관의 소용돌이치는 「별이 빛나는 밤」이 더 끝을 알 수 없는 깊은 상상력이 녹아 있는 것 같다면, 지금 바라보고 있는 [오르세미술관 전]의 「론강의 별이 빛나는 밤」은 그대로 내 고향의 밤하늘이라서 정감은 더한 느낌이다.(木)

제2부 마지막 수업

마지막 수업

박 온 화

늦가을, 한 잎의 수업만이 애처로이 떨고 있었다. 글쓰기가 안일해져갈 때였다. 겨우 수필 걸음마 주제에 마치 달리기 선수인 양, 달릴수록 힘이 빠진다고 핑계 없는 무덤만 무성했다. 그분을 잃는 강도 높은 해일은 순식간에 들이닥쳤다. 번번이 소중한 것을 잃고 난 뒤에야 정신을 차린다고, 후회와 질책의 광풍이 휘몰아쳤다.

운현궁 담을 지나 강의실로 향했다. 2년 동안 매주 오가던 길, 그분의 수필 지도를 받기 위해 종종거리며 뛰던 길이다. 욕심만 앞서고 글은 써지지 않아 오리무중의 안개 속을 숙제 더미 부여안고 발돋움하던 길이다. 체한 듯 가슴을 옥죄던 길의 풍경들을 눈에 담는다. 문득 떨어지는 은행잎 하나가 총총한 발걸음을 붙잡는다. 비바람 태풍에도 초록불로 타오르던 큰 나무는 열정을 식히며 노랗게 내려앉는다.

강의실에 정적이 흘렀다. 불볕에 몸을 내맡기며 제자들에게 그늘이 되어주시고, 안으로 생명의 물을 끌어 올려 찬란한 꽃과 잎을 피워주신 분. 열매까지 오롯이 안겨주시고, 거목이신 그분께서 이제 단풍이 드시나보다. 스스로 나목이 되려 하신다.

"오늘이 마지막 날이네요. 많은 생각이 듭니다. 그간 좋은 수필을 쓰기 위해 연구하고 고뇌하면서, 서로 느껴왔던 소감들을 저와 함께 나누었으면 합니다."

말씀이 출렁거린다. 그분은 닻을 내리며 품었던 이야기를 쏟아내고, 진솔한 우리의 화답도 원하셨던 것 같다. 하지만, 우리는 단한 번만이라도 더 수필 지도를 받고 싶어 안달했다. 그분의 말씀을 뒤로 한 채, 각자 써 온 수필을 발표하며 때늦은 열정들을 보였다. 수필 평을 하시면서도 아쉬운 그분의 눈빛은 천정에 머물곤 했다.

우리는 사은(師恩)의 마음으로, '종강 기념 여행'에 뜻을 모았다. 서늘하셨을 그분의 마지막 수업을 의미 깊게 기념해 드리고 싶었다. 강원도 홍천의 일박이일 여정으로 음식과 케이크, 와인과 연잎차, 편지와 카드, 예쁜 장식 초들을 준비했다.

숙소에 밤이 깊어갈 즈음, 제자들 작은 초에 하나둘씩 스승을 향한 불꽃들이 피어났다. 거목을 상징하는 굵고 커다란 촛불은 중앙에서 빨갛게 타올랐다. 큰 빛은 까물거리는 작은 빛들을 아우르며 둥지가 되어주었다. 잔잔한 기타의 선율이 흐르고, 감사의 편지와 시, 수필, 존경과 사랑을 담은 노래들이 띄워졌다. 잠시 흔들리는 그분의 어깨엔 기나긴 열정의 흔적이 내려앉는 듯했다. 항시 맑은

제2부 마지막 수업

물처럼 담백하고 소용돌이가 없는 그분께서 여울에 밀리듯 떨리는 음성으로 소회를 남겨주셨다.

"어느덧 세월이 많이 흘렀습니다. '떠날 때는 말없이'라고 했는데, 이런 감동의 순간을 맞을 줄 몰랐습니다. 그저 때가 되었을 뿐입니다. 고마웠습니다. 강의실에서 보진 못해도 수필 활동을 계속하는 한 기회 있을 때마다 만나게 되겠지요."

유리창 밖에선 단풍놀이의 축포가 터지고, 환상의 불꽃놀이도 배경이 돼주었다. 바람처럼 홀연히 떠나시는 그분의 앞날을 축복하는 듯했다. 때 되어 나무가 잎을 버리듯 그분도 미련 없이 강단을 떠나시는 걸까. 미풍 같은 이야기에 심취하고, 돌풍 같은 예상 밖 질문에 당황했던 강의실 풍경이 떠올랐다. 수업 후 함께 나누던 식사와 찻집에서의 대화, 문학기행의 추억들은 그리운 눈썹달이 되어갔다. 자정이 넘도록 아쉽고 안타까운 마음들을 따끈한 연잎 차향과 노래가 은은히 달래주었다.

처음 그분을 뵈었던 날을 기억한다. 쌍둥이 언니와 공저로 정년퇴직 기념 교단 수필집을 발간하고, 조심스레 출판기념회를 연 자리였다. 교육 관계자 중심으로 300여 명이 참석한 가운데, 서평(書評)을 써주신 그분께서 축하의 말씀을 해주셨다.

"40여 년간 피워 올린 교육의 향기는, 바로 인생의 향기를 말합니다. 허장성세 없이 순수한 두 쌍둥이 선생님이 피워내는 향기로 세상이 참 아름답습니다."

수필가로 등단도 하지 않은 우리들의 글을 과찬해 주셨다. 몸 둘 바를 몰랐다. 그분께 지도를 받으며 향기 나는 수필을 쓰고 싶었다. 언니는 곧바로 그분의 강의를 듣고 수필 창작에 빠져들었다. 나는 선뜻 글에 마음을 둘 자신이 없었다. 5년이 지나 생각 우물 속에서 글들이 밖으로 튀어나오려 할 때, 비로소 언니 뒤를 이었다.

이젠 그리움이 된 그분께서 깨우쳐주시던 말씀이 글의 행간마다 스며든다.

"좋은 책을 많이 읽으세요. 글의 소재와 대상을 껴안고 많은 생각을 하세요. 그리고 많이 써보세요. 보이는 것은 보이지 않는 것에, 들리는 것은 들리지 않는 것에, 생각나는 것은 생각나지 않는 것에 닿아 있다고 한 시인의 말을 음미해 보세요."

"수필은 허구(虛構), 픽션(fiction)이 아닙니다. 자기성찰의 고해 성사와 같은 글로, 체험과 일상의 사유를 통한 깨달음이 있어야 합니다. 삶에서 향기가 나야 글에서도 향기가 풍기는 법입니다. 자신만의 철학으로 감동 주는 글을 쓰시기 바랍니다."

제2부 마지막 수업

그분의 격려와 토닥임 속에, 늦깎이로 들어선 수필가의 길이다. 편협한 주장과 욕심을 걸러내라 하셨다. 철학과 해학으로 남과 다른 글을 쓰는 것이 생명이라고도 하셨다. 세상 살아가는 이치만큼이나 어려운 길인데, 그분은 곁에 계시지 않는다.

그분의 함자(銜字)인 나무(木)와 해(日)를 끊임없이 바라보며, 깨달음을 얻어 감동 주는 글을 쓸 때까지 험하고 힘든 수필의 산을 오르려 한다. 산길엔 찬비가 내리고, 무시로 운무와 운해가 드리운다. 홀로 오르는 수필 초보 산행은 아득하기만 하다.(木)

인생의 노을

서 양 호

　예순을 넘기면 여생이 짧아지기 시작함을 느끼게 된다. 이전의 시간은 정신적 원숙함이나 자아실현이라는 목적을 향해가는 방향성을 지닌 운동성이 있었다.

　예순에서 노년기로 접어든다는 칠순 중반까지의 연령대는 신체적으로 건강하고 다른 연령층보다는 가진 것도 비교적 넉넉한 편인 시니어(senior)라 일컬어지는 세대다.

　이 세대는 자녀들도 다 키웠고 가정이나 사회적으로도 안정되고 재정도 다소 여유가 있어 인생의 황금기를 누리는 세대다. 노년기에 접어드는 연령층에게는 그들 자신은 물론이지만, 사회적으로도 여러 가지 고려해야 할 요소들이 대두된다. 이 연령층에겐 종착점까지 삶의 가치를 누리며 살 수 있느냐의 여부와 더불어 건강과 복지 등 문제가 복합성을 띠게 된다.

　오늘날의 노년 문제는 과거처럼 적은 수에 국한된 생존자들의 운명이 아니라 장수하는 연령층의 증가에 따른 인류 대다수의 미래 문제가 되었다. 2050년쯤 되면 지구에는 어린아이보다 노인의 인구가 두 배나 더 많을 것이란 예측도 있다. 그런 세상이 되면 노인이란 진짜 죽을 날이 얼마 남지 않은 사람들만 노인으로 취급되는 때도 올 것이며 세대 구분도 좀 더 세분되어야 할 필요가 있을 것이다.

노년기에 접어들면 스스로 남은 생을 헤아려 여생을 어떻게 잘 마무리할 것인가를 생각하게 된다. 그런 생각 끝에는 일상에서 후회되는 부분은 바로 수정해야 하고 잘하고 있는 부분은 잘 유지하도록 애써야 한다는 점을 새기게 마련이다. 이런 성찰을 할 수 있다는 점이 종착을 앞둔 노년기 연령층이 취할 수 있는 카운트다운의 이점이라 할 수 있다.

남겨진 나이를 의식하면 이런저런 작은 바람도 솟아나지만, 마음이 급해짐을 숨길 수 없다.

불시에 닥칠 병이나 사고로 갑자기 세상을 떠날지도 모른다는 데까지 생각이 미치면 마음이 더욱 급해지기 십상이다. 의학은 삶에 영향을 미치는 중요한 요소의 하나다. 그러나 의학이 아무리 발전한다 해도 미래의 불확실성이 과거보다 비극적이지 않으리라는 보장도 없으며 매일 매일의 덧없음을 상쇄해 주지도 않는다. 평균 수명이 길어진 것이 사실이라 해도 길어진 수명이 모든 개인에게 장수를 보장하는 것은 아니다.

이런 사실들은 다가올 미래를 좀 더 냉정히 탐색해야 할 필요를 일깨운다. 어떤 미래는 수동적으로 단순히 감당해야 할 세월이지만 또 다른 한편의 미래는 능동적인 의식 활동을 통하여 창조해 나가야 할 세월이기도 하다. 그런 면을 살피면 다가올 미래는 노인들에게 새로운 의식과 태도를 요구한다. 어쩌다 보니 긴 수명을 누릴 수 있게 되었지만 '남은 세월에 뭘 하며 이 세월을 지내야 하나'라는 강렬한 의문을 지울 수가 없다. 할 일은 얼추 다 했고 마지막 종결의 시간은 다가오는데 그래도 뭔가 해야 할 것 같은 생각이 뇌리에 감돈다. 여생의 끝에는 모든 짐을 내려놓을 수 있는 약속의 터전이 있으리라 여겨서 역설적으로 늙는다는 것이 위로라고 생각하기도 했다. 그런데 노인들은 늘어진 인간수명 때문에 얻어진 이 새로운 만년의 세월을 누리면서 살고 싶어 하지만 세상은 이들의 소망을 쉽게 받아들이지 않고 있다, 노인은 쉬기를 원하지만, 세상은 더 활동적으로 버티라고 한다. 더하여 추가로 얻어진 생명 연장의 날들에도 수확이 있어야 한다고 여기는 게 아닌가.

빅토르 위고는 '인간에게 가장 무거운 짐은 정말 사는 것 같지도 않은데 사는 것'이라 했다.

노인들 처지에서는 겪어보지 못한 생의 종착이 유예되는 것이 흥미롭기는 하지만 불안함도 느끼게 된다. 평균 수명이 길어지면서 이때까지 이루어 온 삶의 양태도 다양하게 변화를 요구받는다.

세대가 다르면 사회적 가치 인식도 다르고 역사에 대한 평가와 생활상에 대해서도 다른 기억과 기준을 지닌다. 서로 다른 세대가 함께 산다는 것은 유익한 점도 있지만 불편도 따른다. 과거의 사람들인 늙은 연령층과 스마트 폰과 태블릿 PC를 끼고 첨단기술을 누리며 살아가는 요즘의 세대가 공존하고 있다. 서로 다른 연대기들이 충돌하고 저항하며 저마다의 기준을 내세우는 까닭에 혼란스럽기도 하다. 손자와의 대화에는 사용 언어조차 서로가 다르니 말을 나누는 소통의 어려움을 넘어 노인들은 손자들이 쓰는 축약된 단어들에 청맹과니가 되어버린다.

부모 세대에는 은총과 몰락의 관계가 애매하게 공존한다. 희망했던 모습이 되어 있을 수도 있고, 지금처럼 계속 그렇게 살아서 잊히는 세대가 되어버리든지 또는 새로운 자기를 재창조해야 할 수도 있다. 선택은 자유지만 만만하지 않다는 것도 분명한 사실이다.

이제 초읽기에 들어선 나이가 되고 보니 모든 것은 한정되어 있고 선택지는 줄어들었다.

몸에는 여러 곳에 손본 곳이 많다. 고장이 났었지만, 가까스로 수리해서 다음 고장이 날 때까지 몰고 다니는 근사한 구형세단 같은 신세다. 건강에 대한 환상도 무너질 때가 올 것이다.

괴테는 '늙는다는 것은 서서히 보이지 않게 물러나는 것'이라 했다. 노년의 시간에는 평정심을 지녀야 하고, 군더더기는 걸러져서 본질만 남게 되며 신체의 수분도 빠지게 될 것이다.

마지막에 이를 때까지 남겨 지녀야 할 것은 정신의 위대함과 영혼의 아름다움이라 했다.

행복한 노년의 비결은 무엇일까?

좋아하는 일, 할 수 있는 일을 가급적 늦게까지 할 수 있다면 좋겠다. 사랑하고, 일하고, 여행하며, 타인에게 마음을 열어두며, 흔들림이 없이 지낼 수 있기를 바란다면 과욕일까? 어려운 일이긴 하지만 삶의 마지막 길에서는 얼룩지는 후회의 일들에 붙들리지 않은 채 떠나고 싶다.

인생의 노을이 평온했으면 좋겠다는 바람은 노인들이 지니는 공통의 화두다. 두 가지 지혜 속에 갈등은 있을 것이다. 유감스러워도 불가피한 것에 동의해야 하는 순응과 가능한 것들을 기쁘게 받아들이는 포용, 그 둘 사이를 오고 가면서 내 인생에 손을 흔들며 떠나가는 날을 맞게 되리라. ㊍

상하방

서 정 문

1983년 8월, 광주에서의 생활은 '상하방'에서 시작하였다. 지금으로 비교를 한다면 '투룸'이라고 할 방이었다. 그러나 요즘의 '투룸'과는 다른 형태의 방이었다. 갓 결혼을 한 신혼이었다. 고등군사반 교육생이었을 때 아내의 여름방학을 이용하여 결혼을 한 것이다. 그 특이한 형태의 방에서의 생활은 평생 그때가 처음이자 마지막이었다. 지금도 그런 방이 남아 있는지는 모르겠지만, 젊은 신혼부부가 생활하기에는 안성맞춤인 방이었다.

더운 여름에 하는 결혼식이라 식장 예약 등, 미리미리 하지 않아도 준비에 문제는 없었다. 그 뜨거운 여름에 결혼식을 하려는 사람이 거의 없었기 때문이다. 식장에 온 하객들 가운데 한 분은 '너 결혼식 보러 갔다가 더워서 죽는 줄 알았다.'라고 할 정도로 더운 토요일 날이었다. 교육 중이라 서울에서 토요일 날 결혼식을 하고 그날 광주로 내려가면서 속리산에 여장을 풀고 하룻밤을 보냈다. 교육을 받고 있는 중이라 며칠간 멀리 신혼여행을 갈 형편이 되지 못했다.

광주 상무대 가까운 곳에 방을 얻었다. 교육기간도 일 년이 되지 않아 월세방을 구해야 했다. 버젓한 전세를 얻을 여유도 없었지만, 교육기간 중이어서 소위 '상하방'이라고 하는 형태의 방이 가장 적합하다고 생각하여 그 방 하나를 얻었다. 미닫이가 가운데 있는 방 2칸짜리로 미닫이를 열면 큰 방 하나로 되어 웬만한 손님맞이에는 문제가 없었다. 그 신혼집에 미혼인 친구들이 와서 함께 술을 마셨다.

당시 광주에는 정종집이란 술집이 흔했고, 친구들과 회식을 하러 가끔 갔다. 상다리가 휘어질 정도로 나오는 여러 가지 종류의 음식. 정종 한 병만 시키면 한 상 가득 푸짐하게 안주들이 나왔다. 고향에서 간단한 안주로 막걸리를 마시던 것과는 판이하게 다른 술문화였다. 김치 깍두기에 막걸리를 마시는 안동 사람들의 술문화와는 격이 달랐다. 다방에 가면 품격이 보이는 산수화 여러 점이 걸려있었다. 남도 예술문화의 모습들이 곳곳에 남아 있었고, 생활 가운데 예술작품이 깊이 스며들어 있는 게 보였다.

그 상하방에서 더운 여름을 보냈다. 한편으로는 공부를 하면서, 다른 한 편으로는 친구들을 불러 술도 여러 번 마셨다. 그렇게 여름이 깊어갔고, 가을이 시작될 즈음 집사람은 다시 대만으로 공부를 하러 떠났다.

미닫이로 가운데를 막은 상하방은 사용하기에 편리하였다. 문을 열면 방이 넓게 되었고, 닫으면 공간이 아늑하게 변하였다. 당시 상무동 인근 방은 대개가 그런 방이 많았다. 일찍 결혼을 한 친구들은 대개 군에서 제공하는 아파트에 살았지만 아파트 사정이 그리 좋지 않아 대부분은 상하방을 구해야 했다.

교육을 마치고 배치받은 곳이 강원도 인제군 서화면 천도리였다. 밤이면 대남 방송이 들리고, 하늘이 산 봉우리 사이에 조그맣게 보이는 곳이었다. 결혼을 했지만, 집사람 방학 외에는 혼자 살아서 부대 앞에 작은 방 하나를 얻었다. 주인이 소죽을 끓이는 방이었다. 새벽마다 주인이 소죽을 끓여 늘 아침에도 방이 뜨끈하였다.

당시는 대위 시절이라 작은 관사가 주어졌다. 그런데 부하 중에 소위 때 결혼한 친구가 있었다. 아이까지 달려 있었는데 살림이 넉넉하지 못해 어려웠다. 당시 부대 앞 방세가 월 2만 원이었는데, 그것을 부담하는 것도 어려운 형편이었다. 그래도 대위부터는 매월 주택수당 2만 원이 나왔다. 그러나 그 소위는 결혼을 했고, 아이까지 있었지만 주택수당을 받을 수 없었다. 그래서 나에게 할당된 관사를 그 소위에게 양보를 하였다.

관사는 그래도 방이 2칸이고 작지만 거실도 있었으니 아이를 데리고 살기에 여건이 좀 나은 편이었다. 그 덕분에 추운 강원도의 겨울을 소죽 끓이는 집에서 따뜻하게 살 수 있었다.

주변의 총각 후배들, 전역하는 병사들이 그 작은 집에 와서 밥을 먹고 술을 마셨다. 당시에는 여러 후배들과 병사들이 와서 밥을 먹고 갔지만, 그런 것이 신세를 진다는 생각은 서로 별로 하지 않았다. 그저 돼지고기를 굽고, 넉넉하게 밥을 하여 된장찌개를 반찬 삼아 함께 전방생활의 고달픔을 달랬다. 전역하는 병사들을 불러 한 끼 저녁을 해주는 게 보통이었다. 병사들이 몇 공기씩이나 밥을 먹는 것을 보고 집사람이 여러 번 놀라기도 했다. 부대 바로 앞에 세를 얻어 출퇴근도 편하고, 병사들이나 후배들이 오기에도 편했다. 단지 광주의 상하방처럼 넓지를 못해서 늘 좁은 공간에서 소복하게 둘러앉아 밥을 먹어야 했다.

광주의 상하방은 방이 2개여서 여러 가지 방면에서 편리하고 생활하기에 여유가 있었는데 전방의 방은 작아서 여간 불편한 것이 아니었다. 방에 있는 간이 옷장, 가재도구들을 한눈에 볼 수 있어서 편한 것도 있었지만, 늘 이사를 준비하는 사람이 사는 집 같았다.

둘째 아들이 사는 서울 집은 '원룸'이다. 방 하나에 옷장과 책상, 가재도구들이 모두 놓여 있다. 시골에서 간혹 서울에 갔다가 아들 집에 자려면 다소 불편함을 감수해야 한다. 두 사람이 자기에는 공간 자체가 그리 넉넉하지 않기 때문이다. 그래도 자주 서울을 가는 편이 아니어서 가끔 거기서 신세를 진다. 그래서 서울에 가서 자고 와야 할 형편이면 미리 연락을 하고 '오늘은 너네 집에서 잘게'라고 하며 미리 통보를 하고 간다.

제2부 마지막 수업

그 원룸에 가면 옛날 광주에서 살던 '상하방'이 새삼 생각난다. 요즘은 그런 형태의 방이 없지만, '그런 방이 있다면 생활화기에 좀 편할 텐데'라는 생각을 해본다. 그때 봉급을 받아 절반은 그 방 값으로 사용했던 것으로 기억이 된다. 그런 면에서 보면 지금 서울에서 생활하는 젊은이들도 봉급의 상당한 부분을 방값으로 지불해야 하는 것과 크게 다르지 않다고 본다. 지금 생각해보면 나의 신혼생활의 주거여건이 그리 나쁜편은 아니었던 것으로 여겨진다. ㊍

서정문

만추(晩秋)의 길목에 서서

이 정 선

커튼을 열면 안방 유리창 너머로, 이제 수령(樹齡) 60여 년의 거목이 되어버린 감나무가 마주 보인다. 가지마다 풍성히 열린 감, 초록이 지쳐 주황색으로 물든 무성한 잎들이 눈부시게 화사한 햇살을 받으며 만추(晩秋)의 뜨락을 가득히 장식하고 있다.

빨강, 노랑, 주황색 잎들이 바람에 날려 정원의 작은 연못 잔잔한 수면 위에 떠 있다. 가을은 마치, 어둠이 다가오기 전에 마지막 지는 해가 아쉬워 스스로의 열정에 온몸을 태우며 하늘을 붉게 물들이는 저녁놀과도 같다. 머지않아 산과 들을 다채롭게 채색했던 단풍이 지고 찬 서리가 내리면, 눈이 부시게 푸르른 날도 다 가 버리고, 잿빛 하늘과 앙상하고 음산한 계절이 닥쳐오겠지⋯. 얼어붙은 대지는 죽음 같은 동면에 들어가, 봄을 기다리며 새 생명을 잉태하는 긴 꿈을 꾸겠지⋯.

해마다 우수수 낙엽이 떨어져 발아래 뒹구는 늦가을이 되면, 어김없이 유난히 가을을 앓던 내 다정한 친구 송(松)이가 생각난다. "선(善)아, 나 죽을 것만 같아, 고질병이 도졌나봐! 나 좀 살려줘⋯." 전화선을 타고 숨가쁘게 헐떡이며 내게 구원을 청하던 송이의 떨리는 목소리가 아직껏 생생하게 내 가슴을 아리게 한다. 3년 전부터 중증 치매를 앓고 있어 막바지 여생을 요양원에서 보내고 있는 송(松)이!

어느새 청명했던 하늘이 갑자기 어두워진다. 바람이 불어오더니 가을비가 내린다. 무성했던 감잎들이 한 잎, 두 잎 소리 없이 떨어져, 나무 밑 주변에 주황색으로 곱게 쌓여 간다. 잎이 진 자리, 앙상한 가지에 매어 달린 감들이 떠나가는 가을에게 작별을 고한다. 친구야! 우리도 이젠 언제 떨어져 버릴지도 모르는 마지막 남은 잎새가 아니더냐.

이런 날이면 어둠이 다가오는 내 황혼의 길목에 서서, 인생의 만추를 노래한 김동명의 시 「가을」이 절실하다.

> 내 가슴은 쓸쓸한 사주(砂洲). 정열은 조수같이 물러가고
> 끝맺지 못한 이야기의 슬픈 묘표(墓標)만이 서 있는
> 꿈은 낙엽이냐. 옷자락에 묻은 붉은 피는
> 지워도 지워도 아니지는 원한인가 보다.
> (⋯)

어쩔 수 없는 자기연민에 빠져든다. 필멸(必滅)의 유한한 존재인 인간은 죽음을 두려워하고 그 죽음으로부터 구원을 받을 수 있

는 불사불멸(不死不滅)의 영생을 소망한다. 그러나 버너드 쇼는 그의 희곡 「사상(思想)이 도달할 수 있는 한계」에서 원죄 이전의 불사불멸의 상태였던 아담의 독백을 통하여 다음과 같이 말하고 있다.

"매일 매일 끝없이 지키고 있어야만 하는 이 지겨운 화원(에덴)의 관리를 다른 누군가에게 맡길 수만 있다면…. 언젠가는 영원한 휴식, 영원한 잠을 잘 수만 있다면…. 어떤 끝이 있지 않으면 안 된다. 나는 영원이라는 것에는 견딜 수가 없어. 끝이 없는 이 무서운 숙명으로부터 구원받을 수만 있다면…."

이후 '아담과 이브는 뱀(사탄)의 유혹으로 죄를 범하여 사망이 그들에게 옴으로써 끝없는 영생에서 풀려날 수 있었고, 또한 에덴으로부터 쫓겨남으로 해서 끝없이 동산을 관리하는 일에서 벗어나, 영원한 안식을 취할 수 있게 되었다'고 버너드 쇼는 말하고 있다. 참으로 인생은 풀 길 없는 수수께끼다. 처음도 없고 끝도 없는, 어제도 오늘도 내일도 없는 무한, 무궁, 영원. 그것은 신의 영역이 아니겠는가.

어스름이 밀려온다.
비가 그치고 만추(晩秋)의 저녁 하늘엔 파아란 초승달이 시리다.^(木)

나무꾼과 선녀

이 채 영

88올림픽대로를 달리고 있다. 강화 집에 가는 길이다. 이젠 옆 동네를 드나들듯 마음으론 가까워진 지 오래다. 강바람에 갓길 따라 핀 능소화가 고운 뺨을 내밀어 반긴다. 오늘은 꼬물거리며 물살을 간질이던 물오리들이 보이지 않는다. 한강은 고요함을 깔고 누워 사색에 잠겨 있다.

작년 가을부터 '나무꾼과 선녀 부부'라는 애칭을 불러대는 이웃이 생겼다. 얼마나 사랑스러운 별명인가. 공주병 끼가 있는 내겐 듣기 좋은 말이다. 우리 부부는 더 나이 먹으면 시골로 내려가 텃밭을 가꾸며 살고 싶은 소박한 꿈이 있었다. 꿈을 이루기 위해 몇 년 전 강화에 집부터 지었다. 민둥한 땅에 덜렁 집만 지어놓고 보니 한 발짝만 옮겨도 할 일이 넘쳐났다. 생업에 바쁘다 보니 우리는 자연스레 각자의 일을 분담하게 되었다. 나는 주로 서울에서 운영하는 가게를 전담했고, 남편은 강화 집을 다듬고 꾸미는 일을 도맡았다. 수시로 서울과 강화를 오가면서 작은 돌멩이 하나에도 사랑과 정성을 기울였다.

바닷바람에 흙먼지만 날리던 땅이 하루하루 변하기 시작했다. 울퉁불퉁 흙더미들은 푹신한 잔디마당과 꽃밭으로 자리를 틀었고, 텃밭도 만들어졌다. 연장과 장작이 들어 있는 헛간과 기와를 얹은 장독대까지 남편은 자신의 솜씨를 아낌없이 발휘했다. 이따금 내가 강화 집에 가 보면 새로운 작품이 하나씩 만들어져 있었다. 그동안 생계에만 매달려 삼십여 년을 같이 살아온 나도 미처 알지 못했던 남편의 놀라운 재주. 이순(耳順)에 이르러서야 더 이상 감추지 못한 그 남자의 끼가 강화 집 여기저기에 드러나 있었다. 원래 남편에게 애교로 불러주던 맥가이버 아저씨에서 이참에 면허는 없지만 건축 전문가님으로 승격시켜 줬다.

우리 부부의 띠를 딴 '소용의 이야기 뜰'이라는 문패를 달아 놓은 지도 벌써 삼 년이 되어간다. 도시 생활을 벗어나려는 은퇴를 앞두거나 귀촌을 희망하는 사람들의 분주한 발걸음이 우리 단지에도 기웃기웃했다. 대부분 자연의 품을 찾아 여태껏 챙기지 못했던 심신을 달래보려는 중년들이다. 그러던 중 작년 봄, 우리 전원 단지에 또 한 부부가 보금자리를 틀었다. 서로 마음이 맞아 형, 아우 삼으며 금세 친해졌다. 그 부부는 강화 둥지를 자칭 '무릉도원'이라고 표현한다. 집이 고급스럽다거나 터가 명당 자리여서가 아니다. 이런 곳에 쉴 집이 있어서 그냥 행복하단다. 동생 부부는 함께 심고, 가꾸고, 뽑고, 캐고, 온 시간과 정성을 정원과 텃밭에 쏟아붓고 있었다. 반면 우리 집은 주로 남편 혼자 일하러 와서 돌쇠처럼 돌덩어리도 종잇장 들듯하며 일중독에 빠져 있었다.

어쩌다 내가 같이 가는 날이면 동생은 으레 "오늘은 나무꾼이 선녀를 모시고 왔네요."라며 너스레를 떤다. 동생은 이어서 '형님이 혼자 오셔서 얼마나 일을 많이 하시는지 모른다, 재주꾼이며 힘도 장사다, 형수님 보여드린다고 쉬지 않고 일만 하신다'며 남편에 대한 예찬으로 입술이 거반 마를 즈음, 그래서 일만 하는 나무꾼과 사뿐히 다녀가는 선녀가 사는 집이라고 말하는 이유란다. 설령 그렇게 보이더라도 뒷말은 난 인정할 수 없다. 입에 거품까지 물며 내 입장을 항변하고 싶었지만, 꾹 참고 선녀처럼 곱게 한마디 했다. "저도 다 알지요, 그래서 오늘은 좀 쉬는 날로 하자며 일부러 쫓아왔어요." 내 편도 되어달라는 선녀의 마음을 담아 눈웃음도 지어주었다.

나는 강화 집을 남편의 놀이마당이라고 말하곤 한다. 물론 노동과 일이 다르다는 건 인정한다. 남편은 민둥한 땅에 본인이 하고 싶은 대로 꾸미고, 부수고, 수정하며 원하는 그림을 완성해 가고 있다. 그 기간이 삼 년이 걸렸고 아직도 진행 중이다. 내가 보기엔 이제 마무리가 다 된 것 같은데 남편은 아직도 멀었다며 일을 자꾸 만들어 낸다. 오늘은 장독대 옆에 깔았던 자갈 일부를 걷어내고 블록으로 바꿔야 한다며 바쁘게 움직였다. 언제나 난 오케이(okay) 하며 뭘 도와줄까를 물어본다. 하지만 남편은 항상 걸리적거린다며 나를 집 안으로 몰아버린다.

남편은 혼자 일하는 시간을 좋아한다. 그동안 나는 남편이 구상한 작업에 대해 안 된다거나, 잘못되었다는 식의 반대 의견을 일절 내지 않았다. 이곳을 남편이 원하는 대로 만들도록 그저 물심양면 지원만 했다. 열심히 일만 한 당신, 지금부턴 충분히 즐기라는 선녀의 고운 마음을 담아서.

은퇴 후 시골살이의 꿈을 심어놨으니 이젠 그 꿈이 뿌리 내리도록 선녀의 부드러운 날개로 쓰다듬어 줄 차례다. 나무꾼으로 살아온 그 남자의 등이 유독 굽어 있다. 가장이라는 책임을 온몸으로 걸머졌던 삶의 흔적이겠지 싶다. 맘이 애잔하다.

이제 마당에 남은 잔돌들은 나무꾼과 선녀가 손잡고 함께 옮겨 가면 될 것이다. ㊍

제2부 마지막 수업

파도 소리 정겨운 섬 여행

이 희 도

내륙에만 살아서 섬 여행은 떠올리기만 해도 마음이 설렌다.

여름 휴가철을 맞아 이십 년 지기 여덟 명이 인천연안여객터미널에서 배에 올랐다. 뱃전으로 달려오며 노래하는 파도와 갈매기의 길 안내를 받으며, 대청도 백령도 여행길에 나섰다. 섬 여행은 신비로움이 앞선다. 낯선 곳에서 새로운 추억을 만들 것 같아 기쁘다. 사위(四圍)에는 산과 집도 보이지 않고 넘실거리는 파도만이 적막을 깨우고 있다. 서해의 최북단으로, 황해도 옹진반도가 가장 가까운 거리에 있다.

소청도 등대를 뒤로하고, 네 시간 만에 대청도에 도착하여 관광에 나섰다. 옥죽동 해안사구에는 바닷가의 모래가 강한 해풍에 날려 와 산을 만들어 놓았다. 예전에는 축구장 60여 개의 규모였었다. '옥죽동 처녀들은 모래 서 말을 먹어야 시집간다.'는 말이 있을 정도로 모래바람이 심했다. 최근에는 방풍림 조성으로 많이 줄어들었다고 했다. 이집트 여행 때 보았던 사막을 만나니 신기했다. 사막에 낙타모형 네 마리를 설치해 놓았다. 관광객들은 모형 낙타를 배경 삼아 사진을 찍고, 타고도 찍으며 위안을 삼고 있었다. 살아 있는 낙타를 타 봤으면 하는 아쉬운 마음이 있는 것 같았다. 이집트 여행 때 피라미드 앞에서 낙타 타며 떨어질까 봐 마음 졸였던 때가 떠올라 혼자 빙그레 웃었다.

모래울 해변에는 아름드리 소나무가 하늘에 닿을 듯이 키 재기를 하고 있다.

해변에 들어서자 손톱보다 작은 어류가 쏜살같이 모래 속으로 숨었다. 모래밭은 엽낭게의 삶의 터전이라 했다. 궁금증이 생겨 자세를 낮추고 숨죽이고 기다렸다. 한두 마리씩 나와서 집게발로 모래를 입에 넣고 이내 둥근 모양의 모래를 뱉어내고 있었다. 가이드가 프랑크톤 등 유기물을 걸러 먹고 모래는 뱉는다고 했다. 넓은 해변을 살펴보니 엽낭게 수천, 수만 마리가 먹이 활동을 하고 있었다. 백사장에는 수많은 글자를 써 놓았다. 무슨 글자일까? 짝에게 구애를 청하는 사랑의 연서를 쓴 것이 아닐는지 궁금했다.

간조 때마다 먹이활동을 하고, 발자국 소리나 그림자가 비쳐도 눈 깜짝할 새 모랫구멍으로 숨는다. 눈도 쌀알보다 작고 귀도 없어 보이는데, 소리는 어디로 듣는 것 일까? 진동을 알아차리는 감각기능이 뛰어나서일까.

엽낭게가 생존에 골몰하는 모습에 애처로운 마음이 든다. 관광객이 떠나면 조류와 엽낭게의 쫓고 쫓기는 생존경쟁이 시작될 것

제2부 마지막 수업

같다. 사람들도 삶이 고단하고 힘겨울 때가 있다. 고단한 가운데서 희망과 즐거움을 찾아가는 것이 삶의 의미일 것 같다. 엽낭게도 부지런히 먹이활동을 하며, 생존을 위해 재빠르게 숨는 모습이 인간들과 별 차이가 없을 것 같다.

백령도 콩돌 해변에는 올망졸망한 돌들이 넓은 해변을 장식하고 있다. 하나일 때는 보잘것없었는데 둘이 되고, 해변에 군집(群集)하고 있으니 그 위상(位相)이 빛이 난다. 나비같이 훨훨 날지도 못하고 일편단심으로 해변을 지키고 있다. 동글동글하고 윤기가 자르르 흐르는 콩돌이 천년지기같이 어깨를 기대고 있다. 사랑의 밀어를 나누는 모습이 다정스럽다.

파도가 몇만 년, 몇억 년을 어루만졌으면 콩돌이 되었을까? 파도와 세월이 빚어 놓은 오색영롱한 콩돌을 가슴에 담아본다.

맨발로 콩돌 위를 걷는다. 발바닥에서 가슴으로 전해오는 정이 친구의 마음같이 따뜻해 걷고 또 걷고 있다. 콩돌 위를 걷고 있으면 그리움의 손짓인 듯, 친구가 부르는 목소리가 들려온다. 신기하다 눈 맞추고 귀엽다 쓰다듬어 보면 어느새 따뜻한 정이 내 마음속에 들어와 앉는다.

콩돌! 너희들의 고향은 어디냐? 두무진에서 왔느냐, 용트림바위 아니면 옹진반도에서 왔느냐. 굳이 고향을 알아서 무엇하랴. 한곳에서 친구로 정을 나누면 되지. 모진 세월 견뎌오면서 마지막으로 정착한 곳이 이곳이구나. 격랑(激浪)에 휩쓸리며 세파에 깎이고 마모되면서 파도에 실려 왔구나. 그 풍만하던 몸집은 어디두고 콩돌이 되었느냐.

콩돌이 말을 걸어온다. 친구를 사랑하느냐며. 친구 사이에는 서로 껴안아 주는 따뜻한 정이 있어야 한다며. 콩돌도 뭇 생명들의 밑받침이 되고 쉼터와 넓은 품이 되고 있다며. 우정은 언제나 풋풋하고 싱그러워야 한다며 귀띔해 준다.

세파를 견뎌온 콩돌이 듬직하다. 긴 세월에 비하면 고난은 한때였던 것 같다. 힘겨운 고난이었으나 지나놓고 보면 모두가 아름답다. 아픔이 없는 안정(安靜)은 얻을 수 없을 것이다. 누구에게나 시련(試鍊)이 있고, 시련은 밑거름이 되어 기쁨으로 승화(昇華)한다. 누구나 주저앉을 때가 있고, 넘어질 때도 있다. 그때마다 새로운 길을 모색(摸索)하고, 최선을 다한다면, 시련을 기회로 바꿀 수 있을 것이다.

먼저 손 내밀고 어깨와 품을 내어준다면, 친구도 손 잡아주고 어깨와 품이 되어 줄 것이다. 친구를 만나면 가슴마다 화사(華奢)한 꽃이 핀다. 친구는 만날 때마다 솔솔 향기로 다가와서 참 좋다. ㉖

봄 산책

임 영 숙

    부드럽고 온화한 봄 햇살이건만 뺨에 스치는 바람은 아직 차다. 점심 식사 후, 창릉천변 산책길에 오른다. 쌀쌀한 공기에도 봄 햇살을 즐기려는 이들이 편안한 옷차림으로 걷고 있다. 나도 무리 속으로 들어간다. 곳곳에서 풍겨오는 봄의 향기를 느껴보고 싶어 천천히 걷기로 한다. 가느다란 가지에 연록의 움이 돋았다. 반갑다. 네가 드디어 돌아왔구나! 코로나바이러스로 인해 침울하고 어둡던 세상에, 봄이 희망의 전령처럼 등불을 밝힌다.

    흰 털에 눈이 반쯤 가려진 말티즈가 젊은 여주인의 손에 이끌려 총총총 걸어오는 모습이 사랑스럽다. 베레모를 눌러쓴 아저씨는 검은 털에 흰 무늬가 있는 시바견을 데리고 걷고 있다. 충성스러운 시바견이 자랑스러운 듯 당당하다. 두 소년이 검은 티셔츠에 검은 안전모를 쓰고 앞서거니 뒤서거니 자전거 페달을 힘차게 밟으며 내 앞을 달려 지나간다. 문득 우리 아이들 어린 시절이 떠오른다. 저 사랑스러워 보이는 아이들, 난 왜 어린 아들을 더 따뜻이 품어주고 사랑을 많이 주지 못했을까 하는 회한이 잠시 마음에 스쳐 지나간다.

흰 야구모자를 쓴 젊은 엄마가 핸드폰을 들여다보며 유모차를 밀고 지나간다. 아기가 보고 싶어 빠른 걸음으로 다가가 유모차 안을 살짝 들여다본다. 잠에서 막 깨어난 모습이다. 아기를 얼러본다. 눈을 맞추며 방긋 웃는다. 12개월 됐고 조금씩 걷기 시작했다고 한다.

"12개월이면 걸을 때지요. 우리 아이도 그때쯤 걸었어요"

아기 엄마는, 진통을 열 시간 넘게 하고도 결국은 제왕절개로 아이를 낳았다고 한다. 고생할 거 다 하고 또 수술까지 해서 억울했단다.

"정말 그랬겠네요"

"저도 둘째를 수술해서 낳았어요"

우린 처음 만났지만 마치 잘 아는 사이처럼 이런 얘기 저런 얘기를 나누며 함께 걷는다. 벚나무들이 산책로 양옆에서 우리를 호위하는 듯하다. 얼마 후면 이 길은 눈이 부시게 아름다운 벚꽃길이 되고 곧이어 꽃비도 날리겠지. 멋진 광경을 상상하며 나는 이미 벚꽃 사이를 걷는 듯한 착각에 빠진다.

알록달록한 챙 넓은 모자를 쓴 아주머니가, 둔덕에서 열심히 나물을 캐고 있다.

"뭘 캐세요?"

"이거 냉이 맞지요? 뿌리가 긴 것을 보니 냉이가 맞는 것 같아요"

"여기 쑥도 보이네요"

봄 향취가 물씬 풍겨온다. 저 멀리 둔덕 아래 연못 주변으로 갈대가 무성하다.

작은 벚나무에 연분홍빛 벚꽃이 수줍은 듯 봉오리 져 있고 반쯤은 활짝 피었다. 올봄 처음 만나는 벚꽃이 반가워 휴대폰 셔터를 눌러댄다. 조금 더 걷다 보니 노란 산수유꽃이 활짝 미소 띤 얼굴로 나를 부른다. 꽃들 사이에서 붉은 산수유 열매가 봄 햇살에 비쳐 투명하고 영롱하게 홍보석처럼 반짝인다. 벤치에 남자 어르신들 대여섯 분이 앉아 따스한 봄 햇살을 맞으며 담소를 나누고 있다. 비둘기 세 마리가 창릉천 둔덕에 살포시 날아와 앉는다. 봄날 오후의 평화로움이 다사롭다.

돌아가는 길에, 얼마 전 문을 연 작은 카페 안을 슬쩍 들여다본다. 손님이 보이지 않는다. 카페 주인에게 반가운 손님이 되어 작은 기쁨을 주고 싶은 마음에 카페 문을 열고 들어선다. 젊은 여주인이 밝고 낭랑한 목소리로 손님을 맞는다. 따뜻한 아메리카노 한 잔을 주문하고 자리에 앉아서 카페 안을 빙 둘러본다. 새하얀 벽에 그려진 그림이 눈에 들어온다. 불 켜진 전등과 나비가 날고 있는 그림 밑에는 이렇게 쓰여 있다.

'당신의 내일은 더 빛날 거예요'
'오늘도 내일도 언제나 좋은 날'

임영숙

작은 위로를 전하고 싶었던 나는, 도리어 이곳에서 말없이 다정한 위안을 받는다. 커피잔의 온기를 두 손으로 느끼며 격려의 글귀와 진한 커피 향을 함께 천천히 음미한다.

봄 향기와 평화로움, 잔잔한 위로가 가슴속으로 살그미 스며든다. ⊛

휘릉(徽陵) 이야기

정 남 선

휘릉(徽陵)은 조선의 16대 인조의 두 번째 왕비인 장렬왕후(莊烈王后) 조대비의 능이다. 자신보다 나이가 많은 법적인 아들 효종에 의해 26세에 대비가 된 왕비의 무덤이다. 세계문화유산인 조선 왕릉 중에서 가장 많은 능(9기)이 있고, 태조의 능이 있는 동구릉(東九陵)에 다섯 번째로 조성된 능이다. 장렬왕후의 남편인 인조는 첫 번째 왕비인 인렬왕후(仁烈王后)와 함께 경기도 파주의 장릉(長陵)에 잠들어 있다.

조선 왕릉의 형태는 왕이나 왕비가 혼자 묻혀 있는 단릉(單陵)에서부터 왕과 두 분의 왕비와 묻혀 있는 삼연릉(三緣陵), 등 6종류로 조성되어 있다. 장렬 왕후가 묻혀 있는 휘릉(徽陵)은 동구릉의 9기 능 중 태조의 능인 건원릉과 함께 혼자 묻혀 있는 단릉(單陵)이다. 휘릉을 멀리서 바라보면 왕비의 무덤인 능상이 정자각 뒤 사초지 위에 덩그러니 혼자 있는 모습이다. 살아 있었을 때에도 남편 인조의 사랑을 받지 못했고, 죽어서도 남편 곁에 묻히지 못하고 혼자 있는 휘릉의 모습은 처연하고 쓸쓸해 보인다.

사람이 태어나서 성인이 되기 위해서 꼭 해야 하는 일 중의 하나가 결혼이라고 한다, 성인이 된다는 것은 모든 일을 스스로가 결정한다는 것일 것이다. 하지만 조선 시대의 결혼은 더구나 왕실의 결혼은 자신의 뜻과는 상관없이 결정되었다. 자신의 의지와 상관없이 부모가 결정했고, 국가의 법례에 의해 행해졌다. 휘릉에 잠들어 있는 장렬왕후는 15세에 44세인 인조와 국가의 법에 의해 결혼한 부부인 셈이다. 지금의 기준으로도 29살이나 많은 남편과의 결혼이 행복하지도 않았을 것이고, 당시 남편 인조가 사랑한 여인은 따로 있었다. 순박하고 어진 부모 밑에서 교육을 받은 장렬왕후는 재물에 욕심이 없는 조용한 성격이었다고 한다. 자신의 결정으로 이루어진 결혼도 아니었고, 지아비는 다른 여자를 사랑하고 있었다.

성리학이 지배했던 조선사회의 사람들은 태어나면서부터 정해진 신분에 의해 삶이 결정되었다. 양반과 상민, 남자와 여자의 역할이 달랐고, 계급이 정해져 있었다. 지금의 기준으로 보면 불합리하고, 받아들일 수 없는 사실들이 당연시되었고, 불평등한 행위가 훌륭한 윤리로 이해되기도 했다. 장렬왕후 조대비는 만백성의 부러움을 받으면서 왕비 자리에 오른 것도 아니었다. 인조의 첫 번째 왕비인 인렬왕후(仁烈王后)가 세상을 뜨자 사대부들은 왕권이 약해진 당시의 시대적 상황에서 딸을 왕가로 시집을 보내려 하지 않았다. 또한 조정의 대신들은 외척이 겪어야 하는 불행을 이미 알

고 있었다. 뿐만 아니라 병자호란이 끝난 후의 어수선한 정국 속에
서 이루어진 국혼이었다. 자신보다 나이가 많은 아들이 있는 인조
와 불합리한 결혼을 한 장렬왕후의 앞날은 어쩌면 불행이 예고되
어 있었는지 모른다.

　휘릉(徽陵)에 묻힌 장렬왕후는 살아 있는 동안 무려 여섯 번이나
상복을 입으며 자신의 의지와는 전혀 상관이 없는 당쟁에 휘말리
며 살았다. 인조·효종·현종·숙종에 이르는 4대의 걸친 오랜 기
간 동안 정치적 풍파를 겪으며 힘든 궁중 생활을 했다. 남편 인조
의 장례식에 26세의 왕비는 어떤 생각을 했을까? 그리고 자신보다
나이가 많고 먼저 세상을 떠난 법적인 아들 효종과 며느리 효종비
의 죽음과 손자인 현종과 현종비의 죽음을 겪으며 장렬왕후는 말
할 수 없는 삶의 비애를 겪었을 것이다. 더구나 손자 현종 내외는
자신과 같이 동구릉에 묻혀 있다. 손자 현종은 아버지 효종과 어머
니 효종비의 죽음으로 할머니인 장렬왕후가 입어야 하는 상복 기
간을 서인들과 남인들의 대립 속에서 정해야 했다. 그 유명한 조선
의 현종, 숙종 대의 예송논쟁(禮訟論爭)이다.

　인조의 뒤를 이은 장자 소현세자가 죽고, 둘째 아들인 봉림대군
이 효종으로 즉위하였다. 송시열을 중심으로 서인들은 효종의 왕
위를 제대로 인정하지 않으려 했고, 반대 세력이었던 남인들은 이
를 반대하면서 생긴 예송문제가 장렬왕후가 입어야 하는 상복 기

간의 논쟁이었다. 자신보다 나이가 많고 먼저 세상을 떠나는 아들의 장례식에서 상복을 입어야 하는 젊은 장렬왕후의 기막힌 심정은 중요하지 않았다. 오로지 정파 간의 주도권 다툼에 사로잡혀 있었던 당시의 정치 지도자들은 예학(禮學)에 집착하고 있을 뿐이었다. 삶의 본질이나 인간이 가진 근원적인 감정은 무시되었고, 예(禮)와 법도(法度)만이 강조된 사회에서 살았던 장렬왕후의 삶은 이러한 것들의 희생물인 셈이다.

400여 년 전 증손자인 숙종에 의해 동구릉에 모셔진 장렬왕후는 자신의 소생도 없었고, 남편의 사랑도 받지 못했다. 자신이 원한 결혼도 아니었고, 여섯 번의 상복도 타인에 의해 입어야 하는 기간이 정해졌다. 신분제 사회였던 조선시대에 살았던 장렬왕후는 조용히 이 모든 상황을 받아들이고 65세까지 사셨다. 자가 집안의 외척들을 세력화시키지도 않았고 당시의 최고 윤리였던 부덕(婦德) 실천하며 살았지만 어쩔 수 없는 당쟁의 중심에 있었다.

태조의 능인 건원릉 서쪽 언덕에 조용히 혼자 있는 휘릉은 이 많은 이야기를 속으로 품고 초록색의 향연이 열리고 있는 동구릉 숲속에 안겨 있다. 홍살문을 거쳐 정자각 뒤쪽으로 보이는 능상은 장렬왕후의 성품을 닮은 듯 크지 않고 아담하다. 능 전제의 석물들도 과장되어 있지 않으며, 정자각도 익랑(翼廊)이 있어 특이하고 단아한 모습이다. 장렬왕후는 멀리 파주에 있는 남편 인조가 첫 번째 부인과 다정하게 합장되어 있지만 그것마저도 초월한 듯 아무도 범접하지 못하는 고요 속에 의연하게 우리를 내려다보고 있는 듯하다.(木)

빈 지게의 꿈

조 영 갑

인생은 지게에 무거운 짐을 지고 먼 길을 가는 것이다.

지게는 인생의 전반기 · 중반기 · 후반기의 삶에서 완수해야 할 의무로 주어진 사업의 책임이란 짐이다.

세상에 태어난다는 것은 축복이지만, 그 축복은 빈 지게에 한평생 살아가야 할 의무와 책임이란 짐을 얹어 주면서 격려한다.

전반기 삶은 크고 위대한 꿈만을 바라보며 찬란한 인생, 무지개 같은 삶을 살기를 바란다. 나를 탄생시키고 바른 성장에 도움을 준 부모·형제의 사랑에 대한 감사의 짐, 지식을 배우고 삶의 방법을 익히며 훌륭한 사회인이 되어야 할 책무의 짐, 세상에 먹고 살면서 좋은 흔적을 남기기 위한 소망 달성의 짐 등이 지게에 가득히 실리게 된다. 전반기 삶의 지게에 짐들은 버거워도 가정·학교 보이지 않은 응원자들의 감사에 대한 은혜의 빚과 자신에 소망의 짐들이다. 사랑과 소망이 가득한 성장기 짐들이기에 따스한 봄바람에 지겟다리를 두들기고 콧노래 부르며 걸어갈 수 있다.

제2부 마지막 수업

중반기 삶은 지게에 걸머진 욕심꾸러기 꿈을 위해 땀 흘리며 걷는다.

한 가정의 책임자, 유능한 사회인으로 치열한 삶의 현장에서 뛰고 달리며 채우는 짐이 가득하다. 무엇으로 채울 것인가. 좋은 직장이나 직업을 가지고 많은 부를 축적하고, 진급하여 출세하고 정년이 다 되도록 일하는 무거운 짐을 짊어지고 간다.

좋은 배필을 만나 결혼하고 남부럽지 않게 자식을 잘 키워 성공한 사람이라 평가를 받고 싶다. 언제나 남과 비교하여 나만은 편하고 즐기며 물질적 가격 중심으로 가득 채우는 짐들이다.

지게에 짐이 무거워 턱 밑까지 숨이 차도 한숨조차 돌리지 못하고, 지게등태는 닳아 어깨 등이 핏자국으로 얼룩지기도 한다. 자식들에게만은 내가 걸었던 힘한 길을 걷게 하지 않아야겠다는 독한 마음으로 뛰고 달린다.

오직 의지할 것은 지겟다리와 지겟작대기뿐, 그 누구도 대신 할 수 없는 짐이다. 어느 때는 비바람 불어 휘청거린 길목에서 눈물 고인 지게가 진이 빠진 채 숨찬 언덕길을 터벅터벅 넘으며 하는 군소리도 못 들은 척한다.

"왜 인생을 이렇게 살아야 하느냐고?" 산등선 고갯길에 잠깐 동안이라도 지게를 내려놓고, 막걸리 한잔이라도 마시며 걸어도 될 것을 말이다. 아니야! 나의 지게에 짐 하나를 간신히 내려놓고 한

조영갑

숨 돌리려 하면, 또 다른 짐이 기다리고 있었기에 그렇게 할 수 없었다고…. 모진 세월 삶의 전쟁에서 꿈을 위해 비바람 속에 비틀거리며 걸어왔다. 중반기 삶의 꿈을 이뤄 성공한 사람이 되기 위해 지게 등태는 닳았지만, 기쁨과 눈물 속에서도 단 한마디의 원망이나 서운함도 없이 그냥 지게의 꿈길을 걸어 왔다.

아니 벌써! 노을이 붉게 물든 길을 걷고 있다.

후반기 삶의 지게는 전반기·중반기의 의무와 책임에 짐을 내려놓고 텅 비어진다. 직업 현장에서 은퇴하여 인간적·사회적 관계부터 격리되어 간다. 사랑한 아들딸이 제 갈 길을 찾아가고, 다정한 사람들에 숨소리조차 들리지 않는다. 뒤돌아보면 주어진 의무와 책임에서 큰 흔적도 없이 인생의 빈 지게 만 덜렁 매고 황혼의 그림자에서 홀로 서성거리고 있다. 짊어진 짐이 모두 비어진 지게는 고즈넉한 추억 향기와 허망의 넋두리가 되어 노숙기를 흐른다.

"가쁜 숨에 허리 굽은 삶…. 지금까지 무엇을 위해 살아왔는지, 빈 공간의 스산함이다." 빈 지게에 가벼운 짐을 채워 다시 걷고 싶다. 그 빈 지게에는 예쁜 추억을 영양분 삼아 내가 좋아한 정신적 가치 중심의 행복을 찾고, 하고 싶었던 취미활동으로 채우는 것이다. 두 손 벌려 하늘을 향해 기도하는 낡은 지게를 지고 가볍게 걸어가는 것이다.

인생은 등 때가 반질거리는 지게의 삶이다.

잘 익은 인생을 위해서 전반기·중반기 삶의 지게는 몸과 마음이 골병이 들더라도 무조건 삶의 큰 짐이 가득히 채워지면 행복한 줄 알았다. 그것은 부와 명예를 많이 소유함으로써 얻어진 낮은 차원의 행복이었다. 마치 어린아이가 사탕을 가지면 뛸 듯이 기뻐하다가도 달콤한 사탕이 사라지면 울음을 터뜨리는 것처럼, 너무 가벼운 행복이 전부인 줄 알았다. 결국에는 혼자 텅 빈 지게의 일꾼인데, 진정 내가 갖고 싶은 꿈은 무엇인가?

후반기 삶의 지게 위에는 부와 명예의 단순한 소유욕을 벗어나 사랑과 존중, 감사와 보답으로 베푸는 정신적 가치를 추구한 높은 차원에 행복의 짐으로 채우리라. 이제는 내 주변에 행복과 감사를 나눠줄 시간도 부족한 인생이다. 거짓되지 않고 허황하지 않은 삶의 자세를 가다듬어 내가 남기고 싶은 작은 가치의 짐을 지고, 기쁨을 나누는 보람으로 소확행을 즐기며 살아가리라. ㊍

봉선화

지 용 헌

　한밤중에 잠이 깨니 오십 여년 전의 잊혀진 시절이 꿈의 여운으로 남는다.

　신당동 이모님 댁 낡은 나무 담장 그늘에 그득했던 봉선화는 울밑이나 장독대 옆이 어울리는 꽃이다. 대저택의 화려한 정원에는 결코 어울리지 않는다. 여름 햇빛 아래 수줍은 듯 피어난 봉숭아는 흔히 소박한 농촌 소녀의 넋을 연상시킨다.

　경순이는 나보다 다섯 살쯤 많은 이모님 댁 가사도우미였다. 거무스름한 피부에 살짝 곰보였지만 늘 온화한 미소를 띄고 있었다. 놀러가면 밥도 차려주고 업어 주고 술래도 되어 주었다. 심부름이나 장보러 갈 때는 내가 졸졸 따라다니기도 했다.

　어느 늦은 봄날 이모 댁에 가니 경순이 혼자 집을 지키고 있었다. 그냥 돌아서는 내 손을 잡아끌어 섬돌에 앉혔다. 고향의 동생을 생각하고 있었을까. 봉선화 꽃술을 백반과 함께 이겨서 천 조각으로 싸서 무명실로 찬찬히 손톱에 동여매 주었다. 다음 날 아침 풀어 보니 신기하게도 곱게 물들어 있다. 지금은 메마르고 주름진 손이 꿈

　　　　　　　　　　　　　　제2부 마지막 수업

결에는 하얀손가락 연붉은 손톱이었다.

이웃집 황구는 부스럭 소리에도 고막이 터지라고 짖었지만 뼈다 귀에는 쉽사리 꼬리를 쳤다. 경순이는 낡은 의자를 담장 앞에 놓고 올라서서 뼈 조각을 끈에 묶어 놓았다 당기며 놀고 있었다. 같이 보자고 하니 살짝 비켜 준다. 의자 위로 오르면서 헛딛었는지 기우뚱거리다 땅바닥에 내동댕이쳐졌다. 일순간 후에 느껴지는 것은 피할 수 없었던 고통이 아니라 푹신한 침대 위에 누운 듯한 부드러움이었다. 나는 경순이 몸 위에 포개져 있었다. 아마 나름으로 나를 꼭 잡고 보호하려고 한 듯하다. 팔꿈치에 상처가 났지만 아픈 줄 몰랐다. 눈앞에는 봉선화 꽃술과 씨주머니가 흩어져 있었다.

무구한 시절은 언제까지나 지속되지 않는가 보다. 8월 어느 날 봉숭아는 송두리째 사라졌다. 청성산 도롱뇽의 절반도 운이 없었는지 이모부가 진딧물이 많다고 몽땅 뽑아 버렸기 때문이다. 발톱물까지 한번 더 들일 기회는 다시 오지 않았다.

돈암동으로 이사 후 이모 댁과 좀 소원해졌을 무렵이었다. 경순이는 자동차 수리센터에서 일하던 청년과 눈이 맞아 함께 사라져 버렸다. 이모님은 믿는 도끼에 발등 찍혔다고 마음 아파했다. 이제는 나락에 떨어진 배은망덕한 존재가 되어 우리들의 기억에서 잊혀져갔다.

끝난 줄 알았던 이야기는 마지막이 아니었다. 몇 년이 지난 후에 젖먹이를 업고 손수 담근 총각김치를 이고 나타났다. 온갖 고생 다 했지만 겨우 한숨 돌렸다고. 아들을 보여드리고 싶었다고. 비바람에 시달리며 본성을 유지하기는 쉽지 않다. 이모님을 다시 뵙기는 더욱 어려웠을 것이다.

봉숭아를 만나면 순박한 사투리의 소녀가 떠오른다. 보릿고개에 한 식구라도 덜어야 했던 빈농의 딸이었다. 절절한 사연을 지닌 듯 무언가를 그리워하던 촌색시는 내 유년의 낡은 책갈피 속에 살아 있다. 이제는 피보다 짙었던 정념을 간직하고 그리운 봉선화 곁으로 돌아와 손자 손녀 손톱 물들여 주고 있으리라.

꼬리를 무는 상념을 닫고 이젠 잠을 이루어야겠다.⊛

연은 유년의 하늘을 날고

최 미 지

　코로나 펜데믹 속의 일상은, 인구 1000만의 대도시 속에서도 고립무원 무인도의 삶을 살게 하는 것 같다. 거리두기 시행으로 본의 아니게 멀어져버린 벗과 친척들. 단절의 시간이 길어지면서 마음도 바람 빠진 풍선처럼 쪼글쪼글 작아지는 느낌이다. 거울을 보니 얼굴은 쭈글쭈글 주름만 늘어난 것 같다. 모든 것을 코로나 시대의 탓으로 돌리는 것 또한 삶을 위축시키긴 마찬가지다.

　갑갑하고 소극적으로 변해버린 삶에서 벗어나고자 도시를 떠나 오랜만의 여행을 감행해본다. 외삼촌이 사는 강화를 방문할 때마다 가끔 들렀던 임진각 평화누리 공원을 향해 핸들을 잡았다. 빌딩 숲이 멀어지자 어느 순간 임진강 철책길이 차창을 스치기 시작한다. 분단의 현장을 증명하듯 도로 옆 철책은 한참을 달려도 끝나지 않고 이어져 있다. 철책 프레임 너머로 보이는 강이 아이러니하게도 강변대로 옆에 펼쳐진 장애물 없는 도시의 강보다도 더욱 넓게만 느껴진다. 공원에 도착하니 조금 전까지 위축되었던 마음은 한순간에 모두 사라졌다. 시야에 펼쳐지는 잔디밭은 바라보는 이를 평온함에 빠지게 한다. 멀리 아이들과 함께 연을 날리는 가족들의 모습이 눈길을 끈다. 그 모습을 바라보던 노부부 한 쌍이 이북사투리가 섞인 목소리로 도란도란 얘기를 나눈다. 고향이 그리울 때면 종종 찾아온다는 그곳. 아이들이 얼레를 다룰 줄 몰라 쩔쩔매는 모습을 보며 노인은 들리지도 않을 훈수를 두며 웃음 짓는다. 마스크로도 감출 수 없는 노인의 시선은 자신들이 연을 날리며 놀았던 유년의 고향을 좇듯 늙어버린 세월을 거슬러 유년의 연을 바라보는 듯하다. 나도 그들처럼 아이들이 날리는 연을 향해 시선을 보낸다. 바람을 타고 드넓은 창공을 이리저리 나는 연들은 한껏 자유롭다. 유독 높게 떠 있는 가오리연을 보니 유년시절의 추억을 만들어준 누군가가 생각난다. 나의 어린 시절의 동네친구 연박사 아저씨.

어린 시절 우리 동네에는 연박사 아저씨가 있었다. 그는 구멍가게 주인이었다. 그의 가게는 영도다리가 내려다보이는 높은 축대 아래의 조그만 공터에 있었다. 집이라기보다 낡은 판자가 게딱지처럼 축대에 붙어 있는 듯했다. 가끔 차가 지나갈 때면 흙먼지로 온통 뒤덮일 정도의 작은 가게였다. 그곳에서 그는 아내와 단둘이 살고 있었다.

가게 앞의 좁은 공간은 우리들 최고의 놀이터였다. 바쁜 어른들을 대신하여 우리와 함께 놀아 주었던 그는 아이들의 우상이었다.

제2부 마지막 수업

찬 바람이 불어오기 시작할 때쯤이면 그의 인기는 최고였다. TV도 없던 시절, 동네 아이들에게 그는 요즈음의 아이돌 가수에 버금가는 스타였다. 그의 구멍가게에서 항상 달콤한 알사탕 냄새가 풍겨서가 아니었다. 최고의 간식 거리였던 10환(圜)에 10마리 하는 말린 꽁치가 가게 앞에 걸려 있기 때문도 아니었다. 그는 연박사였다. 연을 만드는 솜씨와 재주부리기 등은 그를 따라갈 사람이 없었다. 높이 띄우는 기술은 최고였다. 방패연이든 가오리연이든 그의 연은 하늘 높이 까마득하게 올라 보이지 않을 정도였다. 그는 우리가 원하면 언제든지 연을 만들어주었다. 한 푼도 받지 않았다. 바라는 것은 아이들의 밝은 웃음소리였다.

그 당시 나도 아침밥을 먹고 달려가는 곳은 가게 앞이었다. 항상 내가 도착하였을 때는 이미 십여 명의 아이들이 모여 있었다. 봉창 같은 작은 구멍가게 문을 들어 올리며 우리들의 스타가 나타나면, 오늘도 예외 없이 아이들은 '와아' 하고 소리를 질렀다. 주변은 잠시 작은 술렁임이 일었고 서로 누가 먼저 도착하였나를 두고 입씨름도 하였다. 그는 반가운 눈으로 아이들 모두의 얼굴을 바라보았다. 어린 아이들은 안아주기까지 하면서 아침 인사를 나누었다. 나는 그가 아이를 낳지 못하기 때문에 아이들을 좋아하는 것이라고 생각하였다. 그는 먼저 도착한 아이들부터 연을 만들어주거나 부서진 것을 새것처럼 고쳐주었다. 늦게 도착하였다고 걱정할 필요는 없었다. 가게 앞에 모인 아이들 모두의 손에 연이 하나씩 들려질 때까지 정성을 다하였으므로. 큰 아이들에게는 방패연을 만들어주고 좀 더 어린 아이들에게는 가오리연을 만들어주었다, 나는 구멍 뚫린 방패연이 갖고 싶었지만 번번이 내 손에는 가오리연이 쥐어졌다. 꼬리를 길게 달면 멋있다며 나의 연을 높게 띄워 주었다. 연박사 아저씨의 가게 앞은 매일 열리는 작은 축제의 장이었다. 겨울 내내 갖가지 연이 하늘을 날고 있었다.

겨울의 한낮은 짧았다. 늦게 도착하는 시간만큼 연을 날릴 시간도 줄었다. 어느 날 나는 무슨 대단한 일이라도 있는 것처럼 아침밥도 먹지 않고 집을 나섰다. 아직 구멍가게가 열리지 않았을 거라는 엄마의 말을 들은 척도 않고 연박사 아저씨의 가게로 갔다. 오늘은 내가 가장 먼저 도착하리라. 너무 일찍 왔기에 가게 문은 닫혀 있었다. 동네 아이들이 거의 다 모였는데도 문은 열리지 않았다. 아이들은 문을 두드리며 아저씨를 큰 소리로 불렀으나 대답이 없었다. 그의 가게는 해가 중천에 뜰 때까지도 열리지 않았다. 점심을 먹고 다시 가보았으나 여전히 굳게 닫혀 있었다. 몇 번을 왔다 갔다 하였는지 모른다. 해가질 무렵에야 절망감을 안고 포기를 해야 했다. 그날 저녁을 먹으며 엄마는 의기소침해 있는 나에게 동네사람들에게서 들은 그에 대한 여러 가지 소문을 전해주었다. 그는 이북에서 피난 내려왔으며 고향이 황해도인지 함경북도인지 잘 모르겠다고 하

제2부 마지막 수업

였다. 그가 유난히 아이들을 좋아하는 것은 고향에 두고 온 어린 두 아들 생각 때문이라고 하였다. 한 달에 한 번, 그날은 가게 문을 닫는 날이었다. 가족을 찾는 날인 것이다. 그는 헤어진 고향의 가족들을 다시 만나기 위해 하루 종일 영도다리에서 기다리고 있었던 것이다. 그의 기다림은 몇 번의 겨울이 지나도록 계속되고 있었을까?

세월이 지난 지금에서야 나는 그의 아픔과 그리움을 조금은 가늠할 수 있을 것 같다. 그가 그렇게 많은 연을 만든 것은, 헤어진 가족과 이어지고 싶은 바램을 담은 것은 아닐까. 높이 날아오른 연이 고향땅을 대신 바라보아 주기를 바라던 애절한 마음이 아닐까. 웃음 짓는 아이들을 보면서 고향에 남겨두고 온 그의 아이들도 그렇게 웃고 있기를 간절히 바라는, 누군가가 자신의 아이들을 웃음으로 품어주기를 바라는 아버지의 마음이 아니었을까하고 짐작해본다. 그해 겨울 내내 구멍가게 앞 공터에서 우리들의 작은 축제가 열렸던 것처럼, 어느 날 연박사 아저씨가 아들과 해후하여 축제의 주인공이 되었기를 기대한다.

연날리기를 하고 있는 바람의 언덕을 오르니 철근과 대나무소재로 된 거대한 거인상의 조형물들이 눈앞에 나타난다. 언덕을 걸어가는 거인상은 평화로워 보이는 잔디 공원의 풍경과 대비되어 기괴한 느낌마저 든다. 가족을 만나지 못한 또 다른 연박사 아저씨가

최미지

북녘을 바라보다 거인 망부석이 되어버린 것 같아 마음이 먹먹해
진다. 그리움과 슬픔을 먹고 자란 시간만큼 커져버린 거인.

　산과 강이 가로막지 않아도 상실과 박탈감을 느끼는 단절의 시
간을 보내고 있다. 추운 겨울 가족과의 이별에 고통스러웠을 그
시간에도 따뜻한 마음을 잃지 않고 살았던 연박사 아저씨가 더욱
생각난다. 그리운 사람들에게 안부를 전하고 싶다. 그래도 이만
큼 잘 지내고 있다고, 눈빛을 마주할 때까지 평안히 잘 지내고 계
시라고.ⓧ

　* 2차 통화조치(1953.2.15)의 통화단위, 3차 통화조치(1962.6.10)에서 환을 지금
의 원으로 함.

가을 한 병을 마시다

최 종

가을 한 병을 시켰다. 오늘 밤 쌀뜨물처럼 보이는 막걸리 빛깔에 정이 간다. 술잔도 투박한 사발이 아니다. 얄팍한 유리로 만든 술잔이 우윳빛 막걸리를 투명하게 비춰주고 있다. 모름지기 술잔이란 유리잔이어야 한다. 그래야 입술에 닿는 촉감도 좋고, 술이 어느 정도 찼는지 볼 수 있어 좋다. "00마을" 숙성된 막걸리는 내 입맛에 꼭 맞았다.

가끔 할아버지 심부름으로 신군정에 있는 술도가에 갔었다. 집에서 걸어 2킬로 남짓 되는 거리였다. 여름날 뙤약볕에 한 되들이 술 주전자를 들고 걸으면, 팔도 아프고 땀도 많이 났다. 갈증도 심했다. 막걸리가 담긴 주전자 주둥이에 입을 대고 한 모금 빨아 마시면 갈증이 해소되기도 했다.

지금 생각해 보면 중학생 시절부터 막걸리에 관한 맛이 길들여진 것 같다. 처음에는 쓴 약을 먹는 듯했지만, 약간 톡 쏘면서 부드럽게 넘어가는 신맛이 괜찮아졌다. 마실 때 전혀 독한 술기운이 느껴지지 않는 맛, 오늘 바로 그 맛을 만났다.

　친구를 만나기가 어렵다. 저마다 다른 사정이 있겠지만, 선배나 동료들은 만남 자체를 번거롭다고 여기는 것 같다. 조용히 홀로를 즐기는 분들이다. 또 후배나 더 젊은이들은 나이 많은 선배들을 만나서 무슨 재미가 있겠나 싶은 것이다.

　아버지의 적적한 일상을 눈여겨본 둘째가 이 술집을 알아봐 두고 시간을 냈다. 약속 장소에서 정시에 만났다. 어디로 가는지도 모르고 내 팔을 낀 아들만 따라갔다. 가는 곳은 빌딩 2층이었는데, 직접 술을 담그고 파는 곳이었다. 술의 종류는 봄 여름 가을 겨울 다양했다. 그중 겨울을 시켰지만 이미 다 떨어지고 없었다. 여름은 약간 달고, 봄은 더 단맛이 난다고 해서, 가을을 주문했다. 잘한 선택이었다.

　참으로 오랜만에 술잔 앞에 앉았다. 아들이 술잔을 들면서 나를 바라봤다. 나도 아들을 지긋이 봤다. 막고기 안주에 한 잔 들이켜는 맛이 너무 좋았다. 술을 마시기 전에 이미 잔잔한 감동이 온몸에 스며있는 것 같았다. 딱 한 잔에 얼근해지기 시작했다. 2층에서 바라본 창밖에 노래방이 보였다.

　우리는 먹던 술병을 다 비우지 못하고 일어났다. 술기운이 제법 올라왔기 때문이다. 둘째에게 노래방에 가자고 넌지시 말해봤다. 노래를 부르고 싶은 마음에서라기보다는 녀석과 한번 어울린 기분을 그만 끝내고 싶지 않아서였다.

우리는 고래고래 소리를 질렀다. 내 스마트폰에 저장된 음악은 음정이 빠르고 높은 곡이 많았다. 한데, 목이 쉬어 잘 나오지 않던 노래가 바로 내 목구멍에서 나오기 시작했다. 스스로 놀라웠다. 한 달 전 아내와 노래방에 갔을 때는 한 곡도 제대로 부르지 못했었다. 맨정신에 부르는 노래는 목구멍에서부터 제동이 걸리나 봤다.

제법 곡조를 살려 부를 노래가 있다는 것이 기분 좋았다. 잘 부를 수 있다고 생각했던 노래는 내게 맞지 않았다. 곡이 너무 빠른 아이돌 가수들의 노래여서 아무리 들었어도 내 몸에 체질화되지 않는다는 것을 알았다. 대신 좀 느린 곡은 별로 좋아하지 않았는데, 노래는 놀랍게도 거침없이 불러제껴졌다. 외우려한 것이 아니었지만 수없이 많이 들어서 가사와 곡조가 머릿속에 기억된 것 같았다.

둘째가 노래를 부른다. 신나는 곡도 부르고, 노래에 감정을 담뿍 실어 부르기도 한다. 갑자기 아들이 대학생 시절로 돌아가더니, 다시 직장 초입시절이 보인다. 이제 제법 나이 들어가는 직장인이 되어서 노랫소리도 점잖게 빼어나오고 있다. 요즘 너무 바쁜 아들이 모처럼 시간을 낸 것 같다. 나를 불러 내가 좋아하는 막걸릿집을 알

최종

려주며 함께 마시는 효도를 계획한 것이다.

행복이란 이런 것인가. 배가 스르르 아파오며 뒤끝이 꺼림칙하던 배 속은 완전히 숙성된 막걸리를 먹어서인지 깨끗하고 완벽했다. 조금도 아픈 기색이 없었다. 한 30분이면 충분하겠지 했는데 1시간이 훨씬 넘도록 목청껏 불렀다. 모든 것에 막힘이 없었다. 훤히 트인 길만 보이는 것 같았다.

고조불탄(古調不彈)이라는 말이 있다. 당나라 시인 유장경이 지은 탄금(彈琴)이라는 시에서 유래한다. 옛 곡조를 누가 연주하겠느냐는 뜻으로, 진실로 나를 알아주는 사람을 만나기는 어렵다는 말을 비유적으로 하는 이야기다.

점점 더 단절되고 소외되어 가는 계절은 나에게 너무 허적함만 쌓이도록 했었나, 오늘 아들과의 막걸리와 노래방은 시들시들 지러지는 세월을 팔팔하게 소생시켜 주는 것이었다.㊍

제2부 마지막 수업

노란 민들레

최 현 숙

　집 가까이 재래시장을 다녀오는 길에 풀숲 돌 틈 사이에 살며시 고개를 내밀고 있는 민들레를 만났다. 지난가을 수북이 쌓인 마른 낙엽 더미를 헤집고 여린 꽃대를 밀어 올렸다. 어디에서 날아와 이곳에 이리도 예쁜 꽃을 피웠을까. 장바구니를 내려놓고 쪼그리고 앉아 한참이나 자세히 살펴본다. 손끝으로 살며시 노란 꽃잎의 보드랍고 촉촉한 촉감을 느껴본다. 꽃잎 한 올 한 올이, 겹겹이 이어진 샛노란 꽃송이가 사랑스럽다. 고향 친구 지현이는 봄날 곱게 핀 샛노란 민들레를 보면 왠지 눈물이 난다고 했었지. 지현이가 그리도 감상적인 줄 그때 처음 알았다.

　길섶에 핀 민들레와 작별하고 아파트에 도착해서 막 계단을 오르는데 눈에 띄는 노란빛 하나. 돌아보니 콘크리트 틈 사이를 비집고 올라온 민들레 한 송이다. 하필이면 이곳에 뿌리를 내리다니…. 조금 전 낙엽 더미에서 만났던 민들레에 비해 꽃대도 가늘고 꽃송이도 작고 여리다. 오가는 수많은 발길에 무수히 밟히면서도 포기하지 않고 힘겹게 밀어 올린 꽃망울이 신통하다. 열악하고 척박한 환경에서도 곱게 꽃피운 생명력에 경의를 표한다. 행여 오가는 발길에 꽃잎이 상할까, 주변을 두리번거리다가 돌멩이 하나를 주워 민들레 옆에 살며시 놓아 본다. 부디 오가는 사람들의 발길 속에 꿋꿋이 잘 견뎌주기를.

봄의 전령사처럼 언 땅을 비집고 올라와 겨우내 삭막했던 대지를 노랗게 물들이는 민들레. 어느 시인은 민들레의 절반은 바람이라고 했다. 바람을 타고 날아와 한 생을 살다 노란 꽃잎이 호호백발 되어 운명을 이끌어 줄 바람을 기다린다. 어느 바람 좋은 날, 바람을 타고 흩어져 바람이 데려간 곳에 뿌리를 내리고 다음 세대로 이어가는 모습은 흡사 우리 인생과도 닮았다.

사십여 년 전 캐나다 몬트리올 드넓은 공원이 생각난다.

연수를 떠난 남편을 따라 잠시 머물렀던 곳이었다. 추위가 남아 있던 어느 휴일 봄날, 남편과 함께 장드라포 공원에 갔었다. 캐나다 퀘벡주 몬트리올 남쪽 세인트로렌스강의 생텔렌 섬과 인공섬인 노트르담 섬, 두 섬을 포함한 공원이었다. 공원 이곳저곳을 둘러보다 유독 눈길을 끄는 곳이 있었다. 공원의 넓고 푸른 초원 위에 민들레꽃이 지천으로 피어 노란 물감을 뿌려 놓은 듯한 환상적인 풍경을 연출하고 있었다. 사십 년이 훌쩍 지난 지금까지, 그렇게 많은 민들레꽃 군락을 본 적이 없다. 봄볕 아래 눈부시게 빛나던 샛노란 색에 감동되어 "와!" 하고 저절로 감탄사가 나왔다. 노란 민들레꽃을

제2부 마지막 수업

배경으로 여러 장의 슬라이드 사진을 찍었다. 스물여섯 앳된 새댁은 파란 초원 위에 앉아 민들레꽃처럼 마냥 행복한 미소를 지었다. 우리의 시간은 언제나 빛나는 청춘으로 그곳에 머무를 줄 알았다.

캐나다 연수를 끝내고 한국으로 돌아올 때, 이삿짐 속에 슬라이드 사진을 비출 큰 스크린까지 가져왔다. 서울로 돌아와서 벽면에 커다란 스크린을 걸어놓고 캐나다에서 찍은 사진을 보며 해외 생활의 특별한 경험과 추억을 회상했다. 캐나다 여행 하며 찍었던 수많은 사진 중에서 민들레 꽃밭을 배경으로 찍었던 사진이 제일 마음에 들었다. 그러나 슬라이드 사진은, 남편이 떠나고는 한 번도 꺼내지 않았다. 아마도 어두컴컴한 창고 한구석에서 먼지를 뒤집어쓴 채 빛바래져 가고 있을 것이다.

추억을 함께 나눌 사람은 가고 온갖 사연만이 민들레 꽃잎처럼 무수히 남아서, 새봄에 꽃잎이 피어나듯 되살아난다. 그곳에도 다시 봄이면, 그날처럼 민들레가 지천으로 피어 언덕을 노랗게 물들이고 있을까. 봄밤은 깊어가고 노란 민들레꽃을 배경으로 환하게 웃던 새댁도, 이젠 하얀 민들레 홀씨가 되어 봄바람 속을 날아오른다. 사십삼 년 전의 봄, 노란 민들레가 지천으로 피어 있던 캐나다 몬트리올의 아득한 그 봄날을 향해.(木)

황혼길의 외로움

하 택 례

눈이 내린다.

간밤의 강한 바람 속에서도 눈송이는 나뭇가지에 애처롭게 매달려 있다. 추위를 견디어 낸 모습이 대견스럽지만, 눈꽃 속에 핀 미소에는 외로움이 있다.

세상을 살다 보니 어느새 머리는 하얀 눈발로 가득 서려 있다. 사람은 누구나 시간의 흐름에 따라 자연스럽게 노화를 겪게 된다. 세월 속에 늙어 가면서 피할 수 없는 외로움, 고독을 겪게 된다. 나도 늙어가고 있다. 이젠 생존의 무게에 짓눌려 사는 절대적 고통을 덮어 버리고 행복하게 살고 싶다. 손가락 사이로 빠져나가는 시간에 미련을 두고 싶지는 않다. 털어버릴 것은 과감하게 털어 버리는 것이다. 흐르는 시간 속에 상실로부터 살아남으려면, 잃은 것을 넘어 새로운 생각과 실천으로 살아야 한다. 특히 나이 든 삶에서 보이지 않는 장벽에 숨어 있는 외로움이란 황혼의 고독을 쓸어내야 한다. 나를 재탄생시키려면 외로움을 이길 수 있도록 시간과 공간에 참여해 함께할 수 있는 용기가 있어야 한다.

제2부 마지막 수업

나이 듦은 외로움인가.

성탄절 노래가 가득한 밤거리에는 경쾌한 사람들의 발걸음과 가게마다 크고 작은 노래들이 정겨웠다. 성탄 자정 미사를 마치고 오는 길에 케이크와 와인을 샀다. 보금자리 둥지에서 아들과 며느리, 딸과 사위 손주들과 함께 아기예수를 경배하고, 가족 사랑을 충전하고 싶어서였다. 그러나 자식들은 할 일이 있다는 이유로 각자 바쁘다고 했다. 모두들 즐거워야 할 성탄절에 이유가 어떠하든 자식들은 나의 외로움을 몰라 준 것 같아서 서운하게 생각되었다.

세상에서 누구보다도 활달한 성격이었던 내가 나이가 들어서인지, 조그마한 서운함에도 외로움을 갖게 되고, 그 고독은 가녀린 슬픔이 되기도 한다. 여러 친구들과의 모임에서도 결혼해 사는 자식들이 조금만 기대에 못 미친 일을 해도 서운해지고 외로워진다는 말에 웃기도 했다. 지금 그 말들을 이해하고 공감하게 된 나를 보며, "그래, 나도 늙었구나." 생각한다.

나이 든 인생길은 누구나 사람들로부터 멀어져가고, 사회로부터 격리되어가는 상황에서 외로움을 더 타게 되는 것이 아닐까. 아직은 내 자신이 능력이 있는데 밀려나는 것 같고, 원치 않는데 퇴물 취급을 받는 것이 우울한 것이다.

이제는 황혼의 외로워짐을 정화시켜 새로운 삶을 이해하고 개발하여 스스로를 즐기는 방법을 찾아야 한다. 나의 욕심만을 채우

'꼰대 어른'이 아니라, 서로 이해하고 함께 누릴 수 있는 향기 나는 '라테 어른'이 되어야 한다.

황혼길에서도 꿈이 되는 목표 하나쯤은 품고 살아야 한다.

삶의 길에서 누구도 고독을 피할 수는 없지만, 반드시 그 공간은 하고 싶은 꿈으로 채워져야 한다. 늙어가는 여정에서 온 외로움이 결코 피할 수 없는 숙명이라면 차라리 무엇인가 채우면서 즐겨야 되지 않을까. 100세 시대이다. 삶의 전선에서 은퇴한 후에도 30~40년을 더 살아야 한다. 그 기간에 소외감을 느끼지 않고 우울하지 않으며 살아갈 수 있을까. 인생길에 외로움과 마주해야만 보이는 것이 있다. 혼자서 사색하는 시간을 가지고, 자신이 바라는 삶은 무엇인가 명상해보자. 언제 죽어도 결코 후회 없는 삶, 건강, 취미, 봉사활동 등을 통해 즐기면서, 고독이란 병에서 온 우울과 불안에 매몰됨에서 탈출해야 한다.

나는 집 근처에 구부러진 허리로 저리도 늠름하게 버티고 서서, 수많은 세월을 소리 없이 누리는 소나무의 배짱을 본다.

나이 든 삶에서 소외감과 열등감에서 온 우울함, 사회적 관계의 멀어짐에서 온 황혼의 고독을 다시 생각해 본다. 이제는 스스로가 외로움의 공간을 나만의 꿈(목표)으로 채우며 건강하게 사는 것이다.

세상의 치열한 삶에서 얻어진 글감을 건져내서, 수필로 이야기하고 시로 노래하며 외로움의 공간을 가득히 채워나가야겠다. 인생길에서 문학은 고독한 공간을 다시 기쁨의 곳간으로 태어나게 한 나만의 꿈의 결정체가 될 것이다.

　나의 존재가치를 높여가고, 누군가에게 베풀 수 있는 자존감은 외로움을 사라지게 한다. "지금, 이 나이에…." 사고의 틀에 갇혀 아무것도 하지 않는 것보다는 작은 꿈이나 목표 하나쯤은 갖고 당당히 도전하며 즐기는 용기를 가져야 한다. 지나온 삶의 언덕을 넘어 외로움이란 황혼 언덕에 또 다른 작은 희망 하나를 곱게 심고 가꾸어 가는 것이다. (木)

아버지의 투병 일기

황 성 규

    얼마 전 아버지가 돌아가시기 직전 몇 달 동안 쓰셨던 투병 일기를 우연히 발견했다. 막내 여동생이 아버지 유품을 보관하면서 다른 문구류 등과 함께 두었던 것이 쓸려 왔나 보다. 아버지가 돌아가신 지 14년 만에 아버지의 숨결을 다시 느끼게 됐다

    아버지는 대수롭지 않은 일로 병원에 갔다가 암이라는 진단을 받았다. 뒤늦게 큰 병원으로 옮겨 부랴부랴 치료에 들어갔으나 이미 많이 퍼진 상태였다. 연세도 70대 중반이고 꼿꼿하셨기에 건강하실 거라 믿었던 게 실수였다. 아버지는 병원 치료를 거부하고 공기 좋은 자연 속에 살면서 생을 마감하고 싶다고 하셔서, 서울 근교 산과 강이 있는 양평에 깨끗하고 전망 좋은 한옥을 빌려 거주하시게 해 드렸다.

    평소에 일기를 쓰거나 글을 쓰셨던 분은 아닌데 양평으로 이사한 날부터 쓰셨던 걸 보면 평소와 다른 감정이 들었던 것으로 보인다. 당신의 죽음이 가까이 왔음을 예상했기 때문일 것이라 짐작된

다. 죽음을 앞둔 아버지의 몇 달 동안의 짧은 일기에는 '삶과 죽음' 이니 하는 거창한 철학적인 고뇌는 없었다. 단지 한 사람의 삶에 대한 진솔한 마음과 고통만이 적혀 있었다.

2009년 6월 24일 경기도 가평군 서종면 명달리에 오후 1시에 입주하셨다고 주소와 시간까지 비교적 자세하게 적어 놓으셨다. 첫날부터 뒷산에 오르셨으며 몇십 년 만에 한옥 방에 불을 때 본다고 하셨다. 새로운 환경에 대한 불안감과 호기심이 살짝 느껴졌다. 다음 날은 중학교 2학년 때 발발했던 6·25 전쟁이 얼마나 고통스러웠던 세월이었는지 회상도 하시며 새 삶을 살기 위한 준비도 하셨다. 집 앞 소나무 밑에 평상을 설치하고, 집 근처 마을과 농협 마트 그리고 은행의 위치를 확인해 두는 준비성도 보여 주셨다.

매일의 주된 일과는 오전과 오후 두 차례 산에 오르는 것이었다. 첫날 산행에서는 뒷산에 올라 소나무와 결혼식을 올리셨다고 적어 놓으셨는데, 왜 소나무와 결혼식을 올리셨는지 지금 그 마음은 알 수가 없다. 아마 산과 나무들과 친해지고 싶은 마음 아니었을까 짐작만 할 뿐이다. 처음 얼마간은 맑은 공기를 마시며 산행하고 찾아오는 자식, 손주들과 함께 보내는 시간을 즐기시는 듯 보였다.

가끔 병원에 가기 위해 서울에 오면 탁한 공기와 번잡함에 불편해하셨다가도 막상 가족들과 헤어질 때면 섭섭한 마음에 속상해하는 모습을 보이기도 하셨다. 주변에 도움 주었던 사람들이나 가족들에게 신세를 갚는 길은 이 상황을 극복해서 건강을 회복하는 것이라며 강한 의지를 불태우기도 하셨다.

하지만 조금씩 무너지는 일들이 생기기 시작했다. 제일 먼저 나타난 것은, 같이 생활하시던 어머니의 건강에 이상 증후가 나타나기 시작한 것이다. 어머니도 당뇨로 건강 상태가 그리 좋지는 않았었는데, 아버지와 함께 머무르며 계속 산을 오르니 무릎에 통증이 왔고 넘어져서 턱과 손을 다치기도 하셨단다.

7월 초에는 비가 자주 내려 밖에 나가지를 못하니 좁은 방 안에서만 생활하게 되셨다. 낯선 곳의 생활을 답답해하시던 어머니가 결국 '철창 없는 감옥 생활'이라며 눈물을 보이시고 말았던 모양이다. 그렇지 않아도 어머니께 미안해하시던 아버지는 가슴 아픈 일이지만 어쩔 수가 없다는 자조적인 글을 써 놓으셨다. 답답해하시는 어머니와 그걸 바라보기만 해야 하는 아버지의 안타까움이 전해져왔다.

자식들이 찾아오는 것도 좋지만 손주들이 다녀가면 정말 기뻐하셨던 마음이 일기에 고스란히 담겨 있었다. 자식들의 전화가 없으면 '늙어서 별 볼 일 없다고 생각해서 무시하는 것'이라며 무척 서운해하기도 하셨다. 아낌없이 주셨던 부모의 사랑을 진심으로 고마워하기보다 계산적인 마음으로 대한 적은 없었는지 반성하게 하는 대목이었다. 자주 전화라도 드릴 것을 하고 후회해 본들 이제는

제2부 마지막 수업

소용이 없었다. 7월 중순쯤에는 벌써 아버지의 의지가 한풀 꺾어 보였다. 서울에 암 치료를 받으러 오시면서 이번에도 무사히 돌아올 수 있을까를 걱정하고 있었다.

7월 말부터는 통증을 느끼기 시작하는 듯했다. 뒤쪽 어깨와 앞가슴이 아프기 시작하는데 약을 먹으면 조금 가라앉는 듯하다고 했다. 하지만 점점 부위가 늘어만 가는 듯 겨드랑 밑 부분까지 따끔거린다고 하셨다. 일기 분량도 점점 짧아지기 시작하면서 8월 한 달 동안은 통증과 싸우면서 보내셨다. 얼마나 통증이 심했으면 다른 이야기들에 대한 언급이 줄어들더니 마침내 없어졌다. 통증에 시달리느라 다른 생각은 없으셨던 것 같다. 그때 나만이라도 옆에 있으며 통증 호소를 받아들였으면 덜 아프시지 않았을까 생각하니 가슴이 아팠다.

밤새 통증을 호소하는 남편을 바라보는 성치 않은 어머니는 또 얼마나 힘드셨을까. 병든 어머니에게 아픈 아버지를 맡겨놓고 한시름 놓았던 나를 돌이켜 보니 눈물만 주룩주룩 하염없이 흘러내렸다. 9월에 들어서면 아예 일기가 아닌 기록이다. 아침, 저녁 먹은 약의 숫자만 적어나간다. 그러다가 9월 말쯤에는 아예 아침, 저녁의 표기도 없다. 단지 숫자만 두 개 기록되어 있을 뿐이었다.

점점 기력이 떨어지고 통증이 심해지니 모든 일을 힘에 겨워하는 모습이 그려진다. 아버지 앞에 죽음의 그림자가 다가서는 것이 보였다. 그리고 아버지의 일기는 더 채워지지 않고 빈 채로 많이 남아 있었다. 아버지의 예상보다 짧게 끝났던 것이리라.

　가슴이 먹먹해지며 숨을 쉴 수 없었다. 일기장 위로 눈물만 뚝뚝 떨어지고 있었다.㊍

어머니의 연서

허 정 란

    귀가 어두운 어머니에게 시집을 읽어 드린다. 책 읽기를 즐기시는 어머니는 오른쪽 귀를 딸의 입 가까이 대고 옆구리를 바짝 기댄다. 좋아하실 만한 시를 골라 어머니의 귀에 대고 큰 소리로 읽는다. '배추 농사지어 읍내 시장에 간다. 인건비 떼고 나니 땡전 한 푼 집에 가져갈 게 없다.' 이 대목에서는 "참말로 농사일을 잘 아는 사람이네!" 목소리에 힘이 실린다. 어느 해 텃밭 농사지어서 감자 한 상자에 오천 원씩 받고 스무 상자를 헐값에 주고 왔노라고, 농부의 심정을 충분히 알고도 남는 듯해 참 좋은 책이라고 칭찬한다.

    나는 책을 덮고 아버지의 편지를 외워보라고 짐짓 보채듯 한다. 주름진 얼굴에 얼핏 엷은 홍조가 인다.

봄철 아지랑이 끼고 종달새 우는 봄이 왔습니다.
흘러가는 철도 한 단 더 높은 듯
우리 부부 후정 다정도 한층 더 두터워지는 듯
아리 삼삼한 얼굴 다정한 성음 차마 잊고 견딜 길 없어 공부를 둘째 두고 이런 사연 편지를 씁니다.
현처 원함과 같이 성공 길을 밟아갑니다.
안심하세요, 안심하세요.

아버지의 연애편지를 외우는 어머니의 낭랑한 목소리는 열여섯 수줍은 새댁 모습을 떠올리게 한다. 신혼 시절 아버지와 주고받은 수백 통의 사연은 아흔을 바라보는 어머니의 기억 속에 오롯이 남아 있다.

아버지는 어질고 따뜻한 분이셨다. 가난한 살림에 맏이로 태어나 독학으로 스물일곱 젊은 나이에 옛 초등학교 교장 선생님이 되셨다. 마흔을 막 넘긴 사월 이른 아침 학교 사택에서 채소밭을 가꾸시다 혈압으로 쓰러졌다. 아버지의 갑작스러운 죽음은 어머니에게 청천벽력과도 같았다. 하루아침에 남편을 잃고 어린 자식들을 거느리고 아버지의 본가로 들어갔다. 어머니 나이 서른여섯, 막내가 두 살이었다.

어머니는 오로지 자식들을 굶기지 않겠다는 생각으로 농사일과 씨름했다. 일꾼 없이 처음 짓는 농사일은 도무지 종잡을 수 없어 많이 울기도 했다. 하루해가 지면 농사일에 지친 몸으로 아버지의 무덤을 찾아가 목 놓아 울었다. 어머니의 통곡 소리는 좁은 골짜기를 흔들었다. 이웃 마을 사람들은 어둑발이 내리면 귀신이 운다고 술

렁댔다. 실성한 몰골로 농사일에 미쳐 신발이 해지도록 밤낮을 모르고 살았다. 선잠을 자다 보리쌀을 씻어 아궁이에 불을 지피면 새벽닭이 울었다.

모내기가 끝나고 추수 때까지의 겨를에도 함지박을 이고 복숭아 장사를 하여 육 남매를 공부시켰다. 어머니의 교육열과 헌신적인 노력은 자식들이 바르고 성실하게 자랄 수 있는 밑바탕이 되었다. 농작물은 주인의 발소리를 들으며 자란다고, 땀으로 일궈낸 십 년 세월이었다. 한 해 벼농사는 대풍이었고 정부에서 주는 다수확 상에 선정되어 우리 가족 모두에게 큰 기쁨을 주었다.

어머니는 낡은 고향 집을 허물고 빨간 벽돌 양옥집을 지었다. 자식들에게 도움을 받지 않고, 그동안 한 푼 두 푼 저축한 돈으로 평생 소망하던 일을 이루었다. 어머니는 살아생전 아버지의 유지를 받들어 모시고 싶어 했다. 벌초하러 오는 친인척들이 하룻밤 편히 묵을 수 있도록 하여, 당신이 세상을 떠나도 조상의 제사를 모시는 제각(祭閣)으로 쓰이길 원했다.

일흔아홉, 어머니가 이루어 낸 원대한 꿈이었다. 바지런한 손길에 새집은 구석구석 윤이 났다. 담장 위로 덩굴장미가 피어오르고 장독대 옆으로 무리 지어 피어난 흰 백합은 진주 이모 집 정원에서 볼 수 있는 정경이라 놀라웠다. 시골과 도시적인 낭만이 어우러진 정원은, 그동안 세월 속에 묻혔던 어머니의 여성스러운 성품을 잘 드러냈다. 그동안 자식들을 보살피며 뒤치다꺼리하느라 억척스럽게 사셨던, 어머니에게는 사라진 지 오래된 여자의 거울이었다.

　어머니가 병이 났다. 농사일로 척추가 휜 몸은 한 번 쓰러지자, 회복이 어려웠다. 혼자 있는 것이 무섭고 두렵다고 호소했다. 강인하게 홀로 사셨던 것과는 다른 모습이었다. 아들과 딸네 집을 오가며 한동안 지냈지만 결국 요양원으로 모셨다. 어머니는 새집 지을 때의 도도함처럼 요양원 가시는 걸 거부했다. 자식들을 욕 먹이는 민망한 일이라 여기셨다.

　단 한 번도 어머니의 마음을 거스른 일이 없는 큰오빠를 그리워 했으리라. 효자였던 그는 온화하고 책임감이 강했으며 가족에게 헌신적이었다. 큰오빠는 스물아홉 가을을 맞이하던 해, 급성 백혈병으로 우리 곁을 떠났다. 자식을 잃고 세상이 두렵고 부끄러워 어머니는 스스로 죄인이 되어 바깥을 나가지 않았다. 몇 해 동안 농토를 등지고 진주 큰 이모 댁을 오가며 마음을 의탁했다. 자리를 털고 일어났을 때 어머니의 머리는 백발이 되었다.

　어머니는 요양원을 거쳐 우리 집으로 모셔졌다. 당신께서는 자식들을 원망하지 않으셨다.

　"모두가 잘된 일이다"라고 좋아하시며 내 손을 꼭 잡았다. 어머니의 환한 모습이 잊히지 않는다. 목욕실에 어머니를 앉히고 비누칠을 한다. 굽은 등이 왜소하다. 짧은 머리에 거품을 낸다. 은색으로 빛나는 머리카락은 온갖 괴로움과 어려움을 견디며 묵묵히 살아온 세월의 숭고한 표징이다. 밝은 분홍색 티셔츠로 갈아입히니 어머니의 얼굴에 화색이 돈다. 딸이 당신의 엄마였으면 좋겠다고 한다. '사랑은 내리사랑이라' 엄마와 딸의 역할을 바꾸면 딸에게 덜 미안할 것 같은 어머니의 심정이다.

한평생 자식들만 보고 살아왔다. 이제는 자식들이 그 은공을 갚아야 할 텐데, 어머니는 세상 부모가 자식을 위해 희생 안 하고 사는 사람이 어디 있겠냐고. 끝없는 사랑은 자식들의 마음을 저미게 한다.

수시로 흐려지는 어머니의 기억 속에 오직 아버지의 친서만은 살아 있는 사랑의 증표였다. 아버지 편지를 낭송하는 어머니의 주름진 얼굴에 열여섯 수줍은 미소가 복사꽃으로 물든다. '어머니의 연서'는 삶의 서정이 깃든 고전으로, 훗날 어머니를 위한 사모곡이 될 것이다.

연말에 어머니와 고향 집에 다녀오려 한다. 어릴 적 설날 풍경이 아련히 떠오른다. 어머니가 떡국 끓일 가래떡을 썬다. 따뜻한 구들목에서 육 남매의 웃음소리가 떠들썩하고 사립문 밖에는 눈이 쌓인다. ㉭

제3부

나무처럼 해처럼

목청을 간질이는 악보

강 연 홍

　필리핀 여행 중에 가장 오래되었다는 바클레욘 성당(Baclayon Church)에 들렀다. 타그빌라란(Tagbilaran)에서 6km 떨어진 곳에 있는데, 4백여 년 동안 잦은 외세의 침입에도 원래의 모습이 손상되지 않은 채 우뚝 서 있었다.

　낡은 성당 안에 들어서니 고즈넉한 공기가 안정되고 부드럽게 해주었다. 사방 벽마다 성인 성녀 상이 빼곡히 세워져 있었는데 유구한 세월의 무게로 변색된 색감이 은은하게 살아 움직이는 듯했다. 성당에 오는 사람들은 거의 흰옷 차림이었고 금으로 된 화려한 장신구를 지녔다. 성가가 고요하게 흘러나왔는데 평소에 애창하는 곡이어서 따라 불렀다.

　성당 옆 건물 2층은 박물관이었다. 스페인 통치시대의 자료와 종교와 관계되는 귀중품들과 낡은 오르간·북·북채·확성기·나무십자가 등이 소박하게 전시되어 있었다. 특히 시선을 끈 물건은 동물의 가죽에 라틴어로 새겨진 성가의 악보로 16세기에 사용했다는 귀중한 유물이었다.

　　　　　　　　　　　　　　3부 나무처럼 해처럼

종이 전지 크기만 한 가죽에 음표가 20cm 정도로 크게 그려져 있었다. 어떤 동물의 가죽일까도 궁금했지만, 가죽에 성스러운 악보를 만들었다는 데에 놀라움을 감추지 못했다.

마욘 화산(Mayon Volcano)의 그림엽서에 물장난을 치던 물소의 가죽일까. 혹등고래 가죽으로 악기를 만들면 현악기의 줄이 잘 끊어지지 않고 오래 간다고 하였는데, 혹시 보홀(Bohol) 근방에 있는 파밀리칸 섬(Pamilacan Island)에 서식한다는 혹등고래의 가죽이 아닐까.

고래 중에서 혹등고래(humpback whale)는 다양한 음성을 내는데 번식기에는 소가 새끼를 부르는 듯한 소리와 늑대나 나팔 소리도 낸다. 또한 그 소리가 매우 커서 주변의 물고기들이 기절을 하며 수백 km의 뭍에까지 들린다고 한다. 내가 큰 소리로 노래를 하는 경우는 머릿속이 복잡할 때인데, 수컷 혹등고래는 번식기에 구애의 신호로 애절하게 짝을 부른다니 멋지지 않은가.

나는 과연 죽으면 무엇으로 기억될 수 있을까. 보통 사람으로 살면서 사회에 명성을 남길 리 없을 테니 따스한 사람이었다는 말이라도 듣길 원한다.

필리핀인들이 노래를 일상화한 것은 그들의 민족성에 음악의 유전인자가 있기도 하겠지만, 날씨의 영향도 받지 않았을까 한다. 일년 내내 피어 있는 꽃과 나무 열매, 아름다운 풍경을 보며 노래를

강연홍

부르는 정서가 저절로 만들어졌다고 믿어서이다.

덧붙여 음악을 사랑하고 오래 보존하려는 심성을 가졌기에 동물의 가죽에까지 성가의 악보를 새겼던 게 아니었을까. 이는 그들에게 믿음과 음악이 소중하다는 걸 보여주는 한 예이다. 가죽 악보를 통해 이 성당에서 악보를 귀하게 여기고 왜 긴 세월 간직하고 있었는지를 엿볼 수 있었다.

종이가 없던 시대에는 동물의 가죽에 기록을 하였다고 한다. 기원전 11세기부터 나일강(Nile) 연안에 서식하는 갈대의 일종인 파피루스(Papyrus)에 성서 사본을 기록하였고, 기원전 2세기 말경부터는 송아지 가죽과 양가죽으로 대용되었다고 한다. 프랑스의 발레모음곡 〈코펠리아(Coppelia)〉 제2막에서 인형을 만드는 코펠리우스(Coppelius) 박사가 마법 주문이 들어 있는 가죽 책을 꺼내오는 장면이 나온다. 종이도 책도 귀하던 시절엔 손으로 한 장 한 장 낱장을 꿰매어 가죽으로 표지를 씌워서 대대로 보존하려고 정성을 기울였을 것이다.

다음 날 로복강(Loboc River)에서 배를 타고 작은 폭포로 가는 중이었다. 선주 팀은 감미롭게 노래를 불러주었다. 일행인 필리핀 청년들도 노래와 춤으로 신바람이 났는지 그 실력이 수준급이었다. 이 지방에는 탁월한 음악가와 예술인이 많고 성당 소속의 로복 어린이합창단(Loboc Children's Choir)은 명성이 높다고 한다.

3부 나무처럼 해처럼

2시간이 넘도록 배를 타고 도착한 작은 폭포에는 세계에서 제일 작은 원숭이들이 구경거리였다. 그 크기가 담뱃갑만 한데 눈만 커다랗게 붙어 있었다. 나는 원숭이보다 선상에서 흘러나오는 음악과 향연, 강가의 풍경에 더 넋을 빼앗겼다. 나에게도 한 곡 부르라고 해서 우리나라 민요 〈아리랑〉을 불렀다.

동남아 어딜 가도 필리핀인들이 노래를 부르고 있으며, 국내의 호텔에도 필리핀인 가수들의 출연이 낯설지 않다. 이는 그들이 노래를 즐겨하는 민족성이라는 걸 보여주는 예이다.

섬나라의 바닷바람을 반주 삼아 목청껏 노랫가락을 뽑아내고 나면 온갖 시름이 씻어지고 지루함과 근심도 잠재울 수 있지 않을까. 음악은 일상에서 뛰어넘을 수 있는 힘을 준다는 걸 깨달았기 때문이다.

언젠가 서해안에서 오징어잡이였던 어부들과 말을 할 기회가 있었다. 이십 대부터 배를 탔다는 그들은 오징어가 잘 잡히면 새벽까지 그물을 들어 올리느라 딴생각할 겨를이 없지만, 고기가 잡히지 않을 때나 쏟아지는 잠을 물리치려면 뱃머리에 서서 노래가 바닥이 나도록 불렀다고 한다. 밤의 정적을 뚫고 흔들리는 배의 리듬에 맞춰 부르면 졸음도 달아나고 속상함도 사라진다고 했다.

나는 음악이 취미다. 로복강의 선원들처럼, 시름이 있을 때나 위로가 필요할 때 〈아리랑〉도 부르고 〈살짜기 옵서예〉도 부른다. 그

강연홍

리고 언짢음을 회복시켜 주는 성가도 부른다. 지금도 로복강을 연상하면 고래가 물을 분수처럼 시원하게 뿜어 올리는 모습이 떠오르고, 커다란 가죽 악보가 성큼성큼 걸어와서 내 목청을 울리라고 간질인다.㈜

나를 마주하다

공 태 점

    섣달도 사흘밖에 남지 않은 세밑이다. 바람에 나부끼는 가랑잎처럼 내 안에 스산한 회오리바람이 인다.

    '지구촌 공생회'라는 봉사단체가 주최하는 템플스테이에 함께 가자는 지인의 말에 망설임 없이 따라나섰다. 한 해를 보내는 아쉬움보다 어디론가 훌쩍 떠나 잠시라도 나를 돌아보고 싶었다.

    템플스테이에 참가한 사람들은 엄마와 함께 온 초등생부터 중·고등학생, 나이 지긋한 부부까지 다양하다. 이틀 동안 산사에 머무르면서 고즈넉한 자연경관과 전통문화의 숨결을 느끼고 사찰 생활을 체험하는 것이다. 요즘은 보다 구체적이고 체계화된 일정과 프로그램으로 운영되고 있다.

    도회 인근 가까운 곳에 있는 사찰이지만 자주 찾을 기회가 드물었던 성주사다. 낯선 사람들과 단체생활을 하는 체험이라 조금은 서먹하다. 평소 특정 종교에 심취해본 적은 없지만 내게 가장 친숙하게 다가오는 사찰체험이 낯설지만은 않다. 산사 주변 수목들은 낙엽을 남김없이 떠나보내고 묵언 수행에 들었다.

사찰 직원인 팀장 안내에 따라 모든 일정이 진행되고 있다. 방사 배정 후, 성주사의 유래와 전설에 얽힌 이야기, 사찰문화와 예절, 다도 등에 관한 설명이다. 사찰에서 걸음걸이는 두 손을 모아 합장하고 조신하게 걷는다. 경내서 스님을 만나면 반 배로 예를 드린다. 부처님과 스님께는 경건한 마음으로 염원을 담아 삼배를 올린다. 큰 소리로 떠들거나 경거망동은 금물이며 묵언은 기본 수칙이다.

성인이 머무른 절이라는 성주사는 무념국사의 개산(835년)으로 헤아리면 천년이 훌쩍 넘는다. 김수로왕이 다녀간 것으로 치면 천년에 천년이 더 되는 사찰이다. 임진왜란 때 전소된 이후 1604년 (선조 37년) 진경이 중건할 당시 곰이 불사를 도와 건축자재를 날랐다고 하여 웅신사, 또는 곰절이라 불린다. 빈번한 화재로 인해 물의 기운이 강한 돼지 조각상을 33계단 위에 조성한 이후 화재가 발생하지 않는다고 한다. 몽산화상육도보설, 삼존불(보물 제1729호) 감로왕도(보물 제1732호) 등을 간직하고 있다. 허황후와 장유화상, 불가에 귀의한 일곱 왕자를 만나러 온 김수로왕이 물을 마셨다는 어수각 등 수많은 사건과 신화와 전설, 수행과 기도를 품고 있는 고찰이다.

저녁 공양 시간이다. '이 음식은 어디서 왔으며 나는 공양을 받을 자격이 있는가?'라고 되묻는 현수막 앞에서 잠시 숙연해진다. 합장하고 오늘 하루 공양 받을 만한 일을 했는지 되짚으며 말없이 사찰 공양을 든다. 저녁 예불을 알리는 범종 소리에 두 손을 모은다. 먹물처럼 검푸른 산 능선 위로 차가운 별빛이 쏟아질 듯 졸고 있다.

지난날 나와 만나는 108배 참회 예불 시간이다. 나는 어디서 왔으며 누구인가. 지금 이 순간, 오로지 자신과 마주할 수 있는 시간이다. 넓은 법당 안은 독경 소리만 가득하다. 경건하면서 낮은 자세로 정좌한다. 하심으로 몸을 낮추어 겹겹이 쌓인 업장을 하나씩 들추어 참회의 거울에 비추어본다. 지금껏 살아오면서 만난 크고 작은 허물들이 육신과 영혼을 무겁게 짓누른다. 어찌 다 헤아릴 수 있을까. 오십 배쯤 절을 올리고부터 머리는 혼란스럽고 다리가 휘청거려 어지럽다. 끝내 무릎을 꿇고 주저앉고 말았다.

눈을 감은 채 엄숙한 독경과 목탁 소리에 맞추어 자신을 되짚어본다. 삶의 여울에서 맞닥뜨렸던 고통은 욕심과 분노와 어리석음으로 마음 다스림의 뿌리가 깊지 못했음을 깨닫는다. 세상 모든 인연은 한 뿌리로 엮여 있고 온갖 번뇌는 끊어내지 못한 욕심으로부터 오는 것일 터이다. 탐(貪) 진(瞋) 치(痴)에서 헤어나지 못한 중생에 불과한 내가 부처님의 진리를 알기엔 턱없이 부족하다. 비우고 나면 무거운 등짐을 벗은 듯 가벼워지는 것일까. 내면 깊숙이 똬리를 틀고 있던 묵직한 덩어리가 목으로 울컥 치밀어 오른다. 죽비로 정수리를 내려치는 깨우침이 뜨거운 이슬방울로 떨어진다.

공태점

새벽 4시, 고요 속에 잠든 경내를 깨우는 범종 소리가 나를 포근히 감싸 안는다. 지금까지 큰 탈 없이 살아온 것에 감사하고 다가올 내 삶이 한층 더 가벼워지기를 기도한다. 내면 깊은 곳에 알 수 없는 안온함이 그득 채워진다. 아침 공양 후, 염주를 꿰어 손목에 걸고 청아한 계곡 물소리 따라 낙엽 쌓인 둘레길 산책에 나선다. 처음 낯설어 서먹하던 얼굴들이 밤새 마음의 짐을 내려놓은 듯 밝고 환하다. 잠시 일상을 뒤로하고 오롯이 자신에게 집중할 수 있었던 산사가 주는 선물이다.

나와 마주한 짧은 휴식으로 가슴에 얹힌 돌덩이 하나 내려놓는다. ㊍

기명색 포대기

김 경 희

　손주 복이 터졌다. 요즘같이 결혼도 하지 않을뿐더러, 비록 하더라도 아기 갖기를 꺼리는 시대에 나는 용케도 아이 셋 가운데 둘을 짝지어 주었고, 보너스로 물새알 같은 손자 두 명 손녀 한 명을 얻었다. 무엇보다 비혼을 선언한 첫째 아이가 짝지가 생겨 봄이 오면 소소하게 혼례를 올릴 계획을 하니, 삶의 결실이 두둑해 세상 시름을 다 잊은 듯 마음이 부풀어 올랐다.

　몇 년 사이 생활은 완전히 달라져 버렸다. 근처에 사는 둘째 딸이 수시로 나의 도움을 기다린다. 자식이 어미 손길이 필요로 하는데 모르는 체하고 있을 수 없었다. 울며 겨자 먹기로 하던 일을 접고 손자 돌보는 시간을 만들었다.

　먼저 아기를 업기 위해 서둘러 포대기부터 장만했다. 그러고 나니 아뿔싸! 내 아이를 키웠던 친정어머니가 사준 포대기가 뒤미처 생각이 난 것이다. 가난과 속정이 흥건하게 서린 포대기를 보관하고 있었던 사실조차 까맣게 잊어버릴 정도로 세월의 고개를 많이도 넘겼다.

허겁지겁 장롱이며 창고를 뒤졌다. 어디에 꼭꼭 숨었는지 아무리 찾아도 도무지 보이질 않는다. 안 되겠다 싶어 포기하려는 순간, 창고 맨 안쪽 빛바랜 옥색 보따리에 꽁꽁 묶여 있는 포대기가 눈에 들어왔다. 반가운 마음에 풀어헤치니, 실밥 올이 너덜너덜하게 풀리고 솜이 삐죽삐죽 터져 나온 낡은 기명색 포대기 속에 어머니의 세월이 웅크리고 있었다.

내가 첫아이를 낳은 날, 어머니는 포대기를 사 들고 단숨에 달려왔다. 이마에는 겨울을 무색게 하는 땀방울이 송골송골 맺혀 있었다.

"순산해서 다행이다. 설마 산 사람 입에 거미줄이야 치겠냐."

직장이 없는 사위 눈치를 살폈지만, 오히려 사위를 위로하는 당신의 말이 무겁게 가슴을 짓눌렀다. 손녀를 얻은 기쁨보다 식구가 늘어난 데 대한 걱정이 가득함을 눈빛으로도 알 수 있었다. 어머니는 속바지 안에 차고 다니는 주머니를 꺼내 꼬깃꼬깃 접힌 쌈짓돈을 내 손에 꼭 쥐었다.

"일반미 한 가마니 사서 밥해 먹어라. 그래야 산모가 젖이 잘 나온다. 손녀라 기명색을 샀다."

당신이 좋아하는 색을 고르셨다고 덧붙였다. 그러곤 방문을 꼭 닫아주며, 노점을 지키기 위해 뒤도 돌아보지 않고 달아나듯 한달음에 떠나셨다. 어머니가 가시고 난 방이 젖빛 모성애로 자욱하여 나는 갓난아기를 품에 안고 얼굴이 퉁퉁 붓도록 울었다.

아버지가 딴살림을 차린 것은 오래전 일이지만, 서모와 그 수하들은 잔인하게도 가까운 집안이 모여 사는 우리 마을로 이사 왔다. 그러곤 수시로 어머니와 우리 남매를 폭력과 폭언으로 괴롭혔다. 오빠는 어머니를 지키기 위해 직장을 그만두었지만, 그 괴롭힘은 끝없이 이어져 결국 오빠 내외는 어머니와 조카 셋과 함께 무작정 고향 집을 나와버렸다.

전답을 두고 떠나온 도시 생활은 예상과 달리 경제적인 어려움이 도사리고 있었다. 수개월을 수입 없이 살다 보니 조카들은 시골과 달리 집 앞 구멍가게 앞에 침을 흘리고 서 있는 모습을 보곤, 가끔 아파트 모서리에서 담배를 피우며 눈물을 닦는 오빠를 보았다. 종손 대접을 받으며 살아왔던 건성이 배어 동태처럼 미얄미얄한 태도는 애옥한 살림에 절여지고, 어머니는 집 앞 아파트 벽에 천막을 치고 생전 해보지 못한 과일을 팔았다.

어머니의 표정에는 언제나 깊은 그늘이 드리워져 있었다. 시집 간 딸이나마 걱정 없이 살 줄 알았는데, 결혼과 동시에 사위가 직장을 그만두고 책장만 넘기고 있었으니…. 만삭의 배를 안고 친정을 들락거리는 딸을 보면서 어머니는 한숨이 절로 나올 수밖에 없었으리라. 두 집 다 합쳐도 밥 한술 제대로 뜨는 자식이 없는 데다 내 배는 중천에 걸린 보름달처럼 부풀어 오르고 있었으니, 어머니의 당시 심경이 어땠을지 짐작이 가고도 남는다. 당신을 지키기 위해 직장까지 버리고 비정한 아버지와 맞서는 아들을 보면 미안함에 가슴이 아렸고, 딸은 어미 팔자를 닮는다는 속설에 눈가가 촉촉한 어머니 모습이 기억된다.

어머니는 새벽부터 늦은 밤까지 과일을 팔면서 살림까지 도맡았다. 농촌에서는 귀한 것일수록 이웃끼리 서로 나누어 먹었지만, 그런 것들을 돈을 받고 팔아야 하는 처지니 손이 부끄럽다고 하셨다. 하루하루 근검절약이 몸에 밴 나날이었어도 형편은 좀체 나아지질 않았다.

매서운 겨울날 천막 사이로 황소바람이 불어오면 소쿠리에 담긴 사과며 배, 밀감 등이 와르르 무너져 길거리에 나뒹구는 일이 잦았다. 그때마다 어머니는 잰 몸동작으로 흩어진 과일을 소쿠리에 주워 담았다. 엉거주춤하게 굽힌 허리 사이로 구멍 난 내의가 바람에 아우성을 쳤던, 그때의 잔상이 오랜 시간이 흘러간 이날 이때까지도 지워지지 않는다. 그런 모습이 내 어머니가 아닌, 자식 없는 불쌍한 이웃 노인이길 착각하며 고개를 돌리면서 울음을 삼켰다.

온종일 장사를 잘해봤자 찬거리며 손주들 주전부리 마련하기도 빠듯한 이문이었다. 열 손가락 깨물어 안 아픈 손가락 없다 했던가. 해산 달이 다가오는 딸자식 뗏거리 걱정에다 외할머니가 포대기를 사주는 풍습을 지키기 위해, 궁곤함을 물리치고 딴 주머니를 차며

한 푼이라도 더 벌려고 허리조차 못 폈을 것이다.

　강산이 몇 번이나 변하는 동안 포대기도 많이 낡았다. 그렇지만 기명색 밝은 빛만은 세월에 눌리지 않고 어머니의 꼿꼿하고 환한 마음처럼 여전히 곱다. 그 옛날 어머니가 밤마다 손녀를 업고 어슬렁거렸듯 나도 손자를 업고 달빛 아래를 어슬렁거린다. 그런 날이면 어머니와 도란도란 교감을 나누던 지난 시간이 애틋하기만 하다.(木)

나무의 신음을 듣다

김 나 은

나무는 물의 순환, 토양의 생성, 생물의 서식지로 살아간다. 자기의 신세를 탓하지 않고 대가를 바라지 않으며 인간에게 많은 이로움을 주는 식물이다. 그러나 사람들은 필요로 할 때는 마구잡이로 함부로 해치기에 억울하다는 묵언을 듣는다.

도심 속에 섬 같은 동산이 있다. 집에서 3분 거리 시간이 허락하면 언제든지 달려간다. 자연 그대로의 신선함으로 푸른 산길은 힐링하기에 제격이다. 울적한 날 하소연을 쏟아내면 내 애기를 묵묵히 들어주는 좋은 친구 같은 존재다. 누구에게 말 못 하고 속앓이할 때도 나와 함께해 주었던 산이다.

그 산등성이에 아파트가 들어선다는 소문이 돌더니 2021년 말부터 분묘 이장을 하라는 팻말이 세워졌다. 시간이 좀 걸리리라 생각했는데 느닷없이 아파트 공사 현장에 삽을 꽂더니 공원 조성 공사도 일사천리로 시작되었다.

나에게는 굉음인 듯 놀라운 충격이었다.

뒷동산으로 바삐 발걸음을 옮겼다. 한 주간 가보지 못한 그곳은

제3부 나무처럼 해처럼

전혀 낯선 광경이다. 굴착기가 여기저기서 분란하다. 윙윙 전기톱 소리와 우지끈 뚝딱 나무 쓰러지는 소리가 온 산을 울린다. 땅 파는 기계 소리도 쿵, 쾅 소란스럽다. 순식간에 산이 난리가 났다. 이리저리 파헤쳐진 어수선한 산은 아프다고 숨죽인 울음을 토한다. 동강, 동강 잘린 나무의 신음이 귓전에 들리는 듯하다. 몇백 년 된 토박이 노송도 다람쥐의 양식이 되었던 갈참나무도 사정은 마찬가지다. 며칠 사이에 처참한 꼴이 됐다. 얼키설키 상처 난 나무들만 수북하게 쌓여 잘린 몸뚱이를 부둥켜안고 서로의 아픔을 위로하는 듯하다. 상상도 못 한 광경에 가슴이 쓰리다 못해 아리다. 생물이나 무생물이나 세월 속에서 서로 사랑을 한 깊이만큼 이별도 그만큼 아프다고 했다. 청청하던 그 푸름의 봄날은 어디로 가고 무참히 짓밟힌 허망한 꼴이 되었을까. 사라짐은 무엇인가? 공사 현장의 모서리에 서서 참 아픔을 울대로 삼킨다.

조용히 눈을 감고 지난날을 더듬어 본다.

나뭇가지마다 마음의 풍선을 날리던 그 세월이 20여 년이나 되었다. 길섶 어깨 나지막한 나무들은 수수한 민낯으로 빛나게 웃었고 다가가면 사랑하는 이를 마주하듯 영롱한 눈 맞춤을 해주었다. 나무로 빽빽이 들어선 숲길 사이로 여명에 맞추어 뻐꾸기 소리에 아침이 열렸고, 길섶마다 이름 모를 새들도 쉴 새 없이 합창하고 다람쥐, 청설모의 바쁜 몸놀림으로 나를 반겨주었지. 오뉴월 쑥색의 질푸른 숲은 햇살이 비집고 들어올 틈도 없을 정도로 울울창창하여 세상이 다 내 것인 양 행복했었어. 흙이 사람의 육신을 닮아서일까 편하고 안정감이 들어 수시로 맨발로 걸었고. 발걸음이 그야말로 샤방샤방했었지. 줄지어 늘어선 우람한 노송 터널은 웅장한 왕궁으로 나를 인도하는 듯하여 반짝이는 꿈을 꾸곤 했어. 둘이서 도란도란 얘기를 나누며 걷는 연인의 뒷모습은 겨울연가 드라마 남이섬 풍경이었어. 비가 오거나 눈이 와도 울적한 날 하소연을 쏟아내면 묵묵히 들어주던 좋은 친구였지. 무시로 찾아가도 항상 거절 없는 편안한 사이었어. 늦가을은 유달리 색이 고왔고 인근 대학교 후문 옆에 온습도가 적정한지 해마다 단풍나무와 은행나무는 형형색색 고운 옷으로 갈아입었어. 바람이 지나간 자리마다 황금비단을 깔아놓은 듯 화사하고 길 위에 쌓인 단풍잎 밟는 소리가 사각사각 귀를 깨웠지. 그 길을 걸을 때는 먼 옛날 고향의 기억을 불러올 때면 향수에 젖기도 했어. 철없는 소녀가 되어 붉고 노란 색색의 잎을 한 움큼 손에 쥐고 보름날 어머니께서 소지 올리는 시늉을 하며 날리곤 했지. 그럴 때마다 삶의 무게가 바람결에 훌훌 날아갔었지. 그 아름다운 풍경이 흔적 없이 사라지니 슬픈 일이지.

묘목은 숲이 울창해질 때까지 삼십 년이 걸린다고 한다. 가능하면 숲을 훼손시키지 않고 자연환경을 그대로 보존하면 얼마나 좋을까. 숲을 찾는 동물들도 언제든지 제집 드나들듯 할 것이다. 시멘트로 포장하지 않고 조형물도 세우지 않은 산림공원이면 만족하다. 휴양림을 조성해 휴식도 하고 산림욕도 하면서 자연과 함께 더불어 사는 환경이면 좋으련만. 시민들 삶의 쉼터. 그늘이 되고 안식처가 되는 곳, 자연과 인간이 공존하며 자연재해로 오는 손실도 막을 수 있을 텐데. 허옇게 배를 내민 산등성이를 내려오며 정든 사람을 떠나보낸 듯 아쉬움에 오던 길을 자꾸만 돌아본다. 싱그럽던 나무들의 얼굴을 다시 떠올린다. 곧 햇볕 따가운 여름이 오면 그늘이 되어준 숲이 그리워질 것이다. 생각할수록 안타까움이 파도처럼 일어난다. 지금도 나무의 신음이 가슴 아프게 귓전을 두드린다. 그 신음은 오랫동안 나를 울릴 것 같다. 허공을 향해 소리쳐본다. 나무들아 미안하다. 정말 미안해!⊛

김나은

뭍을 향하여

김 미 정

눈이 안 떨어진다. 지난밤 주말을 두고 늦게 잠들면서 달콤한 늦잠을 예약했던 터라 느닷없는 새벽 기상은 잔인하다.

낭만협회 회장이 나를 재촉한다. 회장, 부회장, 총무를 혼자 감당하는 회원 한 명이 전부인 낭만협회 회장은 남편이다. 나를 회원으로 영입하여 단독회원인 협회의 오명을 벗고 회장으로 떠받들리기를 간절히 원하지만 집안에 낭만파는 한 사람이면 족하다는 나의 생각은 요지부동이다.

비가 오면 어디든 떠나야 하고, 밤에 비가 오면 다른 집은 베란다 문을 닫지만 우리는 활짝 열어 빗소리를 들어야 한다. 어디를 가든 비 올 때 다시 오면 좋겠다는 등 비에 대한 짝사랑이 대단하다. 그런 남편을 지인이 낭만협회 회장 하면 되겠다고 했다. 비웃듯이 한 말이었는지도 모르는데 그 말이 꽤 마음에 드는지 자기 입으로 낭만협회 회장을 자처하고 있다.

잠이 덜 깬 눈으로 차를 탔다. 차는 송정 바닷가를 향해 달린다. 근래에 자주 가는 산책 코스가 송정 해수욕장이다. 그곳의 아기자

제3부 나무처럼 해처럼

기함과 덜 눈부심이 맘에 든다고 남편은 아주 푹 빠졌다. 나도 예전의 복잡하고 무질서하고 지저분했던 송정을 잊었다. 밤이나 새벽에 자주 가는데 입구에 주차하고 바다를 왼쪽에 두고 인도가 연결된 곳까지 왕복하면 걷는 속도에 따라 30분에서 1시간 정도 걸린다. 걸을 때 눈은 언제나 바다를 향한다. 정말이지 하루도 같은 바다는 없다. 윤슬에 눈부신 금덩이 은덩이가 될 때도 있고 속을 알 수 없이 웅크린 거대한 바위 같을 때도 있고, 찰싹거리며 아양 떨듯 속을 보이다가도 뚱하니 하늘과 다툰 듯 얼굴이 회색일 때도 있다.

송정 해수욕장의 바다를 보며 한 가지 관심을 가지게 된 것이 있다. 서핑이다. 가보지 못한 하와이에서나 하는 것인 줄 알았더니 내 코앞에서 파도타기 묘기를 부리는 서퍼들이 수두룩하다. 한겨울에 차갑게 출렁이는 바닷속에 까만 점처럼 떠 있는 사람들을 보고 처음에 기겁했다. 저런 것은 특별한 사람들이 하는 것이려니 했다. 자주 가다 보니 그게 아니었다. 송정의 바닷속에 서퍼들이 없는 날이 없었다. 그리고 해변가 즐비한 가게들 중에는 서퍼들을 위한 휴식 공간과 교육하는 곳, 보드를 판매하고 대여하는 곳도 여러 곳이었다. 보드를 옆구리에 끼고 모래밭을 달려 바다로 향하는 사람들의 얼굴은 희열에 차 있다. 관심이 없을 때는 보이지 않던 것들을 열심히 보게 되었다. 날씨가 좋을 때는 말할 것도 없고 어지간한 바람이나 비 오고 흐린 날에도 서퍼들은 바닷물에 흔들리며

김미정

검게 둥둥 떠 있다.

서퍼들은 대체로 까만 잠수복을 입고 있는데 해수욕장 입구에서 보면 바다에 까마귀 떼가 앉아 있는 것처럼 보인다. 어느 날부터 나는 도착하면 제일 먼저 바다를 보고 까마구가 많네 적네 하며 반가워한다. 산책을 하면서도 바다를 본다기보다는 서퍼들을 본다. 그러다 단연 눈에 띄는 파도타기 명수를 만나면 산책을 멈추고 그의 서핑이 끝날 때까지 지켜보는데 그것은 예술작품을 감상하는 것과 다르지 않다. 그 순간이 무척 짧은 것과 다시는 같은 서핑을 보기는 어렵다는 것도 매력적이다. 멋진 서핑을 보고 나면 산책이 끝날 때까지 머리에 남아서 반복해서 돌려본다. 또 다른 명수가 내 눈을 사로잡아주기를 바라면서 까마귀 떼에서 눈을 떼지 못한다.

서퍼들이 같은 바다에 있으나 위치에 따라 파도가 다르고 타이밍을 못 맞춰 움찔하고 마는 것도 본다. 그들도 실력 발휘를 하고 싶어 안달이지만 마음대로 되지 않는 것 같다. 어느 정도 실력이 되는 사람도 그 실력을 드러낼 수 있게 파도가 딱 맞춰 그의 보드를 띄워줘야 하는데, 그 파도를 눈치채는 것도 실력일 게다. 그러니 그 많은 까마구들은 하염없이 파도를 기다리는 것이다. 먼 수평선을 보며 바닷물에 잠긴 채 파도를 기다리는 서퍼의 눈은 반짝이고 있을 것만 같다. 파도에 미끄러지는 보드 위에서 보내는 시간은 몇 초에 지나지 않지만 그 잠깐을 위해 기약 없이 설레고 있다. 그

제3부 나무처럼 해처럼

들을 보드에 태우고 뭍으로 데려다줄 파도가 기어이 올 것이라는 믿음이 있기 때문일 것이다.

아버지는 마당이 어둠에 잠기고 장독대의 장독 뚜껑이 달빛에 반짝이면 뻐꾸기 소리를 기다렸다. 때로 고양이 소리가 될 때도 있는데 방문에 조그만 네모로 창호지를 뜯고 발라놓은 유리를 통해 어둠을 응시하면서 기다린다. 벌써 낮에 술 약속을 하고 아내의 잔소리가 듣기 싫은 남자들은 신호를 뻐꾸기나 고양이 소리로 정해놓았다. 뻐꾸기가 날아올지, 고양이가 걸어올지는 모르지만 소리가 들리기만 하면 스르르 방문이 열리고 아버지는 뻐꾸기처럼, 고양이처럼 대문을 나서 사라졌다. 그러고는 식구들 모두 한잠에 빠졌을 때 나갈 때와 다르게 술에 취해 대문을 거칠게 열고 들어와서는 벌써 자냐고, 가장인 아버지가 들어오지도 않았는데 잠을 자는 불효를 나무라시며 어린 우리를 깨워 앉혀 나무라셨다.

시골의 무능력한 뻐꾸기와 고양이들은 밤을 기다려 세를 모아 세상을 욕하고 아버지의 권위를 세워주지 않는 자식들을 혼내야 한다고 다짐했나 보다. 몸은 비틀거리고 소리는 꼬부라져 나와도 이때만큼은 자신감에 넘쳐 소리 높여 호통을 치고 세숫대야를 던지는 것이다. 낮에는 몇 마지기 농사에 눌려 기척 없이 살다 밤이 되면 술 한 잔이 아버지를 뭍으로 나오게 했다. 아버지는 밤을 기다리고, 뻐꾸기나 고양이를 기다리며 눈을 반짝였을 게다. 아버지의 파도가 술이어서 문제였다. 바로 서지 못하고 비틀거려 늘 중심을 잡지 못했다. 그래서 폼이 안 났다. 결국 아버지는 아버지의 파도, 술에 잠식당하고 말았다.

나는 무엇을 기다리는가. 눈을 반짝이며 기다리는 것이 있기는 한가. 살아갈수록 모든 것에 자신이 없고 어디를 보고 있는지조차 모르는 나날들이다. 파도가 왔을 때 내가 탈 보드는 준비됐는가. 튼튼한 보드와 내 다리가 질긴 끈으로 단단히 묶여져 있어야만 파도가 왔을 때 보드에서 떨어지지 않고 뭍으로 나올 수 있다.

늘 막막한 현실의 바다에 둥둥 떠 있으며 불안한 눈빛으로 두리번거리고 있다. 주위 사람들이 멋진 파도를 만나 준비했던 몸짓으로 뭍으로 미끄러질 때 그들이 보드 위에서 보이는 모습에 놀라고만 있는 것은 아닐까.

나를 위한 파도가 안 올까 봐 두렵다. 크고 작은 파도에 곤두박질쳤을 뿐 두 팔을 활짝 펼치고 멋진 포즈로 뭍에 도착해보지 못한 나는 다른 사람의 파도를 부러워하며 자주 한눈을 팔고 있다. 나의 파도에 집중하지 않은 사이 얼마나 많은 파도가 지나갔는지 모를 일이다. 남의 떡이 커 보여 나한테 온 파도를 가벼이 보고 서핑을 시도하지 않았거나 움찔하다 만 것도 있을 터이다. 그러고는 늘 내 탓은 없고 파도 탓을 했을 게다. 좀 있다 오지, 더 세게 혹은 더 약하게, 딱 맞춰 와서 나를 폼 나게 뭍으로 데려다주지, 하면서 말이다.

제3부 나무처럼 해처럼

바닷가를 걸으며 생각한다. 서퍼들은 바다에서, 난 뭍에서 우리는 각자의 파도를 기다리는 소망의 눈망울을 갖고 있다. 놓친 파도는 잊자. 수평선에 붉은 해 떠오르듯 보드를 띄울 크고 아름다운 파도가 분명히 올 것이다. 나를 향해 오는 그 파도 더미를 놓치지 않게 반짝이는 눈으로 보드를 꽉 잡고 기다리자. 날개처럼 두 팔을 펼치며 뭍을 향해 미끄러질 한 마리 까마귀가 되어 준비하고 있을 일이다.㊍

꼭지

김 영 미

　실팍한 가지 꼭지를 잘라낸다. 입맛 돋우는 가지요리를 할 때 필요 없다고 여겼던 부분이다. 하지만 뭇 생명이 태동할 받침자리가 꼭지라고 생각하니 쉽게 버리지 못한다. 십자로 자른 꼭지는 해바른 평상에 널어두고 밭으로 향한다.

　가을바람이 불어오지만 가지 나무에는 연보라색 꽃이 생생하다. 햇살 창창한 계절에 꽃 맺음을 한 가지는 도톰하게 살이 올랐다. 사방으로 후려치던 여름 태풍에도 아랑곳하지 않고 주렁주렁 열렸다. 이름처럼 가지를 쭉 쭉 뻗으려는지 잎맥마다 촉을 틔웠다.

　가지 나무 꼭지는 노란 수술을 내밀어 꽃띠를 두르고 앉았다. 우둘투둘한 표면에 찢어놓은 보자기 같은 덮개마저 닿을 수 없는 상상력을 발휘하게 한다. 한 세계에 몰입한 장인(匠人)이 빚어놓은 솜씨가 그러할까. 실핏줄 오롯한 타원형의 잎사귀를 둘러썼다. 뒤늦게 손톱만 한 몽우리가 돋을락 말락 하여도 개의치 않는다. '이내 찬 서리 내릴 텐데 어쩌누' 혼자 수심에 젖어 들 뿐이다.

　생가지를 먹으면 입이 비뚤어진다는데 덥석 한입 베어 문다. 그

　　　　　　　　　　　제3부 나무처럼 해처럼

맛은 수수하고 밍밍하다. 언감생심 칠첩반상에 들 수 없지만 묵은 나물을 먹는 정월 보름날, 가지고지인 진채식에 이름을 올린다. 싱거운 맛은 오감을 깨울 갖가지 짭짜름한 양념을 끼얹게 한다. 혈당을 조절하고 허기를 채워주는 찬으로는 으뜸이다.

키가 턱밑까지 웃자란 틈바구니를 헤집고 튼실한 보랏빛 가지를 딴다. 그늘진 곳에서도 웅크린 채 꽃을 피워 맺은 결실이다. 가지는 다른 채소보다 꼭지 부분이 굵고 길어서인지 서리가 내릴 때까지 꽃 맺음을 멈추지 않는다.

자연은 언제나 당찬 생명력을 꿰찼다. 밭이랑 틈새마다 굳건하게 자란 잡초들까지 본연의 색을 밀어내 고유한 씨방 주머니를 달았다. 밭 가장자리 언덕에는 헛개, 오가피, 구지뽕이 덩실덩실 농익어 간다.

오월이면 촘촘하게 매달려 익어가던 보리수, 가을을 장식하는 대추나 배 같은 귀한 작물일수록 외올실 같은 가느다란 꼭지로 힘겨운 제 무게를 지탱한다. 꼭지는 나무에 영양분을 공급할 탯줄이 아닌가. 타들어 가던 여름 가뭄이 계속되어도 산자락으로 행군을 하듯 한줄기 소나기가 쏟아지면 시들시들한 나무들이 생기를 되찾는다. 단초가 되어주던 꼭지로 수분을 힘껏 빨아들인 탓이다.

가지를 비롯한 참외 꼭지 역시 말려서 차를 끓여 마신다. 몸살 기운으로 자주 욱신거리던 잇몸 통증을 가라앉혀준다. 꼭지가 움

김영미 259

켜쥔 응축된 약성은 가슴 데워줄 모태의 자리는 아니었을까. 어머니는 잦은 기침이나 천식에 곶감 꼭지를 푹 삶아 감추어 둔 꿀 한 숟갈을 타 주었다.

가지는 길쭉하고 미끈한 것이 대부분이다. 하지만 기역자로 구부러졌거나 불룩한 배가 터져버린 것도 있다. 또한 거칠게 부대끼어 윤기 흐르던 제 색을 잃기도 한다. 어떤 위기와 시련을 견디듯 두터운 상처 껍질조차 의연하다. 한 나무에 매달려 있지만 제각기 다른 크기와 모양새를 지녔다. 튼실한 것과 약한 것, 못나고 미끈한 것이 서로 껴안아야 공생할 수 있다는 걸 보여준다. 자연의 법칙이란 생긴 대로 섬기며 순환하는 것이리라.

가지 꼭지는 설익은 부분을 별 모양 같은 껍질로 살포시 덮고 있다. 그 모습을 보면 오랫동안 잊었던 아기의 배냇향 같은 기억들이 선연하다.

내 안에도 꼭지가 있었다. 늦은 나이 탓인지 오랜 진통 끝에 아이를 순산하였다. 탯줄이 떨어지자 지문 무늬 같은 배꼽이 드러났다. 배꼽은 몸의 심지로 연결된 꽃살문이 아니던가. 난생처음 아이와 내가 한 몸이라는 걸 실감하였다. 시어머니는 하얀 무명수건에 탯줄을 싸서 내 머리맡에 두었다. 바쁜 일손을 놓고서 수유를 하는 나와 아기를 번갈아 보며 흐뭇한 표정을 지으셨다. '꿀떡꿀떡 젖 넘기는 소리에 절로절로 배부르다.'며 눈가에 주름 꽃을 피웠다.

제3부 나무처럼 해처럼

가을이 깊어지면 던지게 되는 마침표 같은 질문들…. 문득 한 인간으로서 진정한 행복의 근원조차 뜬금없이 궁금해지는 것이다. 살면서 떳떳하게 의무를 다한 것이 있다면 아기의 눈빛과 교감하던 곡진한 내리사랑이다.

꼭지는 햇빛과 그늘을 관통하며 건너갈 사잇길이다. 끈끈하게 손깍지를 낀 그 온기로 사람이나 식물들도 종족 번식의 힘을 키워 간다. 서로의 표정과 감성을 헤아리며 꿈을 키워 갈 사람들과 관계 맺기도 마찬가지다.

꼭지는 나무의 분신처럼 단단한 매개체가 되어 서로를 아우른다. 가지를 딴 자리는 마치 나무의 살점을 떼어 낸 것 같다. 상처가 깊을수록 의식은 또렷하게 깨어나듯 굴곡진 자리마다 마법 같은 상생의 힘을 또 끌어당겨 주리라. 텃밭에는 마중물 길어 올린 물아일체(物我一體)인 꼭지의 기운이 가득 서려 있다.㊍

꽃신

노 갑 선

　그림 갤러리 '려자(麗姿) 초대전'이다. 전시장 세 벽면을 장식한 꽃신 그림이 어여쁜 자태로 마음을 사로잡는다. 한복집 진열장에서 가끔 볼 수 있는 꽃신을 접하니 그 아름다움에 감탄하지 않을 수 없다. 비단에 염색을 하여 수를 놓고 그림을 그린 것이다. 고유의 멋과 빛깔로 표현한 작품 하나하나에 발길을 멈춘다.

　한쪽 벽면을 독차지한 그림에 시선이 끌린다. 쪽물을 풀어 놓은 듯한 수면 위로 꽃신 한 켤레 놓여 있다. 빨간 비단에 오뚝한 코와 테두리 부분을 남색으로 수놓은 꽃신이다. 연분홍빛 봉오리와 활짝 핀 연꽃을 배경으로 오리 한 쌍이 한가롭게 노닌다. 작가는 젊은 부녀자가 즐겨 신었던 꽃신을 과거의 기억을 소환해 은유적 기법으로 표현해 놓았다.

　야생화가 핀 정원에 놓인 정갈한 신발에 달빛이 가득하다. 은회색 명주실로 수를 놓아 비단결처럼 곱고 은은하다. 금실로 한 땀 한 땀 테두리를 박음질해 기품이 느껴진다. 금방이라도 선녀가 하얀 날개옷을 입고 살포시 내려와 신을 것 같다. 눈을 크게 뜨고 보아

　　　　　　　　　　제3부 나무처럼 해처럼

도 물감으로 그렸는지 수를 놓았는지 구분하기 어려울 정도로 섬세하다. 스물여덟 아리따운 아가씨가 바늘로 정성 들여 수를 놓은 것이다. 작가의 뛰어난 예술적 감각마저 엿볼 수 있는 작품이다.

우리 집 신발장에 놓여 있는 꽃신 한 켤레에 생각이 머문다. 지난여름 K 문우로부터 선물 받았다. 검정 고무신에 유화 물감으로 예쁘게 그림을 그려 고마운 마음까지 받게 되었다. 볼이 넓적한 고무신 앞뒤 부분에 색색의 야생화가 피어 있다. 가만히 쳐다보면 밤하늘의 별들이 쏟아져 내린 것 같다.

꽃신은 나의 무의식 속에 잠재되어 있던 아픔마저 되살아나게 했다. 중3 때 겪은 일이 오십여 년이 흐른 지금까지 마음속에 꼭꼭 숨어 있었다. 장마가 계속되던 여름, 뒷집 할머니 장례식 날이었다. 다섯 살 남동생은 저수지에 동동 떠내려가는 검정 고무신을 따라가다 아기별이 되었다. 귀한 아들을 잃은 충격으로 어머니는 몸져누웠고, 아버지도 삶의 의욕을 잃었다. 밝고 화목했던 집안 분위기가 먹구름에 휩싸여 헤어날 수 없었다. 철모르던 나이에 부모님과 어린 동생들을 보살피는 힘든 날이 이어졌다. 그때의 일은 생각만 해도 두렵고 가슴 저린 기억으로 애써 외면했던 시간들이다.

남을 먼저 배려하는 K 문우는 검정 고무신을 사서 꽃 그림을 그려 이웃이나 친구들에게 아낌없이 선물한다. 무슨 연유인지 삼천 켤레를 목표로 삼는다고 하니 놀랍기만 하다. 따뜻한 그녀의 마음이 내 가슴 밑바닥에 웅크린 아픔까지 다독였는지 어느덧 검정 고무신에 대한 거부감이 없어졌다. 장마철이나 물놀이 갈 때는 물론 현관에 두고 마음 편하게 신고 다녔다. 이제 꽃 그림 고무신은 친근해져 내가 아끼는 물건이 되었다.

벽면을 장식한 그림에 다시 눈길을 보낸다. 꽃신은 사랑스러움, 설렘, 애틋함, 그리움, 허전함 등의 이름표를 달고 고운 자태를 드러낸다. 정숙하고 꾸밈없는 자연스러움이 여인의 미묘한 감정을 독특하게 표현한다. 빨간 바탕에 모란꽃을 수놓아 테두리는 남색으로 마무리한 꽃신이 앙증스럽다. 부귀와 영화를 바라는 부모의 마음이 고스란히 느껴진다. 새색시가 시집올 때 녹의홍상을 입고 사뿐사뿐 걸어오던 모습이 아른거린다.

꽃신은 실크에 구타염으로 방염을 한 후 산성염료로 염색을 한 것이다. 물감이 전혀 번짐이 없이 깔끔하다. 전통 자수인 침법 징금수로 수를 놓아 신의 형태와 빛깔로 예술 옷을 입혔다. 아름다운 정서를 담은 신발은 전통의 미를 한껏 뽐낸다. '가장 한국적인 것이 세계적이다'라는 명언을 뒷받침하는 것 같다.

가장 낮은 곳에서 헌신하는 신발에 수를 놓고, 색을 입혀 고전미를 살렸다. 작가는 전통문화의 소중함을 알고 혼신의 힘을 다해 붓 끝으로 생의 지문을 새겨 놓았다. 꽃신의 어여쁜 자태는 한복과 어우러져 곡선미의 완성을 이룰 것이다. ⊛

한 여름밤의 계곡 물소리

박 말 숙

　깊은 밤, 가끔 마당에 나 홀로 선다. 적막한 어둠 속에서 어슴푸레 나타나는 풍경 때문에 사색에 빠지는 일이 좋다. 특히 한겨울 한 폭의 수묵화 같은 앞산 능선이 앞으로 다가서면, 넓은 우주 공간에 오도카니 혼자 있는 느낌이다. 어쩌면 우주에 떠 있는 것 같기도 하고, 마음이 허허롭기도 한, 많은 감정이 오가는 순간이 좋아서이다. 낮에는 느끼지 못했던 한밤의 이야기를 나 혼자 느끼는 시간이 참으로 감미롭기 때문이다.

　어느 해 초여름, 젊음이 푸릇푸릇한 친구들과 남쪽으로 여행을 떠났다. 마침, 청도를 지나게 되어 운문사에서 수행 중인 한 비구니 스님을 만나보기로 했다. 대학생불교학생회 인연으로 함께 봉사활동도 하며 오랜 세월 연락을 이어오고 있는 스님이었다. 공양간의 저녁 공양이 푸짐했는데, 오늘이 수행 중 새벽 화장실에서 쓰러져 돌아가셨다는 20대 비구니 스님의 49재일이란다. 우리는 갑자기 침울한 묵언을 하며 저녁 공양을 끝냈다. 오랜만에 만난 스님과 우리는 요사채에 둘러앉아 밤늦도록 이야기꽃을 피우다 잠이 들었다. 나는 잠결에 소낙비 소리가 쏴아~ 하는 소리를 들었다. 문득 툇마루 아래 댓돌에 벗어둔 운동화가 생각났다. 비가 들이치면 모두 젖을 것이라는 생각이 들자 후다닥 잠자리에서 일어났다. 어둠 속에서 친구들 사이를 더듬거리며 허겁지겁 툇마루로 나섰다. 오로지 운동화를 빨리 옮겨야 한다는 생각만 했다. 툇마루 끝에 쪼그리고 앉아 댓돌을 내려다봤다. 운동화들은 달빛을 받으며 곤히 자는 듯했다. 기운이 쫙 빠지는 기분, 어이없는 헤프닝이었다. 우두커니 앉아 달빛 아래 바람 한 점 없는 마당의 풍경을 바라보았다. 앞산 계곡에서 내려오는 계곡 물소리가 우레처럼 내 귀를 때렸다.

'아! 이 소리였구나. 나를 놀라게 한 소낙비 소리가.'

낮에 요사채를 들어설 때 얼핏 본 모과나무의 잎이 달빛에 반짝거렸다.

'반짝반짝!'

나를 위로하는 듯했지만, 그 아래 깊은 어둠은 나를 뚫어지게 응시하는 듯했다.

계곡 물소리는 청량한 공기를 품고, 나뭇잎 하나 흔들림 없이 나에게 안겼다. 맑은 공기에 머리가 맑아지자, 잠은 멀리 달아나 버렸다. 이 어둠 속에는 내가 모르는 소리가 얼마나 많이 속삭이고 있을까. 어찌해서 물소리가 그토록 큰 빗소리로 들렸을까. 바람에 흔들리는 나뭇잎 소리도, 계곡물이 바위 위를 넘쳐 아래로 떨어질 때도, 소낙비 같은 소리가 난다는 것을 나는 왜 몰랐던 것일까.

어둠이라는 시공간(時空間) 속에서 같은 듯 다른 소리를 내며 밤도 깨어 있다. 창호지 문에 기대기하던 달빛은 운동화들을 세어보고는 슬그머니 돌담을 넘어 꼬리를 감춘다.

밤은 날마다 찾아온다. 어둠 속에서 이루어지는 많은 이야기가 나를 부를 것이고, 나는 귀를 기울여 그들과 함께하려 할 것이다. 한겨울 계곡의 어둠 속에서 쩡쩡하며 들리던 소리가 나중에야 개울물이 얼어붙는 소리임을 알았다. '그곳에 나만 있었던 게 아니구나!' 하고 얼마나 반가워했던지. 계절마다 장소마다 달리 들리는 그 반가운 소리를 만나기 위해, 오늘 밤도 나는 마당에 선다. ⊛

길

배 소 희

　밤새 봄비가 내렸다. 그 길의 꽃잎이 걱정되었다. 며칠 전까지도 추위로 꽃망울을 채 열지도 못하다가 겨우 봄 햇살에 살포시 얼굴 내민 꽃잎이 밤새 내린 봄비에 졌을까 걱정이 되었다.

　기억이 뿌리내리고 있는 길을 만나러 집을 나섰다. 이제야 시작한 첫 봄의 꽃길이다. 생각나고 마음만 먹으면 가고 싶은 길이 집 가까이 있다는 것은 행복이라는 것을 나이가 들어서야 깨달았다. 그 길은 늘 내 곁에 있었다. 언제든 가면 볼 수 있는 나무가 있고 길 끝에는 바다가 있었다. 일생 동안 벗어날 수 없는 그리움과 익숙함으로 스며든 길이다. 하지만 세월이 흐르면서 길이 하나씩 지워지고 길 끝의 바다도 사라지고 있었다. 곁에 있던 풍경들이 하나씩 지워진다는 것을 알고 난 후 나는 확인이라도 하듯 봄이 오면 그 길을 몇 번이나 갔다. 사라지는 것도 많았지만 무엇보다 좋은 것은 길가의 나무들이 무성하게 자라서 세월의 흐름을 말해주며 나의 기억도 자라는 길이 있다는 것이다.

　길은 내 시선의 끝에서 시작된다. 그 시선은 마음의 끝에서 만

　　　　　　　　　　　　　제3부 나무처럼 해처럼

들어져서 길을 따라가다 보면 길의 뿌리를 만난다. 그곳은 무한한 공간으로 이루어진 장소이며 마치 나를 기다리고 있는 듯한 나무들의 모습이 목판화에서 본 듯하다. 시간의 지층 따라 그 길에 대한 기억의 지층도 쌓여 갔다. 그 길의 내력도 나무들의 나이테처럼 동그랗게 맴돌며 많은 이야기를 담고 있었다. 그래서 결코 속도를 내며 달릴 수 없는 길이다. 천천히 가야 보이고, 가끔 쉬면서 가야 많은 것을 들을 수 있는 길이다. 날카롭게 패인 상처가 깊어 내 마음의 가장자리와 언저리 어디에선가 자리하고 있는 시간과 공간이 낯익음과 낯섦으로 다가왔다. 그러다가 이내 길 끝에서 위태롭게 서 있는 내 안의 혼돈과 우울과 슬픔으로 읽혔다.

봄비는 꽃을 키우고 나무를 키우고 길을 단단하게 만든다. 내가 기억하고 있는 장소의 실증성의 하나도 길이다. 길은 사람을 부른다. 오래전 혼자 걸었든지 누구와 함께 걸었든지 발자국은 사라지고 끝없는 생각만 이어갈 수 있도록 기억의 무대를 제공해 준다. 가장 먼 추억을 고정시키는 것은 무의식의 힘이다. 무의식을 통해 추억이 불현듯 재생되고 기억 속의 사람과 길을 걷고 이야기를 나누게 된다. 마침내 무의식이 의식을 형성하고 길은 응축된 설렘으로 내게 다가오고 있었다. 우리의 심연에 남아 있는 기억과 호흡하며 스며들다 보면 실타래처럼 얽힌 기억이 한 올씩 풀어지며 길과 하나가 됨을 느낀다. 그러면서 길은 나를 위로해 준다. 지난날 내 등을 토닥여주었듯이 세월이 많이 흐른 지금도 그날처럼 품어준다.

어렴풋하고 흐릿하게 그려져 있는 그림 같은 그리움이 어른거리는 길은 몸이 잊히지 않는 추억의 영역이기도 하였다. 나에게 이별의 색이 있다면 연분홍색이다. 벚꽃잎들이 하르르 질 때, 사랑하는 엄마를 보내고, 좋아하는 친구를 보내고, 응석받이 어린 조카를 보내고 돌아오던 길이었다. 꽃비가 내리던 봄날, 엄마를 공원묘지에 묻고 오던 길도 이 길이었고, 좋아하는 친구도 같은 길, 같은 계절에 보내고 왔다. 그리고 어린 조카의 유해를 바다에 뿌리며 한없이 울었던 길이었다. 연분홍 꽃비가 내려 내색할 수 없는 슬픔에 빠져 길가에 차를 멈추고 한참을 멍하게 나무를 바라보고 바다를 바라본 적이 많았다. 그 길은 슬픔의 길이었고 이별의 길이었다.

내 기억 퍼즐의 한 조각처럼 잃어버렸던 길이 하나씩 빠져나와 바람결에 메아리가 된다. 메아리는 메아리를 부르듯 길은 그날의 소리 없는 소란으로 가득 차 있다. 그러다가 다시 고즈넉해지고 도란거리는 이야기 소리와 노랫소리로 들려온다. 바람에 민감한 가지들과 나무 잎새들의 소리가 귓가에 스친다. 시간의 숨결을 타고 옮겨 다니는 잠든 벌레를 품고 있는 고목에는 지나간 시간에 대한 향수가 어리어 있다. 나만의 은신처 같은 오솔길이 나무들의 층계에 따라 길을 만들고 있다. 그 길은 과거 현재 미래로 이어져 있다. 말하고 싶은 길도 있고 말하고 싶지 않은 길도 있다. 단 한 획으로

제3부 나무처럼 해처럼

지워질 수도 있고 아무리 지우려 애써도 지워지지 않은 마음의 길이 있다.

　사람은 기억을 품고 사는 존재인 것 같다. 진정한 기억은 어떤 일을 망각하고 싶어도 그 틈을 비집고 스멀스멀 올라와 이내 현재의 평온을 흔들어 놓는 것 같다. 그런 길이 이제는 품이 커져서 나를 품어주는 길이 되었다. 나무도 길도 뿌리가 깊게 뻗어 있어 단단해진 것 같다. 그러면서 내 인생의 길도 제법 단단하게 다져진 듯 작은 바람에도 잘 흔들리지 않는다. 지금은 이 길을 갈 때마다 나무들의 어떤 층계를 느끼는 순간이 있어 무척 좋다. 나무들의 층계가 울타리처럼 둘러쳐 있어 나를 키워온 길 같아 포근하다. 나무들이 많이 자라서 터널처럼 된 벚나무의 길 속에 작아진 내 몸이 안온하게 안길 수 있어 길의 낡음과 맞닿을 수 있는 지금의 시간이 좋다. 이제 길은 이별의 시간을 순종하게 한다. 길이 세월에 단단해지듯 내 안의 슬픔도 다지다 보니 웃을 수 있는 힘을 길러주었다. 나의 심연에 남아 있는 기억과 합쳐져서 인생의 길처럼 삶도 깊어지는 시간이 된다.

　나는 지금 그 길을 가고 있다. 연분홍 꽃길인 가포 가는 길이다. 木

기울어지다

봉 혜 선

　지하철에서부터 전화를 받는 자세가 플랫폼을 거쳐 계단을 오르면서도 똑바르게 세워지지 않는다. 그를 살피는 나도 따라 고개가 조금 기울어진다. 신호등 눈치를 살피고 건널목을 비스듬하게 가로지르며 어깨를 자꾸 추킨다.

　아파트 입구는 지하철이나 버스를 타러 내려올 땐 바쁜 걸음을 도울 수 있을 만큼, 깜빡이는 신호등을 보고 뛰어도 무사히 건널 만큼 부드럽게 경사져 있다. 급한 마음으로 종종걸음치는 귀갓길을 헉헉거리게 만들기엔 충분히 높다.

　목을 외로 꼬며 어깨를 추스르던 눈에 중학생으로 보이는 남학생이 어깨에 휴대폰을 끼고 혼자 시시덕대는 모습이 들어왔다. 여학생과 통화를 하는 모양이다. 휴대폰에 기댄 모양은 상대방에게로 잔뜩 기울인 집중의 상태로 느껴졌다 기울인다는 건 어쩌면 사랑이로구나. 사랑도 기울어져야 비로소 생기는 것. 딱 반이면 너는 너대로 나는 나대로 살게 된다. 사랑 없이 사는 건 사는 게 아니라는 자칭 사랑주의자 말에 따르자면 기울어지는 것이 사는 것일까?

　제3부 나무처럼 해처럼

관계하지 않고 사는 각자도생(各自圖生)의 관계. 그걸 굳이 관계라고 칭해야 한다면 말이다.

날은 날로 봄으로 향하는 2월 하순. 아파트 동과 동 사이로 햇볕이 드는 쪽은 노란 산수유가 불을 켠 듯 환하고 따뜻하다. 볕을 향해 한껏 위로 가지를 편 다른 나무들이 봄에 복종하는(수그리는) 몸짓을 한 채 미동도 하지 않는다. 아파트 벽에 기대듯 심은 플라타너스는 볕을 단체 관람하듯 손을 앞으로 나란히 뻗은 모습이다. 뿌리가 얕아 옆으로 넓게 벌리지 못하고 위로 쭉쭉 뻗는 플라타너스의 큰 키는 서로에게 기대지 못한다. 벽 쪽 가지는 칼로 자른 무우인 듯 잔가지만 듬성하다. 기울이는 것은 어쩌면 목숨이로구나, 생명이로구나.

건강의 비결이라며 뒷짐 지기 자세로 걸으라는 말이 회자된다. 뒷짐 지기는 앞으로만 쏠린 자세를 바로잡기에 좋은 자세다. 양옆 어느 쪽으로도 기울어지거나 치우치지 않은 자세다. 앞으로 쏠리거나 그렇다고 뒤로 젖혀지지 않을 수 있는 뒷짐 지고 걷기는 몸 건강에 좋을 뿐 아니라 마음 건강에도 좋다. 한발 물러나야 상황이 제대로 보이기 때문이다. 물에 빠진 이를 건지려면 무작정 뛰어들기보다 먼저 줄을 던져 주는 것이 상생에 더 나을 수도 있는 것과 같은 이치랄까.

외줄 위에서 걷거나 재주 부리는 것이 구경거리가 되는 이유도 줄 위에서 넘어질 듯 균형을 잡고 어느 쪽으로도 기울어지지 않기 때문이 아니더냐? 구경꾼의 발에서도 쥐가 날 것 같고 외줄에 올라탄 사람이 지인이 아닌데도 손을 움켜쥔다. 외줄 위의 사람은 구경꾼의 그 긴장을 먹고 기울어지지 않을 수 있는 건지 모른다. 외줄 위에서 균형을 위해 발에 복종하는 팔의 움직임에 주목해 보았는가. 평균대 위에서 균형을 잡는 것, 그 위에서 한 바퀴를 돌아 다시 제 자리에 서 팔을 양쪽으로 벌리는 등 각종 자세는 발의 균형으로 보이지만 팔의 균형이기도 하다. 다리와 팔이 서로를 믿고 기대기 때문이 아닐까.

곡식이나 다른 무엇을 페트병에 덜어 넣을 때 쓰는 깔때기는 양쪽 주둥이의 크기에 주목하기 마련이지만 기울기의 차이가 아니라면 별무소용인 물건이다. 비슷한 크기의 주둥이에서 물 따위를 나눠 담을 때 필요한 자세 또한 기운 정도이다. 샴푸나 기름 같은 액체류를 옮겨 담을 경우 덜 때 위에 있는 용기를 아래 그릇에 기울여 두면 다른 일을 하는 동안 마지막 한 방울까지 옮겨진다. 서둘지 않아야 가능한 일이 있다는 사실을 알게 된다. 기울인다는 것은 이럴 때는 시간이요, 알뜰함이다.

집중, 열정 등에 관심이라는 기울임을 더한다면 더 사랑하거나 더 생각하는 쪽이 을인 관계가 좀 더 부드러워지지 않을는지. 을인 상태를 억울해하면서도 너무 빨리 가려고 나를 너에게 강요한 것을. 내 감정을 너무 우겨 버린 것을, 목적지만을 위해 과정을 외면해 온 것을 이제야 깨닫는다. 너의 보이지 않던 기울어짐이 겨우 보인다.⊛

길

선 채 규

길은 어디에도 있고 어디에도 없다.

기어 다니다가 일어서서 걸음마를 뗄 무렵 길은 안방 안이 전부였다. 차차 자라면서 마루로, 마당으로 길어져 갔다. 가보니 길 속에 길이 있었다.

초등학교 때 길은 보리밭이랑 사이 오솔길 섶에 있었다. 욕심이 없어 근심이 없던 그 시절. 풀밭에 누우면 흘러가는 구름에게도 길이 있었다.

이십 대[弱冠]의 길은 마구 휘저어버린 물감 같았다. 도대체 색깔이 무엇이 무언지 보이지도 떠오르지도 않았다. 그냥 회색이었다.

사십 대[不惑]부터 길은 오르막도 내리막도 없어졌다. 그냥 편하게 누워 있었다.

욕심을 놓으니 길도 평평해지는 것인가. 지천명[知天命] 오십이 넘자 길은 없어졌다. 어디든지 가면 길이요, 멈추면 벌판이었다. 누우면 요람이었다.

제3부 나무처럼 해처럼

어릴 적 해 질 녘이면 뒷산에 올라 그림을 그렸다. 파란 서해(西海)가 끝 간 곳 없이 펼쳐져 있었다. 들판은 초록색, 노을은 붉은색. 먼 산은 군청색. 딱 세 가지 색깔로 세상을 표현할 수 있었다.

엄마에게 혼나고 난 해 질 무렵, 먼 산을 청대독색으로 그리며 나는 그 길을 따라 한없이 가고 싶었다. 하늘에도 길이 있어 비행기가 난다는 걸 어릴 때는 몰랐다. 온 하늘이 비행기의 길인 줄 알았다. 비행기는 밑에서 쳐다보는 이들의 선망 어린 눈길을 모른다. 흰 비행운을 꼬리에 매달고 가는 제트기만 바라보았다.

모든 길에는 종착지가 있다. 꽃의 길은 잎이요, 종착점은 열매이다. 꽃은 열매 맺는 가을을 위하여 온몸으로 여름 땡볕이며 소나기, 우박, 가을 산들바람을 맞는다.

종종 길을 잃어버릴 때가 있다. 젊을 때는 자주 길을 찾지 못하고 헤맸다. 때로는 갈림길에서 한참을 망설이기도 했다. 또 잘못 갈 때도 있었다. 그때는 길을 돌아서 가야 하나. 왔던 길을 돌아가야 하는가를 고민했다. 가다가 되짚어 오면 피로가 두 배로 누적된다.

길을 가다 보면 자꾸 옆길이 보인다. 그 길엔 사과도 열리고 벼도 익는다. 그런데 내가 가는 길엔 안개만 무성할 뿐 아무것도 보이지 않는다. 아무래도 길을 잘못 선택한 것 같다.

때로 눈길을 걷기도 하고 빗속을 가기도 한다. 그래도 묵묵히 간다. 나에게 주어진 나의 길이기에. 떨쳐도 따라오는 그림자 같기에.

선채규   *277*

한때는 길은 무작정 위로 올라가야만 되는 것으로 알았다. 차차 길이란 꼭 올라가야만 되는 것인가 하고 회의가 생겼다. 굳이 정상을 정복해야만 되는가. 산 중턱에서도 얼마든지 아래를 조망할 수 있지 않은가. 중도 포기자의 변명일까?

　길을 간다. 때론 눈길을, 때로는 꽃길을. 어떻게 삶이 라일락 피는 향기로운 꽃길만임을 기대하는가? 얼어붙은 동토일 수도 있고 눈보라 치는 혹한의 길일 수도 있지 않은가. 다만 나에게 주어진 길이기에 보듬고 쓰다듬으며 갈 뿐이다.㊍

인연의 무늬

송 영 호

　섣달 그믐날의 산사는 청량한 햇살로 가득하다.

　언젠가 두 손 모은 채 마주친 노스님의 손길인가. 이 끝에서 저 끝까지 쓸어오고 쓸어간 대웅전 앞마당의 비질 자국이 토기의 빗살무늬처럼 고르다. 내 마음도 이처럼 비질할 수는 없을까. 단정하기가 금방 감아 빗은 머릿결 같아 차마 밟기 어렵다.

　어미의 무릎에 엉덩이를 들이밀듯 불모산 기슭에 기대앉은 곰 절은 웅장하지 않아서 도리어 다정하다. 천년의 햇살과 비와 바람을 머금어 이제는 기력이 다한 문살이며 곰 전설을 낳은 서까래가 더없이 친근하다.

　이따금 나만의 시간이 필요하면 이곳 곰 절을 찾는다. 대개는 청아한 예불 소리에 마음이 가벼워져 돌아서지만 그 얼마간의 시간이 안겨주는 의미는 크기만 하다. 나를 돌아보는 시간인 것이다. 옷깃이 스치는 우연까지 생의 인연으로 꼽는 불교의 교리에 따르면 곰 절과의 만남은 십 년을 거듭해온 깊은 인연의 고리에 이어져 왔다.

인연이란, 바람결에 떠다니다 물 위에 내려앉은 먼지 한 알갱이가 그 우연한 만남으로 물과 융합되는 또 다른 이름이 아닐까.

이곳을 찾을 때마다 나는 '곰 절'이라는 이름의 물 위에 내려앉은 한 점의 먼지 알갱이가 된다. 내가 '곰 절'에 침전될 때면 마음을 가리운 이물질은 모두 소멸되고 정화된 알맹이만 오롯이 가라앉게 된다. 하지만 오늘은 함께 있어 줄 사람이 있었으면 좋겠다. 마주 보며 두런두런 이야기 나누고 싶다.

아침부터 마음이 울적했다. 사람은 저마다 혼자라는 생각이 들어서다. 어머니가 가시자 나는 혼자가 되었다. 어머니의 떠남을 이별로 인정하기에 수년이 걸렸다. 몸도 마음도 굳어지는 듯했다. 모체와 떨어져 혼자됨은 슬프고도 외로운 일이었다. 이제, 어머니의 빈자리를 돌아볼 줄 알게 된 나는 찬물에 담금질한 쇠붙이마냥 어떤 아픔도 이겨낼 수 있으리란 믿음을 스스로 다져왔다.

연로하신 시어머니께서 시한부 선고를 받고 말았다. 담금질의 온기가 채 식기도 전이었다. 내가 마음을 잡지 못할 때 어머니를 자청하던 남편의 약속이 귓가를 맴돌 뿐 큰 위로가 되지 못했듯이 남편 또한 내가 나누어 가질 수 없는 슬픔에 빠져 있다.

이별은 갑자기 이루어져야 그 슬픔이 가볍겠다. 예고된 이별에의 무력함은 이별을 더 무겁게만 한다. 남편이 잠 못 들고 뒤척일 때, 시어머니의 옷가지를 끌어안고 소리 죽여 올 때, 존재의 무력함에 견딜 수가 없다. 이렇듯 혼자임을 깨닫게 될 때 나는 버려진 듯 쓸쓸하다. 마음이 쓸쓸해지면 고향 친구들이 가슴에 들어와 앉는다.

전화를 받을까? 주머니의 동전을 모으며 전화박스를 향하는데, 순간 '쨍!' 햇빛 떨어지는 소리가 두 귀를 울린다. 샛노란 전화박스에 떨어지는 햇빛 소리. 눈앞이 노래진다. 텅 빈 전화박스도, 햇살 가득한 대웅전 앞마당도, 동전을 든 내 손바닥도 온통 노란색이다. 허전한 마음에 먼 데 하늘을 보니 하늘도 노랗다. 외로움의 빛깔은 노랑일까?

살아가는 동안 나에겐 어떠한 만남과 이별들이 주어지려나. 참으로 아쉬운 만남을 가진 일이 있다. 오랜 병간호로 지친 모습이지만, 맑디맑은 눈을 가진 여인과 일주일 동안 한 병실에서 지냈다.

자신의 사랑이 극진하지 못해서 남편의 건강이 악화되었다며 자신을 또데기(바보)라고 부르라던 여인. 시어머니의 침상과 그녀 남편의 침상이 나란히 놓인 병동 중환자실에서 마주했던 그녀의 눈빛은 맑음, 그것이었다. 혼탁해진 내 마음을 헹구어 낼 수 있는 깊디깊은 맑음이었다. 병약한 남편을 공경하는 일 외에는 어떤 희망도 품지 않는, 순수한 사랑에 빛이 있다면 바로 그 눈빛이 아닐까. 그녀의 눈빛은 무엇과도 견줄 수 없는, 아침 햇살을 등 뒤로 받으며 회진 중인 의사의 흰 가운과도 비교할 수 없는 순결 아니, 거룩

송영호

함이었다.

밤샘하고 난 아침에 그녀와 차를 나누게 되면 나는 몇 번이고 손거울을 들여다보아야 했다. 세면대의 거울을 닦아내기도 했다. 찬 서리 내린 어느 이른 아침, 영안실로 들어서는 그녀의 흰 옷자락을 끝으로 우리의 만남은 끝이 났다. 서로의 이름도 모른 채였다.

그녀처럼 또데기라는 이름을 가지면 그 눈빛을 닮을 수 있을까.

그녀는 모시 손수건이었다. 모시 손수건은 그 품위가 절로 우러나지만 다가가면 구겨질 것만 같아 바라보는 것으로 자족해야 할 만남이다. 사모의 정이 깊을수록 멀리하라지 않았던가. 나로 인해 그녀의 세계가 어지럽혀질까 조심스러운 마음자리가 작지 않았던 것이다. 모시 손수건은 간직하는 것만으로도 그리운 기쁨이 아니랴.

나의 인연 엮어내는 솜씨는 서툴다. 늘 주변을 겉돌 뿐, 나처럼 마음 여는 방법을 모르는 사람은 한발 물러서서 바라보아야 인연을 더 곱게 간직할 수 있겠다. 서툰 솜씨로 매만지려 들다간 금이 가기 십상인 것이다.

반면, 30년 지기 옛 친구들은 얼굴을 마주 보지 않아도 곁에 있는 듯 마음이 놓인다. 나를 합해 넷이 모두인 우리는 하루나 이틀쯤 함께 지내는 것으로 그동안의 그리움을 삭힌다. 한 해에 한두 번 만남의 날이 정해지면 그 순간부터 내 마음은 구름이 된다.

그들은 곰 절의 낡은 불화처럼 익숙하다. 오래된 자리옷처럼 배김 없이 편안하다. 내게 그들이 있는 것만으로 나는 어떤 의기소침한 일일지라도 위로받는다. 있는 그대로 마음을 내보여도 흉이 되지 않는 만남이다. 공연히 응석이라도 부려보고 싶은 육친 이상의 든든함이다. 그럼에도 나는 외롭다는 투정을 달고 다닌다. 정작, 바보가 따로 없다.

이다음 내 가슴에 새겨질 인연의 문양은 어떤 모양일까.

만남의 물에 거듭해서 가라앉힌 앙금들이 굳어질 대로 굳어져 인연의 무늬가 선명하게 간직된 화석이 되려면 얼마만큼의 노력이 필요할까.

사람과 사람 사이가 어려운 건 화석이 되기까지의 과정이 아닐까. 물의 깊이가 얕으면 얕은 만큼 작은 충격에도 흔들려 앙금을 가라앉히기가 어려울 게다. 옛 친구를 흠모함은 물 깊음에서 연유되지 않으랴.

오랜 시간으로 가라앉힌 앙금을 마침내 어떤 충격에도 흔들림이 없는 화석으로 굳히려면 간혹 비바람을 만나기도 하겠다. 그렇게 바람이 흔들어 놓은 부유물을, 비가 건드린 앙금을 가라앉히는 일이 거듭되면 나는 인연 맺음에, 마음 정화시킴에 더 익숙해지기도 하겠다. 거듭 다져진 앙금은 결이 곱고 층이 두터워서 행여 금이 감을 염려하지 않아도 좋으리라.

송영호

남편과의 문양은 손과 손을 깍지 낀 무늬였으면 좋겠다. 또 우리 네 사람의 마음과 마음이 포개진 우정의 무늬가 가슴마다 선명하게 아로새겨졌으면 좋겠다. 친구들과의 통화는 다음으로 미루었다. 남겨둠이란 그리움의 연속이다. 그리움이 있어 나는 행복하다. 그러나 지금 나는 혼자이다.

뺨을 스치는 찬 바람에 옷깃을 여미는데 '찰그랑!' 처마 끝의 풍경이 목이 메인다.⊛

낯선 길

안 순 자

산에 오르면서 편한 길을 택할까 아니면 조금 힘들어도 오르막을 택할까 잠시 망설일 때가 있다. 작정하지 않고서는 대체로 힘든 길을 일부러 골라 오른 경우는 없다. 늘 가던 안전한 길을 무심코 택해 걷는다. 풀이 우거져 길이 거의 나지 않는 숲길을 문득 걷고 싶은 유혹이 없는 것은 아니다. 로버트 프로스트의 「걸어보지 못한 길」의 시 구절처럼 매번, 다른 날 한 번 걸어보리라 마음만 먹는다.

우리의 삶에도 어떤 선택의 기로에 놓이는 경우가 있다. 여러 가지를 동시에 취할 수 없기에 오로지 하나만을 선택해야 하는 고민이 있다. 인적이 드문 길을 택할 때는 모험심과 용기가 필요하다. 대체로 사람들은 미리 길이 닦인 안전한 곳을 찾기 마련이다. 평탄한 길은 실패의 확률이 낮거니와 많은 사람들이 다녔기 때문에 의심 없이 받아들인다. 또 혼자가 아니기에 외롭지 않다.

간혹 새로운 인생을 경험하기 위해서 또는 다채롭고 풍부한 삶을 원하는 사람은 험난한 길을 선택하기도 한다. 안정된 삶이 눈앞에 있는데도 먼 길을 택하는 사람은 그만큼 자신감과 개척 정신이 강하다고 보겠다.

딸이 캐나다로 떠난 지 벌써 8년이 지났다. 딸이 프로스트의 시를 읽었을까? 사람이 덜 밟은 길을 택했다. 엄마인 나는 암담하고 두렵기만 한데, 딸은 아는 이 하나 없고 한 번도 가 본 적도 없는 낯선 곳으로 희망과 꿈을 안고 갔다. 거기서 취업을 했다.

공부를 계속하고 싶어하는 딸의 마음을 알기에 공부할 수 있게 지원해주겠다고 했다. 딸을 멀리 보내지 않으려고 부모로서 할 수 있는 마지막 카드였다. 달콤한 제안이고 순간 흔들리긴 했지만 나중에 후회할 것 같다면서 거절했다. 훗날 자기 힘으로 공부하겠다는 거였다. 당차게 거절하는 딸이 내심 믿음직스럽기도 했다. 딸의 잠재력을 믿기로 했다. 정신적으로는 벌써 독립을 한 셈이니 긍정적으로 생각하자고 마음을 다독였다.

16세 때 내 곁을 떠나 한창 예쁘고 싱그러운 시절의 딸의 모습을 놓쳤다. 손가락으로 셀 정도의 횟수로 겨우 보았으니 볼 때마다 아쉽고 목말랐다. 객지에서 혼자 무얼 해 먹고 살까 싶은 걱정과 딸과 엄마가 함께 나눌 수 있는 아기자기한 재미를 누릴 수 없어 우울한 한때를 보냈다. 그러나 딸의 미래를 위해서라면 못 참을 것도 없다 싶었다.

가까이 지내던 문우가 KOICA 단원으로 페루로 또 떠난다고 한다. 그 말을 듣는 순간 그녀에게서 내 딸의 모습이 투영되었다. 굳이 떠나고 싶은가. 무엇을 위해서인가. 사랑하는 가족과 함께 보내는 시간보다 소중한 것이 무엇인가 하는 마음이 불쑥 들었다. 딸을 향한 화살이 방향을 틀어 그녀에게 날아갔다. 딸은 자신의 행복을 위해 떠난다고 했다. '내가 어디에 가야 기분이 좋을까. 내가 뭘 해야 행복할까?'를 수없이 고민한 끝에 내린 결론이라 했다. 우즈베키스탄에서 2년 넘게 있었던 문우도 봉사단원의 이름으로 또 가족 곁을 떠나지만, 궁극적으로 사람은 행복을 추구하기 마련이니 행복하기 위해 내린 결정 아니었을까.

분명 누군가의 부름이 있었을 것이다. 아니 자신의 내면의 부름이라고 생각된다. 주어지는 운명이 아니라 스스로 자신의 운명을 만들어 가는 힘이 그녀에게 있었다. 장벽을 이겨나가는 힘과 자신이 가진 잠재력을 발휘하고 저력을 발견할 수 있는 기회를 스스로 만든 것이다.

문학은 익숙함이 아닌 낯설게 하기다. 문학을 통해 상상력을 키우고 도전의식을 배운다. 나는 문학을 하면서도 내게 주어진 이 자리, 안정이 보장된 지금의 삶을 벗어나지 않으려 움켜쥐고 있다. 어떤 돌발상황이 일어나면 불안하다. 현실에 안주하지 않고 자신을 실험할 수 있는 공간에 몸을 과감하게 던진 그녀 그리고 내 딸. 사람들이 많이 다닌 평탄하고 안전한 길을 마다하고 뱀이 나올지도 모를 숲이 우거진 길을 선택한 그녀들이야말로 문학적인 삶을 살

안순자

아내는 것이 아닌가 싶다.

　나는 딸에게 그물에 걸리지 않는 바람처럼, 무소의 뿔처럼 씩씩하게 가라고 응원한다. 오랜 세월이 지나, 안락한 삶에 만족하지 않고 낯선 길을 선택한 자신의 판단으로 운명이 달라졌음을, 그래서 오래 충만하고 행복한 삶을 살았노라 회상하기를 바라는 마음이다.⊛

감자 칼

윤 미 향

　서랍에서 감자 칼을 꺼낸다. 새것이 두 개나 더 있다. 그래도 손에 잡히는 것은 언제나 헌 것이다. 빛은 잃었지만 행색은 여전히 반듯하다. 오일장에 갔다가 온갖 잡동사니가 널려있는 난전에서 용케 발견했다. 칼도 나도 반짝반짝 윤이 나던 시절이었다. 이제 저도 낡고 나도 늙었다.

　사각사각. 투박한 껍질이 뽀얀 살에서 분리되기 시작한다. 또각또각. 길쭉하게 홈이 난 칼날이 감자를 내려칠 때마다 신음한다. 소리가 겹치니 난생처음 듣는 의성어다. 귀를 모은다. 섬세해진 청각이 조금씩 소리를 분별한다. 감자는 감자대로 칼은 칼대로 사각사각 또각또각. 제각각 부르고 있는 삶의 노래가 경쾌하면서도 애달다. 같은 무게라도 짊어진 느낌은 저마다 다를 것이다.

　칼은 무딘 듯 날카롭다. 무딤과 날카로움이 공존하지 않으면 껍질은 얇고 고르지 못할 테다. 어떤 장인이 포를 뜬들 이처럼 날렵하고 매끈할 수 있을까. 무심히 삐지는데도 두께가 한결같다. 생감자는 껍질과 살의 경계가 모호하다. 껍질에 붙으면 껍질, 살에 붙으면 살이니 운명은 칼에 달렸다. 새 칼이었다면 마냥 날카롭기만 해서 도량 없이 멀쩡한 살을 뭉텅뭉텅 발라버렸을 것이다. 재주는 있는데 덕은 없어서다.

날카로움의 목적은 베는 데 있다. 끝을 보는 것 말이다. 차갑지 않으면 꿈을 이룰 수 없다. 주저 없이 감자를 내려쳐야 한다. 하지만 방점이 목적에 찍히면 과정은 희생될 수밖에 없다. 살의 손실이 불가피하다. 정상만 바라보며 서둘러 걷다 보면 바람과 나무와 새의 노래를 놓칠 수 밖에 없다. 단숨에 무엇을 벤다는 것은 분명 능력이지만 지나치게 벼린 날은 성과뿐만 아니라 깊은 상처도 함께 남길 것이다.

무딤은 과정이다. 망설임이다. 자신의 무능을 알기에 앞으로 나가는 것을 주저함이다. 자르는 것도 문제지만 어떻게 자르는가는 더 복잡한 과제일 것이다. 혹여 감자 살을 낭비하지 않을까. 껍질이 들쑥날쑥 고르지 못하면 어쩌나. 주제넘게 능력 밖의 일을 탐내는 것은 아닌지. 하지만 무딤에 길들면 자신이 멈춰 있다는 사실을 깨닫지 못한다. 무뎌도 칼은 칼이고 베는 게 운명이다. 앞으로 나가지 않으면 썩은 감자 한 알도 끝내 벼리지 못할 것이다.

낡은 감자 칼은 지금 날카로움과 무딤의 경계에 있다. 무딘 듯 날카로운 게 아니라 적당히 날카롭고 적당히 무디다. '적당히'라는 말은 얼핏 대충이나 어중간 또는 불확실처럼 표현이 애매하다. 결과가 이래도 그만 저래도 그만인 듯하다. 하지만 '네가 적당히 알아서 해라'라는 말을 들으면 바짝 긴장하지 않을 수 없다. 더도 말고 덜도 말고 딱 적당하기가 말처럼 쉽지 않기 때문이다. '적당히'라는 최상의 결과를 도출해내려면 오랜 시간에 걸쳐 체득한 경험치가 산적되어야 가능한 일일 테다.

칼이 춤춘다. 나는 그다지 애쓰지 않는데 저 혼자 척척 감자 껍질을 도려내는 솜씨가 여간 아니다. 껍질의 두께와 길이가 한결같으니 예술이 따로 없다. 무딤은 날카로움의 오만을 다스리고 날카로움은 무딤의 서툶을 격려한다. 재주가 높으면 자만하고 겸손이 지나치면 안주하기 쉬울 테다. 그런 미망쯤 진즉 넘어섰다는 듯 칼은 능력을 함부로 휘두르지 않고 단점을 장점으로 끌어올리고 있다. 비로소 넘치지도 모자라지도 않는 적당함의 경계를 찾은 듯하다. 경지에 오른 것이다.

감자 칼은 보통 나뭇가지로 만든 새총 모양새다. 알파벳 Y자를 닮기도 했다. 하지만 내가 쓰고 있는 이 칼은 드문 일자 모양이다. 칫솔 길이쯤으로 절반은 손잡이고 나머지는 칼날이다. 새총을 닮은 칼은 위로도 밀고 아래로도 밀 수 있는 대신 손목이 약간 비틀린다. 일자 칼은 위로는 안 되고 아래쪽으로만 밀 수 있지만 손목이 꺾이지 않아 편하다. 힘의 세기를 조절하기 쉽고 간편해서 만만하게 사용한다. 생김새가 쓰임율을 높여 고수가 되는 데 한몫하고 있다. 날카롭거나 무디기만 하면 마뜩잖아 손이 잘 가지 않는데 적당히 날카롭고 적당히 무디니 정년이 지나서도 여전히 이곳저곳 불려 다니기 바쁜 실력파다.

　미련하게 높이 오르는 것만이 최선인 줄 알았다. 중간을 향해 위에서는 아래로 내려가고 아래에서는 위로 오를 수도 있음을 깨닫는다. 어쩌면 정상에 닿기보다 중간지점을 찾는 게 더 어려울지 모른다. 지나치거나 모자라지 않기가 말처럼 쉽지 않은 탓이다. 똑같이 출발했는데 칼은 곧 도착하겠고 나는 아직 갈 길 멀다. 안타깝게도 칼의 시간과 나의 시간이 다르게 흐르고 있다.ⓚ

나무처럼 해처럼

윤 은 주

목향수필문학회 가입한 지 15년 여의 시간이 흘렀다. 문학회 결성 당시부터 함께했던 선배 동인들에 비할 바 없지만 그래도 헤아려보니 결코 짧다 할 수 없는 시간이다. 문단 생활을 하면서 여러 문학단체에 가입해 활동하게 됐다. 그래도 유독 목향에 애정이 깊은 이유는 등단 후 가입한 첫 동인회이자 내 수필 쓰기의 스승이신 정목일 선생님의 제자들 모임이기 때문이다. 말하자면 목향수필문학회는 내 문학의 출발지인 셈이다. 2008년 경남문학관 문예대학을 수강하면서 정목일 선생님께 수필 수업을 받고 등단했지만 사실 선생님과의 인연은 훨씬 더 오래전부터 시작됐다.

1984년, 경남대학교 국어국문학과에 입학해서 학보사 수습기자가 됐다. 지금은 학보사 지원자가 없어서 학생기자 구하기가 꽤 어렵다는데 우리가 대학 입학했던 당시는 입사 경쟁이 치열했다. 지금도 그때 면접에서 선배 기자가 '봉기(蜂起)'의 뜻을 물었는데 몰라서 당황했던 기억이 난다. '벌떼처럼 들고일어난다'는 뜻은 몰랐지만 어쨌든 나는 합격했다. 새벽마다 별 보며 등교해서 라면으로 첫 끼니를 때우는 수습의 생활은 고단했지만 우리에겐 고단을 느끼는 마음조차 사치일 만큼 바쁘고 분주했다.

수습기자는 막일꾼으로 선배들이 시키는 일은 뭐든 해야 됐는데 가장 중요한 임무는 교정이었다. 지금이야 컴퓨터로 편집한 화면을 출력하면 신문이 완성되지만 당시는 달랐다. 학생기자가 원고지에 기사를 써서 신문사로 보내면 그곳에서 조판공들이 신문틀 안에 지정한, 다양한 크기나 모양의 활자를 하나하나 모아서 지면을 완성했다. 그야말로 수제 신문이었던 셈이다. 각양각색의 금속 활자가 빼곡한 방에서 조판공들이 신기에 가까운 솜씨로 활자를 찾아내는 것을 바라보며 감탄했던 시절, 열아홉 살의 파릇한 나이에 정목일 선생님을 만났다.

그때 신문사의 문화부장으로 근무하던 선생님은 이미 기자로, 그리고 수필가로 명망이 높았다. 그러니 학보사의 수습기자들이 얼마나 어설퍼 보였을까, 그래도 신문이라는 매개체로 연결되어서인지 우리에게 다정하고 친절한 선생님이 되어주셨다. 모르는 것은 언제든 물으라 하시고 때로는 기사 쓰는 법, 글쓰기의 방법 등에 대해서도 짧은 조언도 해 주셨다. 감사한 마음을 담아 보낸 연하장에 답장으로 주신 카드를 지금도 나는 가지고 있다. 하지만 그때의 인연이 오래 이어지지 못했던 것은 내가 학보사를 그만두었기 때문이었다. 학생회 활동을 하면서 소위 운동권 학생이 되면서 글쓰기에서 멀어진 탓이 컸다.

오랜 시간 뒤, 우연히 참석한 문학 모임에서 정목일 선생님을 뵙고 인사를 드렸더니 뜻 밖에도 기억해 주셨다. 25년 여의 시간은 많은 것을 변화시켰다. 그사이 나는 책 읽기와 글쓰기를 가르치는 일을 했고 문학에 대한 갈증도 커졌다. 그랬기에 그 만남이 더욱 반가웠다. 선생님은 경남문학관에서 열리는 문예 대학을 안내해 주면서 수강을 권하셨다. 그 즉시 등록하여 수필 공부를 시작했다. 논술 가르치고 쓰는 일을 오래 해서 문학적 감수성이 담긴 글을 쓰는 것이 쉽지는 않았지만 열심히 배웠고 선생님의 도움을 받아 등단도 했다. 등단 후에 곧바로 목향수필문학회원으로 추천해 주셔서 동인이 되어 매달 합평 모임을 하고 있으며 문학회장까지 맡았으니, 이 인연이 어찌 특별하지 않을까.

별로 말씀이 없고 과묵하신 선생님께 언젠가 뜻밖의 선물을 받았던 적이 있었다. 미국에 다녀오신 뒤에 귀걸이 두 쌍을 선물로 주시기에 넙죽 받았더니 선물 주시고도 쑥스러우셨는지 여행에 동행했던 나태주 선생이 귀걸이를 사길래 따라 사 봤노라는 설명까지 덧붙이셨다. 장신구를 별로 즐기지 않고 또 내겐 어울리지 않아서 한 번도 착용하진 않았지만 주신 그 마음만은 곱게 받아 지금도 간직하고 있다.

木日이라는 필명이 참 어울린다는 생각을 했는데 이메일 주소도 그 이름을 그대로 풀어서 '나무와 해'라는 주소를 쓰신다. 대기의 생명력을 한껏 품고 있는 나무와 해처럼 그렇게 수필가들의 탄생과 성장을 도운 선생님이시니 그 필명은 선생님 자신을 가장 축약적으로 보여주는 말인 듯하다.

목향수필문학회는 이제 해의 생명력을 듬뿍 받은 나무처럼 든든히 커 가는데 언제나 그 자리에 계실 것 같았던 선생님은 기력이 쇠해 모습과 생각이 예전 같지 않으시다. 선생님이 참석하지 못하시는 목향회는 한 조각을 잃어버린 동그라미처럼 그렇게 허전하고 뭔가 부족한 것 같다. 하지만 세상에 무엇이 영원하랴. 모든 것이 지나가는 과정일 뿐, 하지만 지나간다고 다 사라지는 것은 아니다. 작가인 우리들은 사라지는 것들의 흔적으로 글을 빚고 예술을 창조한다. 나에게 글로써 영원히 남는 길을 가르쳐주신 선생님을 오래 기억하리라. ⓀⓀ

산귀래별서(山歸來別墅) 단상

이 동 이

　지난밤부터 줄기차게 내리던 비는 다음 날 아침이 되어도 그치질 않는다. 오후에 있을 행사에 차질이 생길까 우려된다. 어차피 내릴 양이면 오전 내 잔뜩 내리고 스승의 문학비 제막식 전에는 쾌청했으면 좋겠다.

　이른 시간 배웅에 나선 분의 우산 속에서 느긋이 버스에 오르는 스승의 모습은 마치 무성영화의 한 장면 같다. 엷은 미소만 지을 뿐 엄숙하다. 딱히 말하지 않아도 무언으로 통하는 눈빛, 그 은은함이 따스하다.

　좀처럼 멈추지 않을 것 같던 비는 먼 길 따라오다 지쳤는지 내 주문이 먹혔는지 어느 틈에 꼬리를 감추었다. 양쪽으로 서서 길을 열어주는 벚나무와 느티나무가 비 그친 뒤라 더욱 싱그럽다. 모처럼의 봄나들이에 기분이 고조된 탓일까. 장장 네 시간의 지루함도 잊는다. 양평으로 가는 길은 멀었다. 목왕리 골짜기는 그보다 더 멀고 깊었다. 구불구불 이어진 길은 산으로 깊숙이 흘러갔다.

　정갈한 숲에서 내뿜는 냄새는 향기롭고 달았다. 흐르는 냇물조차 정겹다. 황순원 소설 「소나기」의 배경이 된 곳을 스치듯 지나 가자 소녀를 업고 내를 건너던 소년의 달뜬 미소가 떠올라 얼굴이 붉어진다. 이 나이에 가슴이 뛴다면 심장병이 아니냐는 우스갯소 리를 들었지만 그들의 순진무구함은 오랜 세월이 지나도 변치 않 나 보다. 골짜기에서 피어오른 물안개는 능선을 타고 온 산으로 번 져간다.

산귀래별서로 오르는 길은 야생화 꽃길이다. 선뜻 부는 바람결 에도 향기가 묻어났다. '산귀래'는 망개떡에 사용되는 청미래덩굴 의 옛말로 산으로 돌아간다는 뜻이고, '별서'는 별장을 겸한 농막 의 옛 이름이다. 이름이 가진 의미대로 자연의 품을 온전히 내준다. 둔덕마다 알록달록한 꽃들의 향연이 펼쳐지고 초록 생명들도 자리 잡는다. 잔디의 폭신한 질감과 풀의 기운들이 발끝으로 전해오자 온몸에 푸른 물이 돌아 나도 한 가닥 풀잎이 된다.

복사꽃은 저 홀로 농염하고 조팝나무는 순백의 옷을 걸쳤다. 봄 비에 불쑥 자란 풀은 꽃나무 밑을 치받으며 오른다. 양귀비와 달맞 이꽃이 이웃해 있고, 적당한 곳에 질펀하게 앉은 비비추와 호스타 가 멋스럽다. 금낭화와 초롱꽃은 무리 지어 있을 때 더 생기가 난 다. 아직 꽃 피우지 못한 야생화가 조바심을 치는지 땅심이 느껴진 다. 저마다의 소리 없는 몸짓이 역동적이다.

들머리에서 보았던 은발에 분홍색 롱드레스를 입은 분이 환한 미소로 반겨 준다. 단아하고 고운 모습에서 들꽃과 함께한 세월을 읽는다. 그분은 오래전부터 농원을 운영하며 그 수익금으로 문학상과 문학비를 세웠고, 수필문학인들의 자존을 높이는 일에 열정을 쏟은 박수주 여사이다. 일 년 중 봄에 하는 이 행사는 올해 11회를 맞이했고, 세 번째 문학비의 주인공은 정목일 스승님이 되셨다. 삶의 의미와 가치를 수필문학 정진에 두고 몸소 실현하고 있는 그분의 고결한 정신은 현재 진행형이다.

문학상 시상식과 시낭송에 이어 양지바르고 편편한 곳에서 제막식이 거행되었다. 수필 「아름다운 배경」의 한 부분이 스승의 문학비에 새겨져 있다.

내 삶의 배경이/ 아름다워지길 원한다면/ 먼저 이웃의 삶에/ 아름다운 배경이 돼야 할 것이다./ 나는 어느 누구를 위해서/ 아름다운 배경이 돼보았는가.

정신을 일깨우는 문장에 숙연해졌다. 돌아보면 자신에 대한 성찰보다 원망이 더 깊었다. 평소 내 생활의 원칙을 흔드는 소리에 혼란스러웠고, 착잡한 심정에 말문이 막힌 적이 있다. 누군가에게 아름다운 배경이 되고자 했는데 아니었던 것이다. 배려와 베풂이 능사가 아니었다. 상대의 정확한 마음을 헤아리지 못했다. 혼자만의 착각이었을 시간이 못내 서럽고, 녹록지 않은 인간관계에 회한이 일면서 눈시울이 붉어졌다. 어리석은 자신을 깨치는 소리인 양 구절구절이 가슴에 파고들었다.

새소리에 이끌려 잔디마당으로 나섰다. 전국에서 참여한 생면부지의 사람들과 손 맞잡고 미소를 주고받다 보니 모두가 하나인 공동체로 어우러졌다. 직접 가꾼 나물로 차린 푸짐한 시골 밥상은 서로를 끈끈하게 이어주는 또 다른 사랑이었다. 사람이나 식물이나 생존의 방식은 별반 다르지 않다. 서로의 기척으로 살아 있음을 느끼고 부대낌 속에서 한 단계 더 성숙되고 발전해 가는 것이다.

남은 날들에 향기 한 줌 얹으며 순간을 저장했다. 야생화의 내밀한 속삭임에 귀 기울이고 북받치는 감정을 독백처럼 읊조렸다. 문학이란 씨앗 한 톨로 이루어 낸 수필공원에서 모두가 한마음으로 스승의 노래를 합창했다. 사랑으로 충만한 목소리가 숭고한 아름다움과 고결한 예술혼이 녹아 있는 산귀래별서에 울려 퍼졌다.㉭

터널

이 희 경

    느닷없이 나타난 먹구름이 하늘을 덮었다. 순식간에 물을 폭탄처럼 쏟아붓는다. 운전대를 잡은 손에 힘이 들어가고 재빨리 비상 깜빡이를 켰다. 윈도우브러쉬가 할딱거리며 부지런히 움직여도 앞이 보이지 않는다. 긴장감으로 근육이 경직되는 것처럼 뻣뻣해진다. '지나가는 소나기다 조금만 버티자'라고 중얼거려 보지만 기세 등등한 소나기 앞에 눈을 뜨지 못할 정도로 흠씬 두들겨 맞는 기분이다.

    얼마나 시간이 흘렀을까. 곧추세웠던 신경세포들이 이완되며 온몸이 안도감에 평안해진다. 아늑하고 따뜻한 공간으로 느껴지는 터널이다.

    화창한 날에는 지루하기만 했던 곳, 언제 이 긴 어둠을 지나 밝은 빛으로 나갈 수 있을까. 속도 제한이 없는 곳은 전력을 다해 질주했던 길이다. 고단한 삶이 긴 터널처럼 갑갑하다고 느껴졌기 때문이었을까. 빨리 벗어나 맑은 공기와 밝은 빛을 마주하고 싶었다. 멈추지 않고 달려가면 출구가 있다는 것을 알기에 달리기만 하려고 애썼다. 때로는 깡통 속으로 온몸이 구겨져 들어가는 듯한 폐쇄된 느낌이 싫어 국도로 에둘러 갔던 적도 있다. 터널은 나에게 어둠을 떠넘겼다, 나는 온몸으로 저항하며 벗어나고 싶은 욕구가 강했던 공간이다. 내가 아무리 안전 운전을 해도 어둠 속에서 일어나는 피할 수 없는 사고를 만날까 봐. 또 어떤 장애물이 내 삶에 던져질까 봐. 두려움이었을지도 모르겠다.

터널 안이 밝다. 폭풍우를 지나 들어와서인지 아늑하다. 전등의 불빛이 망망대해의 등대처럼 반짝인다. 차들이 보행하듯 터널을 지나고 있다. 대형트럭, 소형차, 외제 차 모두 비상깜빡이를 켜고 더딘 속도로 간다.

삶이 무너져 동굴에 갇힌 것처럼 느껴졌을 때 빛을 찾아 달리려고만 애썼다.

주위를 살펴볼 여유가 없었다. 터널의 끝이 있다는 것을 깨닫지 못하고, 터널 속에도 빛이 있다는 사실을 알지 못했다. 조급하기만 했다. 열심히 노력하며 살았지만 외롭고 혹독한 삶이라 생각하며 버겁게만 여겼다. 중학생, 고등학생인 두 아들과 시어머니를 뒷바라지하며 학원을 운영했으니 숨이 턱에 차오른 것이다. 타지에서 직장생활하는 남편이 오는 주말은 더 종종걸음을 쳐야 했다.

나의 눈이 세상을 바라보는 시각이 좁았음을 고백한다. 내 삶에 이력이 줄 칸을 메우고 난 지금에야 터널도 안식처임을 알게 된다.

고요히 앉아 있으면 어둠 속으로 들어오는 것들이 더 잘 보인다는 것을…. 이제는 두렵게만 생각되던 터널도 마주하며 뚜벅뚜벅 걸어갈 힘이 생긴다.(木)

아! 꿈이었네

정 영 숙

나는 꿈에 목화밭에서 놀다가 노무현 대통령을 만났다. 인사를 하고 돌아서려고 하는데 대통령이 노래를 한 곡 부르라고 했다. 서슴없이 애창곡 〈가고파〉를 불렀다. 내 노래에 감동한 대통령이 종이에 글을 써 주었는데 내용은 이랬다. 가로세로 줄이 여러 개 그어진 공간에 23, 35, 40, 46, 68, 69라는 숫자가 쓰여 있었다. 나는 그중에 하나를 뽑아 손에 들고 또 노래를 불렀는데 그 가사가 참 재미있다.

피었네 피었네 목화 꽃이 하얗게 피었네/ 한 송이 따다가 울 아들 주고/ 또 한 송이 따서 내 딸 주고/ 일곱 송이 따와서 형제들 주고/ 한 아름 따와서 주고 주고-

아침에 일어나 아무 말 없이 서점에 가서 꿈 해몽하는 책을 읽었다. 뜻인즉, 꿈에 대통령을 만났으면 횡재를 할 것이니 복권을 사라고 쓰여 있었다. 나는 책을 좋아하고 책에 순종을 잘 한다. 그래

제3부 나무처럼 해처럼

서 국민은행에 가서 〈로또복권〉 만 원어치를 샀다. 내 돈으로 로또복권을 사기는 난생처음이라 가슴이 좀 설렜다.

은행 문을 나오는 순간 그 많은 돈 100억은 내 통장에 들어왔다. 온 세상이 내 것이다. 어둠의 도로에 가로등이 환하게 켜 있다. 주눅이 들어 구부러졌던 허리도 뒤로 넘어지려 한다. 아무리 자세를 바르게 하려고 해도 자꾸만 가슴이 뒤로 넘어진다. 내 자세를 보고 사람들이 비죽비죽 웃으며 절을 하는데 기분이 좀 묘(?)하다.

그 기분 때문에 20억은 내가 봉사하는 사랑샘공동체와 교도소, 불우 이웃을 도우니 신문사, 방송국에서 찾아와 사진을 찍어 갔다. 교회 가서 헌금함에 십일조를 무명으로 할까 하다가 아니야, 당당히 이름을 써서 내어야 전 교인들이 깜짝 놀라며 칭찬을 산더미같이 할 것이 아니냐. 그르니 맘먹고 10억짜리 수표를 내자, 라고 생각하며 교회에 갔는데 하나님이 노하시어 받지 않으셨다. 나는 속으로 외쳤다. '옜다! 모르겠다.' 내가 마음이 꺼림칙하여 헌금을 하려고 했는데 안 받아 주니 내 탓이 아니다. 이제부터 내 기분대로 써도 하나님이 봐주겠지, 하고 아들에게 아파트 한 채 큰 것을 사 주었다.

그놈의 아파트. 어떤 정신 나간 사람이 값을 미친 듯이 올렸는지! 아들이 결혼한 지 12년이 넘어도 전세 신세다. 금년에 작은 평수라도 사 볼까 하고 계획을 했는데, 하늘같이 치솟은 가격 때문

정영숙

에 엄두도 못 내고 다시 전세로 살 것을 생각하니 월급쟁이 신세가 뻔하다며, 살 재미를 잃었다고 전화한 아들의 음성이 자꾸 마음에 걸린다.

이때에 에미가 한숨 쉬는 아들과 며느리의 답답한 호흡을 확! 튀어주면 나도 빛나고 아들도 제 아내에게 우쭐할 것이 아니냐. 나도 부동산에 투기를 했더라면 지금쯤 부자가 되어서 아들딸에게 원하는 대로 아파트를 사주었을 것인데, 할 수 있는 기회가 왔는데도 꼬시락이 제 살 뜯어 먹는 짓은 안 한다며 고집을 부리다가 세상 돌아가는 것 보니 약간 후회도 된 터라, 이 바람에 멋지게 사주자!. 불로소득의 부동산 투기나 복권 투기나 그게 그게 아닌가 하고-.

그다음은 딸에게 55평형, 집 없는 형제들에게 35평형, 조카와 손자들 앞으로 25평형을 각각 한 채씩 사 주었다. 또 그동안 마음의 빚을 진 친구들에게 세계여행도 시켜 주었다. 고향에 가서 일가친척들에게 일천만 원씩 쫙! 나누어 주었다. 돈이 없어서 어머니에게 효도 한번 못 한 것이 한이 되었는데 맘껏 쓰시라고 1억을 통장에 넣었다.

주고 주고를 열심히 하다가 달력을 보니 추첨하는 날이 왔다. 두근거리는 심장을 두드리며 텔레비전을 보는 순간 꿈은 공중에서 풍선 터지듯이 꽝! 하고 납작해졌다.

오! 만 원의 꿈이여! 내 비록 너로 인하여 한 주간 부푼 꿈을 꾸며 기쁨과 즐거움의 순간을 맛보았지만 잃은 것이 더 많음을 알았네.

오! 만 원의 꿈이여! 너는 나를 허세의 바람통에 넣어 한 주간을 돌려대며 시험을 한 후, 양심의 저울에 달았구나. 오! 만 원의 꿈이여! 너는 내 머리에 숯불을 얹었구나.

내, 다시는 너로 인하여 허황하고 헛된 꿈에 홀리지 아니하고 하나님이 나에게 주신 대로 받고 살리라 결심하네.(木)

춘설(春雪)

허 모 영

　매화향이 어스름을 타고 분분(芬芬)한 이월 중순. 아직은 차가운 달빛을 안은 밤 매화가 살짝기 몸을 움츠린다. 우수도 벌써 지나 겨우내 얼었을 법한 계곡은 다 풀렸으리라. 지리산 둘레길 채비를 하며 겨울 등산 장비를 넣었다 뺐다 작은 갈등이 오고 간다. 밤이 깊어가자 진눈깨비마저 흩뿌려 마음의 소요는 더 커진다. 아이젠을 챙겨 넣는 것으로 마음을 다잡았다.

　지리산자락은 천지가 눈으로 덮여 별세상이 되었다. 나뭇가지 하나하나마다 소복소복 쌓인 눈으로 모두 하얀색이다. 눈 구경하기 어려운 김해에 사는 일행들의 탄성에 아스라이 쌓인 눈이 떨어질까 염려될 지경이다. 도착지에 주차하고 출발지까지 택시로 이동하는 중에도 비경이 이어지건만 차를 세워달라고 요청할 수 없다. 아쉽지만 차창 밖으로 펼쳐지는 눈 세상을 휴대폰 카메라로 부지런히 담는다. 하산 길에 이곳을 지난다고 하니 나중을 기대하며 산청 운리에서 출발 장소인 성심원으로 향했다.

　덩~ 사르르르. 봄눈이 내리는 소리. 눈송이 하나 지상으로 툭 떨

　　　　　　　　　　　　　　　제3부 나무처럼 해처럼

어지며 맑은 파장을 보낸다. 아, 저기 막 꽃망울 터뜨린 매화 가지. 가녀린 꽃잎을 피해 조심조심 가지에 내려앉는 모습. 사뿐사뿐 세상을 향해 내리는 봄눈의 몸짓은 신비스럽다. 댓잎에도 솔잎에도 꽃잎에도 묵은 나뭇가지에도. 세상을 향하는 신비롭던 풍경은 어느새 사뿐사뿐 경쾌해진다. 겨울눈처럼 얼어서 무게를 더하지 않고 가볍게 미안한 몸짓으로 앉았다가 햇살에 이내 주르르 흘러내리는 봄눈. 황병기의 가야금 연주곡 춘설(春雪)을 들을 때 스며왔던 감정이다. 제목이 좋아 더 좋아했던 연주곡을 지리산 아침재에서 다시 듣는다. 연주는 엄두도 못 내고 이즈음이면 음원으로나마 즐겨 듣는 곡이 다시 울린다.

지리산 둘레길 아침재에서 웅석봉을 오르는 길. 춘설이 솔잎에 하얗게 내려앉아 있다. 머리 위로 햇살 받은 눈 뭉치가 툭툭 녹아 내린다.

"문 열자 선뜻! 먼 산이 이마에 차라."

정지용 시인의 춘설 첫 연이다. 우리 일행은 먼 산이 아닌 산 안에 들어와 철 아닌 눈을 영접하고 있다. 폭격처럼 떨어지는 눈덩이를 피해 우산을 펴 들었다. 땅으로 떨어지자 이내 물이 되어 질퍽거린다. 얼어붙지 않으니 아이젠도 필요 없는 설(雪)산이다. 오르막길을 헉헉대며 우산을 포기하고 등산스틱을 드니 떨어지는 눈에 무방비다. 머리에선 눈인지 땀인지 모를 물기가 연신 줄줄 흐르고

허모영

더딘 걸음에 일행은 점점 멀어진다. 빗금 하나 쳐지지 않은 눈 위에 '봄! 춘설'을 새겨두고 올라간다.

산봉우리를 따라 오를수록 천지는 더 하얗다. 백(白)의 미학을 절로 느끼게 한다. 남의 단점을 덮어주고 그 하얀 색으로 주변을 빛나게 한다. 화려하지 않지만 가장 화려한 색인 흰 눈. 세상의 근심을 다 품어주고 희망을 주는 색. 어려움을 딛고 다시 시작할 수 있는 용기를 주는 흰 눈이다. 끝없이 오르막만 이어지는 산길을 하얗게 쌓인 눈이 나를 지탱하고 힘을 주었다. 한겨울의 눈처럼 춥지도 않고 포근하여 더 편안하다. 나 혼자에게만 힘을 주는 게 아니라 유일하게 나보다 뒤에 오는 일행 한 분에게도 힘내세요! 파이팅! 을 적어두고 올라간다. 봄눈은 힘든 가운데에서도 오르고 내리는 여유마저 갖게 하여 더 매력적이다.

흰 눈밭에 벌러덩 드러눕는다. 백색의 공간으로 들어간다. 모두 각자의 눈 속 공간으로 빠져든다. 오직 적막감, 편안함, 따뜻함으로 몰입되어 주위의 사람은 아무도 의식하지 않는다. 마치 한 마리의 노루 새끼가 눈에 드러누워 있는 것처럼 내가 없다. 천지가 하얗다. 땅도 하늘도 하얗다. 나무도 나도 하얗다. 눈과 내가 하나가 되어 마지막 겨울과 이른 봄을 마음껏 누렸다.

눈바람 소리가 서서히 가야금 소리로 들려온다. 가야금 곡 춘설의 4악장은 '익살스럽게', 5악장은 '신명 나게'이다. 신비로움을 넘어 그 눈과 하나가 되어 즐기고 누리는 단계이다. 가야금 연주도 빨라지고 덩달아 어깨춤이 추어진다. 물아일체로 마지막 혼신을 다하여 치닫다 탁 끊어지며 연주가 끝난다. 눈이 녹아 개울물도 다시 흘러내리고 나무도 봄물을 먹는다. 이제 봄이 우리 곁에 완전히 가까워진 듯하다.

봄눈 녹듯 한다는 말이 있다. 쌓일 겨를도 없이 땅에 닿자마자 금세 사라져 버리는 습성을 두고 이르는 말이다. 걱정도 봄눈 녹듯 사라지면 좋겠고 원망이나 시기 질투도 봄눈 녹듯 사라지면 좋겠다. 그냥 사라지는 것이 아니라 마른 땅에는 촉촉한 물기를 머금게 하고, 메마른 가지에 꽃잎 틔우도록 수분을 채워준다. 잠든 대지를 깨우고 새 생명을 밀어 올려 주니 봄눈 녹듯 사라지는 것이 아니라 새 희망을 품고 있다. 서로서로 관계를 이어주는 힘도 가지고 있다.

하산 길에 보리라던 산 아래 눈은 감쪽같이 사라지고 없다. 하얗게 눈으로 덮여 있던 솔숲은 언제 그랬냐는 듯 봄 햇살에 푸른색이 청정하다. 아침에 본 풍경은 꿈결인 듯 잔설조차 제대로 보이지 않는다. 진짜 봄눈 녹듯 녹아버렸다. 사진을 찍어두어 다행이라며 사라져 버린 풍경의 아쉬움을 위로한다. 양지바른 쪽엔 해쑥이며 냉이들이 시선을 잡아끌며 유혹한다. 하지만 겨울나느라 수고한 봄나물을 캐 버리기엔 너무 미안해 발걸음을 재촉한다.

"꽃 피기 전 철 아닌 눈에 핫옷 벗고 도로 춥고 싶어라."

허모영   311

정지용의 마지막 시구처럼 겨울의 아쉬움과 봄의 설렘을 담고 있는 춘설. 눈 속에 잠겨있는 설중매(雪中梅)가 더 기품 있게 느껴지는 이유이겠지. 이제 진짜 봄이다.⊛

발효를 기다리며

허 숙 영

발효는 여백을 채우는 일이다. 서로가 함께하는 시간의 여백과 이질적인 두 물질 사이 공간의 여백을 메워 피우는 사랑의 꽃이다. 서로에게서 순수 진액만 찾아내는 열정의 파장이다. 절대로 혼자서는 이룰 수 없는 꿈이다. 제 몸을 다 내어주고 상대를 품고 품어 안는 일이다.

메주와 소금물, 엿기름과 밥알처럼 생소한 부딪힘에서 자신을 한껏 낮추고 상대를 띄워주어야 가능하다. 타시락거리면서도 스며들고 아프지만 받아들여 시간의 향기를 품어야 한다. 떠세를 떨거나 밀쳐 내다보면 메말라 뒤틀리거나 썩고 말 뿐 발효는 되지 않는다.

가을이 깊어갈 무렵 남편이 석류 한 박스를 안고 왔다. 지인의 집 담벼락에 기대어 가지가 휘늘어질 만큼 많이 달린 석류를 따준 대가이다. 복주머니를 닮은 노을빛 토종석류는 보는 것만으로도 침이 고였다. 어른 주먹만 한 것을 반으로 가르니 붉고 투명한 루비 알맹이가 와르르 쏟아졌다. 달큰한 향이 도는 과육을 한 주먹 입에 털어 넣었다. 새콤달콤한 맛을 기대했던 나는 입안이 얼얼한 신맛에 뒤통수 한 대 얻어맞은 듯 도로 뱉어내고 말았다. 통점을 자극한 입안에서의 여미는 쉽게 가시지 않았다. 먹을 수도 버릴 수도 없는 석류로 효소를 담기로 했다. 오랜 시간을 두고 숙성되면 나아지지 않을까 하는 기대를 담았다.

석류를 깨끗이 씻어 물기를 없애고 설탕과 버무려 항아리에 꾹꾹 눌러 담고 이름표를 달아 준다. 석류 단지 옆에는 매실, 오미자, 엉겅퀴, 꾸지뽕 등이 몇 년째 자신이 가진 고유한 색을 우려내며 침잠의 시간에 빠져 있다. 오래될수록 짙은 색과 깊은 맛을 간직하고 있다. 설탕과 과일이 다글다글 부대끼며 겸을 내어주고 익힌 시간의 축적이다.

새해 들어 뜻하지 않게 며느리가 손녀를 데리고 우리 집으로 들어와 살게 되었다. 결혼하자마자 아들과 프랑스로 갔던 며느리가 이국생활의 어려움을 호소하며 아이만 데리고 나온 터였다. 말이 통하지 않는 곳에서 갓난아기를 키우기는 쉽지 않았을 것이다. 정신의 여백이 필요하다기에 덜컥 허락은 했지만 시댁이라는 울안에서 잘 버텨줄지가 걱정이었다. 다행히 이즈음 남편이 퇴직을 하고 시골 어머니 댁에서 절반이 넘는 세월을 보내고 있기에 나도 쓸쓸하던 차였다. 아직 젖내도 가시지 않은 손녀를 보며 산다는 것이 행운 같았다.

엉겁결에 나는 세대주가 되었고 조용하던 집이 시끌벅적 분주하다. 아기는 엎치는가 싶으면 배밀이를 하고 어느새 기어다녔다. 내 손길이 아기의 성장 속도를 따라가기가 벅찰 정도였다. 옹알이를 하면서 방긋이 웃어줄 때는 세상에 이보다 더 예쁜 꽃이 있을까 싶다. 가끔씩 들르는 남편 얼굴에도 웃음꽃이 피었다. 앉고 일어서는 일련의 일을 화첩 넘기듯 보여주며 우리 마음을 흔흔케 했다.

행여 손에서 떨어뜨릴까 긴장의 고삐를 조이고 이유식을 만들어 먹이고 씻기고 재우는 일이 보통일이 아니지만 아기가 주는 기쁨에 비할 바가 아니었다. 나비잠을 자는 손녀를 깨워서라도 안아주고 싶을 정도였다. 하지만 예전만 못한 내 체력 때문에 저녁이면 온몸이 욱신거렸다. 그래도 아침이면 힘차게 나를 일으켜 세우는 묘한 마력을 가지고 있었다. 데면데면한 나와 며느리 사이에서 손녀가 없었다면 우리가 같이 살 수 있었을까.

나는 나무 주걱으로 항아리 속 석류를 수시로 저어 주었다. 석류는 패각 같은 껍질을 허물어뜨려 까끌한 설탕을 받아들이고, 설탕은 단단한 육질의 과육에 파고들어 흥건하게 물기를 만들어 놓았다. 식품에 첨가되어 미생물의 성장 번식을 억제해 보존 기간을 늘리는 설탕이 아닌가. 도저히 어울릴 것 같지 않은 두 가지가 조금씩 서로의 단단한 아집을 허물어뜨렸다. 켜켜이 서려 있던 설탕의 성질을 거두어들이고 비어 있던 공간이 촉촉한 과즙으로 채워졌다.

허숙영

전혀 다른 환경에서 살아온 며느리와의 관계는 탱탱한 풋과일과 거친 설탕 알맹이를 버무려 놓은 것처럼 겉돌았다.

시골에서 끼니 걱정을 하며 어린 시절을 보낸 나는 아끼는 일이 몸에 배어 있었다. 고기보다는 채소 위주의 찬과 밥이 있어야만 제대로 한 끼를 해결한 듯했다. 반면 부유한 집안에서 직장생활도 한 번 해보지 않고 걱정 없이 자라 자유분방한 신세대인 며느리는 밥 대신 육류를 좋아했고 때를 거르는 일도 허다했다. 나는 며느리의 건강까지 신경이 쓰여 끼니를 거르지 않도록 챙겼다. 행여 그것이 시어머니의 간섭으로 여길까 봐 염려스러우면서도 내가 할 도리라 여겨 부지런히 밥과 찬을 만들었다.

잠결에 이불깃만 들썩여도 잠을 깨는 나는 자다가도 아기 우는 소리가 나면 득달같이 달려가 들쳐 업기부터 했다. 며느리가 잠에서 깰까 봐 발소리를 죽이며 밖에 나가 손녀에게 자장가를 들려주며 재웠다. 며느리에게 수시로 배달되어 오는 택배 상자에도 자꾸 눈길이 갔고 쌓여가는 쓰레기에도 난감했다.

두어 달 지나는 사이에 석류 알맹이는 점점 쪼그라들고 같이 부대끼던 설탕은 형체가 없다. 설탕은 자신의 거친 성질은 완전히 버리고 달달한 고유의 맛만 남았다. 바닥에 가라앉은 것만 용해되지 못하고 엉켜 완강히 버텨보지만 어림없다. 마음을 다독이듯이 그것마저 잘 녹아들기를 바라며 휘저어 준다.

제3부 나무처럼 해처럼

이제는 묵묵히 서로의 색과 맛이 어우러져 깊어지기를 기다리는 일만 남았다. 단단한 석류를 그대로 두었더라면 썩거나 말라비틀어져 버렸을 것이다. 설탕이 과육에 스미어 오래 건강을 지켜주는 완전한 식품으로 거듭나기 위해 서로가 가진 장점만으로 중화되어 간다.

고부 사이란 가장 가까우면서도 한없이 먼 사이가 아닐까 싶다. 식구가 되었으니 딸이 없는 나로서는 살갑게 서로 무엇이든 의논하며 불편해도 참았으면 했고, 며늘아기는 신세대답게 좋고 싫음을 거리낌 없이 표현했다. 같이 살면서 소통하지 않고 살 수는 없었다. 내 흉허물부터 털어놓고 솔직한 감정을 내보였다. 혜너른 시어머니가 되어 정말 잘 지내고 싶은 마음이었다. 공감의 언저리라도 더듬고 싶었다. 시어머니로서의 권위나 집안의 법도를 가르쳐야 한다는 팍팍한 강박 같은 건 내려놓기로 했다. 내가 겪었던 지난날은 접어두고 현시대를 잘 읽어내는 요령을 배워보자 마음먹으니 조금은 편해졌다.

시간이 흐르면서 어빠자빠하던 사이가 조금씩 가지런해지고 딱딱하던 분위기는 부드럽게 허물어져 간다. 내가 가진 경험치는 굳이 알려주지 않아도 살아가면서 한 켜 한 켜 저절로 쌓여 갈 것이다.

세상은 홀로 살 수가 없다. 자신이 가진 것들을 조금씩 양보해가며 상대에게 스며들어 공동체를 이룰 때 온전한 세상이 되지 않을까.

완전히 다른 성격의 설탕과 과일이 하나로 어우러져 새로운 것을 만들어 냈다. 이제 자신의 진액을 다 쏟아내고 쪼그라진 껍데기는 건져내야만 한다. 석류 액기스라는 이름으로 몇 년 달콤한 꿈을 꿀 것이다. 서로를 위한 진정한 발효의 시간이 기다리고 있다.㉭

제4부

이리 아름답고 무용한

날파리 한 놈

강 재 구

　내가 날파리 한 마리라 하지 않고 한 놈으로 표현한 데는 분명 그 이유가 있다 .

　작은방 책상 앞에서 컴퓨터로 작업을 하는데 좁쌀보다 작은 날파리 한 마리가 눈앞에서 성가시게 요리조리 그 작은 몸을 움직여 나를 희롱하려 든다. 몸놀림이 제법 빠르다. 손을 휘저어 잡으려고 했으나 얼마나 날쌘지 나 잡아 보란 듯 나의 수고를 무참히 무너뜨리고 만다.

　날개나 갖고는 있는 걸까. 입은 있기나 하는 걸까. 얼마나 오래 살까. 그 작은 몸집에서 어찌 그런 빠른 스피드가 나올까? 내게 상상의 빌미를 제공하는 날파리 한 마리가 궁금해졌다. 인터넷 지식 검색을 하였다. '단 음식에 기생하여 살아가는 하루살이'라고 짤막하게 기술되어 있어서 도무지 알 수가 없다. 날파리는 날개가 퇴화되어 두 개인데 반해 날개가 넷인 이놈의 정체는 도대체 무어란 말인가? 생물학적으로 보아 덜 진화된 상태라고 볼 수 있는데 그렇다면 자의적으로 그냥 작은 날파리라고 하자.

　　　　　　　　　　　제4부 이리 아름답고 유용한

이놈이 생활 공간으로 들어 온 궤적을 추적해 보았다. 주방 옆 베란다 잔밥통에서 나온 게 분명하다고 단정 지었다. 일전에 설거지를 도와주고 음식물 쓰레기를 잔밥통에 버리는데 잔밥통 주위에서 자기네 영역이란 듯 여러 마리가 한가롭게 놀고 있는 걸 보았다. 기실 그것은 생의 처절한 일환이지만 내 눈에는 그렇게 보였다. 그들 중에 한 놈이 분명한데 얼굴을 익히지 못해서 알 수가 없다. 이렇게 내 앞에서 나를 모욕할 낌새라도 알았다면 경고의 말 한마디는 했을 것이다. 죽기 싫으면 이사를 가라고 또박또박한 어투로 강하게 언사를 날렸을 것이다 .

그때는 잔밥통을 비우면 자연히 없어질 줄 알았다. 미물일지라도 함부로 살생을 금하라는 불가의 간곡한 가르침을 존중해서가 아니라 내 생활에 있어서 그리 큰 해악을 끼치지 않을 거라고 생각한 것이 반이고 해악을 끼친들 얼마나 끼치겠냐는 생각이 반이었다. 이 단순 명료한 결론에 공존을 선택했던 것이다. 그런데 지금 그놈이 내 앞에서 보란 듯 알짱거리는 행동으로 보아서 내 호의를 단숨에 꽁초 밟듯 밟아버린 것이다. 응분의 조치가 필요했다. 그래서 내 배려에 대한 도전을 묵과할 수 없었다. 마음의 준비를 단단히 하고 강력한 무기를 들고 주방 쪽으로 갔다.

잔밥통이 놓인 베란다 환기창을 모두 밀폐하고 너네들이 그러면 내 가만히 있을 줄 아느냐면서 보란 듯 살충제를 분사하고 주방 쪽

문을 쾅 하고 닫아버렸다.

　그리고 거실로 장소를 옮겨서 소파에 몸을 쭉 늘여 기대고 핸드폰을 만지는데 아까 그 날파리가 나를 쫓아 나왔다. 내 편한 자세로 보아 자기 목숨에 대하여 하등의 위협도 줄 수 없다는 생각인지 가끔 내 주위를 맴도는 것이 어지간히 귀찮은 존재가 아니다. 분명히 자기 전우들은 지금 화생방 공습에 사경을 헤메일 터인데 아랑곳하지 않는다. 위험을 감지했는지는 모르지만 한 가지 재주는 있어서 빠르기는 음속과 같아 나의 손놀림은 여지없이 매번 허공을 스치고 지날 뿐이다. 이놈에게도 극단의 방법을 쓰려다가 말았다. 넓은 거실에 작은 날파리 한 마리 때문에 살충제를 쓴다면 내 체면에 말이 아닐뿐더러 빈대 잡으려다 초가삼간 태운다는 옛 속담마냥 실속 없는 짓이다. 그래서 때를 기다렸다. 그런데 이상하게도 어디로 갔는지 더 이상 보이질 않았다.

　다음 날 주방 쪽 잔밥통에서 제 식구들을 거느리고 있는 날파리를 보았다. 또 극단적인 방법을 쓰려다 말았다. 오물을 탐하여 사는 것이 비단 날파리만은 아닌 것 같아서 그리 맘먹으니 이해가 되었다. 내 삶에 비추어 보아 청빈을 강요할 수 없었다. 그래서 존칭은 아니라도 날파리 한 마리라고 정정해야겠다. ㊍

물꽃

고 추 월

"여수 밤바다 이 조명에 담긴 아름다운 얘기가 있어….."

〈여수 밤바다〉 노래가 여행객의 가슴을 한껏 흔들어 놓는다. 돌산대교도 거북선대교도 온 천지에 별이 떨어진 듯 반짝이고 있다. 어둠과 불빛의 포옹이 저리도 황홀했던가! 시시각각 변하는 조명 불빛에 몰입되어 눈을 뗄 수가 없다.

오동도 바닷가 푸른 물결이 바위에 부딪혀 물꽃이 피어난다. 어둠 속에 허옇게 춤추는 물꽃은 피어났다가 사라지기를 반복한다. 부서지는 파도에 내 삶이 얹힌다. 나도 물꽃처럼 살지 않았던가. 바위에 부딪히고, 부딪혀 생채기를 만들었다. 응어리에 있던 쓰라림은 정신적인 것들뿐이랴. 내가 겪은 신체적 아픔은 정신적인 고통보다도 견디기 힘들었다.

남편이 하던 사업이 연거푸 실패했다. 그래서 내 힘으로 가세를 일으켜야 했다. 대단한 실력도 언변도 갖추지 못한 나는 '성실' 하나만 믿고 부동산 중개업을 했다. 정상 궤도에 오르기까지 힘들었다. 법은 물론 계약을 성사시키는 요령, 그리고 필요한 서류 등 머리를 싸매고 밤을 새워가며 익혔다. 어느 시점이 되자 일이 슬슬 풀렸다. 그것은 온갖 수모를 견디며 남모를 노력으로 능력을 키워 온 결과였다.

성질 고약하거나 막무가내인 손님을 만나면 괜찮은 물건을 보여 주느라 몇 달씩 여름 땡볕에도 이리 뛰고 저리 달려야 했다. 그러다 가 내가 보여준 물건을 다른 곳에서 계약하고 말없이 가 버리기도 하였다. 그럴 때면 또 속에서 화가 올라와 싹을 키웠다.

그중 힘들었던 것은 '회원 박탈'을 당한 일이었다. 주변 업소들이 그들의 이익을 위해 나를 빼버리고 담합을 취한 행동이었다. 그후 좁아진 연결망에서 합동 계약을 성사시키기는 매우 어려웠다. 참고 견뎌보려고 했으나 내 힘의 한계는 높지 않았다. 극에 달했을때 미련 없이 일을 접었다. 그때는 나같이 쓰디쓴 경험을 한 사람은 아마도 이 세상에 나밖에 없을 것이라고 생각했다. 세상 살아갈 힘이 없어 놓아버리고도 싶었다. 아마 그 후유증으로 밤에는 잠을 못하고 내 몸 구석구석은 고장나고 있었다.

엎친데 덮친 격이었다. 일 년 전, 남편이 가 있는 홍천 집에서 김장을 하다 허리를 다쳤다. 방에 있던 큰 다라이에 버무린 양념을 남편과 마주잡고 거실로 옮긴 후였다. 내 부실한 허리를 잠시 잊은게 문제였다. 무거운 물건을 들면 어김없이 허리통증과 관절염이 도지곤 하였는데 급한 일 앞에서 내 몸 아픈 것은 다 잊어버린다.

서울 집으로 와서 쉬어보았지만, 전에 없이 심한 통증이 몰려와 참을 수가 없었다. 칼에 베는 듯한 허리통증이 24시간 멈추지 않고 지속되었다. 밤새 온갖 방법을 다 해보았지만 차도가 없었다. 억지로라도 잠들면 그 잠시라도 통증을 잊을 수 있을 텐데 잠도 오지 않았다.

날이 밝자 병원을 찾았다. CT 촬영 결과 디스크 협착증이라는 진단을 받았다. 치료를 받고 처방약을 복용했으나, 아무 소용이 없었다. 더구나 위 점막 손상이 있는 나는 메슥거려서 더 이상 약을 먹을 수 없었다. 몸이 아프니 마음도 아파졌다. 작은 미움이 크게 돋아나 남편까지 미워졌다. 화가 화를 불러일으킨다고 하더니 바로 내 마음과 몸이 그랬다.

정형외과에도 다녀보고 한의원에서도 치료를 했다. 조금씩 차도를 보였다. 아직 통증이 남아 있지만, 지금처럼 걸어서 여행을 할 수 있고 잠을 잘 수 있다는 것이 행복하다. 삶을 놓고 싶었을 때를 생각하면 이 정도의 통증은 벗이다 생각하며 살아갈 수 있다. 더 아프지 않기만을 바랄 뿐이다.

뒤늦게 '수필쓰기'라는 새로운 세계에 발을 들여놓아 점점 빠져들고 있다. 다양한 지식을 배우고 글로 표현해 내는 새로운 세상의 발견이다. 상처 받고 허약해진 내 내면을 가꿀 수 있는 힘이 된다. 수필쓰기는 내 영혼을 살찌우고 부서진 내 마음을 모아서 피우는 꽃이다. 노년에 만난 대단한 행운이다.

저 바위에 부서지는 파도처럼, 많은 고통과 아픔이 바윗덩이에 부딪혀 행복으로 승화한다면 이 또한 인생의 물꽃이 아니겠는가.(木)

제4부 이리 아름답고 유용한

지갑 속의 행복

권 오 신

초음파기가 매끄럽게 가슴 이쪽저쪽을 누볐다.

"뭐가 보여요?" "1센티 정도의 혹이, 아니 작은 것 하나 또 있네요." 젊은 의사의 말이 단호하게 느껴졌다.

"암인가요?" 나는 반사적으로 물었다.

"아직 몰라요. 조직검사를 해 봐야 알 수 있어요."

일주일 후에 암이라는 것을 확인했다. 뒤통수를 해머로 후려 맞은 듯 정신이 몽롱, 다리가 후들후들 온몸이 비틀거렸다.

눈을 지그시 감으니 어릴 적 코흘리게 모습, 꿈 많고 풋풋했던 소녀 시절, 찌들고 아팠던 중년 그리고 아이들의 모습이 클로즈업되었다.

꿈을 깨듯 눈을 번쩍 떴다. 큰 병원으로 가보세요. 간호사의 말이 어렴풋이 들려왔다. 겉으로는 태연한 척했지만 혼이 나간 듯 가슴은 요동을 쳤다. 병원을 나오면서 내 머릿속은 삶이 마감되는 듯했다.

'내 나이 칠십인데 과히 억울할 것도 없잖아. 내가 제일 가고 싶었던 유럽 여행도 했고, 좋아하는 팝송, 글쓰기도 배웠고, 무엇보다도 대한민국 산을 다 휩쓸고 미치도록 다녔잖아. 죽어도 여한이 없을 만큼 사랑도 해 봤잖아.'

그런데 아이들한테는 어떻게 말을 해야 할까. 우리 가정의 평화가 깨지는 것 같았다. 며칠 후 딸에게서 전화가 왔다.

"엄마 검사 나왔지?"

더 이상 숨길 수가 없어서 "유방암 초기래."라고 말했다.

"뭐 암이라고?"

잠시 말이 없더니 딸의 흐느낌 소리가 전선을 타고 들려왔다.

수술 날이 다가왔다. 한쪽 가슴 전체를 제거하는 수술을 위해 수술실로 실려 가는 침대 위에 누웠다. 만감이 교차했다. 애써 딸의 얼굴을 편안하게 보는 척했지만 마지막 모습일지도 모른다는 생각에 고개가 휘어지도록 바라보며 수술실로 실려 갔다.

시간이 흐르고 눈을 떴다.

"살았구나 휴~우."

안도의 숨을 쉬었다.

밥상 앞에 앉아 단백질을 섭취해야 한다며 수저 위에 생선 살을 얹어주는 아들. 난생처음 느껴보는 아들의 보살핌이었다. 아프니까 이런 호사도 누려보는 것같아 아픈 것이 꼭 나쁜 것만은 아니라

제4부 이리 아름답고 유용한

는 생각이 들었다.

왼쪽에는 피고름 주머니, 오른쪽엔 링거 진통제 주사 줄이 얼기설기 얽혀 있어도 딸과 병동 로비를 돌며 운동도 하고 마주 보며 커피를 마시는 여유로운 시간도 가졌다.

며칠 후 퇴원했지만 한 달 후 항암치료를 받아야 한다니, 아들딸 얼굴에 구름이 지나가듯 어두운 그림자가 드리워지고 집안 공기는 무겁기만 했다.

"엄마 어디 가고 싶은 곳 없어요? 드라이브시켜 드릴까요?"

우리는 평소에 하지 못한 것을 했다. 가고 싶었던 곳을 찾아가고, 여행가고, 외식하고, 분위기 좋은 곳에서 커피 마시고…. 갑자기 아들딸이 효자 효녀가 되었다. 평소엔 여행 가자고 하면 콧방귀도 안 끼던 애들이었는데….

수술 후 우리 가족은 다시 태어난 것 같았다.

물과 공기처럼 소중하면서도 소중한 줄 몰랐던 엄마의 존재를 새삼 깨달았다는 아들, 엄마와 함께 걸을 수 있는 것이 행복이라는 것을 처음 느꼈다고 말했다.

가평 펜션 아침 산책길에 북한강 기슭을 걸으며 노래도 함께했다.

"이른 아침에 잠에서 깨어 너를 바라 볼 수 있다면

물안개 피는 강가에 서서 작은 미소로 너를 부르리"

한 달 후 1차 항암이 시작되고 밀린 숙제를 하듯 담담하게 항암 주사를 맞았다. 첫날은 그냥저냥 지나갔는데 둘째 날은 맥이 빠지고 온몸을 움직일 수가 없었다. 밥은 먹을 수도 없고 미음 한 모금 먹어도 미슥미슥 토할 것 같고 눈은 자꾸 감기고 온몸이 땅속 수렁으로 빠져들어 가는 것 같았다. 물 밖에 나온 물고기처럼 숨만 할딱거리고 머리는 아무것도 생각할 수도 없고 누워도 힘들고, 일어나도 힘들고, 피를 말리고 뼈를 깎는 고통이 시작되었다. 숨 쉬는 시체로 변해갔다. 때론 졸도하여 응급실로 실려 가기도 했다.

　항암 주사를 맞은 날부터 6일간은 혼비백산, 숨만 쉬는 식물인간이 되었다가 7일째부터는 서서히 죽과 밥을 먹을 수 있는데 그때는 아파트 입구에서 콩꼬투리를 까면서 아이들을 기다렸다. 아이들이 와도 내게 해줄 것은 없지만 곁에 있는 것만으로도 고통을 덜 느꼈다. 때론 주변 텃밭에 가서 풀꽃의 이슬, 보랏빛 가지, 초록 고추, 빨간 방울토마토 등을 보면서 위로받기도 했다. 자연은 때론 친구가 되어 주었고, 알록달록 그림이 되어 나를 위로하기도 하고 지혜로운 스승이 되어 주기도 했다.

　거울보기가 무서웠다. 항암 후 10여 일 지나니 머리가 빠지기 시작했다. 손가락으로 살짝만 빗어 내려도 한 움큼씩 잡혀 나왔다. 가슴이 철렁 내려앉았다. 하루 이틀 사이에 걷잡을 수 없이 낙엽처럼 우수수 빠져 버리는 머리칼, 그 머리칼을 보면서 소리없이 가슴을 쓸어내렸다. 손톱도 새까맣게 변색되어 갔다. 드디어 올 것이 왔구나 체념했다. 번쩍번쩍 대머리가 되어 아주 흉했다. 그래도 신기한 것은 숙명처럼 항암을 잘 맞고 있다는 것이었다. 그렇게 몇 차례 항암치료가 다 끝나고 일상으로 돌아왔다.

어느 날 설거지를 하고 있는 자신을 발견하고 깜짝 놀랐다

손톱 하나 까딱 할 수 없었던 나, 설거지라도 할 수 있다면 얼마나 좋을까, 생각 했었다. 설거지를 하고 감격했다면 누가 믿을까,

그렇게 힘들던 어둠의 터널이 지나고 친구 만나 수다 떨고, 여행도 가고 제주도 한라산 등정도 했다. 내 곁에 사랑하는 아들 딸, 친구, 이웃, 자연 등이 있고 아침에 무사히 눈을 뜨고 밝은 햇살 바라보고 일하러 가고 이야기 주고받고 아름다운 자연 즐기고 지는 해 바라볼 수 있는 이 위대한 일상이여!

병마의 어두운 터널을 지나고 나니 밝은 태양이 나를 축복해 주었다. 하나를 잃었지만 얻은 것은 수백 가지 행복, 이렇게 글 쓰는 것도, 밥을 맛있게 먹는 것도, 걸을 수 있는 것도, 파란 하늘을 바라보는 것도 행복이다. 날마다 새록새록 샘물처럼 솟아나는 행복을 지갑속에서 꺼내고 있다.

손에 행복을 쥐고도 행복을 찾던 나, 예전엔 몰랐다.

내 지갑에 무궁무진 행복이 들어 있었다는 것을….ⓚ

금혼식

김 민 자

아름다운 가보트 스타일의 명랑한 곡 가브리엘 마리의 금혼식 (The Golden-Wedding)이 흘러나온다. 오랫동안 살아오며 기쁜 일, 슬픈 일, 행복한 일, 애틋한 감정과 사랑하는 부부의 마음을 담은 아름다운 곡이다.

올해는 결혼 50년이 되는 해다. "좋을 때나 나쁠 때나 건강하거나 병들거나 죽음이 우리를 갈라놓을 때까지 함께하겠다."는 그 혼인 언약이 지금도 생생하다.

남편은 미수(米壽), 나는 팔순(八旬). 금혼식에는 금화나 금으로 만든 화관 등 주로 금으로 된 선물을 주고받는다. 그런데 나는 『왜 레몬이란 단어를 읽으면 침이 고일까』라는 시집을 냈다. 젊었을 때 같으면 하루에도 몇 번씩 언성이 높아지고 "내가 다시는 저이랑 대화 안 한다."라고 다짐을 했을 것이다.

요즘은 코로나로 늘 집에만 있다. 부엌을 벗어나지 못하고 빨래하고 밥하고 청소하며 일상을 보내고 있다. 남편 성격은 소심하고 깔끔한 편이다, 식성은 은근히 까다로워 한번 먹은 음식은 두 번을 먹지 않는다. 청각장애가 온 남편. 큰 소리내기 싫고 소통이 잘 안 되니 대화가 적어졌다. 대화 노트를 만들어 놓고 꼭 해야 될 말만 서로 주고받는다. 그러니 다투는 일은 적어졌다. 서로 각자 놀고 있다. 《어린 왕자》에 나온 '길들여짐'에 대한 여우의 유명한 말처럼. 한 사람은 거실에서 하루 종일 TV 보며 무엇이 그리 좋은지 웃고 있다. 아니면 스마트 폰으로 화투 놀이를 한다. 살림 9단에서 본 레시피를 적어 식탁에 슬그머니 놓기도 한다. 먹고 싶다는 주문일까?

나는 신문, 책을 읽거나 식탁 준비 메뉴를 짜고 온라인으로 주문을 한다, 막내딸은 일찌감치 독립선언을 했고, 늦은 나이에 노총각 아들에게 시집살이를 한다. 출근하는 아들 따뜻한 밥 한 그릇 먹이고 싶어 새벽에 일어나 밥을 한다.

어느 시인은 부부란 3개월 사랑하고 3년을 싸우고 30년을 참고 견디는 것이라 했다. 50년을 한 남자의 아내로 살며 아이 셋을 키워내고 며느리 역할까지 마쳤다. 홀시어머니 모시고 사는 마음고생도 많았다.

요즈음은 자식들의 결혼 문제가 제일 고민이다. 그것도 나 혼자만의 고민이다. 큰딸만 멀리 시집 보내놓고 마흔을 훌쩍 넘긴 아들은 이왕 늦은 거 멀리 보고 가기로 하고, 그 밑의 막내딸은 마흔을 넘기기 전에 짝을 지어주고 싶다. 코로나로 자가 격리를 하다 보니 인간은 짝이 있어야 하는 존재임을 실감한다. 젊었을 땐 괜찮지만 늙어서는 한 공간에서 숨 쉬고 소리 내고 같이 먹을 짝이 꼭 필요하다.

누구나 하는 결혼 우리 애들은 뭐가 부족해서 여태 짝이 없을까. 이제 누구나 결혼하던 시대는 갔을까. 아쉬울 것이 없는 세대라서 그럴까. 우리 세대같이 인생에서 손해를 봐가면서까지 이루려는 그 무엇이 없어서일까. 불확실한 것에 자기를 던질 패기가 없어서일까. 게다가 사람 고르는 눈은 무척 높아 짝 찾기도 어렵다. 우리와는 다른 요즘 아이들에게 나처럼 살라고 할 수도 없다.

결혼을 잘하는 것보다 잘 지켜가는 게 더 어렵고 중요하다. 흔히들 신뢰가 중요하다고 하는데 우리 부부는 미안한 마음과 감사하는 마음이 크다, 결혼할 당시 우리 집 형편이 너무 안 좋아서 차마 보이기 민망할 지경이었는데 넙죽 절하고, 밥 뚝딱 먹고 사위 노릇하겠다고 한 게 고마워서다.

남편이 바라는 여자는 다소곳하고 상냥하고 음식 맛있게 하고 남편을 존경하는 그런 여자다. 그런 여자다움과는 거리가 먼 나. 젊어서는 맞벌이하느라 명퇴 후에는 글공부한답시고 혼자 시간을 많이 보냈다. 50년 동행하는 동안 혼자 잘 놀아 주어 고맙고 나이 들어도 아프지 않아 더욱 고맙다. 책 몇 권 낼 때마다 달갑게 여기지 않은 일이 미안할 뿐이다. ㉖

냉이

김 부 순

삶에서 느껴지는 감사한 순간들이 있다. 겉으로 볼 땐 별것 아닌 것처럼 느껴질 수 있겠으나 보내는 이의 마음을 헤아려보면 가슴이 시릴 만큼 아프고 고마운데, 그걸 어리석게도 그냥 지나치는 우를 범하기도 한다. 시간이 지난 후, 기회가 되면 말해야지 하고 있다가 때론 그 기회를 영영 놓쳐버리는 경우도 있다. 그런 내 자신을 보면서 참으로 어리석고 못됐다는 생각을 할 때가 있다.

내가 유년시절을 보낸 곳은 첩첩산중 산골마을이다. 내 기억으로 중학교 1학년 여름방학 즈음하여 버스를 처음 타 보았던 것 같다. 마을로 들어서는 연둣빛 커다란 버스를 보면서 큰 소리로 외쳤던 기억이 난다.

"우와! 깨벌레다!"

지금 생각하면 내 입에서 그런 말이 튀어나왔다는 사실이 너무도 우습다. 어떻게 커다란 버스를 보면서 깨벌레를 떠올렸는지 모르겠다. 엄마를 따라서 참깨 밭에 갔다가 엄청나게 큰 애벌레를 보앉던 기억이 어렴풋하게 떠오른다. 연둣빛 커다란 버스를 보는 순간 참깨 밭에서의 경험이 버스와 하나 되어 그런 말을 내뱉었던 것 같다.

그런 산골마을에서 자란 덕분에 나의 경험들은 대부분이 자연과 떼려야 뗄 수가 없는 것들이다. 그중에서도 가장 즐거웠던 일은 나물 캐는 일이었다. 매서운 찬바람이 부는 초봄이지만 남쪽 마을에서는 봄을 알리는 나물들이 땅을 뚫고 머리를 내민다. 납작 엎드린 냉이랑 뾰족뾰족한 달래, 그리고 오종종종 탐스럽게 올라오는 돌나물들. 지금도 그때의 풍경들이 한 폭의 그림처럼 머릿속에 그려진다. 나물을 캐서 바구니에 채워지는 것을 보는 재미도 있지만 그것보다 더 즐거운 것은 삼삼오오 모여 앉아 친구들과 오순도순 나누는 이야기들이다. 무슨 이야기를 나누었는지는 기억나지 않지만 특별한 놀 거리가 없는 산골에서 친구들과의 속삭임처럼 즐거웠던 일은 아마도 없었을 것이다. 그때의 그 즐거움이 가끔은 나물을 캐고 싶다는 간절함을 느끼게 한다.

내 고향은 남쪽이지만 시댁은 그보다 더 아랫녘 남도마을이다. 그래서인지 겨울철에도 그곳은 푸릇푸릇 냉이가 돋아나 있다. 설날이면 매번 어머님이 계시는 그곳에 가게 된다. 그곳에 가서도 꼭 해보고 싶은 일이 있는데 찬바람을 맞으면서 냉이를 캐보고 싶다는 것이다. 처음에 그런 나를 보시고 어머님께서는 못마땅하게 생각하시는 눈치셨다. 먹을 것도 많은데 뭘 그런 걸 캐려는지 이해가 안 된다는 말씀이셨다. 그러한 어머님의 눈총에도 아랑곳하지 않고 냉이도 캐고 싶고, 파릇파릇 돋아난 시금치도 캐고 싶어 어머님을 졸라댄다. 막내며느리의 애교에 넘어가신 어머님은 앞장서서 밭으로 향하신다. 그런 어머님의 뒤를 기분이 좋아 꼬리를 흔들어대는 강아지마냥 졸래졸래 따라나선다. 시댁에서 맛보는 가장 즐거운 순간이다. 냉이를 먹겠다는 것보다 추억을 먹는다는 느낌이랄까.

살다보면 의도치 않게 관계가 멀어지는 일들이 생기기도 한다. 그냥 모든 것들을 다 이해할 수 있는 아량을 가졌으면 좋으련만 시시콜콜 따지려 들 때가 있다. 그것 역시 나이를 먹으면서 어리석은 사람의 행동임을 깨닫게 되지만 본성이 쉽게 바뀌지는 않는 것 같다. 문제를 걸고 넘어지려면 얼마든지 가능하다. 반대로 문제 삼지 않으려면 그 어떤 것도 문제가 되지 않는다. 즉, 무슨 일이든지 마음먹기에 달렸다는 얘기다.

언젠가부터 시어머님이 계시는 곳에 가지 않았다. 처음엔 일을 하느라 바쁘고 힘들다는 핑계를 댔다. 그러다가 아들이 고등학생이라서 공부를 해야 한다는 이유로 그럴싸하게 포장했다. 몸은 집에 있어서 편했지만 마음은 너무도 불편했다. 그래서 그 불편한 마음을 덜어내고자 밤새워 전을 부치고, 고기를 재어 남편에게 들려

보냈다. 어쩐 일인지 남편은 안 가겠다는 나를 굳이 강요하지 않았다. 다만 어머님한테 다녀오면 어머님께서 얼마나 늙으셨는지 그것을 나에게 알렸다. 표현을 하지는 않았지만 죄송스러웠고, 한편으론 마음이 아팠다.

그런 죄송스러운 마음을 감추기 위해서 제철 과일이나 어머님께서 좋아하시는 전복, 홍어 등을 시시때때로 보내드렸다. 또 우리 가족이 뭔가를 먹었는데 맛이 있으면 그것 역시 택배로 보내드렸다. 굳이 내가 찾아뵙지 않아도 택배를 통해서 얼마든지 생색을 낼 수 있다는 사실이 기뻤다. 가끔은 어머님께서 다니시는 교회 목사님 몫까지 보내드리기도 했다. 그리고 난 내 도리를 다하고 있다고 스스로를 위로하고 있었던 것이다. 결혼 20주년 기념일에는 보석을 사주겠다는 남편을 따라나서서 어머님께 인심을 쓰기도 했다. 난 언제든지 받을 수 있으니 날 사주었다고 생각하고 어머님께 루비목걸이를 선물해드리자고 남편을 설득하기도 했다.

세상에서 가장 큰 불효는 부모님을 찾아뵙지 않는 일이라는 걸 알고 있었으면서도 모른 척 남편과 아들만 보냈다. 그리고 그 알량한 택배랑 선물들로 불편해진 그 마음들을 지우려고 애를 썼다. 그러나 그럴수록 불편함은 더해만 갔다. 그러던 어느 날이었다. 그해 설 연휴에도 밤새워 전을 부치고 고기를 재어 남편과 아들만 어머님께 다녀오라고 했다. 명절을 지내고 돌아온 남편은 보따리 보따리 먹을 것들을 풀어놓기 시작했다. 거기에는 직접 농사지은 걸로 짜신 참기름을 비롯하여 여러 가지 명절음식과 반찬들이 있었다. 그런데 그것들 중에 눈에 띄는 것이 있었는데 그것은 바로 겨울 냉이였다.

엄동설한에 불편하신 몸으로 쪼그리고 앉아 냉이를 캐는 모습이 눈앞에 그려졌다. 찾아오지도 않는 며느리가 뭐가 예쁘다고 그 많은 냉이를 캐셨을까. 그 추운 겨울에 냉이를 캐시면서 무슨 생각들이 오고갔을까. 밤새워 그 많은 냉이를 하나하나 다듬었다. 한겨울 냉이의 향 내음이 온 몸을 파고들었다. 팔순이 넘은 시어머님을 생각하니 가슴이 미어졌다. 무엇이 내 입을 다물게 했는지는 모르지만 마음은 있는데도 입은 열리지 않았다. 그런 내가 싫어졌다.

그렇게 2년여의 시간이 흘렀다. 어머님께서 많이 아주 많이 편찮으시다고 했다. 더 이상 미룰 수가 없어서 남편, 그리고 아들과 함께 어머님을 찾아뵈었다. 바짝 여위신 몸이 한없이 작게 느껴졌다. 인사를 드렸더니 생각지도 못했다는 표정으로 어머님의 눈동자가 동그래지셨다. 순간 아들 녀석이 나무라듯 한마디 던진다.

"엄마, 할머니 눈동자 보셨죠? 동그래진 할머니 눈 보셨죠?"

나를 혼내기라도 하는듯한 아들 녀석의 말투에 부끄러워서 아무 말도 할 수가 없었다. 주방으로 들어가서 부랴부랴 청소를 하고 전복죽을 준비했다. 어머님께서는 안 드시겠다면서 약 드시게 라면

이나 끓여달라고 하신다. 조금만 기다리시라고 한 후 정성을 다해 전복죽을 끓이는데 어머님께서 말씀하신다.

"오늘은 아무것도 안 먹어도 배가 부르다."

어머님께서는 기분이 좋아 하시는 말씀이지만 난 부끄러워서 어디든지 숨고 싶은 심정이었다.

안 드시겠다던 전복죽을 드렸더니 조금만 달라고 하신다. 드시고 남기시면 되니까 천천히 드시라고 했더니 제법 많은 양을 다 드셨다. 그리고 최근에 드신 음식 중에 최고로 맛있었다고 하시면서 흐뭇해하셨다. 그러나 그것이 마지막 식사가 되리라곤 꿈에도 생각하지 못했다. 어머님께서는 그것을 마지막으로 식사를 거부하셨던 것이다. 한 번이라도 더 뵈어야겠다는 생각으로 다시 한 번 찾아뵈었다. 그때 누워계신 어머님과 단둘이만 있는 순간이 찾아왔다. 뭔가 말을 하려고 했지만 눈물이 나서 아무 말도 할 수가 없었다. 누워계시는 어머님의 손을 두 손으로 꼭 잡은 채 소리 없이 흐느꼈다. 2~30분이 흘렀을까. 가족들이 들어오는 소리가 들려서 얼른 어머님의 손을 놓고 방으로 들어가 문을 걸어 잠궜다.

"엄마, 왜 울어? 누가 우리 엄마를 울렸어?"

아주버님의 목소리가 들렸다.

바보같이 아무 말도 못하고 울기만 했다. 그런 내 마음이 전해졌는지 어머님도 함께 우셨던 것이다. 그렇게 어머님과 마지막 작별을 나누었다. 그리고 며칠 후 어머님을 보내드렸다. 부모님이 돌아가시면 불효자를 알 수 있다고 했던가. 입관할 때 보았던 어머님 모습은 편안해 보였지만 나는 흐르는 눈물을 주체할 수가 없었다. 살아생전 효를 다했다면 아쉬울 게 없었을 텐데 온갖 것들이 다 아쉬움으로 남아 눈물이 되어 흘러내렸다.㊍

도마

김 순 남

친정집 큰 항아리 속에는 엄마의 물건들이 모여 있었다. 자루가 긴 나무 주걱과 큼지막한 국자, 닳아빠진 뚝배기 옆 낡은 도마에 눈길이 머물자 콧잔등이 시큰해진다. 가장자리에는 세월의 찌든 때가 짙게 드리워지고 가운데는 칼자국에 닳아 타원형으로 속살을 드러낸 채, 도마는 그렇게 세월을 되돌리고 있었다. 고향을 떠나 도회지로 이사를 한 지 스무 해가 지났건만 어머니는 그 도마가 무어라고 여태 버리지 않고 항아리에 넣어두고 먼 길을 홀연히 가셨을까.

잠결에 들려오던 도마 소리는 우리 가족에겐 힘의 원천이었지 싶다. 열대여섯 식구의 음식을 조리하기 위해 부엌에서는 칼과 도마가 장단을 맞춰 온 집안에 생명을 불어넣었다. 무 하나만 있어도 어머니의 도마는 요술을 부렸다. '뚜걱뚜걱' 써는가 싶으면 어느새 '다다다다 다다다닥' 물결을 이루듯 채를 썰어 맑은국을 끓이고 맛깔난 생채를 탄생시키셨다. 막내 삼촌이 좋아하는 된장찌개에 넣을 무를 썰 때는 또각또각, 소리조차 네모를 그리듯 정갈하

       제4부 이리 아름답고 유용한

게 들려왔다.

도마는 몸으로 무엇이든 받아들였다. 부엌 한쪽에 세워져 있다가 시시때때로 부뚜막에서 품을 펼쳤다. 울타리에 달린 애호박이나 텃밭의 감자도 도마를 거쳐 맛있는 반찬으로 거듭났다. 맛깔나게 담근 김장 김치도 그 위에서 나뉘어져 밥상 위에 올랐다. 질기고 단단한 식재료도 거부하지 않고 잘게 썰어 부드럽게 만들었으며, 마르거나 젖은 것, 뜨겁거나 차가운 것을 가리지 않고 썰고 다지는 본분을 다했다. 부엌에서 도마는 없어서는 안 될 존재였다. 숫돌에 날을 세운 칼날에 상처가 나고 셀 수 없는 칼질에 자신이 닳아 없어져도 아랑곳하지 않았다.

어머니는 종부였다. 하지만 어머니에게 그 자리는 고택의 품위 있는 종갓집 맏며느리의 모습과는 거리가 멀었다. 많지 않은 농토를 일구어 시부모를 봉양하고 시동생 시누이들을 출가시키기 위해 손발이 닳도록 밭일을 하셨다. 객지에 나가 공부하는 시동생들 하숙비와 학비를 장만하기 위해 산나물을 뜯고 도라지를 캐러 온 산을 누비셨다. 나보다 한 살 아래인 막내 삼촌은 곧잘 밥투정을 했다. 된장찌개에 들어 있는 무만 계속 먹겠다고 떼를 쓰면 그때마다 할머니보다 어머니가 어르고 달래곤 하셨다. 식구도 많았지만, 손님도 끊이질 않았다. 삼시 세 끼 외에도 새참과 야식을 준비하기 위해 부침개를 부치고 때로는 메밀묵을 쒀 대접했다.

어머니는 종종 동네 어른들의 칭찬을 받곤 했다. 어른들은 칭찬 끝에 늘 안쓰럽다는 한마디를 덧붙였다. 할아버지께서 맏이인 내 이름에 사내 '남'자를 넣어 주셨음에도 불구하고 내리 여동생이 태어났다. 온 집안 대소사를 지혜롭게 잘 치르고 열심히 일해 농토를 늘려나가도 아들 못 낳는 흠 아닌 흠을 덮을 수는 없었다.

어머니의 도마소리는 늘 평화롭지만은 않았다. 그날 아침에는 유난히 도마소리가 둔탁하고 부뚜막에 그릇을 떨어뜨리는 소리도 예삿날과 달랐다. 설을 쇠고 서울로 온 지 일주일 만에 동생 졸업식에 꼭 참석하라는 어머니의 당부를 받고 내려간 참이었다. 평소에 딸만 보면 집안 이야기며 온 동네 소식을 빠짐없이 전하던 어머니께서 밥을 지으면서도 말이 없으셨다. 어릴 때 경기를 자주 하던 동생이 초등학교를 무난히 졸업해 대견해서 그러시려니 여겼다.

졸업식을 마치고 꽃다발을 든 동생을 중심으로 부모님과 동생들을 앞세우고 처음으로 사진을 찍었다. 어머니는 일 년에 한 번 운동회 날에나 갈 수 있었던 국밥집으로 딸들을 데리고 가셨다. 앞앞이 국밥 한 그릇씩을 받은 철없는 동생들의 눈길도 밥상을 건너와 허공에서 잠시 맴도는 듯싶다가 맛있는 국밥 삼매경에 빠졌다.

꽁꽁 언 강기슭을 따라 신작로를 걸어 집으로 돌아오는 길이었다. 어머니는 아버지와 동생들에서 멀찌감치 떨어져 묵묵히 걸으셨다. 어머니가 한참을 머뭇거리다 입을 떼셨다.

"내가 니 아부지한테 시집와 대를 이을 아들을 못 낳았으니 이제 아버지를 위해 내가 집을 나가야 한다. 작은댁이라도 들여서 아들 하나 얻으면 좋겠다고 권해도 막무가내니, 도리가 없구나."

만딸에게만은 얘기를 하고 동생들을 당부하고 떠나실 생각에 동생 졸업식을 핑계로 큰딸을 불러 내린 것이다. 어머니 얼굴을 마주 볼 수가 없었다. 하늘이 캄캄해지고 강이 대신 울음을 우는 듯 얼음 깨지는 소리가 정적을 깼다. 어머니께 어떤 말을 해드렸는지 지금 생각해도 그저 까마득하다. 오 리 남짓한 길이 얼마나 아득하던지 진눈깨비 핑계를 대며 어머니와 내가 번갈아 손등으로 얼굴을 훔치던 기억뿐이다. 긴 밤을 뒤척이다 새벽녘에야 잠시 잠이 들었는데 어머니의 도마 소리가 자장가처럼 들려왔다.

어머니 나이 불혹을 넘기고서야 신기루 같던 남동생이 태어났다. 모유가 부족해 쌀가루로 이유식을 끓여 먹여도 남동생은 튼튼하게 잘 자랐다. 부엌에서 흘러나오는 어머니의 도마 소리와 함께 온 집안에는 사시사철 봄기운만 감돌았다.

남동생이 장성해 결혼식을 올렸다. 그날 밤 서리서리 긴 옛이야기를 들려주셨다. 가문의 대를 잇도록 여섯이나 되는 딸들을 두고 집을 나가려고 결심하셨을 때 심정을 그제야 들었다.

"엄마, 우리가 딸이면 어때서 그래. 이다음에 아들이 없어도 우리가 부모님 잘 모실 테니 우릴 보고 살면 안 돼?"

김순남

딸의 그 말에 물에 빠진 사람이 지푸라기라도 잡는 심정으로 생각을 바꾸어 딸들을 의지하고 힘을 얻어 버틸 수 있었다며 눈시울을 붉히셨다. 그러다 보니 아들도 낳아 이렇게 장가도 보냈다며 지난한 세월을 더듬으셨다.

뒤뜰에서 안식을 하고 있는 큰 항아리에 도마를 넣어 두신 걸 보면 분꽃같이 고운 며느리에게는 당신의 애환을 전해주고 싶지 않으셨던 모양이다. 보잘것없이 낡은 도마. 수많은 칼자국을 온전히 몸으로 받아낸 흔적들과 가녘에 난 실금 위에 어머니의 짙은 고난의 시간이 겹쳐진다. 본래 있었던 목리문은 닳아 없어지고 어머니의 삶을 닮은 새로운 결이 새겨져 있다. 왜, 생전에 좀 더 그 아픔을 어루만져 드리지 못했는지…. 어머니 가슴의 상처와 같은 도마를 가만히 쓰다듬어 본다. ⊛

도라지를 까며

김 영 옥

　마당 안, 조그만 화단이 달빛을 받아 환하다. 지난가을 도라지 몇 뿌리를 묻어둔 자리에서 싹이 나더니 보랏빛과 흰 별꽃이 초롱초롱한 빛을 낸다.

　화단 앞에 자리를 펴고 앉는다. 소슬한 가을바람과 청아한 귀뚜라미 울음소리를 벗 삼아 도라지를 깐다. 도라지를 나무토막에 올려놓고 과도로 살살 껍질을 긁는다. 훌훌 껍질이 일어나고 스타킹 낀 손으로 그 껍질을 싹싹 훑는다. 도라지의 하얀 속살이 드러난다.

　도라지의 모양이 제각각이다. 껍질이 유난히 두껍고 뻣뻣한 것이 있는가 하면 심이 박힌 도라지, 속살이 까맣게 썩어들어가는 도라지도 있다. 여러 갈래로 뻗은 것은 칼질하기가 어렵고 곧게 뻗은 도라지는 껍질 벗기기에도 수월하다. 한 어머니에게서 태어나도 성격이 제각각인 자식들을 보는 것 같다.

　겉은 곧고 깨끗하면서도 속이 까맣게 썩은 도라지를 보니 곤궁한 삶 속에서도 꿋꿋하게 살아온 어머니의 가슴속이 이렇게 타지 않았을까 싶다. 갑자기 30여 년 전에 돌아가신 어머니가 생각나 눈앞이 뿌예지며 껍질을 벗기는 손길이 무뎌진다.

어머니는 나를 마흔에 임신했다. 결혼 7년 만에 오빠를 낳고 15년 동안이나 아이가 생기지 않은 것이다. 뒤늦게 나를 가진 행복은 하룻밤의 꿈처럼 잠깐이었다. 아버지가 갑자기 세상을 뜬 것이다. 어머니는 남편을 잃고 슬퍼할 겨를도 없이 나를 홀로 낳아 온갖 고초를 겪으며 키우셨다.

어머니는 그 시절에 보기 드문 큰 키와 하얀 얼굴, 호리호리한 몸매로 무척 세련된 분이셨다. 어머니는 한국무용을 좋아하셨다. 하지만 시절을 잘못 만난 탓일까. 양반집 고명딸이라는 명분에 얽매어 그 꿈을 펼치지 못했다.

어머니는 한풀이라도 하듯 가끔 하얀 한복을 입고 대청마루에서 춤을 추셨다. 지그시 눈을 감은 채 버선코를 치마 끝으로 살짝 내밀고 두 팔 위에 걸친 흰 천을 온몸을 휘감으며 도는 모습은 한 마리의 고고한 학 같았다. 사뿐사뿐 춤 사위를 이어가는 어머니의 몸은 한없이 가벼워 보였다. 나는 어쩌면 어머니가 저 날개 같은 하얀 천을 타고 어디로 날아가버리지나 않을까 두렵기도 했다.

도라지의 마른 가지를 잘라내고 머리 윗부분을 긁다 보니 그 속에 자잘한 돌이 박혀 있다. 깊고 어두운 땅속에 뿌리내리고 살을 키우는 동안 살 속에 하나 둘 돌이 박힌 것 같다. 도라지의 몸통을 반으로 잘라 칼끝으로 돌을 긁는다. 돌이 숨을 토해내듯 손바닥으로

제4부 이리 아름답고 유용한

떨어진다. 돌이 박힌 자리가 옴폭한 흔적을 남겼지만, 다행히 흰 속살의 제빛을 잃지 않았다. 도라지를 조심스럽게 보듬었다. 도라지의 숨통을 튀어준 것 같아 내 가슴마저 뻥 뚫리는 듯 가벼워진다.

문득, 가슴에 돌을 담고 산 저 도라지가 어머니가 아닐까 하는 생각이 든다. 당신의 꿈은 펴 보지 못한 채 홀로 자식을 키우며 강직하게 살아온 어머니의 가슴에도 큰 돌이 박혔을 것만 같다.

내가 여고에 입학할 때쯤, 엄마는 앙상한 가지처럼 말라가고 있었다. 하얗고 고운 얼굴에 검은 얼룩도 생겼다. 꿈에 대한 상실이 겉모습으로 나타나는 것 같았다. 어머니는 그대로 포기할 수 없다고 생각하셨는지 내가 사회에 막 발을 내디딜 무렵부터 가슴에 묻었던 한을 조금씩 풀어내셨다. 혼자 술을 드시고 노래를 부르기도 하고 춤을 추기도 했다. 나는 그런 어머니의 모습이 싫어 완강하게 말렸던 나는 어머니의 가슴에 얼마나 큰 돌을 얹었던가. 어머니는 결국 자신의 꿈을 생활에서도 펼쳐보지 못하고 아픈 손가락인 나를 가슴에 담은 채 돌아가셨다.

결혼한 지 40년이 된 지금, 엄마의 마음이 가슴에 스며든다. 한 집안의 며느리와 아내, 엄마로 살아가며 겪는 일이 순탄치는 않다. 때론 꿈도 내려놓아야 한다. 가슴에 담고 살아야 할 때가 한두 번이 아닌 나도 어느새 어머니를 닮아 있다.

달빛 아래 함지박에 도라지가 수북이 쌓여가고, 하얀 종이처럼

김영옥

가녀린 도라지꽃은 달빛에 더욱 희고 정갈하다. 창호지 문으로 스며드는 달빛처럼 부드럽다. 복잡한 일상으로 심란한 마음의 파문을 잠재운다. 이기심과 불편한 마음을 등불처럼 밝혀준다. 옥양목 흰 한복을 입은 어머니처럼 흐트러짐 없는 몸가짐이다.

바닥에는 벗겨진 껍질이 쌓였다. 토양이 좋고 편안한 자리에서 자란 도라지의 껍질은 보드랍고 빛깔도 맑다. 돌 틈에서 자란 도라지의 껍질은 거칠고 억세다. 도라지 껍질을 포대에 담아 담 밑에 놓았다. 겨우내 찬바람과 눈 속에서도 껍질로 열기를 뿜어내어 녹이고 삭힌다. 봄날 응축된 자양분이 되어 화단에 뿌려져 새 생명을 튼실하게 키울 것이다. 도라지는 모든 것을 자연에 주고 있다. 도라지의 흰빛은 절절한 자식을 향한 숭고한 모정의 빛이다. 세월에 퇴색되어 버린 거친 껍질은 영혼으로 승화되어 달빛으로 길을 열어주고 있다.

도라지를 가늘게 쪼개 소반 위에 가지런히 쌓는다. 마치 정갈하게 빗어 넘긴 엄마의 흰 머릿결처럼 달빛 아래서 빛난다. 가을밤 산들바람이 분다. 도라지꽃 가는 줄기가 한들한들 엄마의 가녀린 몸짓인 양 내 눈앞에 아른거린다. 그리운 엄마의 손짓인가, 바람결이 남실거리며 내 얼굴을 스친다. ⓦ

내 인생의 밑거름, 어머니

민 경 관

　자식을 낳아 기르는 것만이 어머니들의 진정한 역할일까? 전쟁과 같은 참화 속에서도 자식을 찾고 보듬는 것이 모성의 본능이기는 하다.

　"애비야 미안하구나."

　10여 년 전 당뇨혼수로 자주 병원에 오갈 때 잠깐 의식이 들자 차 안에서 내게 남기신 어머니의 마지막 말씀이다. 세상에 어느 어머니가 자식에게 미안하다는 말을 할 수 있을 것인가. 가슴 찢어지는 아픔이었지만 혀 깨물고 속으로 삭일 수밖에….

　내 나이 9살, 동생이 6살 때이다. 어머니는 한국 전쟁으로 아버지가 전사하자 1952년에 삶의 진로를 과감히 바꾸셨다. 자식 양육만을 위해 당신의 창창한 인생을 포기할 수는 없는 노릇이어서 수많은 고뇌 끝에 결단을 내린 것으로 여긴다. 그때 어머니의 연세 겨우 28세였으니 지금 생각하면 참으로 잘하신 일이라 생각한다.

　어머니의 일생은 참으로 기구하였다. 넉넉지 못한 집안에 태어난 남매 중 둘째였는데, 아주 어려서 외할머니를 여의고 홀로 되신 외할아버지와 세 식구가 지난한 삶을 영위하면서 성장하였던 것 같다. 음식이며, 빨래며, 바느질까지 일찌감치 몸에 익히지 않을 수 없었고, 타고난 재능으로 살림살이가 야무져 집안 어른들의 칭송을 받기에 충분했던 것 같다. 그런 어머니가 아버지를 만나 결혼을 하신 것이다. 아버지 역시 비슷한 처지여서 두 분의 혼인이 비교적 일찍 이루어진 것으로 짐작한다. 아들 둘 낳으시고 7~8년을 잘(?) 사셨는데 한국 전쟁이 터지고 만 것이다. 불행은 이때부터 시작된 셈이다.

사람이 세상에 태어나서 맺고 사는 부부, 부자, 형제의 관계는 모두 전생의 인연이 그 바탕이라고 한다. 그것은 선연(善緣)일 수도 있고, 악연(惡緣)일 수도 있단다. 선연의 관계는 논외로 하고, 악연의 경우도 살면서 누구를 원망하고 미워하거나, 성을 내거나 탓을 해서는 안 된다고 한다. 모두 다 자기 자신의 업보(業報)가 만든 것이기에 그렇다는 것이다. 때문에 나도 근래부터는 아버님께 감사하고, 어머님께도 고마워하면서 살고 지낸다.

초등학교 5학년 방학 때의 일이다. 어머니 사시는 곳을 알고 찾아가서 '집으로 돌아가자'고 졸라도 봤다. '먼저 가 있으면 곧 뒤따라가마'고 하신 말씀을 철석같이 믿고 혼자 돌아온 어느 날, 책갈피 속에서 얼굴을 내민 쪽지는 '갈 수 없다'였다. 어린 마음에도 그렇게 서운할 수가 없었다. 그러나 그때뿐 시간이 지나면서 금세 사그라졌다.

천성이 부모 없이 살아야 하는 운명이었는지도 모른다. 그 때문인지 어린 시절은 학교 선생님들이나 웃어른들이 시키는 일은 무조건 순종하는 성품으로 자라났다. 누가 시켜서가 아니라 자생적이었다. 모진 세상을 살려면 이 방법뿐이라는 걸 일찍 알아차린 것일까, 아니면 어머니께서 환경을 그렇게 만들어 주신 것일까? 아마도 후자인 것만 같다. 순종형이다 보니 누구도 나를 배타시하거나 업신여기지도 않았으며, 오히려 도와주려는 마음뿐이었다고 기억한다. 어머니의 재능을 닮아 공부도 조금은 잘했는가 싶다.

담임 선생님이 아니었으면 중학교 진학이 어려웠던 일, 서울 진출 때 고모님의 견인(牽引), 고등학교 입학 때 당숙모님의 농지 매각 설득 작전, 초기 직장생활 때의 선배 동료 두 분의 후원, 회사 중역으로 계셨던 친척 아저씨의 보살핌 등은 죽을 때까지 잊을 수 없는 은덕으로 자리매김하고 있다. 지금은 거의 다 고인이 되셨다.

졸지에 조카 둘의 양육을 떠맡은 백부모님의 정성스러운 돌봄으로 우리 형제는 큰 어려움 없이 어린 시절을 보냈다. 그렇지만 처음 떠안을 때 두 분의 아찔했던 심정이 어땠을지는 지금도 가늠할 수가 없다.

불행과 고통은 행복과 즐거움을 잉태시키는 좋은 약이 된다는 말이 있다. 그것은 같은 뿌리라고도 한다. 그렇지만 인생의 쓴맛을 직접 보지 않고는 어찌 행복을 논할 수 있을 것인가. 1960년 중학교 졸업 후 약 1년간은 내 생애 최고의 인생 학습장이었다. 가게 점원, 외판원, 파출소 사환, 신문배달원, 그 후 겪은 가정교사 등은 삶이 무엇인지를 체득하게 한 중요한 경험으로 존재한다.

1961년 고등학교에 입학한 지 불과 얼마 되지 않아서 5·16이 발생했다. 군사원호 보상법이 강화 시행되었다. 모든 유자녀에게 장학금 대출, 학습비 전액 면제는 물론 매월 일정액의 생활비 지원까지 있었다. 이 때문에 주경야독으로 학교에 다닐 계획이었으나 특별한 수고 없이 학교만을 다닐 수 있어서 좋았다. 아버님께 감사(?)해야 할지, 국가에 고마워해야 하는 건지 영영 미제(未濟) 사건으로 남는다.

1962년 5월, 어머니와의 해후가 7년 만에 이루어졌다. 그동안 외가에 자주 들러 근황을 말해두었기 때문에 가능했다. 약속한 날 지정된 시간에 나는 학교 정문에서 버스정류장 쪽으로 비탈길을 서서히 내려갔으며 반대 방향으로 하얀 한복의 여인이 올라오는데 육감적으로 어머니인 것을 알았다. 가까워지자, 우리는 누가 먼저랄 것도 없이 두 손을 마주 잡았다. 그저 아무 말 없이.

아버지의 전사, 어머니의 재혼, 이 두 사건은 모두 나를 아프게 하였지만 결코 원망의 대상은 아니다. 오히려 온전한 인격체로 또는 홀로서기의 표본으로 성장하도록 이끌어 주었다. 마치 식물의

　　　　　　　　제4부 이리 아름답고 유용한

밑거름처럼….

　지난 백중(百中) 때이다. 동작동 국립현충원 내에 있는 '호국지
장사'에 부모님의 영구위패를 봉안해 드렸다. 짧은 생을 살고 가신
아버지와, 자식에게 미안한 마음으로 노년을 보내신 어머니의 영
혼이 함께 편안히 잠드시기를 빌면서 우리 부부는 청수 한 잔 올리
고 배례를 하였다. 살아남아 있는 자의 의무도 되기에.㊭

낡은 자개장

박 지 유

　휘영청 밝은 보름달 아래, 학들이 날아다닌다. 한 쌍의 사슴은 사랑을 나누는 듯 애틋하게 서로를 바라보고, 탐스럽게 핀 매화와 국화는 봄인 듯, 가을인 듯 계절을 다 품었다. 아담한 대나무 숲 연못가엔 하얀 억새가 바람에 날리고, 연못에는 백조 두 마리가 동그란 물결을 만들고 있다. 우리의 삶이 평화롭고 무병장수하기를 기원하며 한 점 한 점 자개를 붙였을 장인의 마음이 세월을 건너온다.

　일꾼들의 손이 바쁘다. 분잡한 손길로 잡다한 짐들이 나오고, 이내 덩치 큰 자개장이 끌려 나와 짝을 맞춰 섰다. 키 작은 거실장도 장롱 옆에 나란히 자리를 잡았다. 거리로 나앉은 자개장 위로 눈치 없이 햇빛이 쏟아진다. 방 안에선 안 보이던 먼지 덩어리가 바람을 타고 날아간다. 한때 큰방 한편을 화려하게 차지했던 장롱이 햇빛 아래서 더없이 초라하다. 새까맣던 옻칠은 수십여 년 세월 동안 희끄무레 바래지고 자개는 누렇게 변했다. 자개장을 아끼며 살던 엄마의 기나긴 이야기가 조개껍질 사이에서 아련하게 새어 나온다.

　엄마의 자개장은 미닫이문이었다. 칙칙한 살림살이 속에서 유

　　　　　　　　제4부 이리 아름답고 유용한

난히 빛나던 까만 자개장은 오히려 마음 둘 곳 없는 이방인처럼 겉돌았지만, 엄마는 자식들의 삶이 자개처럼 빛나기를 기도하며 닦고 또 닦았다. 어린 내가 장롱문을 열었다 닫았다 하며 장난을 치면 '장롱 다 부서진다'며 혼을 내던 엄마도 장롱이 낡아지고, 당신의 삶에 지치면서 무심해졌다. 도르래는 낡아서 덜컹거리고 검은 옻칠이 바래졌다. 단정하게 들어앉았던 이불이며 옷가지들조차 정리가 덜 된 채로 몸을 숨겼다.

자개장은 엄마의 금고이기도 했다. 은행 통장까지 만들어 모을 만큼의 여유가 없었으니까. 아버지는 열심히 일은 하셨지만 목돈이 생기면 여지없이 노름으로 날리고 빈 손으로 들어오셨다. 엄마는 어려운 살림에 보태기 위해 집에서 기른 콩나물과, 밭에서 나는 약간의 채소를 머리에 이고 매일 시장으로 나갔다. 그렇게 한 푼 두 푼 모은 돈을 장롱 속에 넣어뒀다. 엄마의 금고는 자식들의 학비가 필요할 때나 가족이 많이 아플 때 힘들게 열렸다.

어느 날, 산에 약초를 캐러 갔던 아버지가 함께 갔던 친구에게 업혀오셨다. 발을 헛디뎌 바위 위로 굴러 떨어지는 바람에 온몸이 피투성이가 되었다. 골절과 터진 상처로 아버지의 고통은 짐작조차 할 수 없을 정도였다. 병원으로 모셔 갈 수 없었던 엄마는 의사를 부르고 약을 사오셨다. 몇 달을 누워 지내시던 아버지가 거짓말처럼 회복된 것은 엄마의 금고 속 쌈짓돈과 눈물 어린 간호 덕분이었다.

오빠의 결혼을 앞두고, 엄마의 자개장 깊숙이 자리 잡고 있던 산 등기가 나왔다. 큰아들의 신혼집 마련을 위해 어쩔 수 없이 산을 팔아야만 했다. 장롱문을 열어 놓은 채 엄마는 넋을 잃은 사람처럼 앉아 있었다. 한참 후 떨리는 손으로 문서 봉투를 쓰다듬고 있던 엄마의 등이 조용히 흔들렸다.

자개장은 엄마에겐 마음의 은신처였는지도 모른다. 늘 고되고 지친 몸을 기대고 앉아 커가는 자식들과 앞으로의 삶을 고민했을 엄마. 장롱 속에 몇 푼의 돈을 넣을 때마다 엄마의 얼굴에 주름 하나 펴졌을까. 그런 날은 그나마 행복했을까. 그 속에 엄마의 예쁜 옷 한 벌 제대로 넣지 못했지만 장롱에 새겨진 평화로운 작은 세상에서 마음 한 줄기 다듬었는지도 모르겠다.

수십 년의 세월 속에 사람도 늙어가고 자개장도 낡았다. 병석에 계시던 아버지가 떠나시고 혼자가 된 엄마는 낡은 장롱이 보기 싫어 작은방으로 옮겨버렸다. 빛을 잃은 칙칙한 장롱은 삶에 지치고 힘들었던 엄마의 무거운 시간을 품고 있었으니까. 그리고 힘들었던 시간을 바꾸려는 듯 원목으로 된 새 장롱을 들여놓았다. 자식들을 다 결혼시키고 나서야 만든 엄마의 통장 몇 개도 새 장롱 속에 자리를 잡았다.

세월의 무게를 이길 사람은 없다. 70여 일의 입원을 끝으로 엄마도 우리와 영원한 이별을 했다. 가족을 보듬으며 자신의 모든 것을 내주고 살았던 87년의 세월, 희로애락의 끈을 놓고 이승과 저승으로 갈라지는 순간은 정말 찰나였다. 자식들만이, 들풀처럼 억세게 살았던 한 여인의 단출한 삶의 흔적이다. 오 남매의 가슴속으로 영원한 자리를 옮기고 오랫동안 엄마를 기다리던 아버지를 만나러, 다시는 돌아올 수 없는 여행을 떠났다. 엄마가 떠난 세상은 아무렇지도 않았다. 엄마만이 세상에 존재하지 않을 뿐. 울컥울컥 올라오는 슬픔을 가슴에 안은 채 우린 다시 각자의 삶으로 회귀했다.

날이 저물며 이슬비가 내린다. 눈물인 듯 빗물인 듯 엄마와의 애틋했던 시간들을 적신다. 낡은 장롱에 새겨진 사슴의 눈에서도 조용히 눈물이 흐른다. 백조의 등에서도 또르르 빗방울이 굴러 떨어진다. 번쩍번쩍 빛나던 자개장이었지만, 지금 길가에 나앉아 비를 맞는 장롱이 더없이 초라하다. 퇴색된 옻칠 사이로 틈을 드러내는 나뭇결에 스며든 빗물이 자개를 밀어내 '툭' 떨어뜨린다.（木）

어미 새들은 떠나고

박 춘 혜

새벽, 조카며느리의 울먹이는 전화를 받고, 돌아가시기 전에 언니 얼굴을 보겠다고, 광주의 요양병원으로 달려갑니다.

언니 제발 도착할 때까지 기다려주세요. 간절한 마음으로 기도하면서…. 가는 길이 왜 이리도 더디게 느껴지는지요. 멀리 마을에 십자가가 보입니다. "하느님 제발 도착할 때까지 붙잡아 주세요." 또 십자가가 보입니다. "제발 붙잡아 주세요." 가는 도중에 전화가 옵니다. 우리가 도착할 때까지 장담할 수 없답니다. 그래도 마지막 얼굴을 보겠다고 강행했습니다.

언니가 나를 기다린 듯 다행히 호흡이 멈추기 전 마지막 얼굴을 볼 수 있었습니다. 울컥하며 가슴이 먹먹했지만 슬프지도 눈물도 나지 않았습니다. 싸늘히 식은 발을 두 손으로 감싸 쥐고, 힘들었을 병원생활에서 해방되어 편안한 쉼에 드시길 바라며 보내드렸습니다. 넷째 언니는 이렇게 내 곁을 떠났습니다.

내 나이 다섯 살 무렵, 엄마가 세상을 떠나신 후부터, 언니이기보다 엄마를 대신해 곁을 지켜 주었던 기억들이 주마등처럼 스칩

제4부 이리 아름답고 유용한

니다. 학교 다닐 땐 학부모가 되어 주었고, 결혼 후엔 친정엄마가 되어주었습니다. 나이 들어선 친구 같은 언니로 지냈습니다. 병에 드신 시어머니를 모시고 사는 내가 시간도 모자라고, 서울과 광주에 떨어져 사니, 우린 중간지점의 버스터미널에서 만나기로 정했습니다. 대전 터미널에서 만날 땐, 언닌 광주에서 올라오고 나는 서울서 내려가 만나, 택시기사의 도움을 받아, 대전 '엑스포 공원'을 거닐었습니다. 합천 해인사에서 '팔만대장경' 경판을 볼 수 있는 행사가 열린다는 소식에, 합천 버스터미널에서 만나 1박을 하며 관람했습니다. 또 광주터미널에서 만나 해남 행 버스를 타고, '땅끝 마을'을 밟으며 해풍을 맞아보기도, 근처의 고산 윤선도 고택을 탐방하기도 했습니다. 교통사고로 입원했을 땐 나의 곁을 지키며 간호를 해 주었습니다.

"언니! 그동안 고마웠습니다."

어찌 말로 다 표현할 수 있겠습니까. 이제 몇 년 전 먼저 가신, 형부가 계신 부산에서 두 분이 마주하실 겁니다. 저도 며칠 뒤 잘 계시는지 확인하러 찾아 뵐 겁니다. 하늘 문이 열린 '개천절'에 가시니 가는 길이 편하시리라 여겨집니다.

집에 돌아와 현관을 들어서니, 식탁 위의 꽃무늬 화병이 활짝 웃으며 맞아주었습니다. 언니가 준 화병이라 마치 언니가 웃고 있는 것 같습니다. 냉장고를 여니 서울의 병원으로 검진 올 때마다, 챙겨 오셨던 참기름, 깨, 고춧가루 등 여러 가지가 쟁여져 있습니다. 힘드시게 왜 가져오느냐고 안타까움의 투정을 부리기도 했었는데 소용없었습니다.

뒤돌아보니, 칠 남매의 막내로 애잔한 사랑을 듬뿍 받고 자란 나는, 생각 없이 지냈던 소중한 나의 인생이, 이제서야 나에게 우산이 되어 주셨던 어미 새들의 사랑 덕분이었음을 깨닫게 되었습니다. 아버지의 기억을 떠올리면 겸상하던 밥상이 눈에 선합니다. 밥 먹기 전 조그만 잔으로 술 한 모금을 마실 때, 입맛을 돋워준다시며 어린 제게도 조금 남겨 줬습니다. 그래서인지 여자 형제 중 저만 술을 마실 줄 압니다. 도시락도 손수 싸주시고, 신발을 부뚜막에 올려 따뜻하게 데워 신겨주었습니다. 언제나 제 곁에서 살길 원하시던 아버지를 우리 가족이 미국으로 가면서 손을 놓쳐 버렸습니다. 몇 달 후 새벽녘 잠 속에 "춘혜야!" 하고 제 이름을 부르셔서 깜짝 놀라 깨었습니다. 급히 서울로 전화를 했더니 마지막으로 부르신 제 이름이었습니다. 서울의 친구에게 울면서 아버지의 부음을 전했던 기억이 납니다.

넷째 형부는, 참 좋은 남편과의 연을 이어주었으며, 애들 때문에 미국에서 머물고 있을 때는, 혼자 지내는 동서인 남편을 한집에서 같이 지내며 도움을 주었습니다. 내가 힘들어할 때면, 좋은 곳으로 드라이브도 시켜주고 맛있는 음식도 자주 사주며 위로해주

제4부 이리 아름답고 유용한

신, 참 자상하신 분이셨습니다. 내가 중학교 1학년 때였습니다. 언니와 교제할 때였는데, 빨간색 넥타이를 매고 멋을 잔뜩 부린 모습이 마음에 들지 않아, 만날 때마다 따라다니며 먹혀들지 않는 방해를 하였습니다. 두 분은 십년간의 연애 끝에 결혼했습니다. 노년에 드신 형부가, 평소에 눈감을 때 들려달라시며 녹음해 두었던 찬송가를, 몇 년 전 생과 이별하는 날 침대 옆에서 귓가에다 불러드렸습니다. 이젠 철없던 예전처럼 방해하지 않을 테니 두 분이 반갑게 얼싸안으시길 바랍니다.

둘째 형부는, 결혼할 때 초등학교 4학년이던 내게, 처제라고 "춘혜 씨!" 하며 존칭어를 쓰며 예뻐해 주신 언제나 든든한 기둥이셨습니다.

셋째 형부는, 나의 결혼식 전에 월남에 계실 때였는데, 남편 될 사람에게 장문의 편지를 보내왔습니다. 이제 부부가 되지만, 장모님을 대신해 처제를 잘 돌봐주고, 오빠처럼 넓은 마음으로, 사랑으로 잘 대해주길 바란다며, 일찍 엄마를 여읜 처제에 대한, 사랑 가득한 당부의 내용이 적혀 있었습니다. 그 편지글은 나의 마음 항아리에서 곰삭아 아직도 사랑의 온기가 온몸을 감싸줍니다.

창문 너머 큰 느티나무에 자리 잡은 새 둥지가 보입니다. 눈발이 펄펄 날립니다.

훗날 하늘나라에서 반갑게 다시 만날 날을 기다리며, 나의 마음

박춘혜

가득 쟁여져 있는 소중한 사랑을 하나씩, 하나씩 꺼내어 추억하며 살아갈 겁니다. 이제 어미 새들은 둥지를 떠났습니다. 혼자서도 잘 살아갈 수 있을 거라 믿고서….㉠

제4부 이리 아름답고 유용한

바짝, 렌즈를 당겨 봐

오서윤

　함께 여행을 가고 싶은 친구가 있다. 그런데 사진을 찍는 친구와 시를 쓰는 나는 떠나기 전부터 삐걱거릴 게 뻔하다.

　친구도 한때 시인 지망생이었으니까 사진에 문외한인 나를 배려해 줄 거라고 믿었다간 큰 오산이다. 친구는 그런 마음이 없어 보인다. 잘 알고 있다고 생각했는데 친구의 파행에 당황한 적이 한두 번이 아니다. 길을 가다가 갑자기 친구가 사라진다. 주변을 살펴봐도 보이지 않는다. 전화를 해도 받지 않는다. 이 골목 저 골목을 헤매다 길바닥에 털썩 주저앉을 때 불쑥 나타나는 그녀.

　이젠 친구의 실종이 놀랍지 않다. 친구가 있는 곳을 짐작할 수 있기 때문이다. 나는 잡힐 듯 잡히지 않는 시상의 미로를 더듬어가듯 그녀의 행적을 추적한다. 얼마 지나지 않아 빌딩숲 사이, 아직도 이런 곳이 있을까 싶은 곳에서 그녀를 발견한다. 허리를 굽히고 무릎을 꿇어야 비로소 그녀가 무엇을 하는지 알 수 있다. 그녀는 가장 낮은 자세로 뒤처지거나 버려진 풍경들을 렌즈에 담고 있다. 헌 책방 안 먼지와 함께 굳어버린 낱장들, 그늘 한 편을 세 얼어 푸성귀를 파는 할머니, 쪽잠을 자는 노숙자가 벗어놓은 신발 한 짝, 보도블록을 뚫고 나온 노란 민들레. 나도 모르게 아! 하는 탄성을 자아내게 하고 그녀는 미처 캐내지 못한 삶의 편린들을 끌어당기고 있다.

나는 친구를 종군 기자라 부른다. 짧은 머리에 헐렁한 재킷과 청바지 그리고 화장기 없는 민낯. 영락없는 종군 기자 모습이다. 행동도 다르지 않다. 삶과 죽음이 맞닿아 있는 전쟁터의 실상을 생생하게 보도하는 종군 기자처럼 뜨거운 눈물과 웃음이 있는 현장 그곳에 그녀가 있다.

내가 나타나면 친구는 기다렸다는 듯 씩, 웃고는 다시 작업에 열중한다. 찾아다녔잖아? 친구의 뒤통수를 향해 쫑알거린다. 그녀가 미안해하지 않는다는 것을 알고 있다. 오히려 그녀의 시선이 깊고 넓어질 때마다 동행할 수 있어 뿌듯하다. 그때 그녀가 하는 말이 들려온다. 표정이 죽었네, 죽었어! 어느새 그녀의 카메라 안에 내가 있다. 그래! 시인보다 사진사가 세다. 그녀를 쏘아붙였지만 나는 주눅이 들어 있다.

이쯤 나는 시를 포기했냐고 친구에게 손톱을 세운다. 누구보다 시인이 되기를 원했던 친구의 간절함을 겨냥한 것이다. 기껏 아픈 곳을 찔렀다고 생각했는데 친구의 반응은 시큰둥하다. 이미 나를 읽은 것이다. 그녀의 렌즈에 밴댕이 소갈머리 같은 내 옹졸함이 사

제4부 이리 아름답고 유용한

로잡혀 있다.

우리가 처음 만난 곳은 글 쓰는 모임이었다. 나는 아무에게나 불쑥 카메라를 들이대는 그녀가 여간 거슬리는 게 아니었다. 그녀가 주최 측에서 고용한 사진기사인 줄 알았다. 나중에 같은 회원이라는 말을 듣고 별나다고 생각했다.

친구가 사진을 건넸을 때 나는 무척 당황했다. 동갑이라는 것 외에 아는 것이 없는, 생면부지나 다름없는 사이 때문만은 아니었다. 흑백 사진 속 내가 처음 보는 사람처럼 낯설었다. 한껏 치장한 내게서 색과 장식이 빠져나간 그림자가 참, 공허했다. 그런데 겹겹이 두른 껍데기를 벗은 내가 홀가분해 보였다.

내 불구의 사고들이 친구의 렌즈에 고스란히 잡힐까 봐 명랑한 척하곤 한다. 그러나 친구는 내 안에 웅크린 이기심과 아집과 독선을 놓치지 않는다. 그녀의 렌즈를 통해 말갛게 드러난 상처가 생각보다 아파보이지 않는다. 한 발자국 떨어져서 바라보니 치유가 가능할 것 같다.

나는 결코 친구를 벗어날 수 없다는 것을 잘 안다. 그녀의 구속이 싫지 않다. 예쁘게 찍어 줘, 어려 보이게 해줘. 수없이 부탁을 해도 그녀는 무참하게 기대를 저버린다. 기미가 잔뜩 낀 얼굴을 복숭아빛으로 밝혀주는 자비도, 자글거리는 눈가 주름을 펴주는 아량도, 작은 눈을 커 보이게 하는 덤 같은 보정 작업은 없다.

며칠씩 사라졌다가 나타나는 친구의 표정을 보면 출사가 얼마나 치열했는지 짐작할 수 있다. 걱정과 궁금증으로 안달이 난 내게 그녀는 사람과 풍경들 사이에서 건진 느낌표들을 부려놓는다. 사진 속엔 살아가는 냄새가 물씬 풍기는 장터가 있다. 철새가 날갯짓하는 소리가 들리는 것 같다. 허리가 잘려나간 산등성이와 시들은 꽃 한 송이처럼 온전한 것이 아닌 자투리 풍경에서 끄집어내는 이야기가 있다. 나는 가슴이 먹먹한 시를 읽는다. 그녀는 렌즈를 밀고 당기며 한 편의 시를 쓰고 있었던 것이다.

친구의 사진을 보고 울컥했던 감상을 시 속으로 빌려온다. 하지만 시상으로 전개하는 것은 호락호락하지 않다. 친구의 절제된 감정과 예민한 시선을 파악하지 못한 탓이다. 나는 한 장면 한 장면에 담긴 그녀의 사색과 고뇌를 내 것으로 만들지 못한다. 잘 나가던 사업이 부도나고 처절하게 빈털터리가 된 후에야 깨달았다는 그녀의 내면을 넘볼 수 없다. 그녀가 던진 허공의 여백을 읽을 수 없다. 나는 아직도 그녀에 대해 모르는 것이 너무 많다.

나는 친구를 질투한다. 아니, 세상과 소통하는 친구의 방식에 열광한다. 친구는 푸성귀를 파는 할머니와 노숙자의 신발을 바라보던 그 눈빛으로 사람들에게 다가갔을 것이다. 그들 옆에 앉아 가식과 격의가 없는 대화를 주고받는 모습이 그려진다. 그녀의 사진은 사람과 풍경을 향한 무한한 애정에서 출발한다.

사진기의 무게 때문에 한쪽으로 처진 친구의 어깨가 안쓰럽다. 그러나 결코 삶에 짓눌리지 않는 저 기울기는 그래서 당당하다. 이 가을, 친구와 발길 닿는 대로 떠나고 싶다.⊛

붉은 동굴 속 언어들

– 울음에 관하여

윤 옥 주

동굴 안에서 낯익은 울음소리가 흘러나왔다.
아기의 입술처럼 붉었다.
나는 이제 겨우 그 동굴을 빠져나왔는데
아직도 누군가 안에서 흐느끼고 있다

울음

우는 아기 젖 준다는 말이 있다. 아직 말을 못하는 아기에게 울
음은 언어이고, 생존을 위한 수단이다. 울음은 뜨거워질수록 속싸
개로 꼭 감싸주어야 한다. 울음에도 적당한 하루치의 무게가 있다.
울음의 무게는 잠의 무게와 반비례한다. 나는 날마다 영유아 건강
기록표에 울음의 무게를 기록하고 울음을 분류해서 보관하는 일을
한다. 어떤 울음은 몸 전체가 샛노랗다가 입술 부위만 새파래진다.
나는 최근 울기에 적합한 유전자들을 발견했고, 그럴 때마다 짓무

제4부 이리 아름답고 유용한

르기 쉬운 울음의 속살을 잘 닦아주었다.

매일 아기에게 분유를 먹이고, 기저귀를 갈아주고, 안아서 트림을 시켜주는 일은 얼마나 숭고한 노동이던가! 아기 똥을 펼쳐보면서 울음의 냄새를 맡아보고 울음의 상태를 파악하는 일은 울음의 감정과 경로를 확인하기 위한 최우선의 방법이다. 오늘 아침에는 서로 경쟁하듯 내 어깨에 매달리는 울음들 때문에 나도 덩달아 울고 싶어졌다. 신생아실에서 우리들은 언제 폭발할지 모를 울음에 항상 대비하고 있어야 한다. 울음의 발현에는 여러 원인이 있겠지만, 아기들은 어느 정도 욕구가 충족되면 언제 그랬냐는 듯 울음을 뚝 그친다. 반면에 울음은 또 다른 울음을 불러온다. 조용히 잠을 자던 아기가 다른 아기의 울음소리에 깨어나 갑자기 울기 시작하듯이.

이름표

새벽 4시 10분이 되면 나의 하루는 곤한 잠에서 깨어난다. 첫 지하철을 타고 내가 매일 출근하는 곳은 산후조리원이다. 아기들은 입실할 때 엄마의 이름표를 달고 온다. 배꼽에 탯줄을 매달고 온 아기가 배냇짓을 할 때마다 나는 문득 아기의 꿈속이 궁금해진다.

이곳에 오는 산모들은 대부분 초산이지만, 가끔 둘째, 셋째를 낳은 산모들도 있다. 요즈음 같은 싱글족, 딩크족 시대에, 그럼에도 불구하고 결혼해서 아기를 낳고 기르는 일은 얼마나 위대한 일인가! 존경한다. 멋지고 사랑스러운 딸들이여...

나는 이곳 신생아실에서 아기 돌보는 일을 한다. 날마다 새로운 마음으로 산모와 아기들을 맞이하고 2주 후면 떠나보내는 일을 한지 벌써 15년째이다.

아침에 출근해서 지난밤의 일들을 인계 받고나면 아기들 목욕할 시간이다. 조그맣고 앙증맞은 손발을 바둥거리며 물속에서 한바탕 울음을 터뜨리고 있는 아기들이 내게는 바로 '시詩'다. 울음이 가득 들어 있는 물 한 바가지를 아기 몸에 부으며, 그동안 내가 갇혀 있던 동굴 속 어둠을 생각한다. 나는 이미 오래 전에 그 동굴을 빠져 나왔는데, 그 속에서 한 아이가 지금까지 울고 있다.

새싹이의 몸무게는 2.42kg이다. 그동안 병원 인큐베이터 안에서 지내다가 열흘 만에 이곳으로 왔다. 산모의 임신성당뇨로 인한 조기분만으로, 임신 35주 4일에 2.23kg으로 태어난 새싹이는 신생아실에 있는 아기들 중에서 몸무게가 제일 적다. 나는 새싹이가 우는 모습을 본 적이 없다. 새싹이는 거의 온종일 잠들어 있고, 기저귀가 젖어도 몸을 약간 움츠릴 뿐이다. 새싹이는 눈을 감고 있다가도 내가 어떤 말을 건네면 살며시 미소를 짓는다.

새싹이의 오른쪽에는 몸무게 4.27kg의 구름이가 누워있다. 구름이는 마치 등에 센서가 있는 것처럼, 베지넷에 눕혀놓기만 하면 운다. 목소리가 얼마나 큰지 그 울음소리에 놀라 다른 아기들도 덩달아서 운다. 목욕시간에는 그 울음의 앙상블이 절정에 다다른다.

나는 아이들이 어느덧 자라고 시간적인 여유가 생기면서부터, 마음속 깊이 묻어두었던 꿈들에게 이름표를 붙여주기 시작했다. 하지만 원하던 꿈을 이룬다고 해서 삶이 풍요로워지는 것은 아니었다. 그 무렵 나는 우리의 언어가 만들어내는 불협화음으로 자꾸만 몸을 웅크리게 되었고, 동굴 안에 가득했던 울음들이 내 몸을 공격해오는 것을 알게 되었다.

어느 날 배꼽 근처에서 시작된 울음이 온몸으로 번지듯이, 병명을 알 수 없는 날들이 지속되었다. 자가면역질환이라고 했다. 내 얼굴은 스테로이드 부작용으로 달덩이처럼 부풀어 올랐다.

그리고 오랜 꿈처럼, 통증이 오래 머물다 지나간 자리에서 시가 발아되기 시작했다.

내가 태어났을 때 처음으로 내 이름을 불러준 그녀는 지금 자신의 이름표를 달고 요양병원에 누워 있다. 코로나19는 여든일곱 해를 버텨온 그녀의 동굴을 한순간 폐허로 만들었다. 계속되는 설사와 함께 세 번째 진행된 뇌경색으로 머릿속 기억들이 하얗게 지워졌다. 콧줄로 연명하는 그녀의 나날은 너무나 힘겹고, 그녀의 동굴에서 흐릿하게 흘러나오던 울음소리도 사라졌다. 이제 그녀는 딸의 목소리도 자신의 이름도 다 잊어버린 채…. 무엇을 떠올리다가 초점없는 눈시울이 그렇게 붉어졌을까? 그녀는 떨리는 손으로 붉은 토마토 공을 쉬지 않고 굴리고 있다. 마치 그렁그렁해진 눈물을 떨어뜨릴까 봐 손 안에 꼭 쥐고 있다는 듯이, 온종일.㊌

제4부 이리 아름답고 유용한

남방항로에서 만난 별

이 봉 길

　까만 하늘에 별만 보인다. 바다와 육지는 어둠에 잠기고 무수한 별만 캐노피에 가득하다. 하늘에서 밤을 새우는 날이면 조종석에 앉은 나도 수많은 별 중의 하나가 되어 고적함을 달래기도 한다. 요즘은 야간비행에서 별과 함께 밤을 지새우면서 학창 시절이 자주 떠오른다.

　고등학교 3학년 때, 아버지는 어머니 돌아가신 지 이태가 지났는데도 술에 취해 들어오는 날이 잦았다. 밤늦도록 아버지가 들어오지 않은 날이면 보던 책을 펴둔 채, 아랫목에 곤히 잠든 동생들을 두고 미닫이문을 살며시 닫고 집을 나섰다. 어둑한 골목길을 나서며 하늘을 보면, 눈자위가 뜨거워지며 총총히 박혀 있는 별들이 서로 엉키고 어지럽게 보였다. 고3인데, 입시 공부는커녕 진로에 대한 아무런 마음의 준비도 하지 못하고 있던 나로서는 그런 아버지를 이해할 수 없었다.

　통금 시간이 다 되어서야 동네 입구에 들어서는 아버지는 길가에 서 있는 당신의 아들도 알아보지 못하고 지나친다. 손에 든 낡은 가죽가방을 늘어뜨리고, 걸음을 옮길 때마다 몸이 앞뒤로 크게 흔들리는 것이 많이 취한 게 틀림없다. 내가 "아버지!" 하고 부르면 그제야 고개를 돌리는데, 나를 보는지 하늘을 보는지 고개를 위로 젖히고 가만히 서 계셨다. 나는 손가방을 받아 들고 아버지를 부축하여 말없이 걸었다. 골목길에 들어서 저만치 집 대문이 보일 때쯤 아버지는 걸음을 멈추고 "길아, 너는 딴생각 말고 공부만 열심히 해라. 좋은 대학에 꼭 들어가야 한다."라고 매번 똑같은 말씀을 되풀이했다.

하늘과 인연이 있었던지 나는 공군에 들어갔고, 20여 년간의 군 생활을 마치고 민간항공사에 입사했다. 사십 대 후반, 뒤늦게 발을 들여놓은 에어라인에서도 공군 조종사 생활의 연장이나 다름없었지만, 장거리 해외 비행을 하면서 하늘에서 고스란히 밤을 새우는 날이 많았다.

에어라인 승무원 생활은 대개 비슷하다. 밤새 대양을 건너는 장거리 비행으로 해외에서 며칠을 머무르다 돌아오면 2~3일 후에는 다시 지구 반대편이나 남반부로 향한다. 유럽 비행은 한낮에 인천공항을 출발해서 북서쪽으로 날아가면 시베리아를 건너 북유럽 상공으로 이어진다. 열 시간여를 지는 해를 따라가다 빈이나 브뤼셀에 착륙했다. 그 시간, 우리나라는 한밤중인데 그곳은 해가 떨어지지 않은 초저녁이다.

제4부 이리 아름답고 유용한

해 질 무렵에 이륙하여 일본 상공을 지나 동쪽으로 가는 반대편 항로는 밤이 짧다. 태평양을 가로질러 12시간을 날아가면 미국 서부지역에 도착한다. 그곳은 햇빛이 쨍쨍한 오후 시간인데, 우리나라 시간의 밤을 항공기에서 꼬박 새웠다. 졸음이 쏟아진다. 호텔에 들어서면 짐을 풀 새도 없이 잠에 빠지고, 자다 배가 고파 눈을 뜨면 새벽 한두 시, 한국시간의 대낮이다. 다시 잠이 오지 않는다.

오늘은 남방항로, 호주 시드니 비행이 있는 날이다. 이 노선은 저녁 8시쯤 인천공항을 이륙하여 남쪽으로 열 시간을 날아가 이튿날 아침 시드니공항에 착륙한다. 호주는 지구의 남반부에 있어 계절은 우리나라와 반대지만, 시차는 1시간밖에 나지 않는다. 이 항로를 비행할 땐 밤새 마주 보는 별을 만난다.

부산 상공을 지나 남쪽으로 한 시간여 날아가면 검은 바다 위에 모닥불처럼 보이는 오키나와가 보인다. 여기서부터 광막한 남태평양을 건너면서 괌, 파푸아뉴기니를 지나 대양주*에서 일출을 맞을 때까지 지구 남반부로 항로를 안내하는 별이 있다. 남십자성(Crux)이다. 이 별은 남반부에서는 잘 보이지만 북반부에서는 오키나와를 지나면서 남쪽 수평선 위로 올라선다. 항공기가 적도에 다가갈수록 맞바람 받은 연처럼 점점 눈앞에서 하늘로 솟아오른다. 남십자성은 밝은 두 개의 1등성 별이 2등성과 3등성 별 하나와 서로 교차하면서 뚜렷한 십자가를 그리고 있다. 오늘도 은하수가운데 반짝이고 있는 남녘 하늘의 심벌, 남십자성과 마주하며 밤 하늘을 난다.

남십자성은 뱃사람들에게도 방향을 알려주는 길잡이 역할을 했다. 15세기부터 유럽에서는 대항해시대가 열렸다. 그즈음 많은 탐험가가 남방항로를 따라 미지의 땅을 찾아 나섰다. 그때 다른 어느 별자리보다 뱃사람들이 의지하고 항해했던 별이 남십자성이다.

야간비행에서 남십자성을 마주 보며 아버지 생각을 많이 한다. 술에 취해 몸을 가누지도 못하면서 집 앞에 이르면 내 손을 꼭 잡고 "너는 집안의 기둥이다. 좋은 대학에 꼭 들어가야 한다."라고 했다. 그때는 돌아가신 어머니를 생각하며 마음을 잡지 못하면서 내겐 늘 같은 말씀만 하시던 아버지가 미웠다. 하지만 고등학교 졸업을 앞두고 아무 의욕도 없이 지내던 내게 아버지의 그 말씀은 길잃은 밤길에 방향을 지켜주는 별이 됐다.

고적한 비행에서 수많은 별 중에 날이 밝을 때까지 남쪽 하늘에서 마주하는 별. 대항해시대 뱃사람들에게 길잡이가 되고 마음의 등불이 되었던 남십자성처럼 내 삶의 길목에서 나침판이 되어준 아버지가 생각나는 밤이다. ㉖

---

* 대양주(大洋洲) : '오세아니아'는 대양주라고도 한다. 오스트레일리아 · 뉴질랜드 · 멜라네시아 · 미크로네시아 · 폴리네시아를 포함하는 대부분 태평양지역의 섬을 말한다.

원조 두붓집

이 언 주

　희미하게 떠다니는 콩 삶는 냄새가 코끝을 스쳤다. 어떤 기분 좋은 느낌이 들어 나른한 잠에 빠져들었다. 그러다 원조 두부가 떠올라 눈이 저절로 떠졌다. 자리에서 일어나 커튼을 걷고 베란다 문을 열었다. 두부 가게가 있던 거리를 내려다보았다. 셔터가 내려진 가게들은 아직 깨어나지 않았고 도로는 한산했다. 어제와 조금도 다르지 않은 풍경이었다. 건물과 건물 사이로 솟아오르는 해가 맞은편 빌딩 유리 벽에 부딪혀 눈이 부셨다.

　얼마 전까지만 해도 골목 어귀에 원조 두부라는 단골 두붓집이 있었다. 콩 삶는 냄새는 두붓집 할아버지가 롱코시루에서 아침을 준비하는 냄새였다. 중국은 아침 식사를 거리에서 해결하는 사람이 많다. 아침이 오면 원조 두붓집 앞에도 어김없이 긴 줄이 늘어섰다. 커다란 기름 솥에는 꽈배기가 튀겨지고, 뜨끈한 콩물은 순식간에 사라졌다.

　어느 날 모임에서 중국에도 촌두부가 있다는 이야기를 들었다. 그 말을 들은 순간 나는 원조 두붓집을 생각했다. 그날부터 두붓집 앞을 지날 때마다 걱정 아닌 걱정이 생겼다. 마트처럼 진열된 물건을 들고 계산할 수도 없을 테고, 들어가서 촌두부를 사러 왔다는 말을 어떻게 해야 할지. 몇 번이나 두붓집 앞까지 갔다가 돌아섰다. 한번은 용기를 내서 가게 안으로 들어갔다. 테이블이 놓인 가게 안쪽은 일반 식당과 다르지 않았다. 할아버지가 다가와 무어라 말했지만, 한마디도 알아들을 수 없는 광동어였다. 나는 주방 입구 탁자에 쌓아놓은 모두부를 손가락으로 가리켰다. 그는 알겠다는 듯이 비닐봉지에 두부를 담고 손가락 세 개를 펴 보였다.

두붓집 안을 둘러보았다. 벽에 전통 방식으로 두부를 만드는 액자가 걸려있었다. 우리의 옛 방식과 별반 다르지 않았다. 어려서부터 나는 비릿한 콩 냄새가 싫었다. 콩으로 만든 어떤 음식도 먹지 않았다. 밥에 섞인 콩은 하나도 남기지 않고 골라냈으며 콩비지가 상에 오르면 코를 막았다. 하지만 콩국수를 좋아하는 남편을 만났다. 반찬으로 콩자반을 만들고 두부찌개를 끓여야만 했다. 주부가 되어서야 그 맛을 알게 되었으니, 콩의 비린 맛이 내게는 어른의 맛인 셈이었다.

꽈배기 튀기는 냄새 때문에 나도 그 집 앞에 줄을 서게 되었다. 꽈배기가 아니라 요우티아오였다. 여유가 있는 날은 안으로 들어가 중국인들 사이에서 자리 잡고 앉았다. 콩으로 만든 음식을 두부나 콩나물 정도만 알고 있던 나로서는 처음 만난 콩 요리가 신기하고 궁금했다. 처음 맞은 외국인 손님을 의아해하던 할아버지는 얼굴을 익히고부터 한꿔런, 하고 반갑게 맞았다. 주문하지 않은 것들을 내와 맛보게 했고, 어떻게 먹는지 그들의 방식을 가르쳐 주었다.

순두부를 처음 먹었을 때는 밍밍하고 물컹한 식감에 손사래를 쳤다. 취두부처럼 입에 대기 힘든 맛도 있었다. 장맛으로 먹기 시작한 두부 요리는 점차 고유의 맛을 느끼게 되었다. 콩국에 찍어 먹는 요우티아오의 고소한 맛에 빠져들었다. 창펀에서는 납작만두 맛이 나고, 또화는 푸딩처럼 부드러웠다. 손님이 많은 날은 모르는 사람들과 합석하기도 했다. 어느 날부터인가 콩 냄새가 구수하게 느껴지기 시작했다. 가게를 나설 때면 모두부와 함께 색다른 두부까지 곁들여 사게 되었다. 한국에서 천이백 마일이나 떨어진 곳에서 손두부의 맛을 느끼는 기분을 어떻게 표현해야 할까.

정오가 지나면 할아버지는 가게 앞에서 맷돌을 씻었다. 커다란 맷돌에 바가지로 물세례를 퍼붓다가 지나가는 나를 일부러 불러 세웠다. "아이가 학교에서 돌아올 시간이 됐지?"라며 남은 요우티아오를 봉지에 담았다. 종이봉투에 번지는 기름을 보며 이웃사촌이라는 말이 실감 났다. 두붓집 단골이 되면서 나의 생활에도 변화가 왔다. 룽코시루와 이어진 골목이 편안해지면서 주위의 다른 식당도 눈여겨보게 되었다. 말이 서툴러 의사소통을 제대로 하지 못해도 손짓 몸짓으로 한동네 사람이 되었다.

방학 동안 한국을 다녀오니 두붓집은 문을 닫고 할아버지가 보이지 않았다. 아침이 되면 두붓집 앞에는 만두와 도시락을 파는 수레들이 잠시 나타났다가 사라졌다. 할아버지에게 무슨 일이 생긴 건 아닌지 궁금했다. 두붓집 유리문에는 여전히 직원을 구한다는 안내문이 붙어 있었다. 나는 손등을 세워 눈을 붙이고 내부를 들여다보았다. 어둑한 내부에 콩을 갈던 맷돌이 오래된 유물처럼 먼지를 뒤집어쓰고 있었다. 대로에 지하철역이 들어서면서 주변 집값이 치솟았다고 했다. 한국에서 한 계절을 보내고 왔을 뿐인데 골목의 오래된 가게들이 견디지 못하고 하나둘 없어졌다. 작별 인사도 나누지 못한 채 만둣집 주인도 바뀌고, 채소가게는 내부 수리 중이었다.

인사를 건넬 사람들이 없어졌다. 느닷없이 고향을 잃어버린 기분이었다. 비슷비슷한 고층 건물과 쇼핑센터, 광고에서 본 로고가 선명한 커피 체인점과 편의점. 빌딩과 빌딩 사이의 골목에서 바쁘게 움직이는 사람들. 익숙한 풍경 속에서 뜻을 알 수 없는 말이 둥둥 떠다녔다. 사람들 틈바구니에서 나는 정말 외국인이 되었다. 木

내 이름

이 영 숙

난 이름이 세 개다. 할머니와 동네 어른들은 갑필이라 불렀고, 학교에서는 영숙이라 불렸다. 엄마와 두 언니는 갑필이도 영숙이도 아닌 맨재기라고 했다. 셋 중 어느 것 하나 내 마음에 드는 것은 없지만, 그렇다고 딱히 싫다는 생각도 없어 부르면 대답을 곧잘 했다.

갑필이는 할머니가 손자를 바라면서 지어주신 이름이다. 할머니 회갑 년에 태어난 손녀에게 이제 딸을 그만 낳으라는 의미로 지어주었다. 할머니 바람이 통했는지 남동생이 네 명이나 태어났다. 터를 잘 팔아 줄줄이 남동생을 보았다고 할머니는 나를 예뻐했다.

맨재기는 경상도 사투리로 시키는 일은 잘하고 고분고분하나 융통성이 없는 사람을 이르는 말이다. 할머니에게는 여섯째 손녀이고 부모님에게는 셋째 딸이다. 말썽 없이 지내는 것이 사랑받는다는 걸 어릴 적부터 알았는지, 아니면 성격이 유순해서인지 우는소리가 별로 없었단다. 조용하고 무엇이나 시키는 일만 잘 하다 보니 불린 이름이다. 지금도 큰언니는 맨재기라고 놀리기도 한다.

갑필이, 맨재기로 불리다가 학교에 가서 영숙이라 불렸다. 그 이름으로 불린 적이 별로 없으니 내 이름이 아닌 듯했다. 초등학교에 입학하여서도 한동안 "이영숙" 하고 불러도 대답하지 못했다. 더구나 1학년 때 담임선생님이 아버지 친구여서 "갑필이 왜 대답이 없노?" 하는 소리에 눈물을 흘리기도 했다. 동무들이 울보라고 놀릴 만큼 그 이름에 빨리 적응하지 못했다. 그래서 그런지 영숙이는 정이 좀 덜 간다.

명숙, 점숙, 해숙, 영숙, 남숙, 용숙, 분숙. 아홉여 종반 중 제일 위의 언니 둘만 빼고 끝 글자는 모두 숙(淑)이다. 참으로 촌스럽고 흔한 이름이다. 예쁘고 부르기 좋은 이름들이 많을 텐데도 적당히 부르기 쉬운 말로 지어준 것 같다. 남자 동생들은 돈을 주고 항렬에 따라 지은 이름이라 했는데, 우리 자매들 이름은 성의 없이 지은 느낌이 든다

영숙. 꽃부리영(英). 맑을숙(淑). 꽃봉오리처럼 맑은 사람이 되라는 뜻인지 맑은 물속에 핀 꽃처럼 아름다운 삶이 되라고 붙여준 이름인지 알 수는 없다. 자랄 때는 알고 싶지 않았는데 이제 와서야 조금 궁금해진다. 이름과 달리 내 어린 시절은 그리 맑고 밝지도 않았고, 고운 꽃봉오리가 된 적이 없는 것 같다. 딸 막내이다 보니 언니들이 입던 옷을 물려받았고, 중학교에 입학하여서도 언니들이 입던 교복을 입었다. 어른들의 사랑도 남동생들 몫이었고, 내가 우선순위에 놓인 적은 그리 많지 않은 듯하다.

개교한 지 100년이 되는 학교에 근무할 때 졸업생 명부를 전

산화하면서 이름 흐름을 본 적이 있다. 여자 이름이 간난이도 있었고, 우분이, 늠이, 심지어 꼭지도 있었다. 우리 할머니는 송전이라는 동네에서 태어났다고 정송전이다. 이런 이름이 아닌 것만도 감사하다는 생각이 든다. 40~60년대 가장 많은 이름이 영자, 정숙, 영숙, 미경이란다. 그래도 그 시대에 많이 지어주던 이름인듯하여 위안이 되지만, 아직도 영숙이는 그리 달갑지 않다. 셋 중에 고르라면 할머니에 대한 그리움 때문인지 갑필이가 더 좋다.

사람들이 살아가며 느끼고, 생각하는 모든 것을 담아 두는 그릇이 우리 몸이라고 한다면 이름은 그 그릇을 꾸며주는 아름다운 그림이다. 그 그림을 내가 자랑스럽게 여길 수 있도록 그려주셨다면 내 삶이 달라졌을까?

어떤 이름으로 불린들 마음과 행동이 달라지랴. 예쁜 이름이라서 인생길이 꽃길이 되며 약간 촌스러운 이름이라 하여 자갈길만 갈 수 있겠나. 삐뚤어지고 보잘것없는 토분에도 백합이 피어나고, 멋진 도자기에 심은 꽃도 보살피지 않으면 볼품이 없듯 이름이 갑필이면 어떻고 영숙이면 어떠랴. 또한 맨재기라 불린들 내 그릇은 변함이 없다.

이름의 의미보다 내 그릇 속에 따뜻한 정과 참다운 마음을 담으려 노력하면 그때 내 이름은 빛이 나겠지. 맑은 물속에 피어나는 한 송이 꽃으로…. (木)

이영숙

건너편 풍경

장 금 식

　드디어 돌다리가 완성되었다. 중랑천을 경계로 도봉구와 노원구를 연결해 주는 다리다. 도봉구에 사는 나는 산책 중에 가끔 건너편 풍경이 궁금했다. 그러나 그쪽으로 가려면 천변을 따라 한참을 걸어간 후, 높고 긴 다리를 통과해야 했다. 선뜻 맘먹기가 어려웠는데 양쪽을 쉽게 오갈 수 있는 징검다리가 놓였다. 두 개의 큰 다리 중간쯤에 있는 돌다리, 편리함은 물론 낭만과 운치를 더해준다. 내가 사는 쪽 산책로 주변엔 쥐방울덩굴 새순이 온통 초록으로 물들었다. 덩굴마다 곧 방울이 주렁주렁 달릴 것 같다. 그 곁엔 사각 지지대가 단장하고 있다. 마치 덩굴에 '하늘 쳐다보며 잘 자라라. 내게 맘 놓고 기대봐.'라고 말하는 듯하다. 쥐방울덩굴에는 꼬리명주나비가 서식한다. 잡초가 나비의 생명을 돕는 것이다. 월동을 끝낸 꼬리 명주나비 번데기는 쥐방울덩굴 새순에 알을 낳아 여러 과정을 거치면서 우화의 꿈을 키운다. "산책로에 있는 저를 쥐방울 조성지 안쪽으로 보내주세요."라고 적힌 안내판에서 자연생태계가 훼손되지 않기를 바라는 간절함을 읽는다. '쥐방울덩굴 조

　　　　　제4부 이리 아름답고 유용한

성지'와 '꼬리명주나비 서식지' 팻말이 오늘따라 예사롭지 않게 보인다. 조성지를 따라 걷노라면 겨우내 땅과 한 몸이 되어 자신을 숨기고 있던 들꽃들이 일제히 몸을 일으킨다. 꽃밭 옆에는 주택가로 갈 수 있는 나무계단이 있다. 위로 벚꽃 가로수도 보인다. 이쪽에 사는 이들의 감성 세포는 늘 진초록에 물들어 있을 것 같다. 오늘은 돌다리를 건너볼 참이다. 나는 저쪽으로 가고, 저쪽 사람들은 이쪽으로 온다. 널찍한 돌이 일정한 간격으로 놓여 있다. 하나씩 세며 건넌다. 졸 졸 졸, 물소리 들으며 걸으니 보폭이 흔들리지 않고 마음도 차분해진다. 하나, 둘, 셋, 넷 …, 일흔한 개째, 마지막 돌다리를 건너니 노원구민이 된 기분이다.

직접 건너와서 보니 우리 쪽과는 다르게 천변엔 농구대가 있고 여러 종류의 운동기구가 놓여 있다. 벤치가 많고 농구를 하는 젊은 이들의 함성도 들린다. 자전거 길에서 달리는 페달도 힘차다. 건너편에 서서 바라보는 우리 쪽 풍경, 달라도 너무 다르나 낯설지 않고 친숙하다. 가까이에선 못 보던 풍경을 새롭게 보니 그 또한 좋다. 내가 늘 다니던 길에서 가로수를 볼 때면 아래에서 위만 올려다보아 나무 일부만 보였는데, 멀리서 보니 길게 띠를 두른 듯 숲이 모두 보인다. 부분이 아닌 전체를 보니 내 마음도 넓고 깊어진다. 내눈 가득 푸름이 들어차는 듯하다. 돌아오는 길에 돌다리 하나에 걸터앉았다. 돌다리가 양쪽 구민들의 경계를 허물고 이해와 소통을 이어주는 매개체 역할을 할 수 있을까. 이쪽과 저쪽이 서로 관심을 두고, 상호 처지를 이해하며 오갈 수 있는 마음의 징검다리도 필요하지 않을까. 소통은 관계에서 나온다. 부모와 자식, 형제, 이웃, 사제, 선후배, 노사 간 등등 우리는 관계 속에서 살아간다. 관계가 잘 이어지려면 징검다리가 필요할 때가 많다. 이제 성인이 다 된 자식이지만 유달리 진로 때문에 방황하던 시간이 길었던 아들, 나와의 거리는 쉽게 좁혀지지 않았다. 어떤 디딤돌을 놓아야 할까. 이리저리, 끊임없이, 소통의 길이 열리기까지 나는 애간장을 태웠다. 세대와 가치관의 차이로 점철된 갈등들. 어떤 상황이 닥치더라도 '아들, 네 편에 설 수 있도록 애 써볼게'라는 무언의 신호, 사랑의 메시지만이 어지러운 파고(波高)를 넘을 수 있었다. 그 힘든 시기를 뚫고 나온 오늘, 깜깜했던 시간이 이제 볕 바라기를 한다.

이웃과도 마찬가지다. 얼마 전 가족처럼 지냈던 옆집 형님이 이사 가고 새로운 이웃을 맞았다. 우리 집 반려견이 평소 복도에 지나는 낯선 사람을 보면 유독 많이 짖는다. 산책하려고 문을 여는 순간 옆집 아저씨가 순식간에 나오더니 강아지에게 입에 담지 못할 말을 했다. 나이가 한참 위인 나를 보면서도 눈을 부라렸다. "내가 더 큰 강아지를 사서 더 시끄럽게 짖어야 정신을 차리겠어요?" "구청에 민원 넣을 거예요."라며 윽박질렀다. 그와 나 사이에 징검다리 같은 건 아예 없을 듯했다. 며칠 전에 하천을 흐르던 거친 물살

　　　　제4부 이리 아름답고 유용한

과 물소리가 떠올랐다. 그의 거친 말투와 숨결이 꼭 그 흙탕물 같았다. 두려웠다.

당황한 마음이 쉽게 가라앉지 않았다. 어쩌지? 저녁 무렵에야 겨우 마음을 추슬렀다. 얼른 일어나 사과문을 쓰고 케이크 하나를 사서 옆집 문을 두드렸다. 서로 다른 두 구역을 이어주듯, 케이크가 아저씨와 나 사이의 가깝고도 먼 하천을 건너는 징검다리 역할을 해주기를 바라는 마음이 컸다.

할머니가 반갑게 맞아주셨다. 우리 사위가 그럴 사람이 아닌데 욱하는 성질이 있다며 오히려 어찌할 바를 모르셨다. 민망한 쪽은 내 쪽이고 잘못도 우리 집에 있다. 가족처럼 지냈던 형님이 많이 생각났다. 서로 강아지를 키우고 예뻐하다 보니 이런 문제가 생길 거라곤 상상하지 못했다. 새로 이사 온 분들의 심정을 미처 헤아리지 못한 잘못이 컸고 배려가 부족했던 탓이었다.

내 마음이 전달되었는지, 이웃끼리 심했다 싶었는지, 아저씨도 저녁에 음료수를 들고 우리 집에 와서 사과했다. 하루의 해프닝으로 끝났지만, 그날 강아지 목 수술을 해야 하나 고민에 빠졌다. 병원에 상담하니 극구 반대를 해서 포기하고 차선책으로 짖음 방지 목걸이를 달기로 했다. 전기 충격요법이라 상당히 마음 아프지만 어쩔 수 없었다. 이번 일로 옆집 입장이 되어보며 상대를 이해하고 그의 입장을 돌아보게 되었다. 이제 나와 아저씨는 승강기에서 둘이 만나도 어색하지 않고 마주치는 횟수가 늘수록 더욱 자연스러웠다.

살다 보면 제각각의 사람들, 변화무쌍한 순간들, 돌풍처럼 불어오는 상황들을 마주하게 된다. 모든 것이 다양성에서 빚어지는 관계라 이해하면 살기가 수월해질까. 인간은 근본적으로 내가 네가 될 수 없고 네가 내가 될 수는 없다. 매 순간 조화와 부조화, 타협과 불협 사이에서 서로 멀리 있는 건너편 풍경이 되고 만다. 오죽하면 '타인은 지옥'이라는 말도 있지 않은가. 그만큼 세상사에서 벌어지는 간격을 좁히기는 어렵다는 말이 아닐까.

생각의 변화, 진심이 담긴 편지, 케이크 한 조각, 음료수 한 병이 징검다리가 된다면 팍팍한 삶에도 순풍이 불지 않을까. 마음의 골이 깊어지기 전에 징검다리가 필요하다. 둘러가다 보면 서로가 닿지 않을 수도 있고, 단절과 불통이 깊은 골을 만들면 끝내 빠져나올 수 없는 계곡이 되고 만다. 한여름 울창한 녹음방초도 순풍이 없으면 그 색깔과 향기는 퇴색할 것이다.

돌다리에 걸터앉아 물에 발을 담그고 건너편 풍경을 다시 바라본다. 산들바람과 볕살에 힘입어 곧 쥐방울덩굴 위에 꼬리명주나비가 사뿐히 내려앉으면 좋겠다. 낯선 행인인 줄 알고 짖어대던 순돌이도 꼬리를 살랑살랑 흔들면 좋겠다. 왁자지껄 승강기에서 나는 관계의 소리가 이 하천에 넘쳐나기를. ⊛

회화나무

정 순 덕

8월 무더위가 기승을 부리던 날이 계속되더니 어젯밤엔 유난히 비바람이 심했다. 월요일 아침 정류장에서 부천행 버스를 기다렸다. 정류장에는 유치원 복장을 한 여러 아이와 어머니들이 통원 버스를 기다리고 있었다. 버스가 오는 길을 유심히 바라보는 것이 버스가 늦었나 보다.

보도블록 위에는 젖은 나뭇잎들이 뒤덮을 정도로 무수히 떨어져 있었다. 그 사이로 꿈틀거리는 벌레들의 움직임이 예사롭지 않다. 작고 가느다란 연둣빛 벌레의 움직임이 몸집에 비해 재빠르다. 한두 마리가 아니다. 그들의 움직임에 내 몸이 움츠러들고 소름이 돋는다. 자연스레 아이들이 걱정이 되어 뒤돌아 살펴보니 아이들은 기다리는 버스에만 관심이 있는지 벌레의 존재를 모르는 듯했다. 벌레와 나뭇잎의 색이 너무도 비슷한 보호색 이어서인지 구별하기 어렵긴 했다. 긴 거미줄에 대롱대롱 매달려 줄타기라도 하는 듯 아이를 업은 엄마의 머리 위에도 벌레가 있어서 팔을 뻗어 거미줄을 끊어서 휙 던져버렸다. 그런데도 벌레의 존재를 모르는 듯, 한 곳

정순덕

만 바라보고 있다. 아이들과 어머니들이 쉼 없이 벌레들의 꿈틀대는 모습을 보았더라면 어떤 모습으로 반응했을까?

　버스를 타고 창밖을 내다보는데, 작년 여름의 일이 떠올랐다. 유난히도 무더웠던 날, 독서를 핑계로 도서관에 가려고 차에 올랐다. 주차할 곳을 찾다가 발견한 곳은 약간 외진 곳인데 공사를 하려는지 함석 울타리가 쳐져 있었다. 한적한 공간을 찾아 주차하고 내렸다. 발을 바닥에 내딛는 순간 나도 모르게 '으악' 비명이 나왔다. 짙은 녹색의 애벌레가 수도 없이 꿈틀거리고 있는 것에 경악을 금치 못했다. 얼른 차에 올라 시동을 걸고 차 안에서 나무를 올려다보았다. 가로수의 나뭇잎 모양이 꼭 아카시 같다. 그런데 한여름인데도 가지가 앙상할 정도로 잎이 거의 없다. 낙엽 지는 가을도 아닌데. 병충해 때문인 것만 같다. 아무리 인적이 드문 곳이라 해도 이해가 되지 않았었다. '공사 때문이겠지'라고 생각하며 마음을 돌렸다.

　아침에 본 그 벌레들 때문인지 하루 종일 마음이 편치 않은 채 귀가했다. 유별나게 벌레를 두려워하는 나이기에 아이들이 걱정되었나 보다. 만약에 그 벌레 떼를 아이들이 보았다면 어떤 모습으로 반응했을까? 노트북을 켰다. 가로수의 이름도 잘 모르기에 '아카시아 비슷한 나무'라고 검색을 했다. 아침에 본 나무는 잎의 모양이나 꽃의 색이 옅은 연둣빛을 띠고 있지만 낙화하여 떨어진 꽃은 하얀 것이 흡사 아카시아 같아 보여서다. 아카시아는 5월경에 본 것 같으나 지금은 8월이기에 어떤 나무인지 궁금했다.

검색해 보니 회화나무란다. 회화나무는 산소발생량이 소나무의 5배. 아황산가스 등 자동차 매연의 분해 능력이 탁월하여 최근 가로수용으로도 많이 쓰인단다. 어쩐지 그 가로수 아래를 걸을 때면 온몸에 닿는 느낌이 시원하니 좋았었던 기억이 났다. 또 회화나무는 버릴 것이 하나도 없는 보약과 같은 나무란다. 꽃과 껍질, 뿌리 등 모두가 한약재로 사용된다고 한다. 또한 우리나라에서 공부 잘하라고 때리는데 쓰는 '회초리'가 바로 회화나무의 푸른 가지란다. 종아리를 치면 머리에 정신이 번쩍 든다고 하는 것은 '기(氣)'가 충만한 나무이기 때문이라고. 그래서 서당의 뜰에는 꼭 회화나무를 심었단다. 그리고 조선시대 과거시험 문무과에 급제한 사람에게 임금님이 내리는 '어사화'가 바로 회화나무꽃이란다. 꽃피는 시기가 8월이어서 밀원(蜜源)으로 벌이 꿀을 빨아오는 원천이어서 유익하다고 한다.

이번에 회화나무를 검색했던 이유는 지난봄 일본 여행의 작은 경험 때문이다. 이동하면서 본 울창한 숲. 너무나 부러웠다. 쭉쭉 뻗은 나무 이름이 목재로 많이 쓰인다는 '삼나무'라는 말을 듣고 '삼나무'에 대해 검색해 보았다. 그런데 골칫거리라고 한다. 저 곧게 자란 나무가 골칫거리라니 의아했다. 크기에 비해 뿌리가 깊고 넓게 자라지 못해서 홍수 때는 산사태의 원인이 되기도 한단다. 무엇보다 사람들에게 치명적인 꽃가루로 인한 호흡기 질환 유발 원인이기도 하다고 한다. 그래서 개화기 때면 마스크를 쓴 사람을 많이 볼 수 있단다. 가로수로 적당하지 못해서 몇 년 전부터 일본은 단계적으로 가로수 종을 편백으로 바꾸고 있다고 한다. 싱가포르는 가로수 100%가 회화나무로 되어 있으며, 중국의 수도 북경은 회화나무 가로수가 많은 것으로 세계적인 명성을 갖고 있다고 한다. 한편 미국의 보스턴 일부 지역의 가로수는 오랫동안 플라타너스였단다. 그런데 낙엽이 많고 청소부들의 어려움이 많아 가로수 수종을 회화나무로 바꾸었고, 그 뒤 낙엽 문제를 90% 해결했다고 한다. 회화나무는 가로수로 주목을 받는 나무인 것만 같다. 이런 연유에서 인지 계양 신도시를 조성하면서 가로수로 회화나무를 심었던 것일까 하는 생각이 들었다. 그러나 아무리 좋은 나무라 해도 병해충에 약한 나무라면, 아니 관리가 어렵다면….

고심 끝에 구청 담당자에게 전화할지 생각하다가 전화기를 내려놓았다. 몇 년 전 여름에 어느 신도시에 갔을 때의 일이 떠올라서다. 조금 번화한 사거리에서 신호대기로 멈춰진 차 안에서 주변을 보고 있는데 길 건너 지명을 표기한 표지판이 눈에 들어왔다. 그런데 영문 ○○TOWN이 ○○TWON으로 표기되어 있었다. 요즈음 초등생들도 다 알만한 단어의 표기가 잘못된 것이다. 공업단지인 그곳에 외국인들이 본다면…. 걱정하는 마음에 홈페이지에 접

속해서 담당자만 볼 수 있게 비밀글로 사진을 첨부해서 정정해 주시면 좋겠다는 글을 남겼다. 그러고는 기억하지 못하고 있었다. 그런데 느닷없이 연말에 전화가 왔다. 수정했다는 말의 억양으로 느낌이 좋지 않아서 마음이 편치 못했다. 아마도 연말에 민원 제기한 것으로 담당자가 불이익이라도 받은 걸까? 한동안 마음이 찜찜했는데 그 일이 기억되어서다.

그렇지만 망설여지긴 했어도 아이들이 걱정되기도 하고 병충해로, 그 유익하다는 회화나무가 그 푸르름을 다하지 못하다니…. 안타까운 마음에 용기를 내어 민원전화를 하기로 했다. 아주 조심스럽게 구청 담당자에게 실정을 말하고 걱정되는 것을 조심스럽게 말했다. 그런데 걱정과는 다르게 담당자가 아주 상냥하게 전화를 받는다. 오히려 민원을 제기해 주어 고맙다고 한다. 현장의 실정을 잘 파악하지 못해 심려 끼쳐 죄송하다고까지 하면서. 기분이 좋았다. 그동안 민원에 대한 담당자의 응대하는데 많은 변화가 있음에 뿌듯하기까지 했다. 그러면서 담당 직원은 장마로 방제 효과가 작을 수도 있지만 조치하겠단다. 통화가 끝난 후 마음이 가벼웠다.

다음 날 아침 볼일이 있어서 버스 정류장으로 향했다. 큰길가에 다다르니 방제차가 회화나무를 향해 소독약 물줄기를 힘차게 내뿜고 있다. 아침 햇살에 무지개도 살짝 보인다. 힘찬 물줄기에 나도 모르게 저절로 미소가 지어지고, 발걸음이 가볍다.㉥

정순덕

반격의 시작

정 유 진

국어사전에 '사람'이라는 단어를 찾았다.

'생각을 하고 언어를 사용하며 도구를 만들어 쓰고 사회를 이루어 사는 동물'이라고 쓰여 있다. 사전의 의미가 제대로 이루어졌을 때 해당하는 말인데 그 속엔 분명한 법규가 존재하고 크게는 사회성이라든가, 인간성이 포함되어 있다.

중국의 유학자 순자는 사람은 태어나면서부터 악하다고 생각하기 때문에 예의나 도리 등과 같은 윤리교육을 주장했다. 반대의 생각인 맹자는 사람은 태어나면서 선하다는 지론을 폈다. 누구의 주장이 정답인지는 아무도 모른다.

아기가 태어나면 날개는 없지만 천사의 모습 그대로 세상에서 가장 아름다운 모습을 갖고 있다. 숨겨진 성격의 다양함은 자라면서 사회라는 집합체를 통해 민낯을 드러낸다.

어쨌거나, 궁금증을 풀기 위해 사람은 아니지만 같은 동물계통인 개 전문가의 소견을 들어보았다. '개들은 다양한 견종으로 나누

제4부 이리 아름답고 유용한

어져 있으며 입질이 심하거나, 성격이 사납고 까칠한 종이 따로 있다. 태어나면서 선조 대대로 사납고 까칠한 놈이 있는가 하면, 후천적으로 환경과 사람에 의해 난폭해지는 경향이 있다.'라고 설명했다.

곰곰이 되씹어 보면 성선설이나, 성악설의 주장처럼 개들도 사람과 상당히 비슷해 보인다. 개들과 만물의 영장이라는 사람을 비교하는 자체가 지나칠지 모르겠지만 기질이라든가, 교육 측면에서 달라지는 상황이 그렇다는 나의 소견일 뿐이다.

우리 집 앞에는 작은 운동장이 하나 있다. 동네 반려견들과 어린이 축구반 아이들이 스스럼없이 어울리는 장소다. 나 역시 매일 반려견 밍키와 산책을 한다. 어린 친구들이 밍키를 보고 댕댕이 지나간다며 기다려 준다. 이런 일만 있다면 아무런 고민도 할 필요가 없다.

영화 〈혹성탈출; 진화의 시작〉을 보면 유인원 시저는 사람처럼 생각하고 계산을 하게 된다. 연구원들이 밤낮을 가리지 않고 시저를 실험했기 때문이다. 사람이 할 수 없는 많은 고통을 대신 겪었다. 시저는 탈출을 감행하고 인간에게 역습한다. 감독의 메시지가 경고처럼 와닿는다.

사람들은 동물들에게 얼마나 많은 도움을 받고 있는지 이해하려고 하지 않는다. 태어나 단 한 번도 실험실 밖으로 나가 보지 못한 동물들이 수없이 많다. 그들은 살려고 몸부림친다.

어린 강아지 때는 귀엽다, 천사 같다는 등의 표현을 남발하다 나이 들고 병들어 키우기 힘들어지면 고속도로나, 섬, 휴게소 등에 가리지 않고 버리는 일이 수시로 일어나고 있다. 그래도 주인을 원망하지 않고 한곳만 바라보며 기다리는 개들의 모습을 뉴스에서도 흔하게 볼 수 있다. 애초에 키울 자격이 없는 사람의 비정함을 볼 수 있는 일이다.

단골로 다니는 카페가 있다. 많은 사람이 교류하고 휴식을 하며 차를 마시는 곳인데 가끔 들르는 인기 짱인 반려견이 있다. 이름은 코코다. 정말 예쁘고 천사의 얼굴이다. 카페 안에는 들어오지 못해 문밖에서 묶여 있다. 보호자는 혼자 카페 안에서 커피를 마시고 사람들에게 말을 건넨다. 그는 혼자서 중얼거리는 때가 더 많다. 사람들이 약간 무서워할 때도 있다.

겨울에는 차가운 대리석에 앉아 추위에 떨고 여름이면 강렬한 햇살을 마주한 채, 주인을 기다린다.

그 주인과 몇 번 다툰 적이 있다. 겨울엔 추워요, 여름엔 더워요, 저렇게 두면 안 됩니다 등의 잔소리를 했더니 버럭 화를 내며 신경 쓰지 말라고 투덜거렸다. 누군가 한마디 하면 꼭 코코를 괴롭혀 잔

제4부 이리 아름답고 유용한

소리할 수도 없다. 때론 보호자가 사람들과 격하게 싸울 때가 있는데 그럴 때는 목줄을 잡아 소리치며 이리저리 흔들었다. 코코는 비명도 지르지 않는다.

60대의 또 다른 남자가 있다. 그는 양쪽 귀가 나비 모양을 닮았다고 해서 붙여진 '빠삐용'이라는 견종의 예쁜 강아지를 키운다. 프랑스 산이라서 그런지 처음 볼 땐 참 멋스러웠다.

몇 달 뒤, 우연히 산책 나온 그들을 보았다. 강아지의 화려한 털은 간데없고 뜯긴 것처럼 여기저기 듬성듬성 밀려 있었다. 남자는 막대기를 들고 다니며 몇 걸음 걸을 때마다 짧은 목줄을 크게 한 번씩 휘둘렀다. 그 사람의 본성은 성악설과 꼭 맞는 것 같았다.

저게 사람인가 싶었다. 잔인함의 끝을 보았지만 차마 무서워 말하지 못했다. 동물은 개인의 물건이라고 하는 법규가 고쳐지지 않는 한 방법은 없다.

어제는 일생을 국가와 사람을 위해 희생한 특공대 탐지견 럭키가 무지개다리를 건넜다는 뉴스가 나왔다. 함께 6년간 동고동락하며 파트너로 지냈던 경찰은 사랑만 주고 떠났다며 대성통곡했다. 나도 따라서 울었다.

동물과 사람의 기질은 닮았다. 이들에게도 뇌가 있다. 사람이 도구를 쓰고 사회를 이루어 사는 것은 생명을 괴롭히기 위함이 아니다. 유인원 시저처럼 그들만의 반격의 시작을 볼까 두렵다. ㊍

이리 아름답고 무용한

정 윤 규

동네에 서점 하나가 생겼다. 그곳은 몇 해 전까지 노인이 담배나 생필품 정도를 팔던 작은 가게였다. 골목 상권까지 편의점이 밀고 들어오자 폐업한 채 오래 비어 있었는데, 뜬금없이 책방이 들어섰다. 언덕진 골목길을 내려가면 대학교가 있긴 하지만 주택가 한복판에 들어선 구멍가게만한 동네 서점이라 반가운 마음보다 걱정이 앞섰다. 하루에 몇 권이나 책이 팔릴지.

낡은 유리 미닫이문 위에 무심하게 쓰인 '아름답고 무용한 책방'. 서점 이름에 '무용(無用)'이란 단어를 쓴 주인의 감각이 예사롭지 않다. 오래된 출입문에 비해 서점 안의 분위기는 밝고 경쾌했다. 푸른 벽과 붉은 벽돌로 만든 서가가 산뜻하게 어울린다. 가운데 놓아둔 나무 탁자와 작은 의자 몇 개, 벽에 걸어둔 소소한 소품들이 서점이라기보다는 아늑한 서재처럼 보인다. 책 한 권을 찾기 위해 수많은 알파벳 사이를 넘나드느라 마음이 먼저 피로해지는 대형 서점에서는 분명 느껴보지 못하는 고요하고 평온한 공간이다.

서점 앞을 지날 때마다 창문 안의 기척이 궁금했지만, 손님이 있는 경우를 거의 보지 못했다. 저녁나절 불빛이 비치고 어쩌다 창문 안에 사람이 보이면 마치 내가 맞은 손님처럼 반갑고 안도가 되었다. 몇 번 들르지 못하고 얼마 뒤 다른 동네로 이사를 오면서 골목길 책방도 조금씩 기억에서 멀어졌다.

그곳이 다시 생각난 건 『어서 오세요, 휴남동 서점입니다』라는 책을 읽으면서다. 오가는 사람이 많지 않은 주택가 후미진 골목길에 위치한 서점. 직장을 다니다 그만 두고 동네 책방을 연 젊은 여주인. 책과 사람들과의 소통을 통해서 또 다른 희망을 꿈꾸는 그녀들의 모습이 어딘가 닮아 보여서다.

치열한 경쟁 사회 속에서 자신을 잃어버리고 기계의 부속품처럼 살아가는 젊은이들이 많아서일까. 세계를 휩쓴 전염병으로 인한 단절을 경험한 때문일까. 몇 해 전부터 책을 통해 위로받고 휴식을 얻는 '힐링 소설'이 유독 유행한다. 이 작품을 쓴 작가도 대기업에서 소프트웨어 개발자로 일했던 이력을 가지고 있다. 그래선지 번아웃 증후군으로 회사를 그만 두고 동네 책방을 운영하며 자신의 정체성을 찾아가는 주인공 영주의 모습에선 작가의 자전적 모습도 많이 투영돼 보인다.

휴남동 서점에는 이런 저런 사연들로 상처를 입고 고민을 가진 다양한 인물이 나온다. 그들은 아무리 열심히 일해도 계약직에서 벗어나지 못하거나, 치열하게 준비해도 번번이 취업에 실패하거나, 자신이 원하는 일을 찾았지만 회사에서의 불균형한 삶에 회의를 느끼기도 한다. 저마다 아픔을 가진 사람들이 동네 책방에 모여 서서히 마음을 주고받으며 서로의 상처를 치유 받고 또 다시 세상으로 나아갈 힘을 얻는다.

책을 읽으며 청년들이 살아가는 각박한 현실과 그들이 겪는 고민과 아픔이 잘 읽혀졌다. 지독한 상처를 받으며 무너지는 것도 인간관계 때문일 때가 많지만, 세상을 마주하고 다시 일어날 용기를 얻는 것도 결국 내 옆에 있는 진실한 사람들과의 소통을 통해서라는 걸 새삼 생각해본다.

마음이 지친 어느 하루 불쑥 찾아들어도 평안한 쉼터가 되고, 책과 커피가 있고, 서로 정다운 눈빛만으로도 위로를 받을 수 있는 곳, 동네마다 이렇게 정겨운 공간이 있다면 도시에서의 삶도 훨씬 온기가 흐를 텐데….

동네 책방에 마음이 더욱 끌렸던 건, 이름도 한몫했을 것이다. 서점 앞을 지날 때마다 전혀 어울릴 것 같지 않은 두 낱말의 조화를 생각했다.

'아름답고 무용하다'

방영이 끝나고도 오래도록 여운이 남았던 드라마, 〈미스터 션샤인〉에서 여주인공의 약혼자로 나오는 김희성은 이런 독백을 한다.

"내 원체 이리 아름답고 무용한 것들을 좋아하오. 달, 별, 꽃, 바람, 웃음, 농담 뭐 그런 것들…."

드라마를 보면서 감각적이고 뭉클한 대사가 많아 자주 가슴이 뻐근해지곤 했는데, 그가 무심한 듯 내뱉는 이 장면이 오래도록 잔영으로 남아 있다. 어쩌면 우리는 옆에 있는 소중한 것들이 너무나 익숙하고 자연스러워서 그 존재의 아름다움과 가치를 자주 망각하고 살고 있지는 않을까.

'무용한 것은 인간에게 즐거움을 준다 … 예술이 자유로운 것은, 그것이 본질적으로 무용한 것이기 때문이다.'라고 평론가 김현도 말한다. 문학 또한 아름답고 무용한 존재이다. 세상에는 쓸모 있는 것만이 가치 있는 것이 아니라 무용해서 더욱 아름다운 것도 많아 보인다. 글 한 편을 쓸 때마다 자판을 노려보며 머리를 쥐어뜯는 나도 결국 무용함의 가치를 누구보다 사랑하고 있는 게 아니겠는가. 나의 글이 누구에게도 쓸모가 있을 것 같지는 않지만 내 삶을 밝히는 희미한 등대불 같은 것이니까.

다시 찾아가 본 골목길 책방은 이미 폐점한 뒤였다. 오래된 미닫이 유리창엔 여전히 이루지 못한 꿈의 잔해처럼 '아름답고 무용한 책방'이라는 이름만 쓸쓸히 남아 있다. 서점이라는 공간이 점점 설 곳이 없어지는 어려운 상황 속에서 책방지기는 그곳이 동네의 쉼터이자 사랑방이 되고, 책과 문학 또한 사람들의 일상에 꽃처럼, 바람처럼 스며들기를 바랐을 테다. 아무리 무용함의 가치를 사랑한다고 해도 세상은 결국 유용함만을 좇는 게 아닌가 싶어 굳게 닫힌 문 앞에서 마음이 적막해졌다. 저 문을 마지막으로 닫고 돌아서야 했을 때, 그녀의 마음은 얼마나 외롭고 막막했을까. 한참을 책방 앞에서 서성이다 돌아왔다.

이 골목에서는 비록 그녀가 품었던 아름다운 뜻을 펼치지 못했지만, 어디에선가 책과 사람이 다정하게 소통하는 행복한 서점에서 자신의 희망을 계속 펼쳐가고 있는 그녀를 꼭 다시 보고 싶다.⊛

빈집

정 하 정

처마 밑 페인트칠이 벗겨져 박쥐처럼 거꾸로 매달려 있다. 보일러도 꺼진 지 오래, 냉골 방이 아버지가 안 계심을 실감 나게 한다. 아버지가 계셨다면 벌써 여러 방의 보일러를 켜놓고, 아랫방 구들장도 달궈 놓으셨을 텐데. 바닥에 하얀 먼지가 오랫동안 사람이 살지 않았음을 얘기해 준다.

아버지가 돌아가신 지 일 년. 어머니가 혼자 사실 형편이 못 되어 그동안 고향의 집은 비어 있었다. 사방이 병풍으로 둘러친 듯한 황석산 밑 고향 집. 평생을 이곳에 살고자 하셨던 아버지의 뜻이 아직도 우리들 가슴에 남아 있어 제사를 고향 집에서 모시기로 했다.

제사 상차림을 위한 음식을 만들다 시계를 보았다. 오후 4시 30분. 한참 지난 후에 다시 한 번 보았다. 시계 보기를 몇 번 하다가 멈춰진 시계임을 알고는, 둥그런 시계 위로 아버지의 얼굴이 겹쳐 올라 목울음만 삼켰다. 애매한 부침개만 자꾸 뒤집어도 지나간 일 년을 찾을 수는 없었다.

아버지가 주고 간 1.5볼트 밥을 얼마나 아껴 먹었을까. 다시는 주인의 밥을 얻어먹지 못한다는 생각에 얼마나 서러웠을까. 일 년 전 아버지 생명의 시계는 멈췄지만, 아버지의 여운이 남은 시간은 계속 흐르고 있었다. 아버지가 떠나고 흐르던 시간이 몇 날인지는 알 수 없다. 초침이 멈춰 서던 그날, 시계는 아버지의 혼을 담고 흐르다 4시 30분에 멈춰서야 했을 것이다. 아버지의 남은 체취로 흐르던 그 시간, 아버지의 영혼은 무엇을 하셨을까.

한동안 파래골, 여부개, 마랑골, 안심뜰을 차례로 살폈을 것이다. 남은 뜰을 두고 감이 못내 아쉬워 다시 둘러보았을 것이다. 지난 한 해는, 다른 사람에게 맡겼던 농사가 아버지의 음덕으로 잘된 것 같다. 해마다 태풍으로 쓰러진 나락을 세우느라 힘들었는데, 작년에는 그런 일이 없었다. 항상 하시던 것처럼 아침을 들기 전에 논을 둘러보던 시간, 아버지의 시계는 그 시간을 또박또박 일러주었을 것이다.

음식 냄새 때문인지 고양이가 마루 밖 섬돌에서 기웃거린다. 아버지는 남은 음식을 담벼락 위에 갖다 놓곤 하셨다. 집에서 기르는 짐승만이 아니라 도둑고양이도 아버지의 말년엔 멀리 떨어진 자식보다 나은 식구였다. 아마 아버지가 안 계시던 일 년을 영문도 모른 채, 고양이들은 매일 사람을 기다렸을 것이다. 사람 소리를 듣고 찾아온 그들에게 차마 아버지가 안 계심을 알려 줄 수가 없다. 대신 저녁상에서 남은 생선 가시를 선물로 줄 수밖에, 아버지가 남긴 그들을 위한 만찬으로.

그들을 자세히 보려고 문을 열고 나가자, 집 모퉁이로 꼬리를 감춘다. 따라가 보니 그들은 어느새 사라지고, 열 강다리가 넘을 것 같은 장작이 슬레이트 모자를 쓰고 말없이 앉아 있다. 아버지는 여든아홉의 연세에도 저 장작을 팼을 것이다. 장작더미 앞에서 초라히 잠자고 있는 모탕의 모습은 아버지의 삶을 담고 있는 것 같다. 아버지는 서울로 떠나간 자식들이 보고파서, 당신보다 앞에 이 세상을 떠난 둘째 아들 생각에, 얼마나 저것들을 패댔을까. 심지어 장손을 잃고 난 뒤에는 얼마나 많은 날을 장작에 한풀이하였을까. 모탕은 장작과 함께 찢기고 패이며 죽은 듯이 아버지의 한을 받았으리라.

아랫방 아궁이에는 오빠가 지핀 장작불이 여울여울 타고 있다. 한시도 몸을 가만히 놓아두지 못하는 아버지 성미에, 가을걷이가 끝나면 내 숙제는 나무를 하는 것이었다. 어린것이 나무를 하면 얼마만큼이나 할까마는 아버지는 고사리손이라도 쉬는 꼴을 못 보셨다. 막내 오빠는 주로 물거리를 해서 지게에 지고 오고, 나는 마들가리를 해서 매동거려 이고 왔다. 가시섶이 있는 나무를 하면 온 옷에는 가시랭이가 붙어서 나를 괴롭히곤 했었다. 꾀를 부리느라, 부피가 많은 굴밤나무 잎을 해오는 날이면 아버지는 핀잔을 하셨다. 나무로 치자면 갈비만큼 좋은 것은 없었다. 넓은 잎이 금방 불붙었다 힘없이 사라지는 것보다 적은 부피에도 좀 더 오래도록 탈 수 있는 갈비가 좋은 것은 어린 나이에도 알 수 있었다.

가마솥은 그때의 추억들을 삶아내며 아스라한 기억을 하얀 김으로 날려버린다. 아궁이 속에는 지게 지고 산을 오르던 아버지의 젊은 기운이 너울거리고, 가마솥 전두리에는 내 가슴에 전해오는 아버지의 긴 눈물이 흐르고 있다. 타는 장작 소리가 아버지의 커다란 외침으로 들려온다.

마루 한 켠 책상 위에 장식품 하나가 놓여 있다. 아버지는 농사에 필요한 것이 아니면 살 줄을 모르던 분이셨다. 때를 잇기 위한 것이 아니면 낭비라고 생각하셨다. 깨어진 플라스틱 바가지도 꿰매어 쓰던 그런 분이 암탉과 수탉 그리고 알이 두 개 있는 닭 가족 모형을 손수 사 오신 것이었다. 옆에서 소리를 내면 '꼬끼오' 하고 소리를 내는 장식품이다. 여름휴가 때 내려가니 아버지는 그것을 내놓고 자랑하셨다. 소리도 낸다며 신기해하시며 계속 닭을 울렸다. 그때 아버지의 그리움을 봐야 했다. 아버지의 외로움과 쓸쓸함이 닭 울음으로 번져 나옴을 진작 알아야 했다. 아무도 아버지의 공허함을 알아보지 못했다. 그저 신기해서 쳐다만 봤을 뿐, 그렇게 울고 있는 아버지의 하직 인사를 알아차리지 못했다. 그 장식품의 닭 울음도 아버지의 부재와 함께 조용히 입 다물고 있었다.

오빠는 우리 모두의 마음을 이미 알고 있었던 듯 건전지를 사 왔

　　　　　　　　　　　제4부 이리 아름답고 유용한

다. 나는 문득, 우리가 떠나면 아무도 없는 공간에서 혼자 쉼 없이 일할 시계를 떠올렸다. 들을 사람도 없는 빈집에서 바람결에 울 닭들이 애처로웠다. 누구를 위해서 일할 것인가. 누가 그들에게 하루 한 번이라도 따뜻한 눈길을 줄 것인가.

다시 시계가 째깍거리며 간다. 아버지의 체취로 움직이는 시간은 이미 없어졌다. 이제 우리의 시간이 흐를 뿐.木

나무와 해

정목일 선생 傘壽 기념 헌정수필집

발행일 2024년 9월 4일 초판 1쇄

지은이 정목일
펴낸이 정연순
디자인 서명지
펴낸곳 나무향
주소 서울 광진구 자양로 28길 34, 드림스페이스 501호
전화 02-458-2815, 010-2337-2815
팩스 02-457-2815
출판등록 제2017-000052호
메일 namuhyang2815@daum.net
ISBN 979-11-89052-82-9 03810